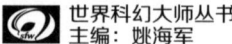

世界科幻大师丛书
主编：姚海军

圣迭戈

遥远未来的神话

[美] 迈克·雷斯尼克 著

王昱星 译

四川科学技术出版社

SANTIAGO: A MYTH OF THE FAR FUTURE

Copyright © 1986 by Mike Resnick

This edition arranged with THE SPECTRUM LITERARY AGENCY

through Big Apple Agency, Inc., Labuan, Malaysia.

Simplified Chinese edition copyright © by 2016 Science Fiction World

All rights reserved.

图书在版编目（CIP）数据

圣迭戈：遥远未来的神话／（美）迈克·雷斯尼克 著；王昱星 译.
-- 成都：四川科学技术出版社，2016.6
ISBN 978-7-5364-8316-3

Ⅰ.①圣… Ⅱ.①雷… ②王… Ⅲ.①长篇小说—美国—现代 Ⅳ.① I712.45

中国版本图书馆 CIP 数据核字（2016）第 042581 号

图进字 21-2012-126

世界科幻大师丛书
圣迭戈：遥远未来的神话

出 品 人	钱丹凝
丛书主编	姚海军
著　　者	［美］迈克·雷斯尼克
译　　者	王昱星
责任编辑	宋 齐　明先林
封面绘画	李 凯
封面设计	杨 爽
版面设计	杨 爽
责任出版	欧晓春
出　　版	四川科学技术出版社
	四川省成都市槐树街 2 号 出版大厦　邮政编码：610031
成品尺寸	140mm×203mm
印　　张	13.25
字　　数	315 千
插　　页	2
印　　刷	成都金龙印务有限责任公司
版　　次	2016 年 6 月成都第一版
印　　次	2016 年 6 月成都第一次印刷
定　　价	36.00 元

ISBN 978-7-5364-8316-3

目 录
CONTENTS

楔　子

他们说他的父亲是彗星，他的母亲是宇宙风，他能够轻易抛起星球，就如同在指间玩弄羽毛；他甚至会与黑洞搏斗，仅仅因为心血来潮。他们说他从不睡觉，眼睛比超新星还明亮，而他的咆哮能够夷平高山的脊梁。

他们叫他圣迭戈。

在遥远的银河环带外疆最偏僻的边缘，有一颗叫作银蓝的星球。这是一个水世界，行星表面覆盖着温和宁静的海洋，只有些许岛屿点缀其中。如果站在最大的岛屿上仰望夜空，你几乎能看见银河的全貌，看这条由闪烁星辰汇成的巨河蜿蜒流淌过半个天宇。

如果白天在这座岛的西海岸背海而立，你就能看见一座覆盖着青草的小土墩。土墩上有十七座白色十字架，每座十字架上都刻着一个人的名字，他们都曾经试图来这个和平的世界中殖民。

每一个名字下面都书写着同样的传说，重复了整整十七次——

死于圣迭戈之手。

在银河中心，群星密集，星光璀璨，以至于夜晚几乎亮如白昼。这里有一颗叫作瓦尔基里的星球，这是一个前哨世界，破破烂烂的商镇里挤满了肮脏的酒吧、旅店和妓院。内疆的探险者、矿工和商人聚集在这些地方吃喝玩乐，添油加醋地讲述他们的故事。

在瓦尔基里最大的商镇上——虽然并不是真的很大——有一处邮政基站，存放着大量子空间信息，就如同以前的邮局存放手写信件一样。有时候这些信息保存了三四年之久，还常常会被转发到距银河核心更近的世界。尽管历经波折，最终大部分信息还是会被人取走。

这个邮政基站的一面墙上，显示着许多名字和全息图像，都是有关被认为身在内疆的罪犯。正是因为这面墙，使这个邮政基站成了赏金猎人们最爱光顾的地方。墙上显示的罪犯总是二十个人，一个不多，一个不少，每个名字的旁边都写着赏金数额。有些名字能够在墙上待一个星期，有些能够待一个月，少数几个能待上一年。

只有三个名字显示的时间超过了五年之久，而其中两个现在也已经不在上面了。

第三个就是圣迭戈，但墙上没有他的全息图像。

在殖民世界圣贞德上，有一个被称为"洼地人"的人形土著种族。这里已经没有殖民者了，他们早已全部离开。

在圣贞德赤道附近，距离殖民者曾经的居住地不太远的地面上，有一道焦黑的痕迹，差不多十英里长，半英里宽。这道伤痕上再也长不出任何东西来了。没有殖民者报告过这件事情——就算报告过，这份报告也早已被民主联邦三百亿官僚中的某一位顺手扔进了角落里。但是，如果你到圣贞德去询问洼地人究竟是什么造成了这道焦痕,他们会在胸前画个十字(这里曾经的殖民者都是虔诚的宗教信徒,而且**非常**热衷于传教),然后告诉你,这是"圣迭戈之印"。

即使是在农业世界兰谢洛———一个从来没有任何犯罪活动的世界,连最微不足道的抢劫都没有的那种地方———圣迭戈的名字也同样为人所知。当地人认为,他是一个十一英尺①三英寸②高的巨汉,有着飞扬跋扈的橘黄色头发和巨大锋利的黑色獠牙,这对獠牙深深地扎进他的嘴唇,然后穿透肌肤戳出来。当小孩子不听话的时候,他们的父母只需随便说说圣迭戈吃掉了多少个淘气包当早饭,一切就会立刻恢复应有的秩序。

在围绕着天厨二运转的双生世界米诺陶和忒修斯上,流浪诗人吟诵着关于他的诗句。他总是被描述成正好二百一十七岁,比钟塔还高大,比谷仓还粗壮,是个嗜酒如命、好色成性的盗贼之王。但与罗宾汉(另一位他们喜爱的人物)不同的是,他同时抢劫富人和穷人,并且独占所有财富。关于他的冒险故事数不胜数,比如他与喷氯气的蛇发女妖徒手搏斗,比如他在某天早晨下到地狱,将一口痰吐进了撒旦燃烧的眼睛。几乎每天都有更多新篇章加入到这首不断变长的《圣迭戈之歌》中。

而在人类的首都世界、民主联邦的核心中枢德鲁洛斯八号上,有十一个政府部门和一千三百零六位男女雇员正在负责寻找和消灭圣迭戈。他们怀疑圣迭戈是他的名而不是姓;他们猜测有些加诸他的罪名实际上该由他人承担;他们也差不多确定,他们的文件中有他

---

① 1 英尺 = 0.3048 米

② 1 英寸 = 2.54 厘米

的照片或者全息图，只是还未能将其与这个名字关联起来——以上就是他们关于他的所有信息。

每天都有五百份报告送到他们手中，每年都有两千条线索浮出水面，几十万个世界之中都张贴着赏金丰厚的悬赏海报，派出去的特工们都资金充裕，装备着金钱能够买到的任何武器。但是，这十一个政府部门依旧没有关闭，寿命已经超过了三届政府。它们还将继续存在下去，直到它们的任务得以完成。

银蓝、瓦尔基里、圣贞德、兰谢洛、米诺陶、忒修斯、德鲁洛斯八号——这些都是有趣的、能唤起他美好回忆的世界。

但是，在圣迭戈丰富多彩的奇异人生中，比以上星球更有意思的是一颗位于内疆中心的前哨星球，纪念星。这是因为纪念星是——至少暂时是——塞巴斯蒂安·夜莺·凯恩的家乡所在。凯恩讨厌自己的中间名、职业和生活，至于这三者的讨厌程度则不一定依照以上次序。有许多次，他为他所相信的正义而战，却从未胜利过。而现在，再也没有多少东西能激发起他的兴致了，更不要说让他感到惊奇。他没有朋友，少有熟人，同时毫无兴趣主动结交。

塞巴斯蒂安·夜莺·凯恩是那种最为标准的普通人，没有明显特征，也缺乏卓越之处。但是，我们的故事必须从他开始——因为他注定将在这个被人称作"圣迭戈"的人的传奇故事中扮演重要角色……

歌鸟之卷

1

盖斯·桑斯·皮提，如转轮飞跑，

双眼利似雄鹰，拳头精钢铸造。

他能一口气灌下一加仑①，

无论他到哪里去，随行伴死神。

　　从来没有任何关于内疆历史的书，因此，黑俄耳甫斯决定自己用音乐创造一部。他当然不是真的叫俄耳甫斯（虽然他**以前**的确是个黑人）。事实上，有谣言称，他还在德鲁洛斯星系的时候，曾是个水产养殖户，直到他坠入爱河。他喜欢的姑娘名叫欧律狄刻，他追随着她前往星辰大海。但由于他将所有财产都抛在了身后，他什么都给不了她，除了音乐，于是，他自称"黑俄耳甫斯"，将大部分时间都耗费在书写献给她的情歌和诗篇上。后来她死了，而他决定留在内疆，撰写

----

① 1 加仑 = 4.546 升

一部关于遇见过的商人、猎人、罪犯和怪人的传奇史诗。事实上，除非有一天他在这部史诗中为你加上一两个小节，你才能正式成为内疆的一员，否则你永远都是新来者或者游客。

不管怎么说，盖斯·桑斯·皮提给他留下了相当深刻的印象——他出现在九个不同的小节中。要知道即便对描写了五百个世界的荷马来说，用九个小节描述一个人也可以说是浓墨重彩了。这也许是那只钢铁铸造的拳头的缘故。没有人知道他是怎样丢失原本那只手的，不过有一天，他就这样突然出现在了内疆，挥舞着左臂尽头那只打磨得发亮的钢铁拳头，宣称自己是空前绝后、开天辟地、前无古人后无来者的史上最佳赏金猎人，并且着手证明自己绝非信口开河。就和大部分赏金猎人一样，他只会在没有工作时才到前哨世界来；也和大部分赏金猎人一样，他习惯非常固定的路线。这就是为什么他会降落在纪念星上，在莫瑞塔特商镇的詹崔贸易中心里用他的钢铁拳头砸着长长的木头吧台，要求获得服务。

老杰罗尼莫·詹崔为了内疆世界的繁荣昌盛整整工作了三十年，然后他辞掉所有工作，在莫瑞塔特开了一间旅店兼妓院。在将商品兜售给公众之前，他通常都会非常小心地挨个检验。他走过来时拿着一瓶刚开的牵牛星朗姆酒，看盖斯·桑斯·皮提伸手要拿，故意没给。

"最近的酒价涨得很厉害。"他意味深长地说。

赏金猎人将一卷钞票拍在了吧台上。

"玛丽娅·特雷西亚元。"詹崔评论着，小心地检查着这些钞票，然后交出了酒瓶，"你从哪儿搞来的？"

"乌鸦座。"

"在那里干了一笔小买卖，对不对？"詹崔快活地说。

盖斯·桑斯·皮提毫无幽默感地笑了笑，"一点点。"

他将手伸进衬衫里,掏出三张苏利曼兄弟的悬赏海报。这些海报早上还张贴在邮政基站的墙上,而现在,每张海报上面都画着一个大大的红叉。

"三个全部?"

赏金猎人点了点头。

"你是开枪干掉了他们呢,还是用了**那个**?"詹崔一边问一边指了指盖斯·桑斯·皮提的铁拳头。

"没错。"

"**什么**没错?"

盖斯·桑斯·皮提举起了他的钢铁拳头,"没错,我对他们开枪,或者用这个。"

詹崔耸了耸肩,"马上又准备出发?"

"几天之内吧。"

"这次去哪儿?"

"我的问题不用他人操心。"赏金猎人说。

"我只是觉得,也许能为你提供一些友好的建议。"詹崔说。

"比如?"

"如果你在考虑前往普雷提普四号,最好打消这个念头。歌鸟刚刚从那边回来。"

"你是指凯恩?"

詹崔点点头,"带了一大堆钱回来,因此我猜他找到了他要找的东西。"

赏金猎人皱起了眉头,"看来我得去跟他谈谈了。"他说,"普雷提普星系上可是挂有'禁止入内'标志的。"

"哦?"詹崔说,"从什么时候起有的?"

"从我挂上这个标志时起。"盖斯·桑斯·皮提一字一顿地说,"我可不允许竞争者在我的地盘上偷猎，把上面的猎物都打干净了。"他顿了顿，"我在哪儿可以找到他？"

"就在这里。"

盖斯·桑斯·皮提环视了一圈房间。一个银发赌徒似乎正处于交好运的阶段，他穿着用某种闪亮金属布料制成的新衣服，站在吧台较远的一端；一个神色忧郁的年轻女人独自坐在角落里的桌子边上；光线昏暗的大厅中零零散散地有二十多个男男女女，成对或者成群，有些在低声交谈，有些则沉默不语。

"我没看见他。"赏金猎人说。

"现在还早。"詹崔回答，"他会来的。"

"你怎么确定？"

"整个莫瑞塔特就只有我这里有酒精和爱玩的姑娘们，你还指望他会去哪儿？"

"外面可是有很多世界的。"

"不错，"詹崔承认道，"但过一段时间人们就会厌倦的。相信我——我知道。"

"那你还在边疆干什么？"

"我厌倦与太多的人打交道，这里的人要少得多——再说如果我觉得寂寞的话，还有那些可爱的姑娘能安慰我。"他停了停，"当然，如果你想听关于我人生的故事，就得买几瓶我最好的饮料才行。然后就你和我，我们溜达到后面的某个房间，我就可以讲述第一章了。"

赏金猎人伸手拿过刚才的酒瓶，"我想，我不需要听那些也可以过得很好。"他说。

"你会错失一个绝佳的故事。"詹崔说，"我做过许多有趣的事情，见过一些连你这样的杀手都从未见过的景象。"

"改天吧。"

"那可是你的损失。"詹崔耸了耸肩,"需要拿个杯子吗?"

"不用了。"盖斯·桑斯·皮提举起酒瓶,咕咚咕咚地喝了起来。当他停下来后,用手背擦了擦嘴,"他还要多久才会来?"

"他暂时不会来。你有时间听我说一个简短的故事。"詹崔说,"给我一分钟,我得去看看我那些娇柔的小花有没有偷懒。"他突然转身望向大门,"哎哟,他来了! 看来你又要再沉闷一阵子了。"他挥了挥手,"最近过得怎么样,歌鸟?"

一个高瘦的男人朝吧台走过来,脸部轮廓分明,神色近乎憔悴,黯淡的眼睛中充满了对整个世界的厌倦。他的夹克和裤子都是毫无特征的褐色,数量可观的口袋里塞着一些奇形怪状的东西。在边疆,这些凸起可能意味着任何东西。他只有靴子引人注目,但不是因为它们崭新锃亮,而是因为它们实在太破旧了,虽然看得出来经过细心的保养,却依旧没有丝毫光泽。

"我的名字叫凯恩。"这个新来的说,"你很清楚。"

"嗯,但是现在他们不这样叫你了。"

"如果你想从我这里赚走钞票的话,你就得这样叫我。"凯恩回答说。

"但是黑俄耳甫斯在诗里将你写成了歌鸟。"詹崔坚持道。

"我不唱歌,我也不是鸟,而且我才不在乎一个蹩脚民谣歌手将我写成什么样。"

詹崔耸了耸肩,"随你便吧——对了,你想来点儿什么?"

"他要牵牛星朗姆酒,跟我一样。"盖斯·桑斯·皮提插进话来。

"哦,是吗?"凯恩问,转头看向他。

"我请客。"赏金猎人举起了他的酒瓶,"跟我找张桌子坐坐吧,塞巴斯蒂安·凯恩。"

凯恩看着他穿过房间,然后耸耸肩,跟了上去。

"我听说你在普雷提普四号上交了好运。"两个人都落座后，盖斯·桑斯·皮提开口说道。

"这同好运没什么关系。"凯恩回答，很舒服地靠在椅背上，"我知道你干得也不赖。"

"不完全是，我作弊了。"

"我想我没能跟上你的思路。"

"我不得不对第三个人开枪。"盖斯·桑斯·皮提举起他的钢铁拳头，"我更愿意用这个解决他们。"他顿了顿，"你的猎物有没有给你带来很多麻烦呢？"

"一些吧。"凯恩敷衍道。

"追着他跑了很长一段路？"

"一点点。"

"我确信你不是我遇见的人中最健谈的那个。"盖斯·桑斯·皮提呵呵笑起来。

凯恩耸耸肩，"吹牛皮的话谁都会。"

"那可不一定。苏利曼·哈利向我提出了三万信用币的条件，让我留他一命。"

"于是？"

"我感谢了他的慷慨提议，并且解释说他的人头其实价值五万，然后就闷了他一脸铁拳。"

"想来你一定没有从他的尸体上拿走三万信用币并且忘记报告吧？"凯恩讽刺地说。

盖斯·桑斯·皮提皱了皱眉头，"这个狗娘养的身上只有两千！"他义正词严地抱怨说。

"我想盗贼是没有信誉可言的。"

"绝对没有！但是这个混账竟然敢骗我，叫我实在咽不下这口气。"他停顿了一下，"告诉我，凯恩——接下来你准备去追哪一个？"

凯恩微笑起来，"职业机密。你知道不问比较好。"

"没错。"盖斯·桑斯·皮提赞同地说，"但是总有人会破坏这些不成文的规矩。比如说，你知道不应该在普雷提普星系大开杀戒，但你还是那么做了。"

"我追捕的那个人跑到了那里。"凯恩平静地回答，"我没有故意冒犯的意思，但我不能仅仅因为你认为你拥有那个星系，就让自己整整四个月的工作都付诸东流。"

"我**开拓**了那个星系。"盖斯·桑斯·皮提说，"我命名了里面的所有行星。"他顿了顿，"不过，这至少算得上一个可以接受的回答。我原谅你的错误。"

"我不记得我要求过任何宽恕。"凯恩说。

"都一样。免费的，**这一次**。"他又口蜜腹剑地加上一句，"但是你最好能够记住，在边疆也是有规矩的。"

"哦？我还没有发现任何规矩存在。"

"但它们确实存在——是由那些能够执行它们的人制订的。"

"我会牢记这一点。"

"但愿如此。"

"否则你就要用那只钢铁拳头打得我脑浆四溅？"凯恩问。

"这是一种可能性。"

凯恩笑了。

"有什么好笑的？"盖斯·桑斯·皮提干巴巴地问。

"你是个赏金猎人。"

"所以？"

"赏金猎人是不会免费杀人的。谁会付钱让你杀了我呢？"

"我得保护那些属于我的东西。"盖斯·桑斯·皮提非常严肃地回答，"我只是希望我们能够互相理解：如果你再次闯进我的地盘，我们就得互相挥舞拳头了。"他将他的铁拳头用力砸在桌面上，形成了一个大坑，"而我的总是要硬一些。"

"我相信是这样没错。"凯恩说。

"所以你将不再踏入普雷提普一步？"

"我在那里似乎没有什么紧要的工作要做。"

"这不是我想要听到的正确答案。"

"我建议你最好满足于此。"凯恩说，"这是你能够得到的最好结果了。"

盖斯·桑斯·皮提瞪着他看了一会儿，然后耸了耸肩，"也许要过很多年才会有人再度决定藏在那里，甚至更久都不会有人去。我相信没有任何法律规定，我们在这段时间内不能友好相处。"

"我十分愿意跟大家和谐地生活在一起。"凯恩赞同地说。

盖斯·桑斯·皮提看起来很愉快，"对于有这种想法的人来说，你可是选择了一个极为奇怪的职业啊。"

"也许吧。"

"好吧，聊点儿别的？"

"聊什么？"

"聊什么？"盖斯·桑斯·皮提挖苦地重复了一次，"你说两个赏金猎人围着一瓶朗姆酒的时候还能聊什么？"

于是，他们就热切地聊起了圣迭戈。

他们谈起了最近他在哪个世界现身，也说到了最近他搞的那些犯罪活动。两个人都听说他最近抢劫了贝莫八号上的一个采矿殖民地，但都不太相信这是真的。他们也都听说一队无人货船在大火地区 ① 遭到了劫掠，凯恩觉得这可能是圣迭戈的杰作，但他的同行却认

---

① 即心宿二，天蝎座的心脏。

为圣迭戈那段时间应该在遥远的剑鱼座四号上，搞了三起暗杀。他们交换了一下信息，关于那些他们去过却没有找到那人行踪的行星，以及他们遇见的其他赏金猎人提供的更多行星的信息。

"现在谁在追他？"当两人将这些都厘清后，盖斯·桑斯·皮提问。

"每个人。"

"我是说，最近的那个？"

"我听说天使到这个地区来了。"凯恩回答说。

"为什么觉得他到这里来是为了圣迭戈呢？"

凯恩只是盯着他。

"愚蠢的问题。"盖斯·桑斯·皮提说，"忘记刚才我所说的。"他顿了一下，"天使应该是最棒的了吧？"

"他们都这么说。"

"我以为他在外疆干，在环带那种很遥远的地方。"

凯恩点点头，"我猜他已经确认圣迭戈不在那里。"

"我可以告诉你一百万个圣迭戈**不在**的地方。"盖斯·桑斯·皮提说，"你为什么觉得天使会认为他在内疆呢？"

凯恩耸了耸肩膀。

"你觉得他搞到了什么消息？"盖斯·桑斯·皮提追问。

"凡事皆有可能。"

"也许不仅仅是'可能'。"在片刻考虑之后，他说，"如果没有可靠的信息，他是不会将作战基地搬过大半个银河到这里来的。他现在驻扎在哪颗行星？"

"这外面有多少个世界？"凯恩回答，又耸了一下肩，"你可以选择一个喜欢的。"

盖斯·桑斯·皮提皱起了眉头，"就算如此，他肯定知道一些值得一听的东西。"

"即便你能找到他,你凭什么觉得他会告诉你?"

"只有一件事情是赏金猎人绝对不会撒谎的:圣迭戈。这个你也很清楚。只要圣迭戈还活着,就会让我们所有人颜面无光。"

"也许天使来的那个地方做法不同。"凯恩猜测道。

"那我就不得不跟他解释一下本地规矩了。"盖斯·桑斯·皮提说。

"祝你好运。"

"你不想跟我合伙去逮天使吗?"

"我习惯单干。"凯恩说。

"那也行。"盖斯·桑斯·皮提说着,突然想起了他的朗姆酒,抓起来又喝了一大口,"你是在哪儿听说他的?"

"梅里托瑞亚星系。"

"我估计这个星期我就会出发去那边。"盖斯·桑斯·皮提说着站了起来,"跟你聊天很愉快,凯恩。"

"谢谢你的朗姆酒。"凯恩苦笑着回答,同时盯着已经空了的瓶子。

"随时奉陪。"他的同伴大笑起来,"从今以后你**会**努力远离普雷提普星系,对不对?"他晃了一下自己的铁拳头,"我不希望就非法闯入这种问题给你上堂实践课。"

"你会吗?"

"开玩笑的。"一个直率的回答。

凯恩没有再接他的话头,于是,盖斯·桑斯·皮提将空瓶子放在吧台上,留下足够的钱给凯恩也点了一瓶,同时向詹崔保证,今晚晚些时候,他会回来体验一下那些不是酒精的商品。然后,他就走进莫瑞塔特夜晚那潮湿闷热的空气之中,去寻找晚饭了。

詹崔闷闷不乐地应付完姑娘们后,拿着一瓶酒走到了凯恩的桌边。

"这是什么？"凯恩问，目不转睛地盯着透明液体。

"他们在牵牛星那边酿造的玩意儿，"老头子回答，"尝起来有点像杜松子酒。"

"我不喜欢杜松子酒。"

"我知道。"詹崔呵呵笑起来，"因此我非常确信你会邀请我坐下来，帮你喝掉它。"

凯恩叹了口气，"坐吧，老家伙。"

"谢谢，希望你不要介意。"他小心地弓下身子坐到椅子上，然后拔掉瓶塞喝了一口，"要我说的话，真是好酒。"

"光是靠不给人提供杯子你就能存下一大笔钱了。"凯恩评论道，"看来这儿的人都不用那东西。"

"存钱不是我苦恼的问题。"詹崔说，"我听说，赚钱也不是你苦恼的问题。"

凯恩没有开口，于是这个老头子又喝了一口，继续说起来。

"老盖斯是不是警告你普雷提普星系的事情了？"他问。

凯恩点点头。

"打算听从他的劝告？"

"直到下次我在那儿有生意为止。"凯恩回答说。

老头子笑了起来，"愿上帝保佑你，歌鸟！最近这些日子老铁拳有些目中无人起来了。"

"我开始厌倦反反复复告诉你我的名字叫什么了。"凯恩有些暴躁。

"如果你不想成为传奇的话，一开始就不应该到这种地方来。再过两百年，人们心目中的你就只剩那个名字了。"

"再过两百年，我也不用被迫听他们这么叫了。"

"再说了，"詹崔继续道，"歌鸟不在任何一张通缉令上，但我在不少通缉令上都看见过塞巴斯蒂安·凯恩。"

"那是很早以前的事情了。"

"不要急着为自己辩护嘛。"老头子又嘿嘿笑起来，"我在通缉令上差不多见过所有赏金猎人，有时候是这个，有时候是那个，但这关我屁事？见鬼，就算圣迭戈本人走进这扇门，来找一个柔弱的小姑娘，我也一定会忙不迭地将我最漂亮的小妞送上。"

"他很可能已经来过了。"凯恩评论说。

"绝不可能。"詹崔说，"他可不是那么难被认出来。"

"十一英尺三英寸，橘黄色的头发？"凯恩带着快活的笑容问道。

"你倒是可以出门去找找**那种模样**的人。我相信你很长、很长一段时间内都不会再回来了。"

"你觉得他长什么样？"

老头子又从酒瓶里啜了一口。

"我不知道。"他承认说，"但我知道一件事。我知道他的右手手背上有一道疤，"他在桌子上画了一个弯曲的"S"形，"像这样。"

"没错，他有。"

"是真的！"老头子坚决地说，"我认识一个人，他曾经见过圣迭戈。"

"没有人见过他。"凯恩回答，"或者至少应该说，没有人在见到他时意识到那是他。"

"那只是**你**所知道的部分。"詹崔说，"一个以前跟我一起混的人曾跟他在监狱里度过了好几个星期。"

凯恩看起来兴致寥寥，"圣迭戈从未被逮捕过。如果他被逮捕过，我们就**都**知道他长什么样了。"

"他们不知道那就是他。"

"那你朋友又是怎么知道的呢？"

"因为圣迭戈的同伙来帮他越狱，其中一个叫了他的名字。"

"鬼才信。"

"现在我在这里给你提供一个绝佳机会，你却故意扭头视而不见。"詹崔说，"你可他妈的走运极了，我已经老得没有力气因为你的羞辱而给你一顿饱揍了。"

"什么机会？"

"我以为你会有兴趣知道我的那个朋友是谁，在哪儿可以找到他。"

"至少有半打的赏金猎人会经常光顾这里。"凯恩说，"为什么选择给我说呢？"

"嗯，这个嘛，准确地说'给'并不是我想要的形式。"詹崔嘿嘿笑着回答，"那种名字，一个跟圣迭戈真正相处过的人的名字，这年头还是值点儿钱的，不是吗？"

"也许吧。"

然后是一阵短暂的沉默。

"我还没有听见任何金额。"

"先回到我的问题上来吧。"凯恩说，"为什么是我？"

"哦，当然不只是你。"詹崔说，"几个月前我把它卖给了巴纳比·威勒，但我听小道消息说，他在追踪一些亡命徒还是什么人的时候死掉了。上个星期我也向和平使者麦克多伽兜售过，但他却不愿意花钱。此外，我还打算看看能否在老铁拳从我那些可怜无辜的小姑娘那里占走太多便宜之前，用这个安抚一下他的情绪。"他微笑起来，"我必须对**所有**顾客都一视同仁。"

"人们寻找圣迭戈已经有三十年甚至更长时间了。"凯恩说，"如果你手上有有价值的情报，干吗现在才拿出来卖？"

"我跟圣迭戈并没有什么私人仇恨。"老头子说，"他从来没有对我造成过什么不利。再说了，只要他还自由，你们这些小伙子就会一直待在边疆寻找他，并且在詹崔贸易中心花费更多金钱。"

"那是什么让你突然改了主意？"

"听说天使掺和进来了。我可不希望外人拿走这笔赏金。"

"是什么让你觉得他有这个能力呢？"凯恩问。

"你知道，他们都是怎样评价他的——"詹崔回答，"他是最棒的。我敢打赌，如果黑俄耳甫斯有机会遇见他，一定会为他写上整整二十节好诗。所以，"老头子说着，又喝了一大口酒，"我只是尽可能地保护我的资金而已。如果天使得到这笔钱，他会在有机会花掉它们之前就回环带去。但是如果**你**得到这笔钱，你会将其中的一部分用在纪念星上。"

"如果我不退休的话。"

"噢，你不会退休的。"詹崔非常有把握地说，"像你，还有桑斯·皮提和天使这样的人，都极端热爱杀戮，不会善罢甘休。这种欲望存在于你们血液之中，就好像年轻小伙儿都想去漫游一样。"

"我不喜欢杀戮。"凯恩回答说。

"准备给我那套只为金钱杀人的赏金猎人说辞？"老人带着讽刺的笑意问。

"不。"

"你是我见过的第一个如此诚实的人。在你发现杀人可以赚钱之前，你免费杀过多少人？两个？三个？"

"比你能想象的多得多。"凯恩回答。

"你是士兵？"

凯恩在回答之前停顿了一下，"我曾经以为是，但我错了。"

"**这**他妈的究竟是什么意思？"

"无所谓,老头子。"凯恩突然从他的椅子里弹了起来,"好吧——那个名字,你想卖多少钱?"

"你手上有哪种货币?"

"你想要哪种?"

"信用币就行,我想。"詹崔回答,"当然,我对于波拿巴法郎或者玛丽娅·特雷西亚元更感兴趣——如果你有的话。"

"我有十年没见过波拿巴法郎了。"凯恩说,"我想它们已经不在市场上流通了。"

"我听说宾得星系依旧使用这种钱。"

"我们就说信用币吧。"

于是,老人飞快地进行了心算,"我想一万差不多够了。"

"就为了一个在十年或者二十年前也许曾经见过圣迭戈的男人的名字?"凯恩摇了摇头,"太贵了。"

"对于你这样的人来说,可一点儿都不贵。"詹崔说,"我看见过你带来的那具尸体的悬赏海报。我知道你用他的尸体拿到了多少。"

"要是这个人已经死了,或者我发现他其实根本就没有见过圣迭戈呢?"

"那你就可以获得整整一个月的免费票,来随意浇灌我的花朵们。"

"昨晚我光顾了你的花园。"凯恩说,"需要除草了。"

"你都在纠结些什么细枝末节?"詹崔不耐烦地说,"你在边疆待了多久,凯恩?"

"十一年。"

"在这么长的时间里,你遇见过哪怕一个真正见过圣迭戈的人没有? 现在我准备提供给你的,是你从来没有听说过的事情,价格只不过是你在普雷提普得到的十分之一而已,而你却跟一些牛宿一的皮毛商人一样讨价还价！如果你只是打算坐在那里，侮辱一些边疆最美丽的花朵，并且跟一个没精力还嘴的老头子砍价的话，我们就没有办法继续谈生意了。”

凯恩瞪着他看了一会儿，然后才开口：

“告诉你吧，老头子，我会给你两万。”

“这可真意外。”詹崔满腹狐疑地说。

“但是有个条件。”凯恩回答，“你不能将这个名字提供给其他人。”

詹崔皱起了眉头，“永远？”

“六个月。”

“四个月如何？”

“成交。”凯恩说，“如果你说了谎，那么你最好希望上帝对你格外地慈悲。”

“我可没有什么理由好撒谎的。在接下来的四个月里，只会有另外两个赏金猎人到这里来，其中一个估计会死掉，而另一个只有百分之五十的可能拿到钱。不是每个人都像你和桑斯·皮提这样出色。”

“好吧。我在哪儿可以找到这个人？”

“我还没有看见钱。”

凯恩抽出一叠纸币，从最上面数了二十张，将它们放在桌子上。詹崔把它们一张一张地拿起来，对着光检查了一遍，然后点点头，将钱塞进了自己的口袋。

“你听说过一个叫作艾特仁齐港的世界吗？”

凯恩摇了摇头，“在哪儿？”

“贝勒梅恩星系的第七行星。他应该在那里。”

“他的名字？”

“斯坦。”

"我怎样才能找到他？"

"你只需要放出话去，说你在找他，他就会来找你的。"

"他是什么样的人？"凯恩问。

"一个非常好的家伙，如果你能习惯他的一些小怪癖的话。"

"什么怪癖？"

"比如，他喝得太多而且打牌的时候会作弊，他并不是真的喜欢别的人或者动物或者外星生物，而且他非常非常非常讨厌牧师和女人，此外，他偶尔会与保安队发生意见冲突。但总体来说，他不比任何你在这里遇见的人更糟糕，或许比其中一些还要好些。"

"我应该提到你的名字吗？"

"这也许能让他想起什么，并且搭理你一会儿。"詹崔说，"你计划什么时候去？"

"今晚。"凯恩说着站了起来。

"该死！"詹崔说，"要是我知道你这么着急，就应该要三万的！"

"我不着急。我只不过是没有其他理由再待在这里。"

"我有七个姑娘可以给你做理由，每一个都是莫瑞塔特最幸运的男人训练并且挑选出来的——当然那个男人就是我。"

"也许等下次吧。"

"有更好的东西让你花掉那些钱吗？"

"那得看你告诉我的是不是真的。"凯恩说完，朝门口走去。然后他突然停了下来，转身看着詹崔，"对了，我猜你的朋友斯坦一定也希望我为此支付他一笔钱吧？"

"我想是的。这个人将灵魂卖给了魔鬼，而后耗费了整个余生试图囤积足够的金钱将它买回来。"詹崔快活地笑着说，"祝你玩得愉快，歌鸟。"

"那不是我的名字。"

"告诉你吧，"詹崔说，"如果你能带着圣迭戈的人头回来，我就拿把枪逼着黑俄耳甫斯把你的名字更正过来。"

"那你就等着吧。"凯恩答应道。

2

他叫乔纳森·杰瑞米·雅克巴·斯坦，

心怀欲望，手握巨款，

年迈使其顽固难改，狂野剽悍，

这就是乔纳森·杰瑞米·雅克巴·斯坦。

人们说黑俄耳甫斯见到斯坦的那一天，斯坦其实很不在状态。但事实上，斯坦从来没有停止过改变和学习，直到他改变得太多，以至于没人能够再将他认出来。在他人生开始之际，他只是一个矿工和妓女的儿子，而到他去世之前，他已经将自己推上了贝勒梅恩星系的王座。一生之中，他学习怎样赌博并且相当擅长这份工作，他学习怎样偷窃并且比专家还专业，他学习怎样杀戮并且偶尔狩猎人头当副业。

没人知道他为什么仇恨牧师。有谣言称，他第一次被关进监狱正是一位牧师干的好事。另外一则传说则提到，他曾经信任过两位牧师，在他躲避当局追捕之际请他们打点自己的财产，但当他最终回到那里时，却什么都不剩，只有一张字条告诉他应该悔改。

而他讨厌女人的原因却不是那么难猜。他在妓院里长大，而当他离开那里之后，却发现自己遇见的女人跟他此前遇到的那些货色没什么两样。他欲望强烈,无法抛开她们置之不理,但又无法说服自己相信她们对自己不像自己对她们那样冷漠且充满算计。

许多人私下里都说,这才是他在艾特仁齐港开店的真实原因。因为他无法控制自己对女人的欲望,所以只能狠心彻底摆脱她们。于是,他找到一个拥有人形生物的世界,这些人形生物允许他实施一些糟糕透顶的犯罪以获得快感,而且至今还没有谁对此提出过异议。

艾特仁齐港本身拥有一段漫长而多彩的历史。它原本是个采矿世界,后来发展成知名的度假胜地,接着又成为治安水平低下的监禁殖民地,最后变成了一片荒芜的废弃世界。然后斯坦搬了进来,在一家曾是奢华酒店的建筑里设立了总部。他将人类居住区的一小部分变成了贸易区,同时又任凭其他地区徘徊在年久失修和朽坏的状态里。还算肥沃的田野只能维持当地人的口粮,贸易区的居民们只能从附近两个农业殖民地进口他们需要的食物和饮料。而当男人的数量远远超过女人后,他们也进口女人,直到斯坦阻止了他们。

凯恩在抵达艾特仁齐港后不到一个小时,就得知了上述全部信息。他将飞船停泊在当地的太空港里——只有像德鲁洛斯八号和洛丁十一号那样的巨型世界才提供轨道船库和往返轨道的穿梭艇服务,以方便行星际旅行者。他从仍在营业的两家旅馆中挑了较大的一家订了房间,然后下楼来到位于底层的酒馆。他刚进旅店时,就注意到了酒馆的存在。

酒馆里很拥挤。铬合金的桌子和手工制作的椅子大概是和平年代留下的遗物,除此之外,这里跟其他贸易中转站的酒吧一样又脏又暗。唯一的空座位在一张小桌边,桌边坐着一个瘦小的男人,顶着一头乱糟糟的红发。

"介意我坐这儿吗?"凯恩问。

"请便。"男人说,目不转睛地盯着凯恩,"新来的?"

"是的，刚到。"凯恩环顾了一圈房间，"我在找人。不知道你能不能给我指一下他在哪儿？"

"他现在不在这里。"

"你又不知道我在找谁。"凯恩说。

"好啦，如果你要找的不是乔纳森·斯坦，我们这里可就要有一条破天荒的大新闻了。"男人呵呵笑了起来，"他是那些专门跑到艾特仁齐港来的家伙唯一会找的人。"

"是斯坦。"凯恩说。

"好的，我想我能够帮你传个话。你的名字？"

"凯恩。告诉他是杰罗尼莫·詹崔让我来的。"

"很高兴认识你，凯恩。"男人说着，伸过来一只瘦长而苍白的手，"我是特威利格。半便士特威利格。"他加上后半句的时候，似乎很期待这个名字能够意味着什么。他等待着凯恩的反应，但发现后者毫无反应之后只好站了起来，"马上回来。"

特威利格走到吧台边，对酒保说了些什么，然后又回到了桌边。

"好了。"他说，"他知道你在这里了。"

"我什么时候能见到他？"

"当他准备好后。"

"需要多久？"

半便士特威利格笑了起来，"那就得看情况了。他欠詹崔钱吗？"

"我想没有。"

"那大概会比较快吧。"他抽出一摞扑克牌，"在你等待的时候，介意跟我玩点儿概率小游戏吗？"

"我倒是更愿意得到一些关于斯坦的小消息。"

"我想也是。"特威利格说，"这样吧，你用钱下注，我用斯坦的人生经历当筹码。我会用故事来跟你赌每一个信用币的。"

"为何不是我给你二十个信用币,得到我想要知道的东西,这样不是更干脆?"凯恩提议说。

"因为我是个赌徒,不是商人。"这是回答。

"每次赌一个信用币,这可不像能大赚一笔的样子。"凯恩打量了他一番。

特威利格微笑起来,"我第一次玩纸牌游戏的时候,最开始手上只有一个新苏格兰半便士。而在游戏结束之际,我拥有整整两百万镑。我的绰号就是这么来的。"他顿了顿,"当然,接下来那个星期我输掉了全部。不过,当它们还在手上时感觉还是相当愉快,从来没有任何人有过那样的好运。自那以后,我总希望能够再来一次。"

"那是多久以前的事情?"

"噢,大概十二年前吧。"特威利格再次微笑起来,"不过我依旧记得那种感觉,就跟第一次和女人睡觉一样,只不过这事的持续时间要长得多:六天五夜。因此我总是从小赌注开始玩儿——我从来不在意时间的流逝。如果之后你想要提高赌注,也可以。"

"如果我提高赌注的话,你又用什么来追加赌注呢?"

特威利格挠了挠头,"这样的话,我想我可以在开始时讲传言而不是事实。其实它们要有趣得多,特别是关于法利的那些。"

"法利是什么?"凯恩问。

"这个星球上的原住民对自己的称呼。我们的朋友斯坦拥有一些不太寻常的品位,我不认为这是银河系里保守得最好的秘密之一。"

"我们暂时先停留在事实层面上吧。"凯恩说,对着纸牌点了点头,"你发牌。"

他们一边玩牌一边交谈,一个多小时之后,凯恩对于斯坦的了解依旧很少,而特威利格的口袋里却已经比之前多了四十个信用币。

"说起来，你还没有告诉我你为什么想见他。"赌徒指出。

"我需要一些消息。"

"你计划干掉谁？"特威利格愉快地问。

"是什么让你觉得我想杀人的？"

"你看起来就是那样的人。我可是个赌徒，别忘了。我的工作就是读懂他人的脸色。而你的表情告诉我，你是个赏金猎人。"

"如果我告诉你说我是个记者呢？"凯恩问。

"那我会说我相信你的话。"特威利格回答，"我可不想去惹那些不是赏金猎人的家伙。"

凯恩笑起来，"你能从斯坦的脸上看出什么来吗？"

"只看得出他跟法利们待的时间太长了，已经没有多少人类的成分在里面了。"

"这些法利看起来是什么样的？"凯恩问。

"非常棒，或者非常怪，看情况。"

"看什么情况？"

"看你已经孤独了多长时间。"特威利格回答说。

"你还是没有告诉我他们看起来是什么样的。"

特威利格咧嘴笑了笑，用手拨弄着纸牌，"我们可以把赌注提高一些吗？"

凯恩摇了摇头，"对于我来说，他们的价值可没有斯坦高。"

"这可不一定，如果我告诉你他们都做什么的话。"

"传闻？"

"亲身经历。"

凯恩抬起了一边的眉毛，"我以为你讨厌他们。"

"每个人都可以尝试一些新鲜的东西，一次或者两次，只不过是尝个鲜而已。"特威利格解释道，"我反对的是上瘾，而不是试验。"

"我打算待在这里的时间大概不会长到让我去试验或者上瘾。"凯恩说,"你可以把牌收起来了。"

"噢,我们总是能够找到一些东西来赌博的。"特威利格说,"一局五十个信用币,我可以告诉你在哪儿能找到苏利曼兄弟。"

"你的消息已经过时了。他们一个星期前就被搞定了。"

"三个全部?"

凯恩点点头。

"该死!"特威利格说,"好吧,一百个信用币,我也许能告诉你最近刚刚进入这个地区的竞争对手。"

"天使的事情我已经知道了。"

"新闻传得太快了。"特威利格懊恼地评论道。

"告诉你吧。"凯恩说,"我可以赌上一千个信用币一局,如果你有任何关于圣迭戈的消息的话。"

"你和其他五百个好汉都在干同一件事。"赌徒摇了摇头,"真让我吃惊,他竟然在这么多年后、在这么多人寻找他的情况下还逍遥法外。"

这时,酒保穿过房间,在他们的桌边停了下来。

"你是凯恩?"他问。

"是的。"

"他想见你。"

"我在哪儿可以找到他?"凯恩问。

"我给你带路好了。"特威利格提议道。

酒保点了点头,回到了他的工作岗位上。

"跟我来。"赌徒说着,站了起来。

凯恩也站起身,在桌子上留下了几张钞票。

他们从侧门走出去,穿过曾经是主干道的尘土路,走进了艾特仁齐港依旧在营业的两家旅馆之中较小的那一家。特威利格带着他穿过大厅，这里曾经富丽堂皇，现在却处处显示着岁月和疏于打理的痕迹：光洁的铬合金柱子已经黯然失色；彩灯不停变换图案的节奏也跟不成调的音乐搭不上；在他们走进大厅整整一分钟后，前门依然大开着。

他们走进电梯间，停在最后一道电梯门前。特威利格低声唤来了电梯。

"它将直接带你到他面前。"特威利格说。

"他的房间号呢？"

"他拥有整个楼层！你只需要跨出去一步，就直接到他客厅的正中央了。"

"谢了。"凯恩说着，走进刚刚抵达的电梯。当电梯门在他身后关上时，他突然意识到自己不知道该去几楼。但电梯立刻开始快速上升，于是，他相信这部电梯一定只会到达一个楼层。

当电梯停下时，他进入了一座富丽堂皇的阁楼。这个房间长六十英尺，宽五十英尺，里面充斥着从整个银河系收集——或者掠夺——来的各种器物及艺术品。房间中央是一个陷入地板的圆形澡盆，装饰着白金的边。一个瘦弱憔悴的男人坐在热气腾腾的水里，他脸颊下陷，黑眼睛毫无神采，细瘦的胳膊搭在澡盆的边缘上。凯恩注意到，他的手指上满是精巧昂贵的戒指。他抽着一支巨大的雪茄，这根烟草恰好避免了被弄湿的命运。

澡盆的两侧分别站立着一个人形外星生物，很明显都是女性。她们的皮肤上覆盖着一层滑溜溜的分泌物，在房间的灯光下闪闪发亮，看不出是否是天然的。她们的手臂看起来柔弱无骨，双腿修长而且有着奇怪的关节。她们都有着表情丰富的圆脸，上面是丰满鲜红的三角形嘴巴，粉红色的眼睛差不多只是微微打开的细缝。她们两个都一丝不挂,也没有任何体毛。她们没有胸部,但是生殖器暴露在外,看起来跟人类的很像。她们身上流露出一种柔弱异质的美,让凯恩觉得既神奇,又多少有些厌恶。这两个生物似乎都没有注意到他的到来。

"你盯了好久了,凯恩先生。"澡盆里的男人说。

"抱歉。"凯恩说,"我听说过法利,但是从来没有亲眼见过她们。"

"很好很有用的宠物。"男人说着,伸手亲热地拍了拍一个法利的光屁股,"就跟盆栽一样乖巧,但是她们的做法**很令人愉悦**。"他吸了一口手中的雪茄,"听说你想见我?"

"如果你是斯坦的话。"

"乔纳森·杰瑞米·雅克巴·斯坦,愿意为你效劳。"他说,"需要很长时间吗?"

"我想不会。"

"真可惜!"他带着假惺惺的遗憾说,"否则,我很乐意邀请你和我一起泡澡。世界上再没有什么能比坐在热水里更让人放松赶走一天烦恼的了。给我一分钟,我马上就到你那边去。"他转向一个法利,伸出手,"拉我一把,美人儿。"

她俯下身子握住他的手,将他拉了起来。与此同时,她的同伴走向一个衣橱,很快拿回来一件浴袍。

"谢谢。"他说着套上浴袍,"现在我希望你们两个都站在那边,暂时不要打扰我们。"他指向一侧墙边的某个位置,两个法利立刻向那里走去,然后一动不动地站定了。

"她们看起来很听话。"当斯坦带着凯恩走向一套椅子和沙发时,后者评论道。

"又听话又温顺。"斯坦同意道,然后靠在一张沙发上,带着毫不掩饰的欲望盯着她们。

"她们皮肤上的油——那正常吗？"

"你为什么觉得不正常呢？"

凯恩耸了耸肩，"只是看起来很不寻常罢了。"

"的确是。"斯坦朝着法利微笑起来，"闻起来就像是最上等的香水。"他扭头看着凯恩，"你可以过去自己体验一下。"

"我相信你的话就足够了。"

"随便你。"斯坦耸了一下肩膀，"摸起来的手感也非常精致——柔软而性感。事实上，我相信那是她们的第二性征。当然，对人类来说基本上没什么用。"他加上这一句的时候明显是在胡说，"但是我能够想象，这能让她们的男朋友都失去理智。充满魅力的气味，色情淫荡的触感。"他再次爱慕地凝视着她们，"这让她们看起来就像是一对刚刚出水的外星美人鱼。"突然，他收回了视线，再度转向凯恩，"是杰罗尼莫·詹崔让你来的？"

"是的。"

"我还以为过了这么多年他已经死了。"

"离入土还有些距离。"凯恩说着，终于坐了下来。

"他过得怎么样？"

"他在纪念星上开了一家酒吧兼妓院。"凯恩回答说，"我猜他过得不错，就是话太多。"

"他总是话太多。"斯坦顿了顿，"他为什么让你来这儿？"

"他告诉我，你可能有一些我需要的情报。"

"这很有可能。我知道数以万计的事情。他有没有也告诉过你我不是一个慈善家？"

"就算他没有，我也可以在见了你的一些小玩意儿之后自己猜出来。"凯恩说着，冲那些摆放在显著位置上的外星器物点点头。

"我是个收藏家。"斯坦露出一个灿烂的笑容。

"我也收集东西。"

"你还没有告诉我你是做什么生意的，凯恩先生。"

"我也是个收藏家。"凯恩回答说。

"真的？"斯坦突然来了兴趣，"那你都收集些什么呢？"

"人头。"

"它们的市场相当好。"斯坦说，"但是跟**我的**收藏品不同，它们不会增值。"

"有一个会。"

"看来，你想知道关于圣迭戈的消息。"这不是一个问句。

凯恩点点头，"这就是我来这里的原因。你是唯一一个曾经见过他的人。"

斯坦快活地笑起来，"他的组织横跨整个银河。难道你不觉得**他们**之中应该有人见过他吗？"

"那我纠正一下我的话。"凯恩说，"你是唯一一个**我知道的**曾经见过他的人。"

"这大概没有错。"斯坦愉快地同意道。他的雪茄熄火了，于是他打了个响指。一个法利立刻拿着打火机走过来，重新点燃了雪茄。"我的好姑娘。"他说着，在她无骨的手上充满深情地捏了一下。她像条小狗一样快活地扭动着，然后就穿过房间回到她的位置上去了。"美好的宠物。"斯坦评论道，"忠诚，乖巧，而且完全不会发出任何声音——我认识的女人中没有任何人拥有这三项特质。"他停顿了一下，深情地望着她，"她真是个甜蜜又没有头脑的小东西！我们回到生意上来吧，凯恩先生。你希望跟我谈谈圣迭戈？"

"没错。"

"你当然已经准备好付钱了？"

凯恩点点头。

"有句老话,凯恩先生,'说说话又不要钱',我希望你不会相信这种胡说八道。"

"我相信付出能够得到相应的回报。"凯恩回答。

"非常好！你可真合我心意。"

"真的？"凯恩挖苦道,"我敢打赌,这个房间里没有一样东西是你用付出换来的。"

"它们**都**是用付出换来的,凯恩先生。"斯坦带着愉快的笑容说,"或许不是金钱,但可能是人类的忧伤、痛苦甚至是生命换来的。这可比金钱昂贵得多,你觉得呢？"

"那要看是谁负责支付这些了。"凯恩回答。

"没有特别重要的人物。"斯坦耸了耸肩,"噢,他们大概有妻子或者丈夫或者孩子,这是毫无疑问的,但他们在我的传奇之中只不过是普通的龙套角色罢了。对于我来说,当然只有我的传奇才是有意义的。想必你也抱有和我相同的看法,毕竟你的工作是夺取他人的性命。"

"对于那些被我夺走的生命,我至少比你更看重他们的价值。"凯恩说,"政府也是。"

"好得很,于是我们又绕回来继续谈论价值和钱的问题了。"斯坦说,"我想我应该要求你支付一万五千信用币,以便我们的谈话能够继续下去,凯恩先生。"

"对于这样的价格,我想要知道的可不仅仅是一个你在十五年或者二十年前见过的男人的外貌。"凯恩回答,"我想要知道监狱的名字和位置,我想知道你服刑的时间,以及当时圣迭戈所使用的名字。"

"这是当然的！"斯坦说,"难道我给你的第一印象是个会克扣信息的人吗,凯恩先生？"

"我不知道。"凯恩说,"你是吗？"

"别傻了。"

"知道这点可真让人安心。"

"很高兴我们能互相理解,凯恩先生。就好像我们在做交易的时候常说的那样,能让我先看看你钞票的颜色吗?"

凯恩抽出钱夹,数了足够多的钞票递过去。

"我发现,在民主联邦的中心地带,已经完全没有人使用现金了。"斯坦说,"不过我很高兴在这边缘地带我们还能够放纵自己,这感觉可真好。"他飞快地点着钞票,然后示意一个法利过来,从他手中接过了这叠钱。

"帮我拿着这些,美人儿。"他说着点了点头,看着她以非人类的优雅走回原来的位置,"可爱的小东西!"他咕哝道,"实在是太可爱了!"

"我们正在谈论圣迭戈……"

"毫无疑问。"斯坦说着,不太情愿地将视线从法利身上移开,再度面朝凯恩,"我保证将一五一十地告诉你一切。你给了一万五千信用币,你应该得到相应的回报。"

"我正洗耳恭听。"

"那么,我应该从哪儿说起?当然是从最开始说起。当时,我正在前哨世界卡拉米三号上服有期徒刑,因为一些无中生有的罪名——只不过是对当地法律或者习俗的小小违背。"

"抢劫?"凯恩猜测。

"事实上是接手赃物和企图谋杀。"斯坦回答的时候不带半点儿悔过的神色,"不管怎么说,当时监狱里除了我,还有另外一个囚犯,一个名叫格里高利·威廉·彭的男人。他大概四十到五十岁之间,站起来足足有六英尺四英寸,非常健壮,但是一点儿都不肥胖。他的头发是黑色,眼睛是棕色,脸刮得干干净净。他能说至少六种外星语言——至少他是这么跟我说的,我却一种都不会,不过——"他对着法利笑了一下，"我也从来不需要。他的右手背上，有一条'S'形的伤疤，大约两英寸长。总体来说，他看起来像是个快活而聪明的男人。他完全没有提起过他自己或者他的过去，但他证明了自己是个非常优秀的象棋选手——我们从狱卒那里借了一副来玩。"

"你是怎样知道他就是圣迭戈的？"

"我们在卡拉米的监狱里共同度过了十一天，然后突然有五个全副武装的男人冲进来，制伏看守我们的人并将他捆了起来，然后让我的监狱同伴重获自由。他们将监狱电脑里的内容删得一干二净，后来我发现他们在审讯室里也做了同样的事情。后来，就在他们准备离开的时候，其中一个叫他'圣迭戈'。"

"如果这就是你的全部故事，那我可要把我的钱拿回来。"凯恩说，"边疆大概有一千个小骗子希望别人将他们当作圣迭戈。而且如果监狱的记录遭到了破坏，你甚至都不能证明这件事情发生过，我们也无从判断他是不是那个他自称的人物。"

"耐心点，凯恩先生。"斯坦轻松地说，"还有呢。"

"最好你还有些见鬼的料。这场小小的意外发生在什么时候？"

"十七个银河标准年之前。我大约在六个月之后通过贿赂手段出来了。"

"我知道你以前曾经做过一些赏金猎人的工作。"凯恩说，"你为什么不去抓他？"

"我们都有自己的执念，凯恩先生。"斯坦回答，"很明显，你的执念是在整个银河之中抓捕犯罪分子，而我的——我很快就发觉了——是一条完全不同的道路。"

"好吧，继续。"

"之后没过多久，我注意到我的生意突然急剧增长了。"

"哪种生意？"凯恩打断他问。

"我将其看作一种批发型的再分配网络。"

"销赃。"

"销赃。"斯坦承认说,"当我抵达艾特仁齐港的时候,我有种相当强烈的感觉:我可能在跟圣迭戈做交易。当然,我从来没有粗鲁地问起过。"

"向谁问起?"

"我主要是跟一个叫作邓肯·布莱克的男人打交道——一个大块头,左眼上戴着眼罩——当然根据情况不同也有其他人。"

"没有人会戴眼罩。"凯恩尖锐地指出。

"布莱克有戴。"

"他为什么不去弄只新眼球?我就有一只,比我天生的那只看得更清楚。"

"我怎么知道?或许他认为眼罩能够让他看起来时髦而且浪漫。"斯坦顿了顿,"不管怎么说,我一直享受着这种非常有益的合作关系。而在七年前,我收到了一船货物,彻底打消了我的全部疑虑,我很确定我是在跟圣迭戈做交易。"

"你收到了什么?"

"你看见那边那个镇纸了吗?"斯坦问,指了指附近桌子上一根金色的长条物品。

"是的。"

"你为何不过去仔细看看呢?"

凯恩站起来走到镇纸旁边,仔细地观察了一下。

"看起来像金条。"他说。

"拿起来,然后翻过去。"斯坦建议说。

凯恩需要用两只手才能将这东西拿起来。当他这么做的时候,他注意到金条的底部有一行九个数字组成的编码。

"那个数字跟圣迭戈偷来的一船金条中的一根相吻合，当时那艘船还有军队护航呢。"

"天苑四抢劫案？"凯恩问。

斯坦点点头，"我相信你能通过自己的各种渠道确认这个编码。其他金条上的编码都被抹掉了，但这一根却漏了，所以我将它留下来做个纪念。谁知道哪天它就能派上用场呢。"他微笑起来，"不管怎么说，自那以后，我就非常确定布莱克和其他人都是圣迭戈的代理人。"

"这依旧不能证明你在监狱里看到的那个男人就是圣迭戈。"凯恩说着，将金条放回了原处。

"我还没说完呢。"斯坦回答说，"大概在我收到那船金条一年之后，一个名叫卡斯塔托斯的走私贩——一个跟我打交道的代理人——给我提了一个很诱人的建议。很明显，他并不满意他的工资或者工作条件。不管怎么说，他决定出卖圣迭戈以获得赏金。但他是一个谨慎的人，不打算单干，所以他向我提出，如果我愿意去联络当局的话，就两个人平分赏金。我问了他一些问题，而他最终跟我描述的圣迭戈像极了那个我在卡拉米监狱里见过的男人——其中有一些出入，不过毕竟过去了十一年时间，这也是难免的。当他说到右手背上的伤疤时，我就确信无疑了。"

"那你做了什么？"

"跟圣迭戈的贸易让我一直有着相当可观的收入，我也不像卡斯塔托斯一样对他所属的组织心怀不满。另外，如果我告发了圣迭戈，不仅可能面对圣迭戈组织的报复性威胁，而一旦背叛内幕传开，我的大部分其他客户也可能不敢再与我做交易。"斯坦解释道，"因此我选择了唯一合理的行动：我将他的提议告诉了邓肯·布莱克，然后一切顺其自然。"他摇了摇头，"可怜的小家伙，我再也没有见过他。"

"他告诉过你哪里可以找到圣迭戈吗？"

"我觉得不知道这个问题的答案对于我的长寿会有很大的帮助。"

"你还在跟他交易吗？"

"如果我还在跟他交易，就不会提供这种消息了。"斯坦说，"我已经有三年没见过邓肯·布莱克了。当然，圣迭戈可能在通过其他人跟我做交易。不过我非常怀疑这种可能。"

"我在哪儿可以找到邓肯·布莱克？"

"如果我知道的话，这次小小的谈话大概就需要你五万信用币了。"斯坦回答，"我唯一能够告诉你的是，在我跟他打交道的那段时间里，他的飞船是登记在贝拉·多纳的。"

"贝拉·多纳？"凯恩重复了一遍，"我从来没有听说过这个地方。"

"是个前哨世界，克洛维斯星系的第三行星。我很确定你的飞船电脑上有它的坐标。"斯坦顿了一下，"你还想拿回你的钱吗，凯恩先生？"

凯恩瞪着他，"不了，除非我发现你在撒谎。"

"我为什么要撒谎呢？"斯坦问，"我有七年没去过外面的世界了，而且在可预测的将来，我也没有打算离开这里。你几乎不需要耗费力气就能够找到我。"他站了起来，"我想我们的谈话结束了？"

凯恩点了点头。

"那么，你会原谅我再度沉迷于自己的乐趣之中吧？"

他任自己的浴袍滑落到地板上，朝着浴池走去。

"过来，我的小可爱。"他低声叫着。两个法利走过去，温柔地帮助他进入水中。

"我想我需要点儿按摩。"他说，"还记得我教你们的那些吗？"于是法利立刻进入浴池，开始用它们修长、敏感的异形手指按摩他的手臂和身体。

"你想跟我们一起沐浴吗，凯恩先生？"斯坦突然意识到凯恩还没有离开房间，便问，"通常我不会向我的客人发出这种邀请，但如果你拒绝的话我也完全不会心碎。不过我相信，对于刚刚在一条毫无用处的小道消息上花了一万五千信用币的男人，我至少还是能够提供这点儿服务的。"

"毫无用处？"

"现在天使在追捕圣迭戈，难道你还没有听说？"

"我知道。"

"但是你依旧决定付钱给我？"斯坦说，"你肯定是个非常厉害的杀手，凯恩先生——或者说是一个过于自信的杀手。"这时，一个法利开始捶打他的左大腿，他发出非常愉悦的呻吟，"你究竟杀过多少人？"

"给我一万五千信用币，也许我就会回答这个问题。"凯恩说。

斯坦发出欢愉而空洞的笑声。

"我想还是算了，凯恩先生。你过去的事迹总有一天会收入黑俄耳甫斯的歌谣里，就像我一样。而你不过是路过我生活的又一个龙套而已——非常微不足道的那种。"

"她们呢？"凯恩指着两个法利问。

"她们代表的是我对于优雅的沉迷。"斯坦微笑着回答，"比起普通的配角来说重要得多，我可以向你保证。也许有一天我会给她们取名字。"他扭头看着其中的一个，"轻点儿，我的美人儿——轻点儿。"他抓过她的手，小心翼翼地引导着她。

凯恩又盯着他们三个看了一会儿，转身召来电梯。电梯门关闭时，身后传来斯坦因为急切而颤抖的声音。

"来，我的小乖乖。躺下来，我教你怎么做。"

凯恩下降到大厅里，穿过满是灰尘的大道，回到自己的旅店。他打开房门，发现半便士特威利格正坐在床上玩单人纸牌游戏。

"见鬼，你在这儿做什么？"他发问的同时，房间门在他身后滑动着关上了。

"等你。"这个小个子赌徒回答。

"你怎么知道这是我的房间？"

"我问了柜台。"

"然后他们就给了你门锁的密码？"

"从某种意义上来说，算是吧。"特威利格说，"当然，他们可能并没有**意识**到给了我密码。"

"好吧。"凯恩说，"你为什么要等我？"

"因为我终于弄清楚你是谁了。你是歌鸟，对不对？"

"我是塞巴斯蒂安·凯恩。"

"但是人们都叫你歌鸟？"特威利格坚持道。

"有些人。"

"很好。如果你是歌鸟的话，你应该很快就会离开艾特仁齐港，去寻找更好的猎物。"

"说重点。"凯恩说。

"我想搭个便车。"

"我不带乘客。"

"我把用词改得更强烈一点吧。"特威利格说，"我**需要**搭个便车。这关系到我的性命。"

"为什么？"

"这是个很长并且让人害臊的故事。"

"告诉我要点。"凯恩说。

特威利格盯着他看了片刻，然后耸了耸肩，"四个月前，我在斯皮诺斯星系的时候，欠了人山贝茨大约二十万信用币。"

"他是个赌徒，对不对？"

"一个坏脾气的大赌徒。"特威利格满怀敬畏地说。

"我得说你那么做可真不明智。"

"我本**打算**让那笔钱增值的，只不过我稍微放纵了一下自己，进行了一点儿赤字消费而已。见鬼，民主联邦不也一直都这样做的嘛。"他顿了一下，"但是几分钟之前我听到一个消息，说他后天会在艾特仁齐港着陆——说实话，现在我手上的钱可不够付欠款的。"

"差多少？"

"哦，没多少。"

"差**多少**？"凯恩又重复了一遍。

"大约二十万信用币，具体数字略有出入。"特威利格露出一个病态的微笑。

"我可一点儿都不羡慕你。"凯恩评论道。

"我也不希望你**羡慕**我，"特威利格的声音里带着绝望，"我希望你能够带我离开这个该死的地方！"

"我说过了：我不带乘客。"

"我会支付船票的。"

"我以为你身上没有钱。"凯恩指出。

"我会用工作来换的。"特威利格说，"我可以做饭，我可以搬货物，我可以……"

"船上的厨房是全自动化的，而且我需要运载的货物不需要搬运——只需要杀戮。"凯恩打断了他。

"如果你不带我走，我就死定了！"

"每个人都会死的。"凯恩回答，"去找别人吧。"

"我找过别人了，没人希望人山贝茨跟在他们屁股后面。但我相信，一个像歌鸟这样的人，一个能够被写入歌谣和故事中的男人，是不会在意这种小事的。"

"你错了。"

"你真的不带我？"

"我真的不带你。"

"我的死可全都是你的错。"特威利格说。

"为什么？"凯恩问，"我可没有欠过任何人钱。"

特威利格仔细地上下打量了他一会儿，然后强迫自己露出了一个笑容，"你在开玩笑，对不对？你只是想看我局促不安的样子。"

"我没开玩笑。"

"你**有**！"这小个子赌徒几乎咆哮起来，"你不能让我去面对人山贝茨！他能像折断牙签那样折断别人的脊梁！"

"看看你，"凯恩略有些愉快地评论道，"你现在跟我之前在酒吧遇见的那个人可真是天壤之别。"

"在酒吧的时候可没有一个身高八英尺、两眼充血的魔鬼跟在我背后！"特威利格怒吼起来。

"你大喊大叫够了吗？"凯恩平静地问。

"我安排了你和斯坦的会面。"特威利格绝望地说，"这多少应该**有点儿价值**。"

凯恩伸手从口袋里摸出一个小小的银色硬币，抛向房间另一头的特威利格。"谢了。"他说。

"去你的，歌鸟！你他妈的算什么人？"

"一个毫无同情心的人。你是打算现在就离开我的房间，还是非要让我将你丢出去？"

特威利格发出一声失败的叹息，收起床上散放的扑克牌，艰难地朝门口走去。

"非常感谢你的帮助。"他挖苦道。

"随时为您效劳。"凯恩回答着闪到一边,让特威利格出门进入走廊。

门又滑动着关上了。

凯恩一动不动地矗立在门前,沉默了一会儿,然后又打开了门。

"嘿,特威利格!"他冲着赌徒远去的背影喊道。

"什么?"

"有个叫作邓肯·布莱克的男人,你知道多少?"

"那个戴眼罩的家伙?"特威利格说着转过身,试探性地朝着凯恩的方向迈了一步。

"就是他。"

"我以前跟他玩过牌。你想知道什么?"

"我在哪儿可能找到他?"凯恩问。

特威利格突然露出了一个灿烂的笑容,"我相信我刚刚订了一张离开这里的船票。"他说。

"你知道他在哪儿?"

"没错。"

"在哪儿?"

"起飞后我就告诉你。"

凯恩点点头同意了,"我吃完晚饭就出发。去收拾好你的行李,两个小时后在太空港见。"

特威利格抽出他的扑克牌。

"我已经带上我需要的全部行李了。"他高兴地说,"现在,如果你不介意的话,我准备下去玩点儿概率小游戏来打发我们离开之前的这段寂寞时光。"

说完,他转身去寻找那三四个新到艾特仁齐港、还愿意接受他筹码的外地人去了。

3

半便士特威利格,史上最大胆的赌徒。

半便士特威利格,愿意下任何赌注。

半便士特威利格,吵吵闹闹不服输。

半便士特威利格,灵魂也背负着债务。

"金①。"

"见鬼!"特威利格说着,一只手重重地拍在桌子上,"我只有十九分,你赢了。"他将扑克牌推到凯恩面前,"你发牌。"

"我已经玩够了。"

"你确定?"

"在这五天之中,我玩牌的时间比过去二十年加起来还多。"凯恩说,"我们休息几个小时吧。"

"我只不过是想让你娱乐一下。"特威利格说着洗好牌,将它们塞回他那鲜艳外套的口袋里,"现在的状况?"

"你欠我大概不止两千二百信用币。"

"我想你应该不会接受欠债支票吧?"特威利格问。

凯恩微笑起来,"多半不会。"

"介意我再去冲一壶咖啡作为下午的开始吗?"这个赌徒一边问一边朝厨房走去,"也免得你手气一直这么好。"他咕哝着,在厨房极

---

① 扑克游戏金拉米中的术语,是一种赢牌的方式。

其有限的空间里寻找着咖啡，"很明显这艘该死的船没有设计一名额外乘客的空间。"当他终于从一堆浓缩口粮中找到咖啡后，不禁发出一声小小的欢呼。

"别太浪费那东西。"凯恩说，"很贵的。"

"**尝起来**也挺贵的。哪儿产的？贝洛尔还是坎佛？"

"巴西。"

"从没听说过。"

"地球上的一个国家。"

"你是说这几天我喝的都是地球本土产的咖啡？"特威利格说，"太令人感动了！你对客人可真大方，歌鸟。"

"谢谢——而且我一直都在提醒你：我的名字是凯恩。"

"其实我正想问问你这个问题。黑俄耳甫斯的声音听起来并不适合唱歌，他为什么会叫你'歌鸟'呢？"

"因为我的名字是塞巴斯蒂安·夜莺·凯恩。他爱上了我的中间名，而我告诉过他不能用这个。"凯恩愁眉苦脸地说，"我应该说得更明确一些。"

"这样想好了：黑俄耳甫斯干过**许多**愚蠢的事情，"特威利格说，"比如关于我'吵吵闹闹不服输'那一句。我可是这个银河之中最可爱、最友好的人，他只不过是想押韵而已。"

"我注意到你没有否定关于你出卖灵魂的那部分。"凯恩评论道。

特威利格笑起来，"老天，一个男人来到边疆之后首先丢掉的东西就应该是灵魂。额外负担，仅此而已。"

"输牌似乎会让你变得愤世嫉俗。"凯恩说。

"这跟打牌可一点儿关系都没有。"小个子赌徒说，"这是一个明显的事实。你靠杀人维生，**你的灵魂在哪儿**？"

"大概还在塞拉瑞亚，我想。"凯恩若有所思地说。

"就是那个你搞革命的世界？"

"其中之一。"

"你应该知道，"特威利格说，"一个追逐权力的人无论作出过怎样的承诺，最后他都不会跟那个他所取代的人有任何区别。"

"那时候我很年轻。"凯恩说。

"真难以想象你乳臭未干的样子。"

凯恩呵呵笑起来，"我只是有点儿理想主义罢了。"

"好啦，开心些。边疆到处都是曾经希望让银河变得更好的人。"

"其实那些掌握大权的人曾经也是。"凯恩挖苦道，"他们中有人知道如何让银河变得更好。"

"你是不是准备告诉我，你依旧相信那套理想主义的空话？"

"怎么会？"凯恩说着向后靠去，将一只脚蹬在舱壁上，"那是很久很久以前的事情了。"

赌徒走到感应器终端所在的位置。自从离开艾特仁齐港之后，他每过几个小时都会去看一次。他很满意地发现，没有任何迹象表明人山贝茨在追赶他们。

"知道吗？"特威利格说着，终于给自己倒了一点儿咖啡，然后将一个杯子递给了凯恩，"你从来没有告诉过我，你为什么成了赏金猎人。"

"我当了十二年的恐怖分子。我唯一真正擅长的事情就是杀人。"

"真的？"赌徒露出一种假惺惺的惋惜，"我还以为是因为你相信正义。"

凯恩拍了拍腰间的武器，"我学会怎样使用这把枪，是因为我相信真理、荣誉、自由以及很多听起来很美好的东西。我耗费了十二年时间为之战斗，然后仔细地审视了我得到的结果。"他停顿了片刻，"现在我所相信的全部就只有这把枪了。"

"其实，我以前也遇见过很多幻想破灭的革命者，但你是唯一一个自由职业型的斗士。"

"没有人为我的所作所为付钱。"

"我的意思是，看起来你在不断地参加不同的战争。"

"当我发现原以为能率领我改变一切的第一个人其实是个伪君子后，我就四处寻找另一个。我用了三场革命才终于意识到，这个宇宙中有多少虚假的偶像。"他苦笑了一下，"我醒悟得很慢。"

"至少你打了几场漂亮仗。"特威利格说。

"我打了三场愚蠢的仗。"凯恩纠正他，"我不为任何一次感到自豪。"

"你以前肯定是个非常严肃的年轻人。"

"事实上，我以前比现在爱笑多了。"他耸了耸肩，"那时候，我以为凡人能够改变一些东西；而如今，唯一一件让我觉得**非常**可笑的事是：依旧有很多人相信这一点。"

"第一次遇见你时，我就觉得你肯定不是个普通的赏金猎人。"特威利格说，"就像我告诉过你的，我有读懂别人表情的天赋。"

"哼，如果要这么说的话，第一次遇见你时，我就觉得你是个糟糕的牌手。"

"我是你**能**遇见的最好的牌手。"

"我好像很轻松就赢了你。"凯恩指出。

"我**让**你赢的。"

"是啊，没错。"

"你不相信我？"赌徒说，"看**这个**。"

他抽出扑克牌，将它们认真地洗了一遍，然后在小小的铬合金桌子上发了各五张的两组牌。

"有什么值得赌的东西没有？"他问。

凯恩抓起牌,慢慢地将它们展开,发现自己有四张 K 和一张 J。

"可能有。"他非常警惕地回答。

"两千二百信用币如何?"

"还是一百吧。"

"你确定?"

"那是我的上限了。"

特威利格将他手上的牌摊在了桌面上。他有四张 A 和一个 Q。

"那在我们第一次见面的时候,你为什么还让我赢了那么多呢?"凯恩问。

"因为一个专业牌手在欺骗一个专业杀手时需要万分小心。"特威利格回答说,"再说我当时很孤独。一旦流言传开说我作弊,就没有新手愿意跟我玩儿了——而你不能对专业对手使用这种把戏。"

"那离开艾特仁齐港之后,你为什么还一直让我赢呢?"凯恩继续问。

"这只不过是我让你保持好心情的方法,同时感谢你救了我一命。"他咧嘴笑起来,"再说了,我反正也没有能真正付给你的钱。"

"那可会让我很生气!"凯恩大笑着说,"**难怪**你不肯让电脑给我们随机发牌!好吧,你这小混账,你输的钱都一笔勾销了。"

"我宁愿欠着你。"

"为什么?"

"我有我的理由。"特威利格说。

"随便你。"凯恩说,"我还有另外一个问题。"

"说。"

"像你这样的人,怎么会欠了人山贝茨二十万信用币呢?"

"你觉得在你手上攥着四张 A 的时候,对手摸到同花顺的概率有多大?"特威利格问。

"不太大，我猜。"凯恩说。

"你猜得对极了！要知道，如果你每天都赌牌的话，在你老死之前，这种事情大概会发生五次。但是，我的狗屎运却让我在头一次碰上这种事的时候对手就是那个能折断你脊柱的家伙。"

"那你是怎样在没有被折断脊柱的情况下脱身的呢？"

"我耐心地等到贝茨需要去解决一下生理问题的时候，告诉其他牌手我需要回房间去拿些钞票来支付我的债务，然后就在所有人发觉之前离开了那颗见鬼的行星。"特威利格皱了皱眉头，"我真希望那家伙的尿包能够保存下来用于科学研究——他在站起来之前至少喝了六夸脱①！"

"请原谅我提一个不道德的问题：现在我已经见识过你可以用一副牌做到的事情，为什么你不用这个对付他呢？当然是非常谨慎小心地对付。"

"你见过人山贝茨吗？"特威利格苦笑着问。

"没有。"

"好吧，他是那种你绝对不想招惹的角色，特别是当他坐在你咫尺之外的地方时。"

"哪怕是赔上二十万信用币？"

"也不值得去冒险。这就跟你在天使的地盘上偷猎一样危险。"

"我听来的消息似乎是说他正准备在我的地盘上偷猎。"凯恩评论道。

"那不一样。"

"为什么？"

"因为他是天使。"特威利格走向咖啡壶，给自己又倒了一杯，"再说，所有人都知道他只是来抓圣迭戈的。既然没有人知道圣迭戈藏

①1 夸脱 = 1.1365 升

在哪儿,你就不能将其称作是偷猎。说到这人,我倒想起另外一件事情,"他小心谨慎地补充道,"你跑了一大段路,却只是来跟乔纳森·斯坦聊聊天。通常来说,赏金猎人是不会离开自己的地盘这么远的,除非他认为可以得到关于圣迭戈的线索。所以我的问题是:邓肯·布莱克和圣迭戈之间有关系吗?"

"我可不认为这关你什么事。"凯恩说。

"看看我,"这个小个子赌徒说,"我看起来像一个该死的竞争者吗?"

"不。"凯恩说,"你看起来像一个该死的推销员。"

"回答我的问题。我向你保证我不会把这消息卖给别人的。"

"但是我的直觉告诉我,你的保证可一点儿都不值钱。"

"见鬼,凯恩——这很重要!"

"对谁?"

"对我们两个都很重要。"

凯恩瞪着他看了很长一段时间,然后点了点头,"是的,他跟圣迭戈有关系。"

"很好!"特威利格松了一口气。

"有什么好的?"

"嗯,首先我希望你能记住,我依旧欠你两千一百信用币,如果我死掉了就不能还你钱了。"

"说重点。"

这个小个子赌徒深吸了一口气。

"我之所以知道在哪儿可以找到邓肯·布莱克,是因为我知道他被埋在哪儿。"特威利格飞快地举起了手,似乎准备挡开任何可能出现的打扰,"我知道,我应该在艾特仁齐港的时候就告诉你。这毫无疑问是一个彻底的错误。但是如果我当时就告诉你的话,你就不会带我走了,那我现在恐怕已经变成人山贝茨的晚饭了。"

"我可以立马将你带回去,交给他。"凯恩说。

"但是现在一切都没问题了!"特威利格飞快地说,"一切都没问题了。"他又重复了一遍,"所以说,我必须知道布莱克是否跟圣迭戈有联系。"

"把话说清楚!"凯恩恶狠狠地说。

"你看,如果他是欠你钱或者其他类似的东西,那你就太不走运了,而我也就陷入了大麻烦。我是说,见鬼,那个可怜虫差不多都死了快三年了。"他停下来喘了口气,"但是现在我知道你找他是为了什么,我依旧可以帮助你找到解决办法。"

"什么办法?"

"他曾经和一个女人同居。"特威利格说,"她帮他处理了许多商业上的事务。她恐怕知道**他**知道的一切,能告诉你他与他们之间的联系。"

"她还活着?"凯恩问。

"至少两个月以前是。"

"我在哪儿可以找到她?"

"就是我们正要去的地方——克罗维斯星系。"

"在贝拉·多纳上?"

"不完全是。"特威利格说。

4

她生活在飞船残骸形成的墓场,

> 她飘浮于虚空，心怀逝去的梦想；
> 　或许她已太久没有爱人在身旁，
> 　但海藻玫瑰却不是你想象的模样。

黑俄耳甫斯只看了海藻玫瑰一眼，就知道她内心隐藏的东西比表现出来的多得多。

他究竟是怎样找到她的已经成了一个谜，因为他没有任何理由来这里，来贝拉·多纳上空六千英里的地方。或许是这些飞船吸引了他的目光，它们在太空中被连成一串，如同鱼线上许多闪闪发亮的鱼，有些快死了，而有些已经死了。他同时也为这座间间站命了名——他讨厌"十四号空间站"这种名字，所以他称之为"致命夜影"。这个绰号很适合一座太空船墓场，特别是这个环绕着贝拉·多纳的墓场。

他在这里待了些日子，与海藻玫瑰交谈，简略地记下她的故事，就跟记下其他遇见过的人一样。有人说他甚至和她睡过，但他们错了——自从他的欧律狄刻去世后，黑俄耳甫斯就没有跟任何人睡过。况且，海藻玫瑰也不是那种随便就跟什么人上床的女人。

事实上，这或许已经成为了她的问题之一。她已经四十岁了，却只有过三个情人。头两个因为其他女人抛弃了她，而邓肯·布莱克离开她是因为他提前几年下了地狱，开始了在炼狱中的苦力劳动。她总是愿意为他奋战，自从头两次恋爱之后，她就再没有如此深地爱过一个人。当他的心脏最终停止跳动时，她的心也几乎碎了。

那之后，她悲伤了整整一年，直到黑俄耳甫斯到来也未能走出心理阴影。但是，她依旧向他展示了"致命夜影"。他深入到这个庞然大物深处，将整天整天的时间耗费在里面。当她的手下将里面的东西扯出来抛入虚空时，他毫不停歇地写着乐谱，然后带着孩童般的热情看太空如何将这些新尸体猛然吸出空间站的泊船口。他甚至在前往下一个目的地之前，找时间为贝拉·多纳的三颗小卫星命了名——颠茄叶、毛地黄和菟葵。

凯恩和特威利格抵达时，"致命夜影"上并没有什么值得一看的东西。它的外壳上点缀着许多经过快速修理的小陨石洞；一艘偏离航向的拖船对其中一个泊船口造成了不可逆转的损害；而由于它在过去岁月中与太多的宇宙尘石发生过亲密接触，以至于整个外表都需要整修翻新。

但他们到这里来可不是为了看"致命夜影"的，而是要见拥有它的女主人。因此，凯恩非常小心地操纵着他的飞船接近了一个泊船口，耐心地等待着移动式密闭走廊连接到飞船的气闸上，然后跟着特威利格走进了空间站。

地板在他们的两侧以柔和的弧度弯曲起来，一块看不出来有什么功能的狭窄垫子包住了他们的脚。

"你可没告诉过我这里是零重力。"凯恩指出。

"你只需要保证总是有一只脚在那垫子上就好。"特威利格回答说，"你不会飘走的。"

"我以前用过重力垫。"凯恩恼火地答道，"我只是不太喜欢在刚刚吃过一顿饭后立即就进入无重力环境。"

"你应该告诉我的。"

凯恩本来准备回答说他并不知道这个空间站里没有重力，但他觉得没必要将整个对话再重复一遍。

突然，一个人形生物朝他们靠过来，它有着巨大的头骨、深陷的金色眼睛和橙黄色的网状皮肤。

"见鬼，那是什么东西？"凯恩问。

"橙色猴子。"特威利格回答说，"玫瑰用它们当保安。"

"我从来没见过这种生物。"凯恩说，"哪个世界的？"

"瓦瑞恩四号。"赌徒说，"它们自称哈吉本人，我们叫它们橙色猴子。这名字更适合。它们要求的薪水不高，学语言的速度也快，并且它们热爱零重力。这可是很难被超越的综合素质——你知道，很多外星种族根本就不工作，而且总是锚铢必较。"

那只橙色猴子在他们面前停了下来。

"请问你们的来意？"它那抑扬顿挫的声音听起来更像是在唱歌，而不是说话。

"我们是来见海藻玫瑰的。"特威利格回答。

"海藻玫瑰更倾向于不直接跟我们的客户当面交易。"这个外星人说，"如果你们告诉我需求，我会带你们前往相应区域。"

"她会直接会见**我们**的。"特威利格说，"我是她的老朋友。"

这个橙色猴子看着他，"你是半便士特威利格，曾经因为在扑克游戏中欺骗多名船员而被强行驱离'致命夜影'。"它顿了顿，"**我**正是当时将你丢进飞船的众人之一。"

"是吗？"特威利格问。他有些惊讶，但是并没有半点害臊。

"是的。"

"很抱歉我没有认出你来，所有橙色猴子在我看来都一模一样。"

"我非常理解。"这个外星人说，"因为我们都非常美丽。"

"好吧，既然我们已经是老朋友了，我想你不会介意去告诉玫瑰我们来了？"

"我会告诉她的，半便士特威利格，但是她更倾向于不直接跟客户当面交易。"

凯恩朝前迈了一步，"不管怎样，你先去告诉她。"凯恩的声调非常平和，"告诉她，我们的事情关系到一位共同的朋友。"

橙色猴子盯着他看了片刻，然后叫来一个同伴继续监视他们，而它自己则朝着空间站的另一个区域走去。几分钟之后，它又回来了，径直朝凯恩走来。

"海藻玫瑰告诉我带你们去见她。"它用唱歌般的温和声调说。如果它也感到了惊讶或者失望的话，它一定很好地将这些感情隐藏了起来。

凯恩和特威利格跟着它穿过三个巨大的储藏间，走到一扇小门前。

"她在里面。"橙色猴子说。

"谢谢。"凯恩说。他打开门，走进一间乱七八糟的办公室，特威利格跟在他身后。

一个苍白的女人坐在一张已经不再闪亮的铬合金书桌后面，身穿一套已经不再耀眼的金色外套。她的头发是暗淡的棕色，眼睛是灰暗的绿色，鼻子高耸，下巴尖瘦。她不胖也不瘦，但如果说她也曾有过充满魅力的身材的话，那也一定是很早以前的事情了。她的头发上装点着一朵小小的白玫瑰，凯恩觉得应该是人造的。

她目不转睛地瞪着这位走进来的赏金猎人。

"你想见我，凯恩先生？"

"你知道我的名字？"

她微笑起来，"我知道很多关于你的事情，塞巴斯蒂安·夜莺·凯恩。不过，我不知道究竟是谁向你提起了我。"

"一个叫作斯坦的男人，在艾特仁齐港。"

"乔纳森·杰瑞米·雅克巴·斯坦，"她说，"我很多年都没听过这个名字了。"她用手示意了一下两把椅子，"请坐。"然后她转向特威利格，"我知道人山贝茨正在找你。"

"你有很棒的消息来源。"赌徒紧张地回答说。

"没错。"她同意道，"这一带边疆里很少有我不知道的事情。"

"那么我猜你也知道我为什么来这里了。"凯恩说。

"我知道你是个赏金猎人。"她说,"而刚才你告诉我说是斯坦让你来的,于是我基本上可以猜到你为什么来这里。"她顿了顿,"但是斯坦不会直接让你来找**我**。他应该会告诉你去寻找邓肯·布莱克。"她又重新转头看向了特威利格,"毫无疑问,是**你**告诉凯恩先生到这里来的。斯坦并不知道邓肯已经死了,但是你知道。"

"我们没有必要尝试去跟邓肯交谈,让他的灵魂安息吧。"特威利格带着防御性的姿态解释道。

"毫无疑问,凯恩承诺保护你不受人山贝茨的骚扰,作为对这条情报的交换。"她又仔细地打量了一番凯恩,"你做了笔非常不划算的交易,凯恩先生。你应该待在纪念星上。"

"你凭什么认为我是从纪念星来的?"他问。

她又微笑起来,"两天前我开始追踪你们时,就掌握了你的飞船的登记号码。在接下来的四十八小时之内,我得到了关于你的一切,包括那些连**你自己**可能都已经遗忘的事情。我知道你的出生日期和出生行星,我知道你为什么离开更加发达的民主联邦世界,我知道你杀过多少人以及他们都是谁——而现在你站在这里,试图否认你是从纪念星来的。如果你希望**我**对你诚实,那么我认为你至少能够先向我表现你的诚实。"

"我向你道歉。"凯恩说。

"没必要。"她回答,"因为你的性别,欺骗已在我的预料之中。"

"你会帮助我吗?"凯恩问,故意忽视了她的评价。

"你在浪费你的时间。"

"我有很多时间可以浪费,"他说,"而且我也愿意支付你被浪费的那部分。"

"我可没说过你会浪费**我的**时间。"海藻玫瑰说,"我非常愿意将你需要的信息卖给你。"

"我不太明白你的意思。"

"我已经准备好将那些你想知道的事情都告诉你，但是这对你没什么好处。天使到内疆来了。"

"我已经厌倦听到他的名字了。"凯恩有些恼火地说。

"我相信一万光年之内的亡命者们也有同感。"她回答，"特威利格先生，我想现在是你离开这个房间的时候了。接下来，我要对凯恩先生说的话只有他一个人可以听。"

"为什么？"赌徒问。

"就跟你不能随便到我的仓库里去拿货物的理由一样：我可不希望你把一些属于我的东西转手卖给第一个顺道经过并且肯出钱的家伙。"

"我很反感你这么说。"特威利格说，试图表现出他的真诚，却不太成功。

"你要反感要怎样都随便你。"海藻玫瑰说，"但我**不**欢迎你继续留在我的办公室里。"

特威利格看起来似乎很想抗议，但他又想了想，朝着门走去。

"我就待在外面。"他对凯恩说，"如果你需要我，就大叫。"

凯恩饶有兴致地盯着他，片刻之后，门滑动着在小个子赌徒的身后关上了。

"如果你在计划猎捕圣迭戈的话，你真应该在选择旅行同伴的时候更加谨慎一些，凯恩先生。"海藻玫瑰说着，向后靠在了椅背上。

"也许吧。"凯恩回答，"但是站在他的一边来说，是他带我到你这里来的，否则我大概还在浪费我的时间，四处搜寻邓肯·布莱克，要不然就是回到艾特仁齐港，揍得乔纳森·斯坦将我的钱给吐出来。"

"这是没错。"她耸了耸肩表示同意，"要喝点儿什么吗？"

"为什么不呢？"他赞同地说。

她按下了电脑操作板上的一只按钮，一个毛茸茸的红色外星人就从另外一扇门进来了，看起来完全不是人形生物。它将一个瓶子和两只玻璃杯放在了她的桌子上。

"'致命夜影'上究竟有没有人？"当外星人离开办公室后，凯恩问。

"你是指人类还是男人①？"海藻玫瑰问，"不管是哪种，答案都是否定的。这两种生物都会在你最需要他们的时候抛弃你——特别是男人。"

"这上面一定很寂寞吧。"凯恩评论道。

"最终会适应的。"她倒满了两只杯子，凯恩走过去拿起一只。

"谢谢。"他坐回自己的椅子，呷了一口后说。然后，他突然自嘲般笑了起来。

"怎么了，凯恩先生？"

他举起手中的杯子，"我刚刚才意识到这个房间里有正常重力。"他回答说，"我可真是个敏锐的猎手！如果我没注意到这东西竟然没有飘走的话，我恐怕永远都不会发现这一点。"

"橙色猴子们喜欢零重力。但是我发现长时间待在那样的环境里并不舒服，所以按照自己的需求改造了办公室。"

"需要很大一笔钱吧？"他说。

"是的。幸运的是，我有一大笔钱可以花费。"

他又呷了一口，"这东西味道不错。"

"当然。"她说，"这可是从德鲁洛斯八号直接运来的。"

"你跟那么远的地方都有贸易关系？"

"你要是知道'致命夜影'上都经手了什么东西的话，一定会很

---

① 英文中的 man 既可指人类，也可指男人。

惊讶的,凯恩先生。"她回答说,"不过也有可能不会。言归正传,斯坦究竟跟你说了多少关于邓肯·布莱克的事情?"

"布莱克会处理偷来的货物,以及他是斯坦和圣迭戈的中间人——就这么多。"凯恩回答,"我知道他曾经和一些黄金打过交道,就是圣迭戈在天苑四抢劫案中搞到的那些。"

"**那**可真是一大笔货!"她带着微笑说,"价值六亿信用币的纯正金条!"

"我从特威利格那里得到了一个概念:你似乎打算追随布莱克的脚步。"

"特威利格说得太多了。"

"大部分人都这样。"凯恩表示同意。

"但事实上应该说,最开始干这种买卖的是**我**。"她继续道,"在邓肯·布莱克有这种念头之前的很长一段时间里,我就已经跟偷来的东西打交道了。"她顿了顿,"我给了他一部分生意,以保证他的忠诚。"她看着凯恩,"你是否觉得这非常狡诈而且不道德?"

"我很早以前就放弃进行道德评判了。"他回答。

"不管怎样,"海藻玫瑰说着啜了一口饮料,"邓肯比我更喜欢与人打交道,因此当我们跟艾特仁齐港之类的地方、跟斯坦这样的人打交道时,他就成了中间人。"

"也就是说,**你**才是最早联系上圣迭戈的人,不是布莱克。"

"事实上,是圣迭戈最早联系上**我**。"她回答说,"大概用了好几年的时间,我才最终抛开所有的怀疑,确信我是在跟他做交易。"

"你见过他吗?"凯恩问。

她摇了摇头,"没有。或许应该说,至少我认为没有。"

"但是有可能?"

"这就很难说了。"她耸了耸肩,回答道,"我见过无数人运来可能是圣迭戈偷窃的货物。但是说老实话,我很难想象他会冒着暴露身份的危险跑到这里来。"

"那你知道有谁曾经真正跟他面对面地见过吗?"凯恩坚持问道。

"是的,我知道。"

"谁?"

"在我告诉你之前,凯恩先生,"海藻玫瑰说,"我有几件想要知道的事情——纯粹出于我个人的好奇心。"

"比如?"

"你将你青年时代的大部分岁月都投身于推翻各种政府的战斗之中。圣迭戈——就我所知道的部分而言——主要也只攻击和掠夺那些民主联邦拥有或控制的企业,或者与其紧密相关的企业。你曾经被人称作革命家,也曾经被悬赏通缉。毫无疑问,圣迭戈的所作所为的影响力比你大得多,但他也可以被看作是一位革命家——毕竟,迄今为止他的大部分罪恶都是在对抗国家。你跟他有着如此之多的共同点,我不太理解为什么你如此焦急地想要杀掉他。"

"他那一大堆犯罪行为之所以都是针对民主联邦的,只不过是因为民主联邦比其他潜在目标拥有更庞大的资产。"凯恩说,"如果说他都算得上是革命家的话,那么老地球上那些抢火车的劫匪也能拥有同样的头衔了——他们也抢过政府的东西。这个男人只是一个罪犯,就这么简单。"

"你听说他杀过任何人吗?"她问。

"就在去年,他在银蓝上杀死了十七个殖民者。"凯恩回答。

"一派胡言!"海藻玫瑰说,"他很多年都没有去过外疆了。"

"你怎么确定那是事实?"他尖锐地指出。

"要不天使干吗转移到这个地区来?"她回答说。

"或许天使只是追捕他的时候路过这里。"凯恩猜测说。

"也许你并不相信，但是天使**能够逮到**他追捕的任何人。"

"他只是个赏金猎人，不是超人。"

"你依旧没有告诉我你为什么想要杀掉圣迭戈。"

"为什么**所有人**都想要杀掉他？"凯恩微笑起来，"因为有一大笔该死的赏金啊。"

"这不是个让人信服的答案。"她说，"你是个非常富有的人，凯恩先生，所以我确定金钱不是你的主要目的。"

"金钱总是我的目的。"他回答，"而且，"他若有所思地加上一句，"这多少有点儿**意义**。"

"有什么意义？"

"能证明我是能够改变这个世界的。"他回答，"证明我终于干成了一件够分量的事。"

"你曾帮助一些人获得权力，难道这不够分量？"海藻玫瑰问。

"他们都是错误的人选。"凯恩苦笑着回答，"他们在史书上甚至连脚注都当不了。"

"那么你猎捕的那些罪犯呢？"

"他们中的大部分名字，在我出发之前甚至都没有听说过。"他顿了一下，"但是圣迭戈不一样。**他**很重要，因此能够将他逮住的人也很重要。"

她微笑起来，"也就是说，你想要被写入歌谣和故事当中。"

"我**已经**在一首歌里了。我不太喜欢那东西。"他喝完了饮料，"现在我来问你一个问题。"凯恩说。

"我们还没有谈定价格呢。"她指出。

"不是那个问题。"

"那你问吧。"

"很明显,你从圣迭戈那里赚了不少钱,你为什么愿意帮助我?"

"在邓肯死后不久,圣迭戈就把他的生意转到别的地方去了。我不欠他的。而且我是个商人,我拥有的一切都可以贩卖,包括情报和信息。"

"你把它们卖给过别人吗?"

"没人问过我。但是如果他们提起的话,我会的。"

"好吧。"凯恩说,"那么确切地告诉我,你能够贩卖的内容是什么?"

"我知道一个人曾经直接跟圣迭戈打过交道,我有他的名字、全息图像和现在的位置。我有四个圣迭戈代理人的名字和全息图像,我三年前跟他们做过生意。我有一些金条,运输它们的集装箱上写着它们来自哪里。而且我还知道是谁杀死了卡斯塔托斯。"

"卡斯塔托斯?"凯恩问,"那个试图说服斯坦出卖圣迭戈以获得赏金的男人?"

她点了点头,"就我所听到的传言,那可真是一次悲惨的尝试。"

"那你想要得到什么来交换所有这些情报呢?"

"我想要你杀死圣迭戈。"

他惊讶地看着她,"就这个?"

"就这个。"

"我可以问为什么吗?"

"邓肯·布莱克是个好人。"她开口道,"嗯,不,他不是。他卑鄙,靠不住,而且软弱。但他是**我的**。后来他发现我们在跟圣迭戈做交易,他认为我们可以加入圣迭戈的组织,就能赚更多的钱。我不知道他跟他们提了什么条件,但是没有谈下来。"她抿了一口饮料,"两个星期后,他在宾得十号上死掉了。公开的死亡原因是心力衰竭。"

"你是在告诉我圣迭戈杀了他?"

"圣迭戈恐怕根本就不知道他的存在。但是**有人**杀了他，而且如果不是因为圣迭戈的话，他现在还能待在我身边。"她停了几秒钟，"他不是什么大人物，但他是我的全部。"她看着凯恩，"圣迭戈不认识邓肯，而我也不认识圣迭戈。这是场很公平的交易。"

"好吧。"凯恩说，"我们看看你都有些什么。"

她站起来，走到隐藏在一块巨大的超薄电脑屏幕后的墙式保险箱边。她输入一串密码，打开了门。

"你可以拿走这些。"说着，她从保险箱里拿出了几样东西，又坐回她的椅子上，"我有备份。"

"我相信你有。"他说着，伸手从她那里接过几份全息画像。

"最上面的四个是跟我做生意的代理人。"她解释道，"他们的名字都写在背面。"

"他们中有一个看起来像是呼吸沼气的。"凯恩说着，举起一张全息图像，上面是一个纤细的晶体生物。

"没错。"她说，"我只见过他一次。他在便携生命维持装置中显得非常不舒服。他只来过这里一次，然后就为他的货物找到了一个更好的转卖点。"

"这是谁？"凯恩问，手中的全息图像是一个散发着异域风情的女人，有着黑色的头发和雪白的皮肤。

"牵牛牵牛。"海藻玫瑰回答说，"就是她杀了卡斯塔托斯。"

他仔细研究着全息图像，"她是职业杀手？"

"最好的杀手之一。我很惊讶你竟然没有听说过她。"

"银河很辽阔。"他说，"有很多人我都没有听说过。"他又一次看向牵牛牵牛，"你确定她是人类？"

"谁知道？但我确定她是个刺客。"

他翻到最后一张全息图像。

"就是这个男人见过圣迭戈？"

"是的，他的名字叫作苏格拉底。我有一年多时间没跟他打过交道了，但我知道在哪儿可以找到他。我们以前曾经一起干过一些小买卖。"

"或许银河并没有我们想象的那么辽阔。"凯恩说着，目不转睛地盯着全息图像上那张微笑的胖脸。

"你的意思是？"

"在我认识他时，他的名字还叫惠特克·卓姆。"

"我没听说过这个名字。"海藻玫瑰说。

"没听过很正常。"

"他是谁？"

凯恩讽刺地微笑起来，"就是我在塞拉瑞亚时帮他夺取过权力的男人。"

"他会认出你来吗？"

"我希望他会。"凯恩回答。

5

让苏格拉底高兴真不容易，
恐惧的阴影令他随时战栗。
为苟且偷生他肯下跪哀乞。
但注定会下地狱。

在内疆，黑俄耳甫斯不喜欢的人其实并不多，苏格拉底就是其中之一。通常情况下，你会认为杀手、强盗和赌徒更令黑俄耳甫斯厌烦，但这些人大都十分耿直，而且会正大光明地承认他们的所作所为。如果说黑俄耳甫斯有什么不可忍受的人，那就是伪君子。

也许有人会说，黑俄耳甫斯对苏格拉底还是有些敬意的，否则他绝不会为后者写下一节诗歌。但黑俄耳甫斯写苏格拉底的真正原因是，在苏格拉底还是那个普通的老惠特克·卓姆时，曾是某颗行星的统治者。再说，黑俄耳甫斯一直认为自己的工作是写下那些他遇见过的人，评判的部分则是他人的自由。

不管怎么说，人们都知道黑俄耳甫斯一般很少改动事实。很显然的是，他认为苏格拉底已经被打上了要下地狱的烙印。噢，他的确在提到半便士特威利格或者其他几个人的时候也说过类似的话，但你能感觉到他是在开玩笑。此外，他从来没有这么说过电子人休斯勒，后者认为自己**已经**在地狱里了。当然，他也没有这么说过圣迭戈。苏格拉底拥有的某种特质让他非常不爽。而大部分边疆人在看待那些他们从没见过的人物时，通常都会相信黑俄耳甫斯的歌词。这节诗歌写出来后不久，苏格拉底就死掉了，这一事实也帮忙佐证了他要下地狱的预言。

事实上，没人知道他是怎样获得苏格拉底这个名字的，但基本上可以肯定，这并不是黑俄耳甫斯硬安给他的。当他写下革命宣言时他是惠特克·卓姆；当他获得塞拉瑞亚政府统治权时，他是惠特克·卓姆；几年后当他们将他踢出去时，他依然是惠特克·卓姆；然后有一天，当他出现在德克兰四号时，他突然就变成了苏格拉底。最初他患上了一种非常致命的性病，之后又陷入一种同样致命的宗教，但是这两者都未能阻止他成为一名企业家，专门负责为一些可以被委婉称作高风险交易的勾当提供资金。

他在德克兰四号上有许多同伴——他本人或许并不知道这一

点。除了它是前往内疆的最后一个中转点，没有人知道这颗行星究竟有哪点吸引人。但苏格拉底生活在这里的七年中，这里也同样是五个被流放的行星总统、两个国王，以及一个因为某些不光彩的事而辞职的军方高层的家。

德克兰四号是一个发展过快的边疆社会，正非常勉强地试图将自己套入民主联邦那一成不变的模式之中。它原本只有两个破烂商镇，现在却拥有六个不断扩展的现代化都市。它的主要原住民是一种六条腿的有袋类动物，最初曾与人类和平共处，之后却遭到人类大屠杀。它还总是从德鲁洛斯八号进口最新的流行服饰和娱乐——虽然出现在这里时，都已经过时了十年。它贿赂那些零售商，让他们在这个行星上开批发商店，并且会在他们到来时给予他们津贴。它还加入了各种各样的星际体育联盟，并且在污染自身的环境方面作出了非常惊人的成就。这是一个太过年轻的殖民地，对于自身历史毫无概念，因此总是不停地毁掉一部分建筑，然后再重建成最新样式。这使得有一部分建筑很可爱，而另一部分则很丑陋。最近这里的居民也开始觉得，杀掉这里的原住民或许算不上最文明的做法，于是突然之间，所有的企业、学校和大地主们都开始拼死拼活地雇用、教育和安置这颗行星上所剩无几的原住民。而这些原住民则冷静而冷血地投奔了那些出价最高的雇主，对任何他们可能感觉到的羞辱都忍气吞声，从而成为了极其富有的一批人，甚至赢得了仅次于上层阶级的声望。

凯恩和特威利格降落在一座较大的太空港，有几百个广告牌不停地闪烁着，预告一年后这里将建成新的轨道船库。他们花了十分钟通过海关，又浪费了五分钟让特威利格编造了一个完全符合逻辑但毫无真实性的故事，以解释为什么他的护照过期了整整七年。然后，他们终于赶上一趟轻轨列车，带着他们朝公益城驶去。

"你相信吗?!"赌徒一边抱怨,一边在凯恩旁边坐了下来,"在过去十年中我可能去过一百个世界,而这是第一次有人问起我的护照。"

"我们已经不在边疆了。"凯恩回答时,望着车窗外开垦过的田野,"这里的做法不同。"

"他们为什么不找你麻烦?"特威利格问。

"我的是最新版的。"

"为什么?"

"我要找的人没准儿会跑回民主联邦,我得为此做足准备。"凯恩说。

他掏出一份刚刚买来的城市地图研究起来。公益城一共有二十条主自动走道,八条南北方向,八条东西方向,还有四条斜线。根据海藻玫瑰给的那个地址,他找到了前往那里的最快路线,然后将地图塞回了口袋。

他们在最靠东北的一条自动走道上耗费了十分钟,穿过一片由闪亮的金属和玻璃构成的交通流量巨大的商业区,然后换乘到一条向西的自动走道上,又待了十分钟的样子。最后,他们离开这些不断移动的走道,来到一条铺着鲜艳地砖的街上。

"还有两个街区。"凯恩宣布道,又查看了一下地图。

"这些人口众多的行星总是让我厌恶。"当他们穿过一片耸立着几百座透明尖塔的居住区时,特威利格不快地抱怨起来,"太他妈的拥挤了。"他抬头看着这些建筑,"街道太狭窄,而且你看不见天空。"

"你能看见天空。"

"我是说,建筑多得把天空都快遮住了。"特威利格坚持道,"而且这里还很脏。"

"大部分商镇都很脏。"

"别的地方是**干净的**灰尘,这里却是煤烟、油污和垃圾。"

"很有意思的区分。"凯恩评论说。

"另外还很嘈杂。交通太繁忙,人太多。见鬼,甚至连自动走道都会叽叽嘎嘎地响。"

"这不算什么。"凯恩回答,"你有空应该去德鲁洛斯八号看看。"

"不,谢了。"赌徒说,"在我看来,参观被一幢建筑覆盖的行星可算不上什么美好时光。"

"事实上是几百万幢建筑。只不过因为它们都挤得太紧,看起来就像是只有一幢而已。"

"我不知道该怎么跟你说才好,"特威利格说,"但这可完全激不起我的兴趣。我出生在边疆,我只希望能死在那里。"

"特别是被人山贝茨逮住的话。"凯恩指出。

"那时候我只需要让你上场,然后人山贝茨就该完蛋了。"赌徒带着微笑说,他沉默了一会儿,继续道,"言归正传,你已经知道怎么让苏格拉底开口了吗?"

"跟其他人让他开口的常用办法一样——钱。"

他们穿过一条街,凯恩看了一眼拐角处那幢建筑的号码。"我们快到了。"他说。

他们走到了要寻找的那幢建筑前。这是一幢光滑的高楼,顶端伸出四座分离的耳房,其基座大概占据了半个街区。他们走进中央入口,那里是一个空旷的门厅。一个没穿衣服的外星人朝他们走来,看起来不过是六条腿的袋鼠身上长着一张熊猫脸。它冲着一台翻译机器说起话来:

"问候与欢迎,快乐伴随您。"它说,"我的名字叫维克斯托。我是都铎公寓的管理人。有什么需要我效劳的吗?"

"我们是来见一个老朋友的。"凯恩说,"在哪儿可以找到公寓住户的名单？"

"如果您能够慷慨大方地将其姓名告知于我，"这个外星人说，"我将倍感荣幸地指引您前往您朋友所在的地方。"

"惠特克·卓姆。"

"无限的遗憾，亲爱的朋友。"维克斯托宣布说，"我不得不遗憾地通知您，这里没有这位住户。"

"他也使用'苏格拉底'这个名字。"凯恩说。

这个外星人露出了欣喜的笑容，"至高无上的喜悦！苏格拉底居住在 2914 号公寓，感谢上帝。如果您愿意屈尊跟随，您卑贱的仆人我将带您前往电梯。"

它摇摇晃晃地朝右边走去，凯恩和特威利格也迈开脚步跟了上去。

"那究竟是**他**的问题，还是那翻译器出了毛病？"赌徒悄声问。

"谁知道？"凯恩回答，"或许他们告诉他管理员就应该这样说话。"

他们很快就抵达了电梯。维克斯托为他们打开门，按下前往第 29 层的按钮，毫不吝惜地感谢了他们的到来，并且祝愿他们在上升的过程中平安而且愉快。然后电梯门就滑动着关上了，没过一会儿，他们就顺着一条镶满镜子的走廊朝着 2914 号公寓走去。

他们走到门前，凯恩停下脚步，静静地等待着。

"我以前在哪儿见过你。"一个嘶哑的男人声音说，"你是谁？"

"我的名字叫凯恩。"

对方短暂地沉默了一会儿，"**塞巴斯蒂安·凯恩？**"

"对。"

"真是活见鬼了！"那声音惊叫起来，"你现在都在哪儿混呢？"

"嗨，惠特克，真是很长一段时间没见了呢。"

"你在这里做什么？"

"海藻玫瑰给了我你的新名字，并且告诉我来找你。我想跟你谈谈，如果你有空的话。"

"我很高兴那么做。你只需要向你的左边移动一步，这样我的安全系统就可以扫描你了。"

凯恩照着做了，他听见一阵轻柔的嗡嗡声。

"你觉得需要带着两把枪和一把刀子跟我谈吗？"那声音问。

"不。"

门滑开了一条只有几英寸宽的缝隙。

"把它们丢进来，塞巴斯蒂安。我会在谈话结束后还给你的。"

凯恩取下武器，将它们从小缝之间丢了进去。

"现在轮到你的朋友了。"

"我的名字叫特威利格。"赌徒说着，走到了凯恩刚刚让出来的那个位置，"我没带枪。"

"很好。"那声音咕哝道，"你没问题。"然后是一阵短暂的沉默，门就完全滑开了，"进来吧。"

他们迈进一间小小的门厅，凯恩刚刚丢进来的武器已经被拿走了。他们穿过门厅，来到一间装修豪华的大客厅。地毯看起来又厚又昂贵，桌椅是用从遥远的剑鱼四号上进口的罕见硬木手工制作的，房间采用的是朴素的间接照明，一扇大窗户俯瞰着整个城市，异星艺术品充斥着整个空间，墙壁上遍布铁制、金制和银制的耶稣受难像。一个头上没剩多少白发的矮胖男人穿着一袭丝绸居家服站在房间正中央，脸上挂着大大的笑容。

"你他妈的过得怎么样？"苏格拉底问道，走过来给了凯恩一个友好的拥抱，"那之后你都做些什么呢，塞巴斯蒂安？"

"猎取赏金。"

"不错不错。"苏格拉底说，"杀人总是你最擅长的事情之一。"他微笑着，"见鬼，不过真的是很久没见了啊！请坐。要我给你来点儿喝的吗？"

"稍后吧。"凯恩说着在沙发上坐了下来，"我竟然没有看见任何保镖，这是怎么回事？"

"为什么这么问？我是一个值得尊敬的商人，而且我从来不把现金留在这里。"

"塞拉瑞亚上应该会有人愿意看到你死掉的样子吧。"凯恩说。

苏格拉底大笑起来，"就算他们能够找到我——当然他们不能——我也非常怀疑他们之中是否还有人记得我。自从我离开之后，他们又推翻了四五个统治者。"他转向特威利格，"你也是赏金猎人吗？"

"不。"赌徒高兴地回答说，"我只是一个拜访者，并且从心底感谢你对饮料的提议。"

"你要喝点儿什么？"

"任何能解渴的东西。"

苏格拉底走到一面墙边，碰了一下某个特殊的点。没过一会儿，一块墙板就滑开了，露出一个虽小却储藏丰富的吧台。

"威士忌怎么样？"

"威士忌就好。"特威利格说，将一把直背小椅子转了一百八十度，一脚跨了上去，像骑马一样骑在了上面。苏格拉底倒好了饮料，递给赌徒，然后再度转向凯恩。

"见鬼，能够见到你真好，塞巴斯蒂安！"苏格拉底说着，在猎人对面的一张华丽的手工椅子上坐了下来，"这一定是有——多少来着？——大概二十年了吧。"

"二十一年。"凯恩说。

"我希望你过得很好。"

"我没什么好抱怨的。"

"我也没有。事实上,我现在拥有了全新的生活——新名字,新世界,新财源。"

"我发现你在对待生活中的小奢侈时依旧保持着原来的品位。"凯恩指着那些昂贵的家具评论说。

"没错。"他回答,"但是没有一点点奢华的话,还叫什么生活呢?"他顿了顿,"告诉我,塞巴斯蒂安,在这么多年后,你为什么会专门跑来看我?"

"为了情报。"

苏格拉底突然就变身成了一个商人。

"买还是卖?"

"买。"

"几分钟之后有人要来拜访我,所以我们不得不长话短说,虽然我并不喜欢这样。当然,我们可以在晚些时候共进晚餐,聊聊过去的好时光。那么,你想要的是什么情报呢?"

"我在找一个人,你可以帮我找到他。"

"如果是我力所能及的话。你找谁?"

"圣迭戈。"

苏格拉底皱起了眉头,"我很抱歉,塞巴斯蒂安。你可以向我问任何其他人,而且我不会收取回答费用。"

"我又不找其他人。"凯恩说。

"那么你最好去找其他人。别惹他。"

"一个友好的警告?"凯恩问。

"一个严重的警告。他不是你能抓到的。"苏格拉底沉默了片刻,"该死,他不是**任何人**能抓到的。"

"那他有什么事情需要求助于一个放高利贷的？"

"我是一位**金融家**。"苏格拉底回答。

"我很清楚你究竟是什么，"凯恩说，"但我不知道他为什么会跟你有来往。他不可能缺钱。"

"我有时候会在交易中为有关各方安排一些会议。"苏格拉底微笑起来，"我的召集可以把机会主义者和机会主义者连接起来。"

"据我所知，这可不是什么正当交易。"凯恩说着，指了指耶稣受难像和圣像。

苏格拉底耸了耸肩，"一个人要做他必须做的事，伟大的主会非常理解的——特别是当他看到我每个星期捐款的数额之后。"

"我会非常愿意捐出一大笔钱，如果你能告诉我我想知道的那些关于圣迭戈的内容。"

"这不在讨论范围之内。"

"开价吧。"

"没有价格可谈。"苏格拉底回答，"这个不卖。"

"不要把事情搞得这么复杂，惠特克，你曾经拥有过的一切都是可以出售的。"

苏格拉底叹了一口气，"毫无疑问，你是在说塞拉瑞亚。"

"不错。"凯恩说。

"那是完全不同的情况。我推翻了一个腐朽且死板的政府——"

"然后让情况变得比以前更糟糕，直到民主联邦最终收买了你。"

"这种评价可是非常不公正且不公平的，塞巴斯蒂安。"

"得了吧，惠特克。我可是亲眼看着你的火焰枪队屠杀了整整一万名男女。"

"我们都会犯错。"苏格拉底轻描淡写地说，"我不得不承认那的确是我犯下的错误之一。"

"死者们要知道你会这么想，一定会觉得很欣慰的。"

"我应该杀掉三万的。"苏格拉底很认真地说。

特威利格呵呵地低声笑了起来，而凯恩只是冷冷地瞪着苏格拉底。

"在一场革命之后，"苏格拉底接着说，"你只能同化你的敌人或者彻底摧毁他们。唯一不能做的就是让他们有机会来对付你。但是需要同化的人实在是太多，所以我只能想办法摆脱他们。结果表明我真是太心软了，我竟然**相信了**自己满口胡言的那些废话。所以我耗费了百分之九十的时间来防范敌人的反击，百分之十用于试图让塞拉瑞亚重建。现在你明白我为什么失败了？"

"你不仅仅是失败了。"凯恩说，"你离开的时候，它可比你发现它时糟糕多了。"

"我非常怀疑这一点。"苏格拉底回答，"我的确提高过税率，并且使用过军事强权，但是我废除了非法搜查，并且允许进行地方选举。"

"然后暗杀获胜者。"

"只是其中一部分而已，只是那些试图故意破坏我的政治制度的家伙。"他微笑着说，"再说，从长期来看，获得胜利的是他们，对不对？我是说，见鬼，现在他们控制了整个该死的星球，而我却在这里，隐姓埋名地过日子。"

"在你私吞了国库之后。"凯恩提醒道。

"旅行开销以及附带费用。"苏格拉底耸了耸肩说，"民主联邦支付给我的可不足以让我拱手交出位子——价格明显偏低。"他舒服地向后靠在椅背上，"你应该学会做一个现实主义者，塞巴斯蒂安。"

"我已经是了，"凯恩说，"但这跟你没有丝毫关系。"

"那就没有必要为这些往事感到苦涩了。我们都变成了更好的人——我已经找到了上帝，以及适量的财富，而你变成了一个成功的赏金猎人和现实主义者。很明显,塞拉瑞亚对于我们两个来说都产生了正面的影响。"

"你究竟是**找到**了上帝,还是买通了上帝?"

"这取决于看问题的角度。"苏格拉底回答,"我为他的教堂捐助了成千上万的信用币,每天早上都吟诵对他的赞美,而他基本上也保护了我并且帮助我运营生意。这是一种共赢的关系。"

"我相信是这样没错。"凯恩干巴巴地说,"但是我们偏题了。"

"塞拉瑞亚?"

"圣迭戈。"

苏格拉底摇了摇头,"我已经告诉你了:这个话题已经结束了。"

"那么什么价格才能重新开始它?"

"比你曾经拥有过的所有钱加起来还要多。"苏格拉底说,"民主联邦充其量也只能罢免我。但是我向你保证,圣迭戈能做的可比这骇人多了。"

"圣迭戈不是唯一一个能让可怕事情发生的人。"凯恩说着,从衣袋中掏出一把小型陶瓷武器,朝着苏格拉底举起来。

"你是怎么让这东西通过我的安全系统的?"苏格拉底提问时没有表现出半点儿害怕或者惊讶。

凯恩笑起来,"你以为你是整个银河之中唯一使用安全系统的人吗?赏金猎人每天都在和这种东西打交道。这把枪的分子结构经过了修改,任何侦测仪器都无法发现它。"

"非常机智。"苏格拉底评论道,"但是它也帮不了你什么忙。不管怎么说,如果你杀了我,我怎么还能告诉你我知道的东西呢?"他慢慢地从口袋里掏出一根雪茄,点燃了。

"如果你拒绝告诉我的话,"凯恩回答,"那么我又何必留你一条性命呢?"

"你是个赏金猎人。"苏格拉底自信地说,"你为了钱杀人,我可没有被悬赏通缉。"

"不要试探我的底线。"凯恩说,"你是我不介意免费干掉的人之一。"

苏格拉底愉快地呵呵笑起来,"为塞拉瑞亚上的死难者报仇,对不对?"

"如果我是你的话,我会表现得更忧虑一些,朋友。"特威利格开口道,"要知道,用那把枪指着你的可是歌鸟。"

"这又有什么特别的吗?"苏格拉底问,喷出了一大口烟,看起来似乎完全没有担心的意思。

"他会说到做到的。"特威利格说,"杀人对他来说只是工作。他可是天天都在干这行。"

"我敢打赌他一定比你聪明一些。"苏格拉底平静地回答,"杀死我并不能让他得到他想要的情报,而且你们都知道我马上就有客人要来。"

"我没有任何理由留你活命,**除非你告诉我我想知道的事情。**"凯恩说,"至于你的客人,你以前就以爱说谎而著称。"

"但这一次没有,塞巴斯蒂安。"苏格拉底说着,查看了一下他的计时器,"她已经晚了几分钟了。"他微笑着说,"她是个记者。你要是现在杀了我,就会登上所有报纸的头条,一路传到德鲁洛斯。"

凯恩盯着他沉思了很长一段时间,然后飞快地环视了一圈房间。

"那是一个非常漂亮的大碗。"他说着,指了指一个精致的雕花物品,"坎风瑞特制造?"

"罗贝利安制造。"苏格拉底回答,"怎么了?"

"它值多少钱?大约两万信用币?"

"差不多吧。"

凯恩以迅雷不及掩耳之势开了一枪，那只大碗应声崩成无数细小碎片。特威利格惊叫起来。

"你他妈的这是干什么?!"苏格拉底愤怒地吼起来。他猛然跳起来，但当凯恩再度用武器指向他时，他又同样快速地坐了回去。

"交易。"凯恩回答，"那个镶嵌着宝石基督的金十字架又花了你多少钱?"

"该死的，塞巴斯蒂安！那可是无价的艺术品！"

"你有十秒钟时间给它定个价。"凯恩回答，"如果你不告诉我我想知道的事情，我能再多给你一秒钟亲吻它说再见。"

苏格拉底颓丧地瘫在椅子上，"将它们都打烂吧。"他自暴自弃道，"比起重生**我自己**来说，重买这些东西要容易得多。"

"你是说真的吗?"

"是的。"

"也许我的做法有点儿问题。"凯恩将枪口朝下移动了几英寸，"现在，一块膝盖骨的市场价格是多少?"

"不算太贵。"苏格拉底挑衅地回答。

"惠特克·卓姆的勇气? 这可**真**叫人吃惊。"

"我不是英雄。"苏格拉底说，"但是无论你对我做什么，都无法跟**他**能做的相提并论。"

"如果我是你的话，我可不会冒险拿自己的性命打赌。"凯恩说。

"那正是我赌上的筹码。不管你做什么，你都不会杀我的。"

一阵刺耳的哔哔声传来。

"她来了。"苏格拉底说，扭头看向一块小小的全息屏幕，"你最好把枪收起来，然后离开。"

"不可能。"凯恩说，"她想干什么?"

"也许跟你一样。"

然后又是一声哔哔。

"我们最好去应门。"特威利格说着查看了一下屏幕,以保证苏格拉底没有说谎,"她知道他在这里。"

凯恩点点头。于是,赌徒走到墙边一块小型控制面板前,刚好位于苏格拉底椅子后面。他按下前面两个按钮,这让公寓里充满了音乐,门厅的灯光也随之变暗,最后,他终于按到了一个正确的按钮,随即听见前门滑开的声音。

不一会儿,一个年近四十的金发女人走进了房间。她大概超重了几磅的样子,但是完全说不上肥胖。她的上衣和休闲裤都跟时髦不沾边,只能叫作有实用性,而且她完全没有化妆。一只皮手袋摇摇晃晃地挂在她一边的肩膀上。

她只是飞快地扫了一眼面前的状况,就立刻转向了凯恩。

"在我跟他谈完之前不要杀他。"她说,"我会让你的等待变得有价值。"

"还没有人要杀谁。"苏格拉底泰然自若地打断了她,"我们依旧处于谈判阶段。"

"你是谁?你来做什么?"凯恩问的同时站起来后退了几步,这样他就可以同时监视这个新来的女人和苏格拉底。

"我想我有同样的问题要问你。"她回答。

"我知道。"他同意道,"但是我先问你的,而且我手里有枪。"

她盯着他看了一会儿,然后耸了耸肩,"我叫薇秋·麦肯齐。我是一名记者,我制作全息纪录片。"

"你来这里做什么?"

"我来这里取材,为苏格拉底做特辑。"

"你的摄像师呢?"凯恩问。

"由我自己进行。"她说,"而且我回答的问题已经够多了。现在轮到我提问了。"

"我还有最后一个问题。"凯恩说，"你见过惠克特·卓姆吗？"

"这个见鬼的惠特克·卓姆又是谁？"

凯恩满意地微笑起来，"好了，你已经告诉我所有我需要知道的事情了。"他停顿了片刻，"特威利格，把她弄出去。"

赌徒朝她逼近过去。

"你已经走得太近了。"薇秋威胁道。

特威利格咧嘴笑着又朝前迈了一步。与此同时，薇秋猛地踢出一脚，正中他的膝盖下方。特威利格摔倒在地，抱着腿发出一连串谩骂和呻吟。"你没有认真听我警告，是不是？"她轻蔑地说。

"噢，瞧瞧！"苏格拉底异常快活地说，"**现在**事情变得有趣起来了。"

"你闭嘴！"凯恩呵斥道。

"你准备好回答**我的**问题了吗？"薇秋问，无视了特威利格的存在，重新转向凯恩。

"好吧。"他说。

"你是谁？"

"塞巴斯蒂安·凯恩。"

"那个人称歌鸟的家伙？"她问。

他愁眉苦脸地回答："是的。"

"你为什么要杀他？"

"我没有。"凯恩回答，"我只不过想要得到你也想要的东西而已。"

"哦，**我**想要什么？"

"关于圣迭戈的情报。"

"你为什么会这么认为呢？"

"因为你不知道苏格拉底曾经是惠特克·卓姆,而自从他改名换姓以来,他做过的唯一重要的事情就是见过圣迭戈。"

"我讨厌你这么说。"苏格拉底抗议道。

"你对圣迭戈又有什么兴趣呢?"薇秋问。

"职业兴趣。"凯恩说,"你呢?"

"一样。"她回答,"我真的是制作纪录片的。我说服了两个投资人相信我能够对圣迭戈进行专访,并根据素材写出重量级的作品来。"

"而现在到你交稿的时候了。"凯恩饶有兴致地指出。

她点了点头,"我花了几乎一整年的时间才走到这一步。我不希望你在我跟他谈完之前就干掉他。"她飞快地扫了一眼特威利格,后者正痛苦地站起来,"这又是谁?"

"一个不重要的人。"凯恩说。

"真是非常感谢。"赌徒嘟哝着,小心地尝试伸腿,然后又痛苦地缩了回去,"我觉得好像有什么骨头碎掉了。"

"如果真碎了的话,你不可能像刚才那样移动。"薇秋说,"现在你给我闭嘴。"

特威利格怒视着她,然后回身去按摩他的膝盖了。

"好吧,凯恩先生。"她说着,重新转向赏金猎人,"现在怎么办?"

"你有什么建议吗?"

"我们对圣迭戈都有兴趣,但兴趣点不一样。"她回答,"我不在乎你会不会杀掉圣迭戈,只要我能得到我的专访。而且我相信你也不会因为我的特辑而感到不快,只要你能得到你的赏金。我觉得我们完全没有必要打个你死我活,特别是为了一个能够榨取出我们都需要的情报的人。"

他点了点头,"看来,问题又回到你身上了,惠特克。"

苏格拉底露出了微笑，"这并没有改变什么，塞巴斯蒂安。你无法承担杀死我的风险，而我不能承担让圣迭戈得知我出卖了他的风险。也就是说，你当然可以对我造成巨大的痛苦，但是你无法得到你想要的东西。"

"这是一种可能性。"凯恩承认，"但是从另一方面来说，让我来测试你是否有崩溃极限只会对你造成更多伤害而已，对我可没啥坏处。"

"别傻了，凯恩。"薇秋说，"我们有更简单的办法来达到目的。"

"洗耳恭听。"凯恩回答。

"我们只需要给他打一针尼亚松①，然后他就会告诉我们想要知道的一切。"

"尼亚松可不是赏金猎人会随身带着到处跑的东西。"凯恩挖苦道。

"我已经准备了，你是否感到很幸运呢？"她说着，打开了手提袋。

"你早就打算好了要用这个？"

"我已经预见到了这种可能性。"她回答着，掏出一个小包打开。

"你之前不可能知道我在这儿。你计划怎么让他保持不动呢？"

"用我之前用来说服你的朋友别碰我的那个方法。"她说着，抽出一个用冷藏胶带裹得严严实实的小瓶子。不一会儿，她就抽满了一个无菌注射器的针管。

"好了，惠特克。"凯恩说，"你是打算少受点儿罪呢，还是要我摁着你？"

"好吧，塞巴斯蒂安。"苏格拉底叹了一口气，"不用下药了。我告诉你们那些你们想知道的东西吧。"

"你可真是善变。但我觉得既然现在有尼亚松在手，我们就没

---

① 作者杜撰的一种强效自白剂。

有必要继续承担你记忆中可能出现的小小偏差的风险。把袖子卷起来。"

苏格拉底按照他的话做了,薇秋拿着注射器穿过房间,走到苏格拉底身边。

"看起来比常规剂量多多了啊。"凯恩提醒道。

"这东西没办法重新冷冻起来。"她回答说,"等我们搞定后,把注射器丢进原子化处理器就好。"

"特威利格。"凯恩命令道,"到这边来抓紧他,以防他突然改了主意。"

特威利格很不情愿地看着苏格拉底。

"你为什么不自己摁着他?"赌徒提议说。

"我的工作是拿着枪,"凯恩说,"你的工作则是按照我的话去做。快去,他不会踢你的。"

特威利格非常警惕地一瘸一拐地靠近了苏格拉底。

"我听说过尼亚松,但是我从来没有用过。"凯恩说,"在我们这行中,一般都不需要对方招供什么的。这东西需要多长时间才能生效?"

"大概九十秒。"薇秋回答,"或许更长。"她让特威利格抓住苏格拉底的手臂,使其不能动弹,然后在上面拍了好几下,直到她找着一根静脉血管,然后就开始注射尼亚松。

接下来的事情发生得太过迅速,以至于凯恩都不是很确定究竟哪件发生在前哪件发生在后——

苏格拉底用他那只未受控制的手从嘴边拿下雪茄,然后猛地将其摁在了薇秋的右手腕上。她痛得大叫了一声,朝后面一蹦,松开了注射器,这小东西便留在了他的手臂上。特威利格立即做出反应,挥起一拳朝着苏格拉底砸去。这一拳打在了他的脖子上,但是惯性却让赌徒的身体跌到了凯恩和苏格拉底之间。

"快！"凯恩大叫，但就在这个字蹦出嘴唇和特威利格倒地的同时，苏格拉底已经将注射器推到了底，薇秋根本来不及阻止他。

"你输了，塞巴斯蒂安。"他带着一个讽刺地微笑说，这时凯恩才意识到他做了什么，不由得放低了枪口。

"你这个蠢货！"薇秋怒吼起来，"你会在一分钟之内死掉的！"

"至少这不会带来疼痛。"苏格拉底说，他的话语已经有些含糊了。

"现在你要去跟你的上帝面对面了，我希望他会宽恕你。"凯恩说。

"不用担心，塞巴斯蒂安。"苏格拉底空洞地笑着说，"我已经收买他了。"

他朝前倒了下去。

"见鬼！"薇秋怒吼起来，"他妈的他竟然会做这种事情?！"她翻开他一边的眼睑，盯着瞳孔看了几秒，然后又让其自然合上，"他完了。"

"真死了？"特威利格愣愣地看着尸体问。

薇秋轻蔑地瞪了他一眼，没有回答。

"非常感谢你的帮助！"凯恩讽刺道。

"不要摆出这副该死样子来。"薇秋反击道，"如果你知道他会那样做的话，就应该先提醒我。"

"我应该照我的方式来审问他。"

"你的方式也不会有效果的。难道你就不明白，他宁肯承受你对他造成的所有痛苦，也不愿意背叛圣迭戈？"她沉默了片刻，若有所思地看着苏格拉底，"究竟是什么样的人会让别人害怕成这样呢？"

"或许你应该回去将资金还给你的投资人，永远不要知道答案。"

凯恩建议道。

"大部分资金都已经花光了。"她回答,"我不能空手回去。再说我已经将我生命中的一整年花在了这个项目上。"

"有人已经花了三十年时间追踪圣迭戈。"凯恩评论道。

"其中大部分都没有进展到这个地步。"薇秋说,"能够真正将圣迭戈的录像或者全息像带回去的记者将会和**他本人**一样出名,她需要一座仓库来摆放她得到的奖状,从此能在剩余的职业生涯之中自由地选择工作,并得到满意的回报。"她顿了顿,"这值得努力。"

"祝你玩得愉快。"

"我还没有被击败。"她坚定地说,"我还有其他线索。"

"哦?"他突然警觉起来。

她点了点头,"怎么样,凯恩先生?"

"什么怎么样?"

"我会告诉你我有的线索——如果你告诉我你有的。"她咧嘴笑了。

他耸了耸肩,"为什么不呢?"

"但是有条件。"

"什么?"

"我们保持联络,互相报告自己的进展。"

"怎样联络?"

她竖起大拇指,指了指特威利格,"用**他**。他也不适合用来干其他事情,对不对?"

"你们他妈的给我停一下!"赌徒生气地大叫起来。

"这可不行。"凯恩说,"如果让他传话,我还得给他一艘飞船才行。"

"让他用你的。"薇秋说,"我们不会隔得太远的。"

"你凭什么觉得他不会开着船跑路呢？"

"你们两个能不能不要继续谈论我而假装我不在这里一样？"特威利格恼火地吼起来。

"闭嘴！"薇秋说，她再次转向凯恩，"答应给他十分之一的赏金。这应该足以收买这个小混蛋的忠诚。"

"我现在没给他任何分成，为什么我需要改变既定方针？"

"因为你现在没有任何情报。"

凯恩低下头认真地思索了一阵子，然后再度抬起头来。

"如果你的线索和我的一样，这笔交易就算没谈。"

"很公平。"她回答。

"**我**可以发言吗？"特威利格打断他们。

"你愿意拿着两千万赏金中的十分之一去做我们让你做的事情，还是不愿意？"薇秋问。

赌徒睚眦着她，突然意识到她的提议是什么，于是腼腆地微笑了起来。"我干。"他说。

"我可一点儿都不惊讶。"她回答，"好吧，那么**都**说定了。现在我想我们最好处理一下这具尸体。"

"我会搞定的。"凯恩说。

"在你前往本地的某个邮政基站查看是否有他的悬赏海报之后？"她猜测。

"没错。"

"我觉得我应该能够得到一半赏金。"她继续说，"毕竟是我的尼亚松杀了他。"

"你究竟是记者还是赏金猎人？"凯恩挖苦道。

"为什么不能说我是一个收入过低的记者？"

他盯着她看了片刻，最后同意地点了点头，"好吧。如果有赏金，你得一半。"

"要知道，"特威利格在仔细地打量了她一番后评价说，"如果你愿意稍微付出点儿努力打扮一下，你可以变得相当有魅力。"

"很可惜同样的话却不能用在你身上。"她说，将注意力又重新挪回凯恩身上，"好啦，歌鸟，你准备好交换情报了吗？"

"是的。"他回答。

"我有种预感，我们之间将建立一段漫长而友好的关系。"薇秋预言道。

"我更期待这段关系能赚钱。"凯恩回答。

"这还用说吗？"

他微笑着摇了摇头，"这从来都是不得不说的。"

她伸出了手，"搭档？"

"搭档。"

他们在还没被悼念过的惠特克·卓姆的尸体上方握了手。

处女皇之卷

6

她能痛饮也能诅咒，
她可以说恶贯满盈。
她知道自己要什么，
她不择手段只为赢。

　　"处女皇"这个名字出自黑俄耳甫斯的调侃，因为薇秋·麦肯齐有好的一面，也有坏的一面，但她绝没有童贞。

　　他只见过她一次，在遥远的海豚座星系——那里是黑俄耳甫斯愿意前往的离民主联邦最近的世界——而她给他留下了非常深刻的印象。当时，她正一边喝酒一边打牌，根本没有意识到他的存在。她指责了一个记者同伴的作弊行为，瞄准他的下身狠踢了两脚，随即又把一个威士忌瓶子砸在他头顶上，然后她就在黑俄耳甫斯不断变长的史诗之中为自己争取到了几个小节。

事实上，直到几个月后她才知道自己被写进了诗歌里，接着就因为获得的这一绰号而暴跳如雷。但几个星期后她又冷静了下来，因为她意识到，出现在黑俄耳甫斯的诗歌中，或许能为自己在边疆打开几扇新大门。

这的确为她开拓了新的道路。这位民谣歌手的追随者和解读者最终发现了薇秋·麦肯齐和处女皇是同一个人，并且开始在内疆散播这条消息。这帮助她进入了特拉赞上一些原本遥不可及的地方，她就是在那里发现了苏格拉底的事，并从杰斐逊三号上的一个商人那里得到了苏格拉底的地址。

但在飞马，她没占到什么便宜——这里毕竟是民主联邦，不是边疆，而且黑俄耳甫斯在这里的知名度也并不比他诗中那些流氓和无赖更高。三个星期前，她和凯恩在苏格拉底的公寓里交换了情报，两个人都各自隐瞒了一小部分——至少她相信凯恩肯定保留了一部分情报。很明显，凯恩拥有更好的设备来追踪牵牛牵牛这样的刺客，而薇秋则比他更了解民主联邦。现在，她已经着手在联邦中更老更发达的世界上开始狩猎。

她花了大半个星期的时间来寻找萨尔瓦多·阿珂斯塔，他是曾经将圣迭戈的货物运送给海藻玫瑰的四个黑市交易者之一。她通过自己的情报来源得知，两个月前他在飞马上被谋杀了。

飞马曾是个采矿世界，拥有丰富的金矿和可裂变物质矿藏，而它现在是民主联邦中人口众多的世界之一，其名字来源于这颗行星上土著的食草动物：一种小型的马形动物，肩胛骨的后面长着一对血肉形成的突起。（它们从来都只用这东西保持身体平衡，但看起来的确很像退化的翅膀。）

这颗行星是与地球极其类似的罕见行星之一，但它却不像一般人认为的那样适合居住。它拥有氧气、氮气和人类需要的其他各种惰性气体，但它们的比例却不太对头。暴露在这种大气中二十分钟就会让人喘不上气来，一个小时则可能让人因为呼吸道问题而送命。即使最健康的移民，也不可能在连续呼吸这种空气两个小时后幸存。

但飞马是个非常美丽的世界，拥有积雪的山峰和数千条蜿蜒的河流。这里的植被都是金棕色的，所以看上去这里似乎处在永恒的秋季之中。更棒的是它的地理位置，它正好位于角宿一的采矿世界和代达罗斯二号的巨型金融中枢之间，这颗行星因此变成了一块炙手可热的土地。最早的矿工们都居住在地下，呼吸着经过人工改造的空气，同时躲避极度寒冷的夜晚。但当这个世界开始吸引成群结队的永久居民后，人们着手建造一座穹顶城市，紧接着又是另外五个，最终他们建成的第七个城市几乎和之前六个加起来一样大。所有这些城市都有一个希腊名，最新也是最大的这个城市名叫赫克托——名字的主人应该是神话中的一名勇士，但当地的历史学家却误以为他是飞马的骑士或者训练者。

抵达飞马并在赫克托预订了一个酒店房间后，薇秋·麦肯齐就立刻联络林德·思迈斯，一位欠她人情的新闻记者。后者非常不情愿地同意，她用房间里的电脑查看他就阿珂斯塔谋杀案收集到的第一手资料。里面没有多少情报值得一看——阿珂斯塔有一长串地下交易记录，也有一大堆敌人。他离开海之珠——天马世界中一个招待下层人的酒吧兼餐馆——的时候，被人割了喉咙，当场死亡。人们猜测这是一起黑社会谋杀，因为阿珂斯塔至少有十几年都一直在同犯罪组织打交道。

薇秋翻看了酒店必备的购物就餐指南，海之珠并不在餐馆列表之中。但这只能说明海之珠是一家顾客群非常稳定的餐馆，不需要或者不希望发展新生意。然后，她调出一份俯瞰整个城市的视频，将该餐馆附近放大。餐馆所在的建筑看起来光洁闪亮，跟赫克托的其他建筑一样保养完好。她注意到,在这个区域巡逻的警察都是两人一组,这似乎也能支持她的假设:单独前往那种地方问些毫无头绪的问题是相当危险的。

五分钟后,她就跟当地警察总署的信息发布部门进行了一番争论,并且很快意识到,当局不会将任何情报交给一个其他世界来的专栏记者。她立马又回了电话,要求与谋杀案组对话,声称自己是阿珂斯塔非常伤心的同父异母姐姐,要求得知逮捕凶手的进程如何。回答非常简洁:完全没有进展,今后大概也不会有。他们谈及阿珂斯塔时态度轻慢,她本能地感觉到,如果他们真能找到这个凶手,他们唯一会做的事情就是跟他握手,然后给他挂上一枚勋章。

最后,她用城市中心邮政基站一台慢得要死的电脑检查了自己的邮件,看看凯恩或特威利格是否给自己留了话。但什么都没有。于是,她决定在转向追踪卡莱索普之前,再多花点儿时间调查阿珂斯塔的谋杀案。卡莱索普是海藻玫瑰名单上的第二个名字,一个呼吸甲烷的走私犯。

她向电脑查询了目前为止的总花费,发现差不多已经用了三百信用币。她告诉电脑,在花费达到五百信用币的时候提醒她。

然后,她开了一瓶卡莫利安伏特加,倒满了一个从浴室里找到的杯子,假装里面漂浮着一颗橄榄,若有所思地小口啜着,同时决定了她的下一步行动——访问当地图书馆的主电脑。她让电脑搜索了过去五年的新闻报道,关键词设定为阿珂斯塔的名字,搜索结果为零。接着,她尝试寻找这起谋杀案和这一地区发生的其他谋杀案之间的相似之处,发现过去一年里,赫克托发生了三十九起谋杀案,其中三十二起发生于距离阿珂斯塔的尸体被发现不到一英里[1]的地方,并且这其中有十九起都是被刀刺死。这让她非常不愉快地得出了一

---

[1] 1 英里 = 1609.344 米

个结论：很有可能阿珂斯塔只是单纯地在错误的时间出现在了错误的地点，不管从哪方面来看，他的死亡似乎都不是因为与圣迭戈有合作关系造成的。

一个接一个的死胡同，最终使她不得不面对两种选择：要么四处询问那些可能认识阿珂斯塔的人，要么就放弃，去追查那个呼吸甲烷的家伙。她下定了决心，让电脑请求与林德·思迈斯进行视频通话。

不一会儿，一个植发略有点儿不均匀的中年胖男人出现在音响上方的小屏幕里。

"我可以为你做什么呢？"他认出她来后说，"我知道我一定会后悔自己问了这个问题的。"

"我走进死胡同了，林德。"她说。

"你想调查谁，薇秋？"思迈斯回答，"你才抵达这该死的星球不到四小时。"

"这么多时间足以让我明白，通过普通渠道是搞不到我想要的东西的。"她顿了顿，"我讨厌求人。"她又充满罪恶感地加上一句，"但是我需要你的帮助。"

"今天早上我已经还你人情了。"他提醒她说。

她微笑起来，"你还我的可比不上你欠我的，林德。要不要我帮你回忆一下？"

"不！"他飞快地说，"这不是保密频道。"

"那就请我吃午饭，我们可以当面谈。"

"我很忙。"

"好吧。"她耸了耸肩，"那么我就只能在你的情报网里另找一个人了，我相信他会愿意帮我一个忙，如果我用某个当地新闻记者的有趣往事作为回报的话。"

她伸手准备掐断通话。

"等等！"思迈斯急忙阻止她。

她收回手，露出了胜利的笑容。

"我这楼顶层有家餐厅。"他说，"半个小时后我们在那里见。"

"你请客。"她说，"我只是个贫穷的工薪族。"

她切断通话，确认四百九十三个信用币的电脑使用费将追加在酒店住宿费上，然后输入一个要求为新闻记者打九折的请求（虽然没多少成功希望）。接着她坐电梯下到第四层，走到一个平台上，进入一列"悬挂的管子"——这是外地人对于高空轻轨的称呼——前往思迈斯办公室所在的建筑。途中她注意到，一场暴风雨正在穹顶之外肆虐，正午的天空近乎一片漆黑，这让她漫不经心地想到，那些为这个星球提供了名字的小型食草动物会怎样在这种天气中保护自己——她从太空港前往城市的途中，几乎没有看见任何天然庇护所。

抵达思迈斯所在的建筑后，她向门卫出示了身份证件。门卫敷衍地扫视了一下证件，点点头，就让她进到上层大厅了。她坐电梯上了顶层。

这家餐馆大概能给所有出生在边疆的人留下非常深刻的印象，但薇秋却觉得有些过犹不及：桌子太小，家具太华丽，还有太多服务员在四处游荡。她很确定思迈斯还没到，不过他已经预订了一张两个人的桌子。餐厅经理带她来到一把椅子前，她点了一杯混合饮料。

思迈斯大约在五分钟后出现了，他径直走向吧台，为自己点了一杯喝的，然后来到桌边坐下。

"这么多年后能再见到你真好，薇秋。"他说，带着一脸假笑向她问候。

"你能这么说真贴心。"她挖苦道，"你可真会撒谎。"

"让我们维持文明人的假象吧，"他泰然自若地说，"至少在吃完午餐之前。"

"正合我意。"

他拿起菜单，假装进行了一番研究，向薇秋推荐了一款菜品，然后示意服务员过来，为两个人点了菜。

"真是好长一段时间没见了。"当服务员朝厨房走去后他说，"到现在有多久了？五年？"

"六年。"

"我时常会看见你的署名，特别是你的特辑出现在广播网上的时候。你那篇与波贾维斯人战争的文章写得真不错。"

"他们都是些丑陋的野兽，不是吗？"她评论道。

"你是怎么跟第一拨进攻部队一起登陆的？"他问，"通常那都是保留给高级战地记者的位子。"

"我收买了一个年轻上尉。"

"这就好解释了。"他的语气中略带一丝苦涩，"你总是知道怎样得到你想要的东西。"

"我现在也知道。"她说着，直直地盯着他。

他短暂地回视了她片刻，然后很不自然地移开了视线，"你究竟有没有跟那个同居过的家伙结婚？"

"我跟很多人同居过，"她回答，"但我没跟任何人结过婚。"

"真遗憾。"他掏出一个做工精细的香烟盒，将一支烟递给她。

"不，谢了。"

"味道很不错。"他说着，抽出一支烟来点上火，"从骑官十一—卡斯图星系进口的。"

"我更喜欢自己的。"她说着，摸出了一个很有特色的盒子。

"你难道不觉得那些很刺鼻？"他问。

"自从我到边疆后就一直吸它们。"薇秋回答，"只需要一段时间，你就再也离不开它们了。"

"你去了边疆？"

"差不多快一年了。"

"你去那儿做什么？"

"跟我眼下在天马做的事情一样：追寻一个故事。"她顿了顿，"我还选择了一位非常有趣的搭档。"

"我以为你总是单干。"思迈斯说。

"这次我需要帮助。"

"是我认识的人吗？"

"大概不是。"薇秋回答，"听说过歌鸟吗？"

他摇了摇头，"是她的笔名？"

"是他。"

"我从来没见过他的任何特辑。"

"这不奇怪。他是个赏金猎人。"

"你究竟是在追寻什么见鬼的故事？"

"如果我告诉你，就等于我们已经完成了友好问候对方的步骤，得开始谈正事了。"

他很艰难地移动了一下自己的重心，点了点头表示同意，"我们迟早都得谈正事。"他停顿了一下，"萨尔瓦多·阿珂斯塔是个无关紧要的走私贩，死得很惨，但他最多也就值一条五秒钟长的讣告。你究竟是在追查谁？"

"圣迭戈。"

他笑了出来，"你和其他一万名新闻记者一样。"

"我和他们不一样。"薇秋严肃认真地说，"我会找到他的。"

"祝你好运。"

"我不需要好运。"她回答，"我需要情报。"

"恐怕你对阿珂斯塔的了解远比我多。"

"让阿珂斯塔见鬼去吧。"薇秋说，"他是个断掉的线索。我需要些别的东西。"

"比如说？"

"一个能够告诉我圣迭戈在哪儿的人。"

思迈斯又笑了出来，"你怎么不直接开口要一百万信用币？这两者没有多少本质上的区别。"

"这个人不需要知道圣迭戈的总部在哪儿。他只需要给我指出正确的方向。"

"见鬼！究竟是什么让你认为天马上会有人跟圣迭戈打交道？"

"因为就算带着所有的敬意来评估你美丽的城市，这里也算不上度假胜地。阿珂斯塔到这里来是运送货物或者金钱的，要不就是来取什么东西的。他或许并不是直接与我想要找的那个人进行交易，但这并不等于你就不能帮我找到那个人。"

"你是在告诉我阿珂斯塔是为圣迭戈工作的吗？"思迈斯问。

"间接为他工作。我很怀疑他们是否见过面。阿珂斯塔只是一个处理赃物或者金钱的代理人而已。我想要你告诉我的是，赫克托最大的贸易商的名字。"

"哈里森·布雷特。"思迈斯脱口而出。

"他有犯罪记录吗？"

"有。"

"告诉我。"

"他被逮捕过三十次。"

"被定过罪吗？"

思迈斯看起来很不自在，"两次。"

"缓期执行？"

他点点头。

"他都付钱给了谁？"她飞快地问。

思迈斯耸了耸肩，"所有人。"

她微笑起来，"得了吧，林德，你可是在跟薇秋谈话，不是你们编辑部的傻蛋。你知道我想要什么。"

"你干吗不直接对布雷特施压？"他的声调表明他很清楚答案，就跟她一样。

"你要怎样向一个知道自己肯定不会进监狱的人施压呢？"她回答，"请给我名字。"

"我不知道其他名字。"他说。

"这可不太聪明，林德。"她恶狠狠地说，"一点儿都不聪明。"

"是真的。"他戒备地回答。

"不过**我**倒是知道一个名字。"她说，"我知道的名字叫林德·思迈斯。我还知道一些与这个名字相关的事实。想听吗？"

"不。"他说着，急速地抽了几口烟。

"都是些非常有趣的事实。"她继续说，"基本上都是关于他怎样在自己的第一个长篇报道中伪造证据，将一个清白无辜的人送进监狱待了整整八年。"

"你**包庇**了我，看在基督分儿上！"他气愤地低声呵斥道，"如果你知道他是无辜的，为什么不在你还有机会的时候就拦下那篇稿子？"

"噢，那个人进监狱是罪有应得。"她快活地说，"他是个彻头彻尾的无赖，而且警察想抓他好多年了。"她非常认真地看着他，"但是，根据你的情报而硬安到他头上的那些罪名却是无中生有的，在这一点上他的确很无辜。"

"那么当时你就应该说点儿什么。"

"我说了。"她说着，喝光了她的饮料，"我跟你说了要让我保持沉默的话，你就得欠我一个人情，然后有一天你得还我人情。"

"要知道，"他很不高兴地说，"我从来就不喜欢你。你的野心太大，总是诡计多端，满肚子坏水。"

"我没有必要否认。"她平静地说，"我只会再加上一句：是你这样的人让我屡屡得逞。"

"当你最终登上顶峰时，当没有更多的牺牲者当你的垫脚石时，你又能做什么呢？"

"大部分时间我会享受位于顶端的感觉。"她回答，"然后我会尽全力保护属于我的东西，比你们其他人都做得更好。"

"这些年你究竟囤积了多少人情？"他苦涩地问。

"一些吧。"

"那么你又敲诈勒索了多少人呢？"

"我可没有勒索你，林德。"薇秋回答，"我有其他线索。如果你真的不想帮我这个忙，你不用勉强自己。忘记我刚才说的就好。"

"你是说真的？"

"毫无疑问。"她顿了一下，"当然，我会去跟你的上司见个面。不管怎么说，我是个记者，而你的所作所为可算得上是条新闻，哪怕在过了这么多年后。"她微笑着，"别担心，你不会因此进监狱的，但是你最好换个新职业。"

"你是否曾经——哪怕只有一次——做过任何一件事情而不求回报？"他问。

"当然。"

"那时候你多大？六岁？"

"更小一点，然后我立刻就意识到那可真不划算。"

"在你的赏金猎人跟你搭档之前，他为你杀掉了谁？"

"他只是把杀人的时间稍微延后了一点儿。"薇秋说，"我们已经跑题了。我需要一个名字。"

他非常紧张地又点燃了一支香烟，虽然第一支此时还没有熄灭。"你必须理解，我跟这事不能有任何关联。"

"你不会的。"她向他保证，全神贯注地朝前凑了凑，"那个名字？"

"这样就算结了？"他说，"你永远都不会再提起那个该死的故事了？"

"我保证。"

他叹了口气，"迪米崔·索寇。"

"他的生意有多大？"

"很大。他是个百万富翁，是六个企业的总裁，好几个政治团体的主席，还有谣言称他正准备给自己买一个驻洛丁十一大使的位子。"

"很好很好。"她带着一种狩猎者的狡黠微笑说，"关于他，你有些什么消息？"

"准确地说，什么都没有。"

"得了吧，林德。全吐出来然后忘记你告诉过我就好。女人？"

思迈斯摇了摇头，"不可能。"

"男人？男孩？毒品？"

"只有钱。他为宾德星系的走私活动提供资金，但我认为你得花几辈子才能突破他的层层伪装。我的直觉告诉我，他跟六年前的几起谋杀案有关联——**非常**外围的那种关联——而且我知道他行贿受贿。后来他突然决定改头换面，在过去的三年中，他一直在试图重新树立自己的形象。"

"而现在他想要当大使？"

"我是这么听说的。"

"好吧，林德，给我些名字和日期，然后我想我们就可以分道扬镳了。"

"我不**知道**任何确切的名字和日期。这些都是传言和猜想。"

"我知道，给我就好。"

"见鬼！我希望我能给你一片自杀药之类的东西，免得你死得不够快。"

"我不会吃那东西的。"

"我知道。"他咕哝道。

他们的午饭上了桌，当他们进餐时——她胃口大开，他则完全没有食欲——思迈斯列出了他所能想起的索寇交易的细节。薇秋没有记笔记，但他知道，就算是一个月后，她也能一字不差地复述整个列表。

"我会尝试约索寇明天下午见个面。"当他们吃完甜点喝餐后酒时，薇秋宣布道。

"你为什么认为他会愿意见你呢？"思迈斯问。

"在即将当上大使之前，拒绝一个来自德鲁洛斯的记者采访？"她咯咯笑起来，"不可能的。"

"你什么时候又是从德鲁洛斯来的了？"

"从明天早上开始。"

"他会在见你之前查清你的背景的。"

"我知道。"薇秋说，"所以你要将我的新记者证输入到你们的电脑里面。如果他怀疑我的话，会首先去你们的电脑上查。"

"见鬼！我不会那么做的！"他咆哮起来，在意识到自己吸引了其他客人的注意力后又赶紧压低声音，"这已经完全超出了我们的协议。"他低声说。

"没错。我不会再用你的……呃，失职行为来威胁你。我已经向你保证，我很愿意遵守我的诺言。"

"那就没什么好说的了。"他坚定地说,"我不会往电脑里放假记者证的。"

"选择权完全在你手上。"她说,"我只需要告诉索寇调查一下我和你单独相处的地点。"她耸了耸肩,"我们完全可以假设他不会把两件事情联系起来,也不会追究是谁给了我那些我准备用来对付他的情报。"

"你会那么做的,对不对?"他愤怒地大叫,"你肯定会那么做的!"

"没有人能阻止我寻找圣迭戈——你不能,其他人也不能。我的职业生涯成败与否全押在这件事上了。"

"那么你干吗不去开拓一个新的生涯?组成一个家庭或者什么的,而不是在这里勒索你的老朋友。上帝,我真为你的搭档感到遗憾!"

"他很擅长照顾自己。我觉得你的同情心最好用在一个清白无辜的可爱姑娘身上,比如我。"

"**什么清白无辜?**"他厌恶地说。

"你**会**记得修改我的记者证的,对不对?"她撒娇地说,推开椅子站了起来。

"是的。"他咕哝着,"我会的。"

"还有一件事,林德。"

"这一回我又能为您做点儿什么?"他问,"扯出我的眼球来,这样你就可以用它们玩弹珠游戏了?"

"这个留到下次吧。"突然她变得严肃起来,"我相信一切都会顺利的,但是万一我没有回来,或者没有通知你我一切都好的话,我希望你能联系塞巴斯蒂安·凯恩。"

"这他妈的又是谁?"他问。

"歌鸟。"她将凯恩飞船的登记号码给了他，"接下来的两三天里他应该在牵牛星系。"

"你想要我给他传什么话呢？"

"我觉得那应该是显而易见的。"她回答，"我不奢求死后被人哀悼，但是我坚决不能容忍没人给我复仇。"

7

由于黑俄耳甫斯从没回过民主联邦的文明世界，而迪米崔·索寇又从没离开过这里，因此，黑俄耳甫斯也就没为索寇写过任何诗歌或者安个什么绰号。他们从未见过面，从未有过交集，甚至从不知道对方的存在。不过这样也许更好——黑俄耳甫斯不会喜欢他的。黑俄耳甫斯热爱边疆那些放荡不羁、充满活力的男男女女，而索寇则冷静无比，精于算计，自制力超强。黑俄耳甫斯的文字世界色彩鲜明，而迪米崔·索寇的世界只有一种平淡无味的素色。

索寇是个文明人，因此他用文明的方式犯罪。如果要杀人，那么索寇只会雇凶，而不会亲自动手；如果需要进行走私或者黑市交易，他会在自己和出面交易者之间安排许多由他掌管的公司和中间人，而他自己则继续待在德鲁洛斯八号上。他渴望崇高的社会地位，而这正是黑俄耳甫斯所鄙视的；他鄙视声名狼藉的人物，而这正是黑俄耳甫斯倾其一生所歌颂的。

黑俄耳甫斯会认为他是个伪君子。但索寇伪装得太巧妙，就连内疆的吟游诗人也会钦佩这种高超的技巧。

他在海辉星和博洛克斯四号上都有别墅，而且在坎佛七号上还有一栋办公楼——虽然他已经有好些年没去过那里了。每年他都会为慈善事业捐助大量资金，并且最近才为帕拉斯·雅典娜——天马七座穹顶城市中最古老的一座——的一家医院又捐了一笔钱。他是艺术爱好者，总是为当地交响乐团和芭蕾剧团提供非常可观的资助。他已经不再为歌剧院捐款了，但是所有人都知道，这是因为他不同意自己女儿与某个男高音主唱的私下恋情，从没有人会因此对他产生负面的看法。

过去的两年中，他大部分工作时间都花在了楼顶公寓里。这所公寓位于赫克托最高级住宅楼的顶楼。公寓共有十二个房间，其中九间是家族居所——他的一个儿子和两个女儿依旧跟他住在一起——而另外三个房间被改造成了一套办公室，有专用入口。

薇秋·麦肯齐出现在这栋楼的大厅时，时间刚过正午。她耐心地等待着一名女保安去通报她的来访，然后进入一部直接抵达索寇办公室的电梯。走出电梯，她注意到自己所在的位置是一个小小的接待门厅，一名秘书告诉说索寇正在等她，然后带她走进一间装修得富丽堂皇的书房。

"他马上就到。"秘书说完，就乘电梯回他的岗位去了。

薇秋花了点时间审视四周。两面墙上挂满了来自民主联邦各地的艺术品，大部分看起来都很昂贵，有一部分看起来很精致，但他在品位上明显没有一贯性。第三面墙上是连接天花板和地面的巨大玻璃窗，透过窗户可以看见穹顶外的蓝色河流和深邃峡谷组成的壮丽景色。地毯是长毛绒的，像是用某种细长的外星金属丝制成。它们在碰到她的脚时会缩起来，然后又立刻恢复原状，在她站稳之后对她的脚产生一定的支撑力。房间里有一块巨大的全息屏幕，屏幕的操作系统内置在真皮椅子的扶手中。另外还有四把一模一样的椅子，其中两把看起来崭新如初，另外两把却有磨损的痕迹。一件她从未见过的像钢琴一样笨重的外星乐器被小心地安置在一个角落里，它上面摆着六个小盒子，每个盒子里都有一名索寇家族成员的全息图像。她拿起一个图像是非常可爱的年轻女子的盒子，仔细研究起来。

"那是我的小女儿。"一个稳重而友好的声音说。她回过身，发现索寇走进了房间。

他是个高大的男人，魁梧却没有赘肉，铁灰色的头发梳理得整整齐齐，小胡子短小精悍。他的眼睛是深蓝色的，鼻子又高又挺，下巴略方但并不突出。他身穿一件非常高雅的刺绣外套，是德鲁洛斯八号上最新的流行款式。

"她很漂亮。"薇秋回答，将盒子放了回去。

"谢谢。"索寇说，"我会转告她你的美言。"他碰触了一下隐藏在某张画后的控制板，一部分地毯突然消失，一个摆满酒瓶的小吧台从地面升了起来，"我可以为你准备点儿喝的吗？"

"为什么不呢？"她回答。

"你想喝点什么？"

"你推荐什么？"

他伸手拿起一个奇形怪状的瓶子，"天鹅座干邑，一个最近才从牵牛星回来的朋友送的。"

"我想你刚刚说的是天鹅座。"薇秋接口道，没有再多提牵牛星的话题。

"是的，但天鹅座的干邑很明显遍布整个银河系。"他顿了顿，露出了笑容，"如果你品尝过牵牛星那边酿造的东西，你就会知道他为什么选择带这个给我了。"

他倒满了两只杯子，然后递给她一只。

"非常好。"她抿了一口，回答说。

"你不坐吗？"他说着，为她拉出了一把椅子，然后在她对面坐了下来。他抽出一支巨大的雪茄，"介意我抽烟吗？"

"完全不。"

"这是来自老地球的。"他自豪地说着，点燃了雪茄，"最近很难搞到了。"

"我可以想象。"

"但是，"他说着吐出一片烟雾，"为它付出努力是值得的。"他停顿了一下，"对了，你的摄影师在哪儿？"

"我没有摄影师。"她回答的同时打开了旧手袋，从里面拿出一个有许多窗口的金属小装置，然后将它放在了他俩之间的桌子上，"这东西有两组广角三维镜头，可以拍摄到这个房间的每个角落。里面还有内置的话筒，可以捕捉到你说的每句话。"她按下了一个启动按钮，"它的品质当然比不上演播室里的设备，但采访现场的环境本来就不如演播室，用不着太高级的设备，而且它非常便于携带。"

"令人惊叹！"他说着，非常着迷地盯着这个小东西，"它可以拍摄三百六十度而完全不需要移动？"

她点点头，"没错。也就是说，我也会在所有的图像之中。等我回到剪辑室后，他们会对录像进行剪辑，按照标准的一问一答形式将我们的图像分别剪辑出来。除了你、我和剪辑师之外，没有人会知道这场采访中根本就没有摄影师和音响师。"

"这次采访会在德鲁洛斯八号上播放？"他问，一副兴致勃勃的样子。

"以及其他六个星系。"

"我能得到一份最终剪辑版本吗？"

"我没有任何理由说不。"薇秋说，"当然，你需要专业设备来播放它。"

"我有一些装备，而且自然能购买更多。"

"很好。我们可以开始了吗？"

"只要你准备好了。"索寇说。

在接下来的三十分钟里，她进行了一场非常全面而且专业的采访。如果某一天有机会的话，她甚至可能卖掉这份作品。就算不能卖给林德·思迈斯所在的公司，天马上的其他新闻机构也有可能买账。如果索寇真的能到洛丁十一上当大使，那么，那里也将是不错的市场。

"很好。"她终于说道，关掉了记录装置，"我想这就是全部了。"

"很荣幸接受你的采访。"索寇说，"节目制作完成之后，你会通知我的，对吧？"

"毫无疑问。"薇秋回答，"当然，这完全取决于你将会如何回答接下来的这个问题。"

"你说什么？"

"我还有一个问题。"

"你不想重新打开那机器吗？"他问。

她摇了摇头，"这个不需要记录。"

"好吧。"他说着，舒服地向后靠去，"问吧。"

"我希望你在回答之前认真地考虑一下答案。"

"我觉得我已经非常习惯各种问题了。"他自信地回答。

"我很高兴听见你这么说。"薇秋回答，目不转睛地看着他，"我可以在哪儿找到圣迭戈？"

他瞬间露出惊讶的表情，但立刻就被他政治家的职业微笑取而代之，"在我看来，这个圣迭戈只是个边疆的神话。如果他真的存在过，那他现在应该已经死了。"

"他活着。"

"我非常怀疑这一点。"

"如果你想要谈一个已经不存在的人，索寇先生，"她说，"西德尼·佩鲁如何？"

他脸上的微笑突然消失了，"谁是西德尼·佩鲁？"

"一个六年前被人谋杀的走私犯。"

"我从未听说过他。"

"那么海因里希·克劳斯迈尔呢？"她问。

"这个名字对我来说也十分陌生。"

"他们两个都为你工作，"她说，"而且他们都被谋杀了。"

"这是什么意思？最后关头的诽谤诋毁？"他冷冷地说，"如果真是这样，你可来错地方了。任何人都可以去查阅我的记录，我没有什么好隐瞒的。"

"我觉得你有很多东西需要隐瞒，索寇先生。"薇秋说，"比如说宾德十号上的走私产业。"

"我有五年没去过宾德了。"他回答，"再说了，早在我刚参加竞选的时候，媒体就曾试图将那件事栽赃在我头上。你不会比你的同行得到更多信息，唯一的原因就是——我不是罪犯。"

"我的前辈们不知道一些**我**知道的事情。"

"你以为你知道什么？"他泰然自若地问。

"我知道如果你不给我指出圣迭戈所在的方向，在本周结束之前，你的屏幕上就会出现一份非常有意思的调查报告。"

他认真地注视了她很长一段时间，然后自信地微笑起来，"你爱怎样就怎样吧。我从来没有听说过任何叫作佩鲁或者克劳斯迈尔的人。"

她只是看着他。她非常确定索寇很清楚她在说什么。唯一的问题是，他觉得自己的伪装非常严密。她决定再最后尝试一次。

"那可不是萨尔瓦多·阿珂斯塔在死前告诉我的。"她说。

他嘲弄地哼了一声，"又一个神秘人物。这个见鬼的萨尔瓦多·阿珂斯塔又是谁？"

"他曾经为你工作过，很早以前。"

"没有叫作阿珂斯塔的人为我工作过。"

"我有盘他的录像，他说你参与了佩鲁和克劳斯迈尔的谋杀。"

"我对此表示怀疑。"

"你愿意冒险吗？"她说，"这可能会让你上法庭，也可能不会。但是，这毫无疑问会让你丢掉驻洛丁十一大使的位子。"

"你根本就没有那种录像。就算你真有，那个男人也是在撒谎。"

她耸了耸肩，起身朝门口走去。"随便你怎么想。"她又回身看着他，"我们的剪辑室需要您在发布许可合同上签字之后才能着手工作。我明天早上会给你寄一份空白合同过来。"

索寇瞪着她。

"要知道，如果你愿意对我更简单直接一些的话，事情本来可以进行得更愉悦。"他最后说。

她笑起来，"我能够再直接多少呢？"

"如果你直接说'索寇先生，我觉得你认为圣迭戈已经死掉了的观点是错的，我想要你手上任何能够帮助我找到他的情报'的话，我会很高兴跟你谈的。但是我不喜欢被恐吓和勒索，特别是用来勒索我的材料全是谎言和中伤的时候。"

她盯着他看了一会儿，开口道："索寇先生，我觉得你认为圣迭戈已经死掉了的观点是错的，我想要你手上任何能够帮助我找到他的情报。"

他对她露出了微笑，"就是这样，我会非常高兴地尽我所能帮助你。你想要见的人是个位于边疆的强盗。"

"他的名字是？"

"我不知道他的真名,但他自称'快活的流浪汉'。"

"我可以在哪儿找到他?"

"他的总部在一个叫秋麒麟的行星上,位于乔蕾星系。"

"他跟圣迭戈有什么关系?"

"他曾经为圣迭戈工作。"

"很多人都为圣迭戈工作过。"薇秋指出,"他有什么特别的吗?"

"他跟圣迭戈有私人交情。"

"你最好说的是真话。"她带着威胁的口气说。

"你的录像随便你怎么处置。"他漫不经心地说,"真相不会伤害我,而谎言也不能帮助你。"他朝着门廊走去,在一个隐蔽的感应器前挥了挥手,门滑动着朝里面打开了,"我很期待能够看到剪辑之后的采访。"

"这是肯定的。"她回答,穿过接待门厅走向了电梯。

索寇站在那里,凝视着她刚才站的地方,沉默了一会儿又点燃了一支雪茄,然后走回小酒吧,给自己倒了一杯干邑。

"你听见刚才的全部对话了?"他问。

"是的。"一个空洞的声音回答。

"我需要有人跟着她。"

"**只是跟着?**"声音问。

"直到我们弄清她把录像放哪儿了,或者确认她只是在骗人。在我知道这两个问题之一的答案前,我不希望她离开这颗行星。同时,我还需要一份她的完整档案。不是今天早上从网络上搞来的那种垃圾,我要货真价实的东西。"他顿了顿,"你有四个小时。"

"可能需要更多的时间。"

"四个小时。"索寇重复了一遍。

事实上,整个过程只耗费了三小时十分钟。在这段时间里,索寇接受了另外一个采访，这次的采访者是当地的一个新闻记者。然后，他开始准备第二天晚上募款餐会上的演讲。最终，一个金发中年男人走进房间，手里拿着一个小笔记本。

"坐。"索寇说。

"我把这些都放电脑里了。"男人回答，"但是我认为你可能想当面梳理一遍，以免有任何的疑问。"

"关于她你得到了什么？"

"她的名字叫薇秋·佩辛斯·麦肯齐，或者薇秋·帕提亚·麦肯齐。"男人说，"记录不是很清楚。我个人觉得，她在年纪略大之后，将自己的中间名佩辛斯改成了帕提亚。她现年三十六岁，出生于贝洛尔，在天狼星五号长大，在亚里士多德取得学位——"

"就是几年前他们创造的那个大学行星？"索寇打断他。

"是的。她的成绩很普通，但亚里士多德是个非常优秀的地方。毕业后，她就立刻被一家新闻机构雇用。"

"她在德鲁洛斯工作了多长时间？"政治家问。

"她这辈子都没去过德鲁洛斯。她全职工作了十年，大部分时间都在星宿一，然后她就转行当了自由职业者。"

"性格方面的评价？"

"她总是非常开朗，有时有些老气。她嗜酒，而且还赌博——非常沉迷的那种，我必须补充这一点。她似乎在恋爱上有些问题——曾经有过六段严肃认真的同居史，但没有一段能够超过一年时间。"

"那听起来可算不上是严肃认真。"索寇评论道。

"至少跟她对待其他事物一样严肃认真，除了她的职业生涯。"

"那么你最好跟我谈谈她的职业生涯。"

"她憎恶权威。事实上，她曾因为不服从上级而被炒过两次鱿鱼。她工作得非常努力，高于平均水准，但迄今为止她都没有遇上能为她赢得名声的大新闻。她非常向往成功,害怕自己没有多少时间了,因此变得非常没有耐心。大概在一年前,她说服了两个资助者,在圣迭戈这个项目上投入了差不多两百万信用币。我不知道她是怎样做到的,有可能是她和他们睡觉了,当然更有可能是勒索了他们。她已经在这个项目上干了十一个月,花掉了赞助资金的三分之二。"他顿了顿,"我感觉对她来说,现在已经没有回头路可走了。如果空手而归的话,她就完蛋了。"

"她为什么不拿着钱然后消失呢?"

"比起只是富有,她更愿意变得富有而且出名。"

"我懂那种感觉。"索寇嘲讽地咕哝道。他看着那金发男人,"还有吗?"

"是的。她大概在三个星期前找到了惠克特·卓姆,并且有可能杀死了他。"

"有可能?"索寇恼火地问,"她杀了他,还是没有杀他?"

"事情不是那么简单。在德克兰四号上时,她跟一个叫凯恩的赏金猎人进行了合作,这个赏金猎人正在追捕圣迭戈。据我所知,他干得非常出色。当时他们两个都在卓姆的公寓里,究竟是谁杀了他就说不清了。"他瞟了一眼自己的笔记本,"还有一个人也牵扯其中,一个叫特威利格的赌徒。凯恩在艾特仁齐港遇见了他,之后他们就一直一起旅行。我不知道他是否是他们合作关系中的一员。我的猜测是,他让凯恩找到了卓姆,或是找到了能够辨认出卓姆来的人,以此交换一些好处。"

"什么好处?"

"我不知道,但是赌徒很容易树敌,而有赏金猎人在身边对自己非常有利,特别是在边疆。"

"好的。"索寇说着点燃了一支雪茄,凝视着燃烧的烟头沉默了片刻，"让我们回到麦肯齐的话题上来。她是怎么找到我的？卓姆甚至都不知道我的存在。"

金发男人耸了耸肩，"我不知道。"

"那么让我来告诉你好了。"索寇若有所思地继续说，"有人告诉了她——阿珂斯塔或者其他人。她抵达天马之后都见了谁？"

"只有林德·思迈斯。"

索寇微笑起来，"这就是答案了。这个小混蛋将这些年来试图栽赃在我头上的东西都喂给了她。"

"也许。"金发男人同意答，"但是我认为，我们在行动之前最好能够确定。"

"这不会太难。说说这个阿珂斯塔究竟是谁？"

"一个走私犯。他大概时常会为圣迭戈处理一些东西。"

"我们曾经跟他打过交道吗？"

"非直接地。"

"他有可能知道我的名字吗？"

"凡事皆有可能。"

"让我们换一种问法。"索寇说，"他什么时候被杀的？"

"几个星期前。"

"在薇秋·麦肯齐抵达天马之前？"

"没错。"

索寇露出了笑容，"那么她根本就没有见过他。"

"你无法确定这一点。她不一定非得在天马上才能见他。"

"她当然是在天马上见他的。"索寇回答，"要不她就会在采访他之后直接冲我来。她在撒谎。"

"你能冒这个险吗？"

他皱起了眉头，"不。她并不能对我造成很大的伤害，但是她可能会糟蹋了我在洛丁十一的位子。"他顿了顿,手指之间把玩着雪茄,"摸清楚过去一年阿珂斯塔都在什么地方,看看他们两个有没有可能在天马之外的其他地方见过。"

金发男人在一个小时之后又回来了。

"如何?"索寇追问。

"你是对的,阿珂斯塔和麦肯齐之间的距离从来没有少于五十光年。"

"我就知道!"索寇得意地说。

"那么接下来你打算怎么做?"金发男人问。

"她肯定会在赫克托的某处发送信息的,很有可能她已经跟凯恩进行了联络,所以我希望你明天设法给圣迭戈传个话,提醒他保持警惕,以防凯恩或者他的赌徒真能设法联系上流浪汉。"

"明天?"

索寇点点头,"今天下午你要去逮住那个林德·思迈斯,并且保证他今后再也不会散播任何关于我的恶毒谣言。我们不想杀死一个媒体从业者,但我希望你能给他上一堂毕生难忘的课。不要说是谁让你去的。他会明白的。"

"今天下午和明天早上的工作有了,"金发男人说,"今天晚上呢?"

"今天晚上?回家睡觉。"

"薇秋·麦肯齐怎么办?"

"她根本就没有什么录像,因此算不上火烧眉毛的威胁。我不希望看到她还在天马上时就受到伤害。"

"那等她离开之后呢?"

索寇露出了微笑,"那就是另外一回事了,对不对?"

8

他的名字是威廉神父，

他的目的你难以领悟：

他的游戏是拯救罪人，

他的传说是杀人无数。

当人们围坐在桌边与黑俄耳甫斯交谈时，这个问题迟早都会被问出口：在多年的漫游之中，谁才是他印象最深的人物？而黑俄耳甫斯会向后靠在椅背上，啜着葡萄酒，凝视着遥远的虚空，享受这短暂的时光和过去的回忆。就在他的听众开始觉得他们不会得到任何答案时，他微笑起来，说他在内疆见过许许多多的男女——比如歌鸟或者一次查理那样的杀手、电子人休斯勒那样的悲剧人物、笛卡尔·怀特那样的企业家（这家伙被黑俄耳甫斯重命名为"空白支票"，黑俄耳甫斯非常喜爱这个绰号）、沉默安妮和祝福莎拉那样的好女人、塌鼻子萨尔和丑闻姐妹那样的坏女人，甚至人山贝茨那样的真超人，但是没有任何一个能与威廉神父相提并论。

那简直就是一见钟情。不是个人之间的爱，而是风景画家在看到美丽日落时所产生的爱。黑俄耳甫斯在一块巨大的画布上用他的语言绘制图画，但就算如此，威廉神父也巨大得几乎无法被装进画面里。

黑俄耳甫斯第一次见到他是在乌鸦星系。威廉神父当时正站在讲台上宣讲地狱之火和永世的惩罚，并警告听众——其中包括好些个臭名昭著的混蛋——如果他们胆敢不在印着他独创花押字的捐款箱里投入一些捐助的话,就必然会得到如此下场。第二次是两年之后在奎因鲁斯星团,当时,威廉神父正安详地祝福着刚被他杀掉的四个男人和一个女人飞离这个世界的灵魂。黑俄耳甫斯第三次也是最后一次遇见他,则是在吉罗达斯二号,黑俄耳甫斯着迷地看着威廉神父枪杀了两个罪犯,用他们的头皮换取了赏金(其实根本没必要剥取头皮,但没人觉得应该去跟威廉神父争论这个问题)。他将这些钱都捐给了当地教堂,然后在随后的两天时间对该行星上笨拙而巨大的土著居民传播福音。

黑俄耳甫斯试图发掘他更多的过去,但一无所获。威廉神父唯一愿意讨论的就是上帝,虽然如果往他巨大的肚皮里灌上一两杯的话,他或许也会愿意讨论所多玛和蛾摩拉①的话题。他的体型大得惊人,站起来的时候差不多刚刚好六英尺五英寸,体重接近四百磅②,总是一身黑衣。他身上系着两个黑色皮枪套,每个里面都装有一只激光手枪,他坚称枪里装的是主用来净化世界的火焰。他发誓放弃所有的肉体欢愉,除了暴饮暴食这一条,并且解释说,一个没有体力的福音传播者等于一个没有影响力的福音传播者,而且他认为,要将基督的教义带到边疆这种毫无信仰的世界中需要耗费许多卡路里。他诚挚地相信,任何包庇通缉犯的世界都需要得到救助,而他的使命就是将这些世界上的邪恶统统摧毁,并在幸存者之间散播圣言。已经陷入罪恶的人就应该提前下地狱去服苦役,这样剩下来的人就不会再受他们邪恶的影响,从而逃离撒旦贪婪的魔爪,直至永远——除非他们自己也成了通缉犯。

威廉神父并没有获得他应有的名声。黑俄耳甫斯只为他写了三

---

① 传说中的古巴勒斯坦城市。据《圣经·创世记》记载,这两座城市因邪恶而被"燃烧的硫黄"焚毁。

② 1磅= 0.4536千克

节诗，仅为盖斯·桑斯·皮提的三分之一，而后者甚至谈不上是个精彩或者有趣的人物。但那主要是因为黑俄耳甫斯意识到，他几乎无法用语言描述这位身揣《圣经》的赏金猎人。由于歌谣的每一节都简洁而隐晦，而且这部不断变长的史诗现在早已超过了两千节的长度，因此那些没有听过黑俄耳甫斯解释的人，就算忽略了威廉神父的丰功伟绩也是情有可原的。

薇秋·麦肯齐就是这些人中的一个。她根本不知道威廉神父正在秋麒麟上布道。就算她知道也不会在意。她唯一感兴趣的是找到那个人称"快活的流浪汉"的不法分子，并且通过他找到圣迭戈。

她将飞船降落在秋麒麟上，这个温和的小世界属于一个农业财团组成的企业联盟。庄稼都由机器人收割，少数人类负责操作机器人。他们假装自己是企业主管，但心底都很清楚，自己不过是机械师和看管人。这里只有一个城市，一个比农场更为古老的商镇，现在已经扩张为八千居民的家园。同许多边疆商镇一样，它拥有和行星相同的名字。

薇秋预感自己不会在这里待很久，所以没有预订酒店房间。她将装备都留在飞船上，乘上了一辆定期往返于空间站和商镇的小车。当小车停下来时，她发现自己正站在商镇广场的中央，四周都是又宽又矮的建筑，身边矗立着这颗行星发现者的雕像。

凯恩耗费了二十年时间从一个商镇到另一个商镇，通常总是在酒吧和妓院里寻求他要的情报。与他不同，薇秋偏向于从新闻处狩猎。但这个世界太小，没有自己的新闻机构，只有一位特约记者驻扎。薇秋出示了自己的记者证，询问"快活的流浪汉"在哪里。

"你有远比见到流浪汉更重要的事情需要担心。"接待她的中年男人说。

"比如说？"薇秋问。

"你可以从严肃地思考如何活着离开这颗行星开始。"

"你这是什么意思？"

"听着，"他说，"这不是新闻，所以我们还没有公布——再说其他世界也不会在意这里究竟都发生了些什么见鬼的事情。但有风声传来，说你让天马的某个大人物非常生气。不过他认为，在离家太近的地方表达愤怒不是个好主意，所以选择了秋麒麟作为更合适的舞台。"

"他决定对我下手？"

"我知道的是，他雇了三个杀手以确保你无法离开秋麒麟。"

"他们是什么人？"

他耸了耸肩，"我不知道。"

"妙极了。"她咕哝道，飞快地扫视了一眼街道，试图从人群中分辨出可能是雇佣杀手的人来。然后她再度转向特约记者，"我要怎样申请警察保护？"

男人摇了摇头，"你已经不在民主联邦了——我们这里**没有警**察局。"

"你们肯定有**某些**办法来保护你们的市民。"她坚持道。

"秋麒麟是流浪汉的世界——**他保护它。**"

"我以为秋麒麟属于那些拥有这里全部土地的企业。"

"是的，在法律上是的。但它们的总部都在德鲁洛斯、地球和坎佛双星上，而且只要持续盈利，他们才不会在意这里究竟发生了什么。再说了，他们通过非正式的手段让流浪汉这样的人留在这个世界，自然会期待一些回报。"

"也就是说，他们为他提供庇护所，作为回报，他要保证没人窃取他们的货物或者故意败坏他们的名声，对不对？"薇秋问。

"差不多。"男人说，"我不知道他们之间的具体协议，但我相信你已经猜得八九不离十了。”

“好吧，”薇秋说，“那么给流浪汉传个话吧，说我想见他，想让他也保护我。”

“我以为你理解了现在的状况，”男人焦躁地说，“但你明显还没有。”

“我误解了什么？”

“如果没有流浪汉的批准，那些追杀你的人根本不可能接受这个任务。这是这里的规则。”

“我甚至都没有见过他，”薇秋说，“他干吗要跟我作对？”

“或许并不是跟你作对。事实上他是个非常友好的人。但是，杀手们想在这里行动就必须给他支付一些提成，而且很公正地说，他对金钱的喜爱可远多于他对人类的喜爱。”

“那么我最好在他们找到**我**之前找到**他**。”

“你甚至都不知道他们是谁。”男人回答，“他们可能是街对面那三个站在一起的邋遢家伙，”他指了指窗户外面三个带有武器的男人，他们站在不远的地方，“也可能是那三个正在购物的矮小老头儿，或者那边的酒保，甚至可能是太空港的几个机械师。如果我是你的话，我会尽快回到自己的飞船上，在有人知道我在这里之前飞走。”

“我这么大老远地跑来，不可能跟流浪汉谈都不谈就走。”薇秋坚决地说，“我在哪儿可以找到他？”

男人耸了耸肩。

“该死的！”她生气地骂道，“你究竟打不打算帮我？”

“我**不知道**在哪儿找到他！”男人恼火地回答，“我甚至都不知道他现在是否在这颗行星上。他可不喜欢公布自己的行踪。”

“好吧。如果他**在这里**的话，他会在哪儿？”

“他在山丘上有处居所———一座真正的要塞———但是你到不了

那里。一路上都是他的安保装置——我是说**致命的**那种。"

"那么我要怎样才能联系上他？"

"嗯，接下来的几天时间里，威廉神父都会在镇子外的布道点传教。我想流浪汉会一直监视他的，以防万一。"

"威廉神父是什么人？"

他难以置信地瞪着她，"你在边疆待了多长时间了？"

"够长。"她漠然地回答，"黑俄耳甫斯写过他了？"

男人点了点头，"黑俄耳甫斯对他的观察可比对你的观察要仔细多了。你是处女皇，对不对？"

"对。"

"那你应该知道关于威廉神父的歌里面都写了些什么。"

"比起背诵八千行诗歌，我有更要紧的事情去做。现在你倒底打不打算告诉我他是谁？"

"他每样身份都沾一点儿——传教士、赏金猎人、施恩者。我猜这完全取决于你是谁。"

"**他**知道怎样接近流浪汉吗？"

"我想是的。关于罪犯，威廉神父不知道的东西实在很少。"

"如果他是赏金猎人的话，很有可能他在追捕流浪汉本人。"薇秋说，"流浪汉为什么会同意他在秋麒麟上降落呢？"

"也许是因为如果他试图阻止威廉神父的话，就要面临一场造反了。威廉神父是边疆最受欢迎的传教士——有人认为他也是最棒的枪手。他可以去任何他想去的地方。"

"迪米崔·索寇不会雇佣**他**吧？"薇秋若有所思地问。

"不可能。他是个赏金猎人，不是雇佣杀手。"

"好吧。"她叹了一口气，"我想他就是接下来我必须见的那个人了。他在哪儿？"

"他将帐篷支在了镇子西边一英里的地方。"

她查看了一下计时器，"他什么时候开始布道？"

"今天的布道大概两个小时前就开始了。"

"那么他现在应该差不多讲完了。"薇秋猜测。

他笑了出来，"在天黑之前他都讲不完的。"

"你开玩笑！"薇秋说，"他究竟要讲什么鬼东西，需要整整八小时？"

"他脑海之中浮现出的任何东西。"特约记者回答，"你必须记住，一旦他走了，之后很多年都不会再有人到这里布道，所以他必须在非常短的时间里把地狱之火和永恒惩罚之类的玩意儿灌进人们的脑子。"

"听起来真可怕。"她冷冷地说着，站了起来，"好了，我想我该走了。"

"如果你坚持去见他，为什么不等到天黑后再行动呢？"他建议。

"因为我不知道城里的路。"薇秋回答，"待在城里只会方便他们动手。"她顿了顿，"再说，白天他们杀我的可能性更低一些。该死，我真希望我的搭档在这儿！这种情况更适合他而不是我。"

"你的搭档是谁？"

"塞巴斯蒂安·凯恩。听说过他吗？"

"歌鸟？"他说，带着一种发现新大陆的表情看着她，"**他**跟你合作？"

她点点头。

"我同意，现在的状况完全就是为凯恩那样的人准备的。为什么你在这儿，而不是他呢？"

"他现在在牵牛星区。"

特约记者看起来非常佩服的样子，"请允许我冒昧地猜测：他是不是在找牵牛牵牛？"

"是的。"

他低声吹了一声口哨，"我不知道你们两个在计划什么，但摆在你们面前的肯定不是什么坦途，对不对？"

"明显不是。"她说着又一次看了看窗外，发现那三个男人已经不在新闻处对面了。

"不管怎样，我祝你好运。"男人说，"你会非常需要它的。"

"谢谢。"她说着走向门口，"西边一英里，对吧？"

"对。"他回答。

她从手袋中摸出一把小手枪别在腰带上，走进秋麒麟湿度极高的空气中。街上有不少人三三两两地结伴而行，她在原地站了一会儿，仔细地审视着他们，试图看出他们在赶着做自己的事情时是否会对她产生更多兴趣。

这真可笑，她一边想一边看着来来往往的镇民，**谁会知道雇佣杀手长什么样呢？**

她一动不动地又站了一分钟，既没有听见枪响，也没有感觉到激光束烧灼血肉，于是她走到拐角，转进了左边的道路。接着，她又连续左转了三次，最后再次停在新闻处的门前，试图确认是否有人跟踪她。然后她意识到，这个世界听命于住在遥远山丘顶部要塞里的一个强盗，在这里她最好夹着尾巴做人。

她向西边走去，尽可能长时间地行走在建筑的阴影之中。走了差不多两百米左右后，城镇突然消失了。她看见在一英里远的荒原正中，有一座五颜六色的帐篷。她再次环视四周，确认没有人跟着她，便轻快地朝帐篷走去，每隔一小会儿就回头检查一下她的身后。

走过一半的距离后，因为正穿过荒原中的一片低地，所以暂时看不见帐篷。这时，她看见一对年迈的夫妇正缓慢地朝着镇子走。男人穿着一件非常正式的西装——很明显他非常尊敬威廉神父——挂着一根拐杖，步履蹒跚。女人拿着野餐篮和阳伞。薇秋将手放在靠近手枪的地方，停下来问候他们。

"威廉神父已经讲完了吗？"她问。

"哦，上帝，没有！"老妇人说，似乎因为这种猜测而感到惊讶，"我只是回去拿我的药，也许再小睡片刻，然后我们就回来。"

"我们以前没有见过你，对吧？"老男人问。

"是的。"薇秋回答，"我听说威廉神父要在这里逗留几天，就想顺道过来听他布道。我来自萨利纳斯四号。"

"真的？"老男人说，"我听说那是个非常可爱的世界。"

"没错。"

"我们原本住在海辉星，"老妇人说，"但后来决定到边疆来碰碰运气。"

"那差不多是四十年前的事情了。"老男人呵呵笑起来，"我们说不上变得更富有了，但秋麒麟是个很适合退休的地方。当然，它还位于威廉神父的定期巡回线上。"

"对了，你想要来个三明治吗？"妇人问，把她的篮子举高了些。

"不，谢谢你。"薇秋说。

"我希望你接受。"老妇人坚持说，"我讨厌浪费这些食物，但回家后我就不得不将它们全丢掉。今天晚上我们要出门和朋友吃饭。"

"感谢你的好意，但是我真的不饿。"

"来，"老妇人一边说，一边忙乱地翻着篮子的盖子，"你可以看看，也许你会改变主意。我们有三明治、饼干和……"

突然，薇秋视野边缘有什么东西一晃而过，她猛然扑倒在地。

那个老男人丢掉刚刚挥向她的拐杖，摸索起口袋。薇秋猛地扑向他的腿，然后听见一条腿里传来了断裂的声音。她跳起来时手枪已经握在手中。老妇人也从篮子里抽出了一把枪——薇秋无法分辨那是激光枪、音波枪还是子弹枪——那把枪正对着她。

"你有非常好的反射神经,亲爱的。"老妇人带着微笑说。

"现在该怎么办?"薇秋问,无视在地上痛苦扭动着呻吟的老男人,"要不我们暂时休战,这样你才好将这个受伤的战士拖离战场。"

"哼,我**可以**等待援军。"老妇人说,"要知道,我有其他同伴。"

"是的,我听说你们有三个人。"

老男人又呻吟起来。

"但是我亲爱的丈夫状况非常糟糕。"老妇人又加上一句,"在你无情地折断他的腿骨之前,他就已经走路困难了。所以我只能快速处理掉你,或者答应你休战。"

"如果你开枪,我也会的。"薇秋说。

"啊哈,但是精准的爆头会让你有机会反击吗?"老妇人问,将她的瞄准点从薇秋的胸口向上移动到她的双眼之间。

"或许我会先开枪。"薇秋说着,猜想凯恩将会如何处理这种状况,然后她意识到,凯恩一开始就绝对不会陷入这种境地,"但如果我们都死了或者都负伤了,谁来照顾你的丈夫呢?"

"这的确是个需要考虑的**问题**。"老妇人有些懊悔地说,"我们干这行的确有一点儿太老了。"

"你们经常干这个吗?"

"十二次。"她的话语之中不乏自豪,"人们总以为,刺客跟他们在电视里看到的一样——残忍而强大。我们往往都拥有双面人生。"她自信地放低了声音,"黑俄耳甫斯想过将我们写进他的歌里,但我们跟他解释说,只有出其不意我们才能得手,宣扬我们只会让我们丢掉生意。"她又笑了起来,"他尊重我们的意愿——不管怎么说,他是一位真正的绅士。"

那个老男人试图翻过身来，但只发出一声痛苦的大叫，就晕了过去。

"好吧，亲爱的，"老妇人叹了一口气，"你得到了休战。我的确得去找个医生了。"

"没有那么快。"薇秋说，"你们小队中的第三个人是谁？"

"我不能让他陷入危险。"她谨慎地说，"再说，如果他没杀掉你的话，我会在给亨利找到医生后再次追上你的。"

薇秋考虑了一下，点了点头。

"好吧，我们休战。"

"那么，请放下你的武器。"老妇人说。

薇秋露出了微笑，"你先放。"

"我只能相信你是个重诚信的女人。"老妇人说着，打开篮子盖子，将她的枪丢了进去。

薇秋将手枪塞回腰里，然后飞快地缴获了老男人的武器。"如果我是你的话，"她说，"我会将亨利带进室内待着。下一次再见到你时，我不得不杀了你。"

"帮我将他移到树荫下面，好不好？"老妇人指了指大约二十英尺外的一棵树，"我需要花些时间才能找到医生并将他带到这里来，我可不想让可怜的亨利躺在太阳下面。"

"你在开玩笑，对吗？"薇秋难以置信地说。

"如果我们将他留在这里，他可能会死掉。他是个非常老的老人。"

"他是个刚刚还试图杀掉我的非常老的老人。"

"那是工作。"老妇人说，"而且你也可以看到，就他现在的状况而言，他几乎不可能对你造成任何威胁。"

薇秋耸了耸肩，然后点了点头，同意帮助一个准备谋杀她的人将另一个准备谋杀她的人抬到树荫下，"好吧，但是你必须将篮子留在地面上。"

"没问题。"老妇人说着将篮子放了下来。

两个女人走向老男人，弯下腰，抓住他的手臂和肩膀，好将他拖走。薇秋注意到老妇人的手灵巧地伸进了亨利的衣袋。老妇人抽出了一把刀子，但同时薇秋也伸手抓住了她的手腕。

"我以为我们谈妥了。"薇秋冷笑道。

"工作优先。"老妇人说的时候，因为劳累而面红耳赤、气喘吁吁，"你准备怎么样对我？"

"不会比你准备对我做的事情更糟糕。"薇秋回答，"我们还是先将亲爱的亨利搬到那片树荫下吧。如果你再试图做其他事情，或者想要去拿你篮子里的枪，我就杀了你。"

她们将老男人拖到树下，薇秋转向老妇人，抽出了手枪。

"我准备再问你一次——我该如何分辨出第三个杀手？"

"我不能违背职业道德。"老妇人说，"再说，如果你对我开枪，他很可能会听见枪声，从而得知你的位置。"

"这话不假。"薇秋说着，对准老妇人的膝盖狠狠踢了一脚。老妇人发出一声惨叫，筋腱和韧带一软摔倒在地。薇秋后退了一步。

"这应该能让你在今天剩余的时间里都没法再回到赛场上了。"薇秋说着走向野餐篮，从里面翻出一个储藏瓶。她打开瓶子，看到里面装着冰茶，便盖上盖子，走回老妇人身边，后者正抱紧膝盖抽泣着。

"今天很热，"薇秋说，"在被人发现之前，你们很可能会先脱水而死。"

老妇人依旧在哭泣，没有做出任何回答。

"告诉我三号长什么样，我就把这个留给你们。"

老妇人抬起泪眼瞪她，"随便你，"她说，"我是不会背叛的。"

"最后一次机会。"薇秋说,"我不能继续在你身上浪费时间了。"

老女人摇了摇头。

薇秋耸了耸肩,将瓶子丢在距离他们大约二十米远的地方。然后她走回篮子边,找出武器塞进自己的手袋中,继续朝帐篷走去。

她走到帐篷边,从后面钻了进去。中央过道两侧大约分别有四十到五十排长椅,除了最后几排之外全都坐满了人。最前面是一座临时搭建的讲坛。整个帐篷里充斥着电子音合成器不断发出的柔和嗡嗡声。

一个高大的男人站在讲坛上,用狂热的绿眼睛瞪着他的听众。他有一头乱糟糟的红发,胡须花白。他穿着一身黑衣,打磨得闪闪发亮的激光手枪柄非常显眼地从枪套里伸了出来。

"如果汝之手令汝痛苦,就应将其砍掉。"威廉神父用厚重洪亮的男中音吟诵着,"因为主不只是偶像,不只是热爱的对象,甚至不只是造物主。"他故意停下来酝酿气氛,"永远不要忘记,我的孩子们,主也是外科医师。他使用的不是救赎之剑,他使用的是正义的手术刀! "

薇秋在倒数第二排靠过道的座位上坐了下来。

"是的,兄弟们,"威廉神父继续道,"我们在谈论感染。不是身体的感染——身体是医生所管辖的领域——我们谈论的是精神的感染,这是主和主在世俗中的代表所管辖的领域。"

他停下来,伸手拿起一个装满了蓝色液体的玻璃杯喝了一大口,然后再度开口说起来:

"要知道,两者之间有许多共同之处——我是说身体与精神。首先,它们都可以给主带来喜悦,肉体可以生育主的子民,而精神可以崇敬主,吟诵赞美主的诗词。但是,它们在另一方面也有共同之处——它们都可以变成腐朽的脓疮,让人与神都觉得恶心。"

一个留着八字胡和茂密鬓角的憔悴男人走进帐篷，环视了一周，寻找座位，最终朝着薇秋走了过来。

"你介意稍微朝那边挪一下吗？"他低声问。

她朝着左边移动了一点，给他留出了空位。

"我本想早点儿来的，但我的一台收割机坏了。"他又非常抱歉地补充道，"我错过了很多吗？"

她摇摇头，将食指放在嘴唇上。

"抱歉。"他咕哝道，将注意力转向威廉神父。

"如果肉体患上了轻微的感染，我们会做什么？"传教士扫视了一眼听众，如同在蔑视大家无人敢于回答这个问题。没有人吭声。"我们用抗生素对付它。如果我们患上了较重的感染，我们就用更多的药对付它。"他用巨大的手掌握紧讲坛的边缘，"那么如果患上了癌症，我们该怎么办？"他一挥右手，"我们就切掉它！"他大喊道。

他停下来深深地吸了一口气，又缓缓地呼出，"但是，如果**灵魂**被感染了，我们该怎么办？我们要怎样才能给灵魂注射一剂抗生素？我们又要怎样才能在感染扩散之前切除灵魂变质的部分？"

"答案是，"威廉神父说，"我们不能也不会对灵魂做这些事情，因为在灵魂的问题上，没有权宜折中的办法。肉体不过是你在转瞬即逝的人生之中披上的外套，但灵魂却是你将永远身着的大衣。你不能在灵魂的问题上冒任何险。你不能给灵魂一剂抗生素或者处方，令其进行两个星期的卧床休息，因为灵魂没有血管，也不能够躺下——再说了，试图用半吊子的方法来治愈灵魂本身就该受到谴责。"他的声音提高了一个八度，"永远不要忘记：灵魂根本不存在所谓的轻微感染！没有所谓的严重或者微不足道，没有所谓的致命或者不致命！灵魂的感染没有轻重之分！当你发现被感染的灵魂时，你必须用主的圣剑将其切掉！"

突然，薇秋感到一把刀的尖端抵在了她的肋骨上。

"别出声，不许动！"憔悴的男人低声说。

威廉神父清了清嗓子，"你们中有人或许想知道：手术要怎样才能将灵魂治好呢？听着，我的孩子们，这可真他妈的是个好问题，但你们不会喜欢听到答案，因为答案就如同主的愤怒一样无情。"他又停下来酝酿气氛，"没有任何东西能够让一个受到感染的灵魂再度治愈。"他看着他的听众，两眼发光，"你们以为可以用虚假的悔罪来愚弄上帝吗？哈！"他发出一声鄙视的大笑，以至于音响系统里传出一阵刺耳的啸叫。

"那我们为什么还是要除掉被感染的灵魂？因为——这里是要点，兄弟们——我们必须快速行动起来，以免感染蔓延到其他灵魂。我们必须阻止邪恶像癌症一样从一个灵魂扩散到另一个灵魂！"

"我可以大呼救命。"薇秋低声说。

"也许你可以，"憔悴的男人回答，"但是我保证，最后从你口中发出的将是汩汩的流血声。"

"这根本就不是什么新观点。"威廉神父继续说着，"当所多玛的人都受到感染之际，主做了什么？他切除了癌症。他没有在生病的患者身边坐下，照顾他们。他使用了利刃！当主看到整个世界都变得邪恶之际，他做了什么？他降临到人间，然后进行一些小手术了吗？该死的，没有！他用洪水淹没了整个世界，四十个白昼和四十个黑夜！"

他停下来，用一张黑色的手绢擦了擦脸上的汗水。

"他很快就要停下来休息了。"憔悴的男人低声说，"他宣布休息后，你就站起来，然后非常缓慢地走出去。我会一直在你身边。"他在刀尖上加了点儿力道，强调道。

"我为什么要照你的话做？"她低声回答，"反正你都要杀掉我。"

"我能让你死得迅速而且轻松，也能让你痛苦好几个小时再死。"他毫无感情地回答，"你只有这两种选择，完全由你决定。"

她思考着要不要突然朝门那边冲去，但他似乎读懂了她的想法，突然伸手抓住了她的手臂。她跌坐回长椅上，大脑飞速运转，寻找着逃脱办法，一无所获。她绝不愿像绵羊一样乖乖地走出帐篷受死。即使最糟糕的事情发生，她也要让他在两千名目击者的眼前杀死自己。不过，他执行的任务获得了流浪汉的许可，她不太确定有人会愿意伸出哪怕一根手指来阻止他——没错，她怀疑他们不会的。

"你们以为有些人现在已经得到了教训，对不对？"威廉神父大声询问，音量再度提高，"你们以为他们终于明白，不能用羊毛遮蔽上帝的眼睛，不能在他诊察灵魂时隐藏哪怕一处感染？"

他扫视了一圈听众们。

"那你们想错了！有些人永远都学不乖！"

突然，威廉神父的脸上充满了暴怒。

"你们以为，他们至少不敢在主的圣所内进行撒旦的勾当?！"他咆哮着，拔出激光枪，对准薇秋的方向开了一枪。

听众尖叫起来，有一些忍不住发出咒骂，而大部分人——包括薇秋——都赶紧趴在了地上。

接下来的三十秒里充斥着混乱。接着，人们开始爬起来，询问究竟发生了什么。薇秋重新站起来时，发现那个憔悴的男人已经死了，他的左眼窝被激光烧灼得焦黑。

"不准碰他！"威廉神父雷鸣般地吼道，这时，帐篷中的其他人才开始注意到遇害人，"那个人被通缉了。他属于我和主。"

传教士俯瞰着听众。

"主是我的眼睛和耳朵，没有多少人能从我们的手中逃脱。"威廉神父顿了顿，"主让我的手臂稳健，为我的枪指引目标。赞美主！"

他将他的手枪塞回了枪套。

"这是一堂活生生的课，我的孩子们。这堂课教育你们——善良可以源自邪恶。等我剥下这个罪人的头皮交给官方，定然会有人因他之死而停下罪恶的脚步。"他低下头，"让我们为这个罪恶的可怜虫污秽的灵魂短暂地默哀。"

他又继续进行了半个小时的传教，完全无视那具尸体。他把他能想到的每一条论据都提出来支撑他谈论的主题——从以眼还眼到末日审判。他断定后者的到来将比任何人预测的都更迅速。

最终结束演讲之际，他向大家解释说，为了向死者表达敬意，他不得不将他的传教缩短一些——当然，这也是因为民主联邦的邮政基站马上就要关门了。他让一个来自商镇的小男孩抱着他的白金捐款箱在过道中来回走了几遍，直到所有人都捐了款之后，他才宣布解散。

"我期待在明天早上天亮之际，再次见到你们。"威廉神父一边说，一边示意众人可以站起来离开了，"明天的话题是'性与罪'，我建议你们将孩子都留在家里。捐赠永远都是令人感激的，但如果有人愿意带来几个涂着厚厚糖霜的巧克力蛋糕，我保证会让它们得到充分的利用。"突然，他指了指薇秋，"你留下来，年轻的女士，我们有些非常严肃的话题要谈。"

小男孩抱着捐款箱回到他身边，对他耳语了几句。

"不要动！"他大叫道，所有还没离开的人都在原地呆立不动。

"我不知道你们哪一位名叫斯派克，我也不知道你是男是女，但是我有充足的理由相信，你试图将一些皇家币塞进捐款箱里。众所周知，只有遥远的环带才会接受皇家币这种货币。我非常确信，伟大的主将会视这种行径为一种冒犯。所以我要做的是，让这个英俊的小伙子再次走到你身边，看你是否能够从心底发掘出一些本地硬币，为我下一站要去传教的凯拉特拉四号上的穷人购买食物和疫苗。而这些，"他举起那些不被接受的货币,"我会保留它们。或许今后我会遇上一个虔诚的传教士,而他的使命将带领他前往能够使用它们的地方。"

男孩走进人群之中,不一会儿就拿着两张皱巴巴的面值五十元的玛丽娅·特雷西亚元走了出来。威廉神父点点头,很快薇秋就发现,帐篷里只剩下自己和神父了。

"我必须感谢你。"她说着,走向神父并伸出了手,"如果你没有发现他的话,我现在就是一具尸体了。"

"如果你没有前来聆听我的教诲,我就不可能完成这个任务。"他回答,用两只手握住了她的手,"一切都顺理成章。你前来赞美主,而主会保护你。在我看来,主认为你有极其重要的事情要做。"

"是的。"

"所以这个被悬赏通缉的男人想杀掉你?"

"他的雇主是迪米崔·索寇。"

"好吧,我相信撒旦已经在地狱里为索寇先生准备好了一个特殊的位子。"他顿了顿,"对了,他有两个同伙。他们在哪里?"

"他们不会来烦我的。"薇秋肯定地说。

威廉神父赞许地点了点头,"很好。我非常高兴看到你并不是随时都需要主的保护。"他放开她的手,端起杯子,又喝了一口蓝色饮料,"为什么索寇想要你的命呢?"

"我毫无头绪。"她说着,直视他的眼睛。

"要知道,"他带着一抹愉悦的微笑说,"幸亏上帝对你还另有安排,否则他会因为你在圣堂中说谎而给你致命一击。"

"我不知道你在说什么。"薇秋说。

"得了吧,年轻的女士,"威廉神父说,"迪米崔·索寇是个走私犯外加诈骗犯,并且自以为能够通过他那所谓的悔改来洗清他的污名。"他带着蔑视笑了起来,"他居然以为能将所作所为都隐瞒起来,假装自己是一个经常上教堂的谦卑公仆！"他盯着她，"让我猜猜看，你一定勒索了他，他满足了你，而现在他正试图拿回他的那笔钱。"

"很接近了。"薇秋说，"我是勒索了他，没错——"

"完全可以想见。"他打断了她。

"但不是为了钱，"她继续说，"而是为了情报。"

"啊哈！"他说着，眼神变得明亮起来，"什么样的情报？"

"我在寻找圣迭戈。"

威廉神父似乎觉得这异常可笑，"如果我是你的话，年轻的女士，我会找到他在哪儿，然后朝着相反的方向跑。**这**是我送给你的免费情报，并且这比索寇告诉你的任何情报都更有价值。"

"他告诉我应该去找'快活的流浪汉'谈谈。"

"他这么说了？好吧，我想他是对的。但是你大概不会在任何布道会上找到流浪汉——特别是由我负责传教的时候。"

"我在哪儿**可以**找到他？"

"山丘上，大概离镇子十英里的地方。这里的任何人都可以为你指路。"

"他们也告诉我说，他是个很不容易见到的人。"

"这取决于你是谁，以及你想跟他谈什么。"

"他们说**你**可以带我去见他。"她直率地说。

"我猜我的确可以。"威廉神父回答。

"你会吗？"

"这就完全是另外一个故事了。"他缓慢地说。

"你是说你不会？"

"我可没那么说。我说那是另外一个故事。"他环顾了一下周围，然后将目光停留在杀手的尸体上，"那个异教徒差一点儿就能让你直接与上帝见面了。"他说，"就差**一点点**。幸亏主能够保佑我目光敏锐，手臂稳定。"

"我已经感谢过你了。你希望我再说一次吗？"

"我说，年轻的女士，"他说着，掏出黑手绢，意味深长地擦拭着捐款箱，"世界上除了那种感谢，还有另一种感谢。"

她瞪着他沉默了一会儿，终于领悟过来，"一千信用币。"最后她说。

他微笑起来，"对于我们谈论的另外一个故事来说，这甚至连第一章都算不上呢。"

"请记住，那只是一个故事，不是一本小说。"她回答，"两千。"

他撅着嘴思考了一会儿。

"你做饭的手艺如何？"最后他问。

"糟糕透顶。"

"太遗憾了。"他看着她，耸了耸肩，"好吧，算上赏金外加你慷慨的捐助，凯拉特拉四号上大概有五千个孩子不会再染上干痘或者蓝热病。"他弯腰卷起左边的裤腿，抽出一把绑在小腿上的长猎刀，"只要从这堆垃圾上割下需要交给本地保安队的证据，我们就可以出发了。"他转向她，"你**的确**有两千信用币，对吧？"

她从手袋里掏出纸币。"看来我们成交了？"她问。

他接过钱塞进捐款箱，露出了大大的笑容，"那是当然。赞美主！"

9

> 流浪汉他跳出来，枪也蹦出来，
> 金钱滚滚入手来，远远逃开来。

民防团都追上来，搜寻巢穴来，

流浪汉又跳出来，枪也蹦出来！

考虑到他运营着属于自己的行星，并且几乎能随心所欲地操纵另外十到十五颗行星，你或许认为，"快活的流浪汉"拥有一支货真价实的军队，由为数众多的罪犯和杀手组成。但事实并非如此。当然，他拥有提供情报的线人以及许许多多合法和非法的联络人，但在大部分情况下，他都是单干。

考虑到他总是单干这一点，你会认为他一定是人中之人，比如像是人山贝茨的秋麒麟版本。但事实并非如此。他比普通人还要矮上一两英寸，并且体重超重了二十磅。实际上，他甚至没有能让人留下深刻印象的外表特征，除了那双几乎苍白的眼睛。

考虑到他并没有健壮的体魄，你会认为他至少会是个神枪手或者拆弹专家或者易容大师什么的。但事实并非如此。他真正拥有的只有灵活的头脑、对于道德的离奇见解和对于不属于自己的东西的狂热渴望。

其实，所有这些特质已经足以让他引起黑俄耳甫斯的注意。但是，**真正**让边疆吟游诗人感兴趣的却是他的口音。

那是黑俄耳甫斯头一次听到那样的口音。

在人类还没有走出地球时，他们就已经拥有了各种口音。时至今日，他们也毫无疑问地保留着口音。哪怕是几千年之后，就连内疆和外疆也完全文明化之后，想必人类也依旧会有口音。但是，在共和国和民主联邦时期，甚至是更早的寡头统治时代——也就是差不多六千年的时间跨度中——每个人类都在成长中学会了两种语言：他的母星语言和地球语（而且在大部分情况下，他的母星语都**曾经**是地球语）。在遥远的边疆，由于人类更换所属世界的频率就跟地球和德鲁洛斯上的兄弟们更换衬衫一样频繁,因此,地球语成了所有人使用的通用语。经过许多年的精心设计,地球语已经变成了一种任何人都可以轻松听懂并且几乎不可能带有口音的语言。

因此,当黑俄耳甫斯终于找到流浪汉并且坐下来跟他交谈时,他只用了短短半分钟的时间就意识到:流浪汉是被外星人养大的。

流浪汉从来没有否认过这一点,但任何花言巧语都无法让他吐露更多的细节。他非常喜爱那些将他养大的生物,并且不希望自己的种族去研究或者探索他们。他也非常清楚,如果黑俄耳甫斯将这一段写进歌谣里,那这一切都会变成现实。

不管怎么说,边疆吟游诗人完全沉迷于这位罪犯爆发式的 g 音和嘶嘶作响的 sh 音。他在秋麒麟上待了一两个星期,有人说,流浪汉甚至带着黑俄耳甫斯参加了一次抢劫行动,只是为了让他体验一下强盗的生活。他们成了朋友,这并不只是出于黑俄耳甫斯对罪犯的偏好,也因为流浪汉是个非常友好的人。几年之后再度见到黑俄耳甫斯时,流浪汉甚至都没有提起黑俄耳甫斯只为他写了一节诗伤害了他的感情的事,而黑俄耳甫斯也惊讶于他竟然依旧逍遥法外。于是,在流浪汉还没有来得及提出要求之前,黑俄耳甫斯就立刻坐下来追加了两个小节,其中一节描写了这个罪犯的要塞(在诗中,他坚持称其为"堡垒",以方便押韵)。

不管是堡垒还是要塞,当薇秋和威廉神父站在大门前时,她都毫不怀疑这是一座大得吓人的建筑。在科技落后的年代,这座建筑肯定能够阻挡整整一支军队而毫发无损。如今,极其发达的防御系统能够抵御来自上下左右或者正前方的攻击。

终于,巨大的门伴着一阵轻柔的嗡嗡声滑开了,流浪汉站在入口的门厅里等着他们。他双手叉腰,饶有兴致地打量着薇秋。

不管她想象中的强盗之王长什么样,流浪汉都完全出乎薇秋的意料。他洁白的手指修长光滑，顶端是经过精心修剪的指甲；他金色的头发一丝不苟地梳成德鲁洛斯上最流行的样式；他脸上没有任何伤疤，胡子也刮得干干净净；而他的服装，不管是优雅的天鹅绒上衣，还是闪耀着光泽的蜥蜴皮短靴，似乎都是民主联邦的服装设计师即将推出的新款，而并非盲目追求当下的流行。

"啊哈！"他带着微笑向他们致意，"我猜你就是高深莫测的薇秋·麦肯齐？"

"而你是流浪汉？"薇秋回答。

"如假包换。"他回答，"晚上好，威廉神父。救赎的生意进行得如何？"

"跟往常一样。"传教士回答，"撒旦可是个全职的对手。"

"我得知今天下午你又一次击败了他。"流浪汉用他独一无二的口音说，"瞧我把礼数都忘到哪儿去了，请进请进。"

他们跟随着他走进一条短短的走廊，大门在他们身后自动关上。接着他们走进一间宽广的大厅，一面墙上的壁炉从地板一直顶到天花板，地上铺着来自伯瑞佳二号和卡拉马吉的手工编织地毯，四把来自遥远大火星区的椅子做工精细。此外还有许多硬木展示架，上面摆放着无数艺术品，毫无疑问都来自全银河成百上千的世界。

"你觉得我的小玩意儿如何？"流浪汉发问时，薇秋正停下脚步，全神贯注地研究着一只来自博卡的水晶球。它出产于博卡人还是航海种族的古老时代，如今，这些生物已经变成了航行于星辰之间的商人。

"美得令人窒息。"她说，将注意力转向了布拉格，一种西贝柳斯三号上传说的刑具。

"这评价十分到位。"威廉神父很严肃地说，"为了流浪汉这些来路不正的收藏，许多人的确最终窒息。"

"哎呀哎呀，得了吧。"强盗呵呵笑了起来，"你知道我没有被悬赏通缉，威廉神父。"

"你的通缉令多得可以从地板堆到天花板。"传教士回答。

"但都不是因为谋杀。"流浪汉指出，"我罪不至死。"

"没错。"威廉神父承认，"但是这样炫耀你沾满血迹的宝藏却是很可耻的。"

"你是指将它们展示在我自己家中，在两扇紧锁的大门后面？"流浪汉问，抬起了一边眉毛。他沉默了片刻，"我们可以换个话题吗？如果我们继续谈论我的收藏品，最后必将发生相当严重的意见分歧。"他打了个响指，"我有个更好的主意———一起吃晚饭如何？半个小时前我就让手下开始准备了，就是你在第一道安保屏障那边表明你的身份后。"

"手下？"薇秋重复了一遍，"我没有看到任何手下。"

"它们都是机器。"流浪汉解释，"而且**非常**不起眼。"

"你一个人住在这儿？"她惊讶地问。

"这很令人难以置信吗？"他反问。

"我以为你周围都是心腹。"她承认。

"只跟机器人住在一起的一个好处是，你永远不需要在一天结束时去数你的银器丢没丢，或者查看你的展示架少没少。"他说，"再说了，我要心腹来做什么？"

"要知道，你拥有一个罪犯头子的名声。"

"人们那么说而已。"他干巴巴地说。

"你没有回答我的问题。"她坚持道。

"我不知道你以为罪犯头子都做些什么。"流浪汉说，"但事实上，我不过是雇用了许多罪犯而已，再无其他。"这时候传来两声铃响，他转向威廉神父，"晚饭准备好了。我相信你将你的好胃口也带来了。"

"我从不会把它落下。"传教士由衷地说。

流浪汉带领他们来到餐厅，这里也被许许多多的外星艺术品展示架所环绕。房间中央有张大桌子，能够轻易坐下四十个人，三套餐具摆放在其中一端。所有的椅子都是单脚的，底部比椅面大一圈，因此它们事实上比看上去的要稳当得多。

"你不介意坐下吧？"流浪汉一边问，一边为薇秋拉开了一把椅子。

"谢谢。"她说。威廉神父在她对面坐了下来。

"通常情况下，我会用我那套罗贝尔餐具来欢迎客人，"流浪汉坐下来的时候满怀歉意地说，"但是我将它们送去抛光了。我希望阿特里安石英餐具能够让你们满意，它们还是很可爱的。"

"唯一重要的只有盘子里摆的食物。"威廉神父回答，他向后靠了靠，好让机器人将变种扇贝制成的开胃菜放在他面前。

"那是因为你只在乎堆积能量来进行你的圣战。"流浪汉说，"而对于有幸成为正义与邪恶战场外的观众的我们来说，在享用食物的同时，也能欣赏容器。"

"我不想做你的观众！"威廉神父打断他，一边大嚼食物一边说，"为你工作的杀手可比为迪米崔·索寇的多多了！"

"我也有更多的账单需要支付。"流浪汉语气轻松地说，"拜你在大流士十号上的赌气行为所赐，上个月我的杀手又少了四个。"他对传教士露出微笑，"要知道，你给我造成了如此之多的不便，我实在不应该让你免费享用这顿晚餐。"

威廉神父咧嘴一笑，"我不会要求你在我的捐款箱里追加捐款，这样我们就扯平了。"

"我同意——只要你别养成大量屠杀我那些卑微仆人的习惯就好。"

"我只对付那些被悬赏通缉的杀手！"威廉神父坚定地说，用一张餐巾擦了擦嘴角，然后努力将其像围巾一样拴在自己的脖子上。

流浪汉耸了耸肩，"或许你不去找他们对我来说更好一些。不管怎样，当你干掉他们时，我损失了整整一船来自耐尔逊十七号的艺术品。我真希望你能够耐心地多等一个星期，再去开你的杀人派对。"

"哈！"威廉神父咕哝着，将空盘子推到一边，示意机器人再给他拿一盘来。

流浪汉扭头看向薇秋，"牧师都不值得信任。"他带着一种嘲弄的严肃说，"他们都是些没心没肺的家伙。"

"你对失去了四个人的事似乎并不是很沮丧。"薇秋评论。

"他们只是几个人，我总是可以找到更多。"他漠不关心地回答，"但是丢失的那些**东西**却叫我痛心，其中有一只手工的金罗斯碗……"他叹了一口气，摇了摇头，接着抬起头，"不过我相信，我们这位朋友每次都在上帝那里得到了更高的评价。"

"你要是继续带着亵渎的口气说下去，"威廉神父毫不客气地说，"我或许会忘了你罪不至死。"

"你该不会真的以为你能够在我的房子里面伤害我吧？"流浪汉看起来很开心，"别说傻话了，否则我们两个都会后悔的，特别是你。"

传教士瞪着他沉默了一会儿，然后就又埋头去狼吞虎咽面前的食物了。

薇秋吃完开胃菜，机器人飞快地抽走了她的空盘子。

"它们非常有用。"她指了指那个离开的机器人，以及正将主菜端上来的另外三个，"边疆地区的家用机器人都很贵吧？"

"没错。"流浪汉同意地说，"幸运的是，不是用**我的钱**来支付的。"

"无耻。"威廉神父在往嘴里塞食物的空隙间咕哝道。

"这是一条经过实践检验的商业法则——"流浪汉纠正道，"当你能够用别人的钱时，就绝对不要用自己的钱。我不过是运用了这条法则而已。"他转向薇秋，"在你开口谈论圣迭戈之前，我们还要演多久的戏？"

她的震惊只持续了短短的片刻，"我们可以稍后再谈他。"她说。

"如你所愿。"流浪汉回答，"我可以问你有什么特别的理由吗？"

"不管你将会说到什么，"薇秋说，"我都不希望你在我的竞争对手面前提起。"

"你是指威廉神父？"流浪汉问。两个男人似乎都觉得她的这句话很好笑。

"有什么好笑的？"薇秋恼火地追问。

"你自己说还是我说？"流浪汉问。

威廉神父在桌子对面看着薇秋。"我不想要圣迭戈。"他说。

"你不想要圣迭戈？"她带着怀疑重复了一遍。

"对。"

"但我以为你想要所有被悬赏通缉的杀手，"她坚持道，"而他的赏金最多。你为什么对他没有兴趣呢？"

"有许多原因。"威廉神父回答，"首先，只要他还逍遥法外，就会有一大堆赏金猎人跟在他屁股后面追个没完。这就意味着**我的**竞争对手会减少许多。第二，要把他抓出来，需要遭遇的麻烦可远远多于他的价值，不论他的赏金是多少。"他顿了顿，"第三，我不知道他杀过什么人。"

"得了吧，"薇秋说，"他犯下了三十八起谋杀。"

"他被**指控**犯下了三十八起谋杀。"威廉神父说，"两者是不同的。"

"关于这一点，我们已经争论好多年了。"流浪汉打断他们，"我一直想雇神父干掉圣迭戈，他却总是不同意。"他咧开嘴笑了。

"**你为什么想要杀掉圣迭戈？**"薇秋问流浪汉。

"我是一位正直的公民,而圣迭戈的存在对于我们的生活有着极大的威胁——这个原因难道还不够？"他带着挖苦反问,"我有自己的理由。"

威廉神父吃光了主菜,将盘子推到一边,站了起来,"如果你们不介意的话,我想在他罗列出所有那些理由之前离开。我不喜欢在胃袋装得满满的时候跟人争论。"

流浪汉坐着没有动,"柠檬派。"他用诱人的口气说。

"上面撒着酥皮？"传教士问。

"我预感到了你的来访。"

威廉神父的内心挣扎了好一会儿,最后他叹了一口气,"我明天晚上再来吃。"

"那我就不挽留你了。"流浪汉说,"我确信你能够找到回去的路。"

"你保证薇秋能够安全地回到她的酒店？"威廉神父问。

"当然啦。"

"你所有那些该死的机器都关上了？"

"除了山丘脚下那两个——它们已经得到指示会让你通过的。"

"你最好确保万无一失。"

"我会的。"流浪汉说,"感谢你将这位天真无邪的年轻女士带到我邪恶的巢穴中来。"

威廉神父怒视了他一眼,然后转身走出房间。

"有趣的人。"流浪汉评价说。

"我很惊讶这么长时间以来,你们两个竟然没有打个你死我活。"薇秋指出。

"那样做对我们**两个**的生意都没有好处。"流浪汉笑嘻嘻地回答。

"我不明白。"

"我允许他在我的世界上布道，并且偶尔给他提供哪些杀手也在同一地区的情报。作为回报，当他听说有赏金猎人要对付我时，也会警告我。"

"说到杀手，你为什么会允许那三个家伙在秋麒麟上狩猎我？"薇秋问。

"这完全就是金钱交易。"流浪汉看起来没有丝毫懊恼，"我允许他们在这里干活，回报是他们所得的百分之二十五——迪米崔·索寇可愿意为你支付一大笔钱呢。"

"也就是说，你会让任何人在秋麒麟上大开杀戒，只要你能够得到其中的分成？"她说着，怒气开始上涌。

"这要看情况。"

"你是怎么分析我的情况的？"

"噢，我知道长枪会等到你进入帐篷，我也相信威廉神父能发现他。至于另外两个——如果你连亨利和玛塔都无法独自应付的话，那你明显没有资格和能力去追捕圣迭戈。"他端起葡萄酒来啜了一口，"总而言之，如果你能够抵达这里，就表明我值得花时间跟你谈生意；而如果你没有的话，至少我还能得到一小笔报酬。"

她瞪着他，发现自己的愤怒在他的直白和充满逻辑的回答面前竟然消失得如此迅速。当最后一丝怒气消散之后，她耸了耸肩。

"好吧，告诉我圣迭戈的事情。"

"我会告诉你的。"他回答，"但是首先，我希望你能够先告诉我你为什么对他感兴趣，以及你和塞巴斯蒂安·凯恩是什么关系。"

"我对他的兴趣完全是职业使然。"薇秋说，"我是一名记者，我获得了一大笔钱去做关于他的特辑。"她的表情突然变得严肃起来，"我一定要拿到他的故事，无论代价是什么。"

"说得非常好！"流浪汉回应，"我完全赞同。那么凯恩呢？"

"我们决定将我们的资源和情报汇总起来。"薇秋回答,"我们两人都想抓到圣迭戈,但他是想用圣迭戈去换赏金,而我是想要一份特辑。"她停了下来,若有所思地盯着他。

"还有呢?"他愉快地提醒道。

"但我们订立的只是口头协议。"她说,小心地选择着措辞,"如果我遇见了一个能够更好地帮助我的人……"她没有把这句话说完。

"妙极了!"流浪汉大笑,"一个符合我心意的女人!"

"我们谈成了?"薇秋问。

他再次大笑起来,"当然没有。如果你会背叛以前的搭档,你就会背叛以后的。而在你的心中,凯恩肯定是个比我更可怕的对手。不管怎么说,他都是一个赏金猎人,而我只是个无害的艺术品收藏家。"

"我听说的可不是这样。"

"流言不可信。"流浪汉说着,对她露出了微笑,"不要担心,亲爱的。我不要你的故事,而且——虽然我的确对赏金也很有兴趣,但我更想要的却是其他东西。"

"比如?"

"比如减少一个竞争对手。"流浪汉说,"你知道我曾经为圣迭戈工作吗?"

"不。"

"我为他工作过——大部分时候都是间接地。我只见过他两次。"

"你为什么又不干了呢?"薇秋问。

"我们闹翻了。"

"为什么?"

"因为方法的问题。"他含混地答道,"虽然他本人并非收藏家,而且对物品的奥秘也毫无兴趣,但是无论何时他都拥有大量精妙的艺术品。我们需要达成一个协议,如果我们的小小计划成功实施的话，我将获得那些东西的所有权。”

“一共有多少件？”

“这就很难说了。但他在整个内疆都有仓库和销赃点，我只需要他的这些战利品。”他耸了耸肩，“让凯恩那样贪婪无耻的人留着沾血的赏金吧。”他不以为然地总结道。

“你只会拿走那些你想要收藏的物品？”薇秋问，突然意识到除了特辑报酬之外，她还可能获得更丰厚的收入。

他摇了摇头，“我会保留我找到的最棒的物品，而剩下的全部都要用于维持我现在的生活方式，顺便打发我那些卑微的仆人。我帮助你们所需的费用是——就如同我们的朋友威廉神父也许会说的——圣迭戈的所有资产。你同意还是不同意？”

“你以前怎么没去抓他？”薇秋问。

“我有啊——或者应该说，我以前派人去抓过他。”流浪汉回答，“但是没有人在被干掉之前成功接近过他，所以现在我似乎需要更主动一点儿才行。”

“为什么是现在？”

“嗯，因为我景仰你的足智多谋，或者说因为我希望能够与你建立起一段浪漫的私人关系。”他回答，“虽然这两者都是事实，但最重要的原因是——事情的进展让我相信再等下去会非常愚蠢。”

“什么进展？”

“天使到内疆来了。”

“凯恩也提到过他。”薇秋说。

“毫无疑问，凯恩非常清楚天使的能力。”流浪汉说，“我透过中间人向天使提出过合作建议，就跟我向你提出的一样，回报也是一样。但他拒绝了我。这说明他要么比别人描述的更孤僻，要么他已经非常接近圣迭戈，以至于根本不需要我的帮助。我希望答案是前者,但如果是后者的话,我的时间就非常紧迫了。"他顿了顿,"好了,我是否算是和你还有凯恩达成了合作协议呢?"

"我认为你已经加入我们了。"薇秋回答,"我会在凯恩处理完牵牛那边的事后再跟他讲清楚,但是我认为他不会对赏金之外的东西感兴趣。再说了,"她撒了谎,"我不知道为什么我们会谈论起圣迭戈的个人财产这种话题。"

"非常好!"他站起来朝着一个小柜子走去,"我必须要拿出一瓶最好的星宿一白兰地来庆祝。"

他拿着一个瓶子和两只水晶高脚杯走了回来。

"祝你前途光明,亲爱的,"他说着,倒好酒,与她碰了杯。他带着欣赏的目光看着她,想象着她能帮自己获得多少珍贵的艺术收藏品。

"也祝我们合作顺利。"薇秋回答,仔细地打量着他,盘算着他能帮她搞到的专访以及专访能为她赢来的奖杯和赏金。

"薇秋,亲爱的,"他说,对她露出了最为迷人的笑容,"接下来的几天里,我们有许多事情需要一起探讨。"

"我想你是对的。"她回答时眼中闪过一丝猎食者的光芒。

接下来的一个小时里,他向她展示了他的一些主要收藏品。然后,在快速调情一番后,他们上了床。两人都觉得这次经历令人愉悦,并且都装作完全沉浸其中。

10

前往罗德之母的路上,
盘踞着大苏族。

> 他们的谎言和罪行，
> 　　罄竹难书。

黑俄耳浦斯很少跟外星人打交道，这倒不是因为他有种族歧视或者偏见。他只是认为，自己的使命是创造一部关于人类种族的不朽的神话诗歌。但如果你以为这部长诗只是由一系列毫不相关的四行诗组成，描写的都是给黑俄耳甫斯留下深刻印象的罪犯的话，那可就大错特错了。在黑俄耳甫斯去世之际，这首诗差不多有二十八万行，其中大部分都是毫不工整的散文诗或者不押韵的五步抑扬格诗，并且大部分内容都是关于荣光的人类如何横扫内疆、扩张版图的。描绘个人的诗歌只占极少的比例，但只有这部分是唯一能够引起同时代人兴趣的（当然，除了那些研究他的学者——他们喜欢研究黑俄耳浦斯诗歌的隐晦内涵，进而将他奉若神明）。

虽然黑俄耳甫斯对外星人没有特殊兴趣，但他也不反对将它们写进自己的诗歌当中，只要它们真的很特别——不是指外表上，因为**所有**外星种族在外表上都很特别；他的特别是指它们跟人类关系上的特殊之处。从这个角度看，大苏族的确比大部分外星人都更特别。

大苏族并不是个真正的种族，它一共只有八十四名成员；自打所有成员都聚集到一颗行星上后，人口也不过才刚刚翻倍。他们来自七个智慧种族，全都是呼吸氧气的生物。每个种族的世界都被共和国或者后继的民主联邦用武力征服了，或者从经济上吞并了。

大多数种族憎恨被吞并，少部分种族对被吞并麻木不仁，只有极少数种族会在这一过程中**学习**。

大苏族就是其中之一。

他们是强盗和窃贼，是杀手和走私犯。他们在内疆这块属于人类的地盘上进行人类的游戏，但是跟他们不太开窍的兄弟们不同，他们愿意向人类取经。他们中的每一个都曾经是人类亡命团伙的成员，并且每一个都认识到：要在人类的地盘上竞争，最好能学会人类的规矩。

在学习规矩的同时，他们也研究历史。他们发现，在人类开始征服剥削星辰上的种族前，就已经在自己的母星上反复演练过很多个世纪了。他们的首领来自莫瑞奥斯二号，是一个全身覆盖着金色羽毛的人形生物。他发现美洲印第安人特别能够引起他的共鸣，因为他们都是人类故乡边疆遭到蓄意屠杀的种族。他给自己安上了"坐牛"的名字，虽然他出于生理原因不可能坐下来，也完全不知道牛是什么。他还给组织中的每个成员都取了一个印第安名字（其中，只有"疯马"这个名字同"坐牛"一样源自苏族①），模仿平原印第安人的一些习惯，然后将整个组织命名为"大苏族"。从很早以前开始，他就向本族成员灌输一个信念——大苏族的使命是要打破内疆的势力平衡，并在这一过程中牟利。他们不会对任何种族犯下罪行，除了人类；他们不会接受任何种族的委托，除了人类；他们也不会对任何人类使用武器，除非他们被惹毛。

黑俄耳甫斯将他们写入诗歌，但并没有提到他们是外星人（虽然在许多年之后他修正了这一点），所以他的大部分听众都以为他们只是一群狂热分子，一心想要为那千万年前发生在美洲印第安人身上的不公正复仇；另外一些人则认为他们是一群误入歧途的理想主义者，试图为很早以前就被杀害或者同化的一小撮人打抱不平；只有少数真正跟他们打过交道的人知道，他们不过是单纯的外星罪犯和机会主义者，正尽自己的最大努力试图融入他们永远无法透彻理解的边疆文化之中。

不管大苏族的犯罪动机是什么，其效率从来不容置疑。坐牛的

---

① 北美印第安人中的一个民族。"坐牛"和"疯马"都是苏族领袖。

总部位于采矿世界钻石击锤上，大约在该行星唯一的商镇罗德之母以南二十五英里的地方。不论是人口走私还是杀人越货，你都可以找大苏族帮忙。

你当然也可以找他们购买情报，这就是流浪汉和薇秋·麦肯齐将引航电脑的终点设定在钻石击锤上的原因。

两天之后，薇秋将飞船降落在罗德之母镇外的小太空港中。这时上午刚刚过了一半，遥远的恒星透过覆盖着该地区的热霾，散发出昏暗的橘黄色光芒。

流浪汉快步走进当地一家租车店，耗费了大约十分钟时间跟店主讨价还价，最后租用了一辆非常老旧的陆行车。

"为什么你不干脆地答应他的要价呢？"薇秋恼火地问，打开车窗让空气流通。他们开着这辆老破车上了一条狭窄的土路，颠簸着朝大苏族的总部驶去。"我们有足够的钱。"

"我们当然有，亲爱的，"他温柔地回答，"但这是坐牛的世界，就像秋麒麟是我的一样。现在他已经知道我们在这里了，而且显然他不是那种会免费给人情报的商人，所以我们最好让他知道，我们不会乖乖同意听到的第一个报价。"

"他会提出第二个吗？"

流浪汉点点头，"以及第三个第四个。他对讨价还价十分热衷。"

"听起来是个很有趣的家伙。"她评论着，抽出一张手绢，擦了擦顺着脸颊往下流的汗水。

"他是个很**危险**的家伙。"流浪汉纠正她，"事实上，我认为或许最好由我来进行交涉。"

"你凭什么觉得自己比我棒？"她问，"如果你让我去交涉租车的事儿，我会给我们找辆带空调的——或者至少是减震器更好一点儿的。"

"这是唯一一辆可以租的。"

"你没有回答我的问题：你凭什么觉得你比我更适合进行交涉？"

"因为他是个外星人。"流浪汉回答。

"所以？"

"我是外星人养大的。我知道外星人的脑子里是怎么想的。"

"你是在告诉我,你是由坐牛那个种族的外星人养大的？"她怀疑地问。

"不。"

"那你跟我有什么区别？"

"我习惯跟外星人打交道。"

"牵强附会。"她回答,"这就好像说你习惯用枪,因此你也很擅长用军刀一样。"这时,车子为了避开路上的一个大坑突然转向,她不由得惊呼了一声,然后再度看向流浪汉,"最开始你他妈的究竟是怎么跟外星人住到一起的？"

"我三岁时,全家人正好都在一艘殖民船上,而那飞船栽到了佩里纳斯四号上。只有两个幸存者,其中一个在几天之后就死了。贝伦人一直照顾我到十七岁。"

"贝伦人？"薇秋重复了一遍,"我从来没有听说过。"

"大部分人都没有。"流浪汉回答,"他们基本上是孤立的。"

"为什么他们不通知民主联邦说找到了你？"

"或许在你看来会很奇怪,但事实上他们甚至都不知道民主联邦的存在。所以我一直待在那里,直到有一天先锋兵团的一个小队降落在那颗行星上进行勘察,后来他们把我带回来了。"

"在一个完全没有自己种族的环境中成长是什么感觉？"她好奇地问。

"从整体上来说不太坏。我觉得可能贝伦人比我感觉更难适应。"

"哦？为什么？"

"他们拥有一个非常脆弱的共有社会，私人占有这种概念在他们中不是很流行。"他咧嘴笑了起来，"不用说，这可不是我愿意分享的世界观。现在我离开那里已经快三十年了，不过我敢打赌，他们的经济体系依旧没有完全恢复过来。"

"他们遇见你的时候你还很小，我还以为足以让他们重新教育你。"薇秋评论道。

"**他们**也这么以为。"他带着满意的笑容说，"但是如果你给两岁的孩子一个布娃娃，并且告诉他那是**他的**，那他对于所有权的理解是整颗星球的贝伦人都无法动摇的。"他顿了顿，"不管怎样，我从来都不擅长听从指挥。所以，当他们告诉我拥有正确思想的个体不会想去占有任何物品时，我立刻就开始以惊人的速度进行囤积。"他又笑了出来，"我猜这个习惯一直保持到了成年之后。"

"很有意思。"她说，觉得宁肯热点也不愿再吃灰尘，于是关上了窗户，"但是，我依旧没有看出来这为什么让你认为你比我更有资格去跟坐牛交涉。"

"他是个试图装作人类的外星人。"流浪汉说，"这跟三十年前的**我**非常相似。"他顿了顿，"再说了，以前我跟他打过一次交道，我知道规矩。"

"规矩？什么规矩？"

"他非常热衷于北美印第安人的仪式。我怀疑其中大部分都从未存在过，但是他阅览过许多半吊子人类学家所著的书籍和拍的录像。"

"**这**居然让黑俄耳甫斯感到很有趣而专门写他？"薇秋显得很不屑一顾。

"他写过很多不那么出众的角色，"流浪汉说，"比如你和我。"

"说了你或许不信，但在我那一节传播开前，我甚至都不知道自己**被写进**了他那些该死的诗歌里。"她气呼呼地喷了喷鼻子，"我依旧不知道他究竟是什么时候在什么地方看到了我，而且我也不知道他是从哪儿想出来'处女皇'这种狗屁名字的。"

"这么说，你既不是处女也不是女皇？"流浪汉轻松地说，"我**也**从来没有被民防团追捕过，不管诗歌里写的是什么。但黑俄耳甫斯从来不会让事实影响文学表达。他是个神话作者，不是历史学家。"

"他不是神话作者，**也**不是历史学家。"薇秋说，"他只是个打油诗人，而且还是不怎么好的那种。"

流浪汉摇了摇头，"他或许是将故事以诗歌的形式表现了出来，但他不是那种会让载体阻碍他想说的话的人。上次他来拜访我时，我指出他关于苏格拉底、牵牛牵牛和一次查理的诗歌都有格律上的错误，而他只是笑笑，说为了让故事听起来精彩，他宁肯牺牲诗歌的格律。"

"这人是个蠢货。"

"如果他是，他也是个非常受人崇拜的蠢货。"

"你这样认为？"她说，"你应该听听凯恩关于自己被叫成歌鸟的反应。"

"他应该感到高兴才对，而不是抱怨连连。"流浪汉说，"黑俄耳甫斯让他出名了。"他顿了顿，"该死，他让我们**全都**出名了。"

"要知道，"她若有所思地说，又擦了擦额头，"或许我们应该赌上一把。"

"赌什么？"

"或许我们应该去把黑俄耳甫斯给揪出来，问**他**在哪儿可以找到圣迭戈。"

"他不知道。"流浪汉说，"过去十年里他一直在找圣迭戈。"

"但是他已经写过圣迭戈了！"薇秋反对地说，"我以为他在遇见目标之前不会把他们写进诗歌。"

"圣迭戈的情况比较特殊。不管怎么说，一部关于内疆的传奇史诗中没有提到圣迭戈可实在不像话。再说了，黑俄耳甫斯跟我遇见的其他艺术家一样：他在一件作品上耗费的时间越多，就越害怕自己会在作品完成前死掉，让一些无能的家伙帮他完成收尾工作。他想要确保关于圣迭戈的诗节在他死之前就能完成。如果他能找到圣迭戈的话，我相信他一定会重写那些小节的。"

"谁让他写这部该死的诗歌的？"薇秋问。

"没有人。他这么做只是因为他愿意。"

"那么最开始我的判断是对的。"她断言，"他是个蠢货。"

"因为他在做一些让自己高兴的事情？"

"因为他在免费传播它们。"

"或许他有足够的钱。"流浪汉猜测说。

她扭头瞪着他，"你见过觉得自己的钱足够多的人？"

流浪汉微笑起来，"或许他是个蠢货。"最后他说。

道路突然一头扎进一条树木茂盛的山谷，流浪汉让车子减了速。

"怎么了？"薇秋问。

"我们快到了。"他回答。他们从山谷中爬出来，在通过一座狭窄的桥后，他将车停在了路边。"看到半英里之外那片空地了吗？"

"空地上那些看起来奇形怪状的建筑是什么？"薇秋问，透过树木之间的缝隙张望着。

"维格沃姆。"流浪汉回答。

"维格沃姆是什么？"

"北美印第安人居住的一种帐篷——至少坐牛是这么告诉我的。

但我十分怀疑是否有人曾经在那种东西里睡觉。看起来非常拙劣，而且无法抵挡敌人的任何攻击。"他耸了耸肩，"不过，这没有好争论的。我有许多比研究地球土著人历史更重要的事情要做。"

他熄掉了陆行车的火。

"现在呢？"薇秋问。

"我们下车走路过去。"他说着打开门，下了车。她也照做了。

"为什么？还有半英里远呢。"

"因为坐牛喜欢他的客人步行接近。我不能责怪他——要知道，有很多种办法可以将重武器塞进一辆机动车中，而且他的敌人也非常多。"他顿了顿，"再说了，这样可以满足他的虚荣心。"

"我不明白你的意思。"薇秋说。

"如果上次我来这儿时的经历是正常程序的话，我们会在路上遇见很多同路人，然后被武装人员看守着前往他的营地。我想，这一定能让他觉得一切都在他的控制之下。"

就好像要证明他的话一样，四个外星人从灌木丛后走了出来。更准确地说，是有三个——又高又瘦的蓝色秃头生物，每个都拿着不同的武器——走了出来；而看起来像条毛茸茸的黄色毛虫的第四个外星人是滑出来的。四个外星人身上都涂着油彩，绑着头带。流浪汉觉得他们看起来十分荒唐，但薇秋却觉得很有意思，值得用她腰带扣上的微型全息照相机拍下来。

最终，一个自称科奇赛的蓝色外星人用音波来复枪对准了他们。流浪汉和薇秋站在那里一动不动，等待毛虫嗅出他们的武器来。这家伙发现了流浪汉藏在身上的两把手枪，科奇赛将它们交给了另外一名蓝色外星人。终于，科奇赛偏头示意了一下营地的方向，两个人类就继续朝着那边迈开了步伐。

抵达营地后，科奇赛带领他们来到一堆似乎半夜时就已经熄灭的营火边，吩咐他们坐下，然后让另外一个蓝色外星人盯着他们。

"到现在为止有什么异常吗？"薇秋低声问。

"全都是非常标准的程序。"流浪汉的话让人安心不少。

这时，旁边一座梯皮①的门帘突然被掀开，坐牛走了出来，同时薇秋也偷偷启动了腰带扣上的摄像机和隐藏的录音装置。

她最先注意到的是他的金色羽毛。一开始她以为那是他衣服的一部分，和他头上的祭典头冠差不多，但她很快就意识到，那些羽毛是坐牛身体的一部分。

他身高大约五英尺，宽度和高度差不多。他的生殖器上只盖着一片挂着串珠的缠腰布，根本无法保护隐私，所以薇秋只扫了一眼就知道他是雄性。他的腿又粗又结实，奇怪的关节让她很难想象他怎么坐下，那样子甚至连蹲伏都不太可能。

他的脸和其他外星人一样涂满了油彩，看起来竟然有几分人类的模样。薇秋难以想象一个全身都是羽毛的生物为什么没有尖喙，但是坐牛脸上只有一个宽大扁平的鼻子和一个满是皱纹的细长嘴巴。他的眼睛是红棕色的，瞳孔是竖直的细缝。薇秋看不见他是否有耳朵，她猜它们很可能被他那华丽的头冠给盖住了。

"你好，坐牛。"流浪汉说着准备站起来，"很高兴能再次见到你。"

"坐着别动。"坐牛用粗哑的声音回答，几乎刺痛了薇秋的耳朵。这声音跟他的外表反差太大，以至于她觉得他是故意让自己的声音听起来很低沉，好给他们留下深刻的印象。流浪汉又坐了下来，重新盘起了腿。"你的同伴是谁？"坐牛问。

"薇秋·麦肯齐。"薇秋回答，思索着要不要伸出手去，但她决定还是不要这么做，"我是个记者。"

坐牛面无表情地瞪着她看了一会儿，重新转向流浪汉，清了清喉

---

① 一种由桦树皮或兽皮制成的圆锥状帐篷，在北美大平原上的印第安人中十分流行。

咙,发出一种金属互相摩擦的声音。薇秋意识到,她现在听到的才是他真正的声音。

"你们想从大苏族这里得到什么?"

"情报。"流浪汉迅速回答。

"获取这份情报是否会对一个或者多个人类产生危害?"坐牛问。

"是的。"流浪汉回答。

这个满身羽毛的外星人突然古怪地抽动了一下头部,薇秋认为这应该是认可地点头。

"获取这份情报是否会对一个或者多个其他种族的成员产生危害?"

"完全不会。"流浪汉向他保证。

"你明白撒谎的惩罚吗?"

"我可以大胆猜测到。"

"不用猜测,快活的流浪汉,我明确告诉你——"坐牛朝前倾了倾身体,全神贯注地盯着他。薇秋突然意识到坐牛看起来一点儿都不像印第安人,完全就是外星人,"如果有任何非人类成员因为你所寻求的情报而受到伤害的话,不管你和薇秋·麦肯齐试图藏在哪里,你们都将会被我们找到。你们会被带回钻石击锤,你们会受到折磨,最后你们会被绑在柱子上活活烧死。明白了吗?"

"完全明白。"

"你可以提出你的请求了。"

"我们在找圣迭戈。你知道他在哪儿吗?"

"知道。"

然后是一阵漫长的沉默。

"然后呢?"薇秋问。

"我不会告诉你们。"

"不愿意还是不能？"流浪汉问。

"我能说的都说了。"坐牛语气坚决。

"我没想到你会怕他。"流浪汉带着居高临下的轻蔑说。

"我无所畏惧。"

"那你为什么不告诉我们想知道的事情呢？"

"因为他针对人类发动战争。因为他给人类带来悲伤。因为他为人类制造混乱。因为他是圣迭戈。"

"少说废话，出价吧。"薇秋不耐烦地说。

坐牛转向她，他的瞳孔随着呼吸一开一合，"女人不能在会议中发言。"

"有钱的女人可以。"她回答，"你想要多少？"

"你很烦人，就算以你所在种族的标准来说也很烦。"外星人说，"我开始理解为什么迪米崔·索寇想要你的命了。"他冷冰冰地看着她，"没有价格。我不会告诉你的。"

"你是说你没胆量！"薇秋大声说。

"我们无所畏惧。"坐牛说着，咧开嘴唇，露出一排鲜黄色的牙齿，"就连民主联邦也会因为恐惧大苏族而战栗。"

"而你们因为恐惧圣迭戈——一个被悬赏通缉的罪犯——而战栗。"

"被悬赏通缉的不止圣迭戈一人。"坐牛意味深长地说，"请你记住这一点。"

"这是威胁吗？"薇秋怒问，"就算我被悬赏通缉，发出通缉令的也只是天马上的一个罪犯。如果你试图用这个来赚点儿现金的话，你就会知道屠杀人类记者的自大外星人将会面临怎样的后果！这说得够直白了吧？"

坐牛只是看着她，没有回答。

"现在让我们谈生意吧。"薇秋说，"我们很急。"

外星人依旧只是看着她。

"听着，你——"她的火气开始上升。

流浪汉拍了拍她的手臂。"够了，"他说，"他不是在抬价。他就是他说的那个意思。你别忘了，我们周围可都是他的手下。"

"你是在告诉我：我们跑了这么大老远却一无所获？"薇秋逼问，"我们跟他谈了三十秒，然后就放弃？"

"不是的，"流浪汉回答，"我们至少还可以掌握竞争者的情况。"他重新转向坐牛，"我们也在寻求与圣迭戈不相关的情报。"

"接着讲。"

"有一个叫作天使的赏金猎人，他现在在哪儿？"

他们又重新进行了一遍关于这条情报会伤害谁不会伤害谁的问答仪式，然后坐牛表示，他大概能在几分钟后搞到天使现在的位置。他叫来一个名叫维多里奥的蓝色外星人，用一种薇秋不懂的外星语言吩咐了几句。维多里奥离开后，坐牛又转向了流浪汉。

讨价还价开始了。坐牛要求两万波拿巴法郎；流浪汉大笑，还以七百五十信用币。十分钟之后，他们的出价之间还有二百三十六信用币的差距，不过最后流浪汉放弃了。最终谈成的价码为六千八百一十九信用币，预先支付。

流浪汉从口袋里掏出一捆纸币。坐牛将维多里奥从旁边的一个维格沃姆里叫了出来，后者对坐牛说了几句话，收了钱，然后站到坐牛后面几步的地方，细长的胳膊抱在狭窄的胸前。

"现在我们吸一口和平烟斗，"坐牛宣布，"之后我就给你们你们刚刚购买的东西。"

他点了点头，一个薇秋原本以为是树枝的鼻涕虫般的褐色生物蠕动到他身边，从其结痂的厚皮褶皱中拿出一根做工精良的长木烟斗。

坐牛掏出一个小小的激光装置，点燃了他和两个人类之间的柴火堆，招手示意黄色毛虫过来。后者滑动过来，捡起一根燃烧的树枝，将其举到烟斗的尽头。坐牛深深地吸了好几口，满足地哼了几声，然后将烟斗递给了流浪汉。流浪汉也让自己的嘴里充满了烟雾，似乎品尝了一会儿味道，才将烟雾吐了出来。

轮到薇秋时，他将烟斗递给她，低声说："别吸进去。"

她按照他的暗示做了，只是在嘴里含了一些灰色的浓烟，小心确保烟雾没有进入喉咙，然后又将它们都喷了出去。

"这是什么？"她问，带着难看的表情将烟斗还给了黄色外星人，后者带着烟斗离开了，"甜得让人发腻。"

"某种复合迷幻药。"流浪汉轻声回答，"这是他最喜欢玩弄的把戏之一。"他做了个鬼脸，"我猜他坚持要吸那东西是为了看人类丑态百出。只要吸一口那玩意儿，一个星期后你都还能看见一些不该看见的东西。"他转向坐牛，"我可以得到我的情报了吗？"

"维多里奥说，你们寻找的那个人现在正在玉衡泽塔星系的格棱诺瓦星。"

流浪汉皱起了眉头，"你确定？"

"我确定。"

"有没有可能这是一个假情报，或者你找错了人？"

"没有。"

"很好。"流浪汉顿了顿，"我要给你最后一次机会来谈论圣迭戈。我们准备给你一个非常诱人的价格。"

"我不会背叛圣迭戈。"

"我以为你的一生就是不断地背叛人类。"薇秋冷冷地打断他。

"只在会对其他人类造成损害的时候。"坐牛平静地回答。

流浪汉站起来,顺手也拉了薇秋一把,"我想是我们告别的时候了。"

"你不寻求其他情报了吗?"

"不。"

"你难道完全不在乎那一船正从毗斯迦运往格诺维丝四号的硬煤雕塑?"长满羽毛的外星人问,他的嘴唇向后弯曲,看起来似乎是在咧嘴笑。

流浪汉对他回以微笑,"我非常在乎,因此我下令在卡罗巴斯星系抢劫了它。这次抢劫应该已经发生了,哦,大约就在一个小时前。"

"真的?"

"真的。"流浪汉说。

"你是个非常神通广大的大坏蛋,快活的流浪汉。"坐牛说。

"或许我应该申请成为大苏族的成员。"他挖苦地回答。

"你不会被接受的。"坐牛说,"你们的武器已经放回你们的车子里了。"他转身,蹒跚地朝着他的维格沃姆走去。

当这个羽毛外星人消失在帐篷的门帘后面,流浪汉转向了薇秋。

"我们有麻烦了。"他严肃地宣布。

"哦?"

他点点头,"天使跟圣迭戈之间的距离我比预测的更近。"

"比我们更近?"她问。

"很有可能。"

"怎么可能?如果你知道他要去见谁,为什么我们不先去见那个人呢?"

"我不知道他要见谁。我只知道如果要狩猎圣迭戈,大概有三四条线索可以追踪。我们追的是走私活动那一条;如果天使在格棱诺瓦上，那么他追的是金钱那一条。"他皱起眉头，"而且他干得相当不错，只用了短短四个星期就达到了你差不多用了一年才达到的程度，而且他没有凯恩帮忙。我有种感觉，他大概只需要再去三四个世界，就会有人告诉他圣迭戈的总部在哪颗行星上，甚至能够告诉他地址和门牌号码。"

"牵牛牵牛会告诉凯恩这些吗？"

流浪汉耸了耸肩，"我不知道。"

"但是你表示怀疑。"

"我真的不知道。"他回答。

薇秋站起来，转身朝向坐牛的维格沃姆。

"嘿，坐牛！"她大喊起来，"快出来！"

没过一会儿，那个外星人就走了出来。

"杀死天使需要多少钱？"她问他。

他沉默了一分钟，似乎在衡量需要的酬金。

"五百万信用币。"最终他宣布。

"**五百万?!**"她难以置信地重复了一遍，"你在开玩笑！那比民主联邦给任何罪犯出的赏金都高，除了圣迭戈！"

"这个任务需要好些战士，并且大部分都会丢掉性命。"他顿了顿，"歌鸟是个杀手，他也是你的搭档。你为什么不让他去杀了天使呢？"

"因为我在问**你**。"她反击道，并且很恼火地思考着边疆上是否还有人**不知道**她跟凯恩已经联手了。

"我已经报价了。你同意吗？"

"绝无可能。"她回答。

坐牛什么都没有再说，就回到他的维格沃姆里去了。

"天使在离开格棱诺瓦之后会去哪儿呢？"薇秋和流浪汉返回他

们的陆行车时,她问。

他耸了耸肩,"谁知道? 也许是卡洛斯兰布达星系。大部分跟金钱有关的线索迟早都会指向那里。"

"或许我们应该尝试先赶到那里并消灭他的联系人。"她提议。

"我不知道他的联系人是**谁**。而且我猜,他要去见的那些联系人应该都很擅长保护自己。你需要一个专业杀手来对付他们,比如凯恩。"

"他会答应吗?"她满怀期待地说。

他叹了一口气,"不可能,我们需要他处理我们这边的线索。在我们三个之中,他是最可能在见到牵牛牵牛后幸存下来的人——当然还有今后许多我们不得不碰面的家伙。你拥有许多美好的特质,薇秋,你可以用令人吃惊的方式撒谎、作弊、勒索和诈骗,你在床上也十分讨人喜欢,但你不是一个手段高明的职业杀手。"

薇秋深深地吸了一口气,大概持续了半分钟时间才猛地呼了出来。

"你觉得天使会抢先一步,是不是?"她直白地问。

他不置可否地耸了一下肩膀,"可能性是有的。"

薇秋盯着她的同伴看了很长一段时间,发现自己已经得出了结论:她将赌注押在了错误的马匹上。

"或许我应该先到卡洛斯布兰达星系,在那儿等他。"她提议道,希望自己并没有显得很急迫。

"他?"流浪汉问,"你是指天使? 这能有什么帮助?"

她无奈地耸了耸肩,"谁知道? 或许我可以找到办法误导他,或者至少让他的进度变慢。"她顿了顿,"不管怎样,我们都可以精确地知道他在哪里以及他的进程。这应该对我们有些用处。"

"我觉得你恐怕是有些不坦率,亲爱的。"流浪汉带着愉悦的笑容回答，"如果你不知道他的联系人是谁，或者不知道这个联系人会给他什么情报的话，你又能怎样去误导他？至于清楚地知道他在哪儿，比起清楚地知道他**要去**哪儿，这几乎就完全不重要。"他停顿了一下，呵呵笑着摇了摇头，"你没有很好地做功课，薇秋——天使从不跟人搭档，从不。"

"有谁说过要当天使的搭档吗？"她激烈地反驳，对于自己被看穿感到非常恼火，"我只不过是想一直留意着他，并且在可能的时候将他支到错误的方向上去。"

"或者跟着他走到正确的方向上。"流浪汉挖苦道。

"你是个很难相信别人的人。"薇秋说，"我猜这可能要归咎于你的成长经历。"

"或者归咎于我现在的同伴？"

"你大可以浪费时间去怪罪别人。"她说，"我可要用我的时间去找到天使了。"

"你在犯傻，亲爱的。"流浪汉说，"或者你没有认真听坐牛说话，而你应该那么做。"

"你这是什么意思？"

"他提醒过你，你依旧是索寇的目标。事实上，你在这颗行星上着陆以后，坐牛之所以没在第一时间杀掉你，只不过是因为你和我在一起。这些年来我可是给他提供了不少生意。一旦你独自上路，你就又要面对公平的游戏规则了。"

"你觉得我会因为一个住在帐篷里的矮胖小外星人而吓得发抖？"她大笑着说。

"你今后遇见的任何人都可能是杀手——你不知道索寇跟谁联系过。"他顿了顿，"至于坐牛，他看起来其貌不扬，他也不喜欢用奢侈品包装自己，但他是一个非常令人敬畏的对手。"

"如果我和你待在一起,**你会保护我**?"

"顺便保护你。大部分人都不喜欢冒犯我。"

"至少凯恩在杀人方面还有一点儿经验。"

他微笑起来,"我**雇用**凯恩那样的人,亲爱的。"

他们走到一棵堵住去路的死树前,绕开了它。

"银河之中最伟大的单件外星艺术品是什么?"她唐突地问。

他思考了片刻,"大火三号上有一条一英里长的壁毯。"他说,"大火人用了四十个世代才将其完成,上面有两千多个场景,描绘了它们种族的历史。我得说那大概是最稀罕的物品之一。怎么了?"

"为了得到它你会付出什么?"

"我拥有的一切。"

"那么,圣迭戈就是银河之中最伟大的故事,而我将会冒任何险去找到他。"

"我必须加上一句:我不会用生命去换那条壁毯。"流浪汉说。

"那是因为你的欲望不够强烈,"薇秋说,"但我更加饥渴。我想做最好的——如果天使能够帮我得到我想要的,那我就愿意去见他。"

他们回到陆行车上,流浪汉从座位里拿起他的手枪,塞进口袋。

"你确定你不会再考虑一次?"

"我确定。"

他叹了一口气,"那么我最好跟你一起去。"

"我们两个不需要一起到那儿去。我会保证你和凯恩能随时掌握他的大概位置。"她顿了顿,"我觉得你接下来最好是前往牵牛星,在那儿跟凯恩会合。"

"也许吧。"他不情愿地同意道,"但是有一个问题:我怎么才能到那儿?我的飞船还在秋麒麟呢。"

"你是个神通广大的人。"薇秋说，"我相信你会有办法的。"她顿了顿，"现在请将我送回我的飞船。"

"如果我拒绝呢？"

"那我就走回去，不过我会告诉凯恩你为天使工作，他会在看到你的瞬间干掉你的。"

流浪汉看着她，发现自己竟然毫不惊讶。"我想你一定会的。"他顿了顿，"离这儿最近的行星是骑官十一—卡斯图四号。你至少能把我载到那儿吧？"

她考虑了一下他的提议，点了点头。"我想几个小时应该不是什么问题，只要最后我能抵达目的地。"她转向他，"但是你必须支付额外的燃料费。"

"我们可以将其从你那一半给坐牛的费用中扣除。"

"我从来就没同意付坐牛钱。"她说，"我可以从凯恩那里得到同样的情报。"

"如果他还活着的话。"

"如果他死了，而你杀了圣迭戈的话，我要一半的赏金。"

"你可真是精明，亲爱的。"流浪汉带着一丝厌倦摇了摇头。

"做人就要拼尽全力。"薇秋说。

"少来这套陈词滥调。"他挖苦道。

"这是我的座右铭。"

"留着给天使说吧。愿上帝保佑你的灵魂，因为他将很快出现在你眼前。"

快活的流浪汉之卷

11

> 正邪之人都请记牢，
> 若你敢来牵牛牵牛老巢，
> 小心陷入她的圈套，
> 否则只能向上帝祈祷。

在边疆，有许多关于牵牛牵牛的故事。

有些故事说她跟"快活的流浪汉"一样，也是由外星人养大的，但和流浪汉不一样的是，她在成长过程中一直心怀对自己种族的苦涩记忆和仇恨。

也有故事说她根本就不是人类，可以随意改变外形，用无法抵抗的塞壬之歌诱惑受害者走向死亡。

特洛伊的荷马——一个自称"人民诗人"的家伙，耗费了自己的大半生时间写了一部边疆传说，试图与黑俄耳甫斯的诗歌竞争，但没有成功——则发誓说她是一个怪物，能够使用精神雷电击碎敌人的心灵。

在沃普尔吉斯三号——一颗居住着巫师和恶魔崇拜者的行星，有一群人相信她是个献身于黑魔法的术士，能够使用法术和魔药带来毁灭。

至于黑俄耳甫斯本人，他和平常一样直奔主题。在抵达牵牛星系后，他花了差不多一个月时间才找到她，然后又等了整整一个星期，她才同意见他。当他们终于面对面后，他只看了她一眼，就确定自从他挚爱的欧律狄刻去世后，牵牛牵牛绝对是他见过的最漂亮的女人。

二十分钟后，在他告别之际，他甚至开始怀疑她是不是女人。但他知道，她是自己遭遇过的最可怕的杀手。

他没有再提起过她。虽然他依旧为她写了几节诗，但只要有人问起牵牛牵牛，他总是能想出办法来改变话题。没人知道在他们短暂的会晤中究竟发生了什么，但是很明显，这次会晤有着极为深远的意义，甚至能够持续影响他的整个余生。

在希望黑俄耳甫斯能再多写一点她的人中，有一个正是塞巴斯蒂安·凯恩。那样的话，他至少能在见到她之前有个大致概念，能预判自己究竟会遇见什么。

他耗费了两个星期才终于发现她并不住在牵牛三号**上**，而是**地下**。现在他正持枪潜行，穿过隧道和走廊编织成的迷宫般的网络，朝她的房间前进。他花费了一万信用币才好不容易找到这个仿佛永无尽头的迷宫入口以及进入的方法，又浪费了两天时间甩开那三个自着陆后就一直跟踪他的家伙。基本确定没人再盯着他之后，他进入了这个属于牵牛牵牛的地下世界。

那差不多是两个小时前的事情了。之后气温似乎下降了一些，空气变得潮湿而浑浊。走廊被蓝色的漫射光照亮,让一切都带上了一层超现实主义的色彩,但是路上没有任何可供辨别方向的标记。发觉自己又绕回起始点后,凯恩拔出一把小刀,开始在每一个岔路口刻上粗糙的方向符号。

他停下脚步,擦了擦脸上的汗水,喘着粗气低声咒骂了一句。**应该有更快捷的方式进入她的总部。**他决定再给自己一个小时。如果他能在这段时间内找到她,一切都好;如果不能,他打算原路返回地面,从卖情报的那人手里把钱要回来,或许顺手干掉他,重新从其他的线索开始找起。如果他回到旅店,他保证还会遇到那三个没完没了地跟着自己的人;也许他会把其中一个与另外两人隔开,然后用些手段——无痛的或者其他的办法——来榨取他需要的情报。

他又走了起来,思索着现在立即撤回地表去寻找一条更直接的路线会不会更好一些。这时,他抵达了一个从没有见过的岔路口,右边的通道中充斥着强烈的红光,他几乎没有犹豫就拐了进去。

这条通道向右拐了一次,然后笔直地延伸了几百英尺,接着又以半圆弧朝着左边弯去,中途没有任何岔路。最后这条通道变得越来越宽,墙壁逐渐和地板还有天花板以完美的角度融合起来。凯恩还注意到,这里的照明相当亮。

走廊的尽头突然出现在眼前。凯恩发现自己正站在一个光照充足的大房间入口。他正要往里面迈步,突然朝后面跳开了——一个电子力场挡住了他的去路。

他更加小心地靠近入口,打量房间内部。房间每一面都有大约六十英尺长,光滑的石头墙壁闪烁着抛光棱镜一般的光泽。他不知道天花板有多高,距离地面三十英尺以上的空间都逐渐没入黑暗之中。两面墙上嵌着差不多八英尺高的大水缸,里面满是外星水生生物。这些鱼缸都不是用玻璃做的,而是半透明的能量屏。

　　房间正中央摆着一张桌子，上面有一个电脑操作面板和五块小屏幕，其中一块屏幕上显示着某些数据，另外四块上则分别是迷宫中的不同区域。桌子左边有两把沙发椅，其中一把空着，另一把上坐着一个美得令人窒息的女人。她的外貌如同人类，但每个细节散发出的奇异气质却让人觉得很像外星人。她的皮肤如同雪一样白，头发又黑又长，大大的眼睛在弧度诡异的眉毛下蓝得有些过度。她的五官——不管是丰满的嘴唇、纤细的鼻子还是不太尖的耳朵——都呈现出精巧的清晰轮廓。她的连衣裙呈螺旋状缠绕在柔软的身体上，露出的部分比遮住的部分多得多。这件像是用金属布料制成的衣服，随着她的呼吸和移动随时都在改变颜色。

　　"欢迎，塞巴斯蒂安·凯恩。"她用音乐般美妙的声音说，"我一直在看你怎样从我的迷宫中找到正确的路。"

　　"你是牵牛牵牛？"

　　"当然。"

　　"我可是跑了老远才来跟你谈谈的。"他说。

　　"我很高兴跟你谈，我们有许多共同点。"她顿了顿，"所以我才允许你找到我。你可是进入这个房间的第三个人。"

　　"我还没进去呢。"他指出。

　　"我必须保护自己。"她满怀歉意地说，"不管怎么说，我可是被悬赏通缉的，而你是赏金猎人。"

　　"我对你没有专业上的兴趣。"他向她保证，"我就只想谈谈。"

　　"但是自从你进了我的迷宫后，手上就一直攥着那把枪。"

　　"你可不是唯一一个觉得自己需要保护的人。"他回答，"我也不会是你杀的第一个人。"

　　"我们**都**是杀手。"牵牛牵牛说，"我们可以签订互不侵犯协议吗？"

"多长时间？"

"在结束之前你会得到警告的。"

"希望如此。"

"那么将你的枪放在门口。你可以在离开时拿回它。"

"不可能。"他说。

"那你至少能把它塞回枪套里吧？"

他照做了，于是她站起来，走到电脑边，按下一个八边形的小按钮。

"防御解除，"她宣布，"你可以进来了。"

"谢谢。"他说着，小心翼翼地穿过门廊，走进房间。地板上铺着一种柔软的物质，比看上去更有弹性，每次他踩在上面都会呈现出不同的色彩。

"我想见你已经有段时间了。"牵牛牵牛说。

"是吗？"

"是的。"她说，"杀戮是一种孤独的职业，同行的拜访堪称百年难遇。"

"我们不完全是同行。"凯恩回答，"你是刺客，而我是赏金猎人。"

"但我们的工作有许多相同之处。"她指出，"猎物现身前无穷无尽的等待，杀戮瞬间的狂喜，来自同盟者的不信任，对于孤独的渴望。你难道不同意吗？"

"也许吧。"他不置可否，"但是不同之处却更多——你会为任何愿意付钱的人杀人，而我只按照政府的吩咐追杀罪犯。"

"这是没错。"她若有所思地说，"但就算在赏金猎人之中，你也是个非常独特的个体。"

"哦？此话怎讲？"

"大部分靠杀罪犯谋生的人曾经都当过罪犯。和平使者麦克多伽曾是个走私犯,盖斯·桑斯·皮提和巴纳比·威勒曾是强盗,甚至天使以前都当过刺客。在所有这些人之中,只有你始终遵循法律行事。"

"你错了。"他说,"我也曾被悬赏通缉过。"

"你那是在为你认为合法的流亡政府而战。"她带着微笑回答。

"你怎么知道?"

"我研究你有一段时间了。"牵牛牵牛说,"在我们这一行里,不仔细研究敌人可活不长。"

"我不是你的敌人。"

"圣迭戈也不是你的敌人。"她回答,"你为什么想要他死?"

"你为什么觉得我在找圣迭戈呢?"他问。

"还有谁会让你从纪念星一路跑到这里来?"她回答,"我重复一遍:你为什么想要杀死他?"

他笑起来,"你见过那笔赏金的数额吗?"

"你是个非常成功的赏金猎人。你不需要钱。"

"每个人都需要钱。"

"像你这样的人必然有其他理由。"她坚持道。

他看着她,然后耸了耸肩。"对我的职业生涯来说,只有抓住圣迭戈才算有意义。"最后他说。

"啊哈!"她露出了微笑,"我就知道你是不同的!"她走回沙发椅,舒服地半躺在里面,"你知道吗?我经手的谋杀中没有一项是有意义的。"

"谋杀阿尔萨提亚四号执政官的那次呢?"他问。

"一秒钟之后他们就有了新的执政官,有改变什么吗?"她摇了摇头,"刺客专业的美学正在于没有任何事情有意义,所以对于暗杀的需求从来不会减少。你是我所知的杀手中唯一一个希望自己的行动能有意义的人。"

"跟我讲讲你认识的一些杀手。"凯恩说。

"有谁是你特别想听的吗?"

"圣迭戈。"

"我从来没有见过他。"

"我认为你见过。"凯恩坚持道。

"为什么?"

"因为你杀了一个名叫卡斯塔托斯的男人。"

"这两者之间有什么关系吗?"她问。

"卡斯塔托斯计划出卖圣迭戈。"凯恩回答,"他试图让乔纳森·斯坦帮他一把。斯坦觉得不值得冒险,就托人传话把卡斯塔托斯的计划告诉了圣迭戈,所以圣迭戈决定杀死他。"

她愉悦地看着他,却没有进行任何评论。

"如果命令直接来自于圣迭戈,那么我当然有理由认为你见过他并且知道他在哪里,不是吗?"他继续道。

"他从来没有直接要求过我做什么。"她回答,"他只通过中间人传话。"

"他们是谁?"

"不关你的事。"

"如果你是因为害怕遭到报复而这么说的话,我相信圣迭戈不会知道我们两个碰过面。"

"他已经知道了。"

"怎样知道的?"

"因为他是圣迭戈。"

"你让他听起来像个超人似的。"凯恩说。

"他只是个人,并且可以像任何人一样被杀死。"她回答,"你跟他有许多共同点。"

"你是指我们都可以被杀死这一点？"他讥讽道。

"包括这一点。"她露出了一个高深莫测的微笑。

一个鱼缸中突然出现了一阵混乱，一条如同匕首般细长的明亮橘黄色无眼鱼猛然一头扎进柔软的沙层中，挖出一个黄黑条纹相间的甲壳动物，将其抛到自己上方，猛刺它柔软的下腹部。这条鱼好像是通过某种形式的声呐引导完成这一系列攻击的。甲壳动物血管里流出的液体将水染成了粉红色，分属于十多种不同类型的上百只水生生物立即聚集起来，每一只都带着进食的狂热。

"它们是很美的生物，不是吗？"牵牛牵牛说，脸上流露出一种非人的狂热，"而且很野蛮。"她又带着唱歌般的调子继续道，"它们为了食物而杀戮，而当它们吃饱喝足后，就会因为喜爱杀戮而杀戮。"

"有趣。"他淡淡地说。

"令人着迷。"她的口气似乎是想要说服他，"沙层下面有一个看不见的猎物。它不是笨拙的贝壳，而是一个非常美丽的动物，犹如朝阳般耀眼。其他生物都想尽了办法要猎捕它，但它们找不到它。"她笑起来，"我给它取名叫圣迭戈。"

"哪条鱼是牵牛牵牛呢？"他问。

"不在它们之中。"她眯起眼睛看着他，"我只为报酬杀人。"

"没人叫你去杀人。"凯恩耐心地说，"我只需要知道在哪儿可以找到圣迭戈。"他顿了顿，"我已经准备好将一定比例的赏金送给你，只要你的情报有用。"

"你会吗？"

"他的赏金的十分之一就能让你很长时间不用杀人赚钱了。"

"如果你试图捞走我那条耀眼的鱼，你知道我会做什么吗？"她突然问道。

"什么？"

"我会杀了你，塞巴斯蒂安·凯恩，我会杀了你，因为那条鱼是我的，而你试图拿走不属于你的东西。"

"你是在告诉我，你对圣迭戈有优先权？"

"圣迭戈是我的。"

"那么他为什么还活着？"

"因为赏金每年都在增长，而我非常有耐心。当价格足够高以后，我就会杀了他。"

"现在已经很高了。"

"还会更高的。"她很有把握地说。

"而你一点儿都不担心有人会抢先你一步？"

"你真的以为杀死他是件很容易的事情吗？"她问，显然觉得这个问题很可笑，"他是**圣迭戈**。"

"既然你觉得他不会被干掉，为什么不干脆把我想要的情报给我？"

"这对你没好处。"

"如果是这样，这对你也没什么坏处。"凯恩说。

她盯着他看了很长一段时间，然后叹了一口气，"有比情报更重要的东西。"

"比如说？"

"比如说生命。"她说，"从来没有任何人在进入过我的老巢后活着出去。但是，因为我过着杀手的孤独生活，我也尊敬那些过着同样生活的人。只要你承诺会回到纪念星上追捕圣迭戈以外的人，你就可以活着离开这里。"

"我会那么做的，但要在找到圣迭戈之后。"他回答，突然警觉了起来。

"那你就是个蠢货。"她说，"你知道吗？就在我们谈话的时候，薇秋·麦肯齐正忙着奔向天使——她背叛了你。"

他的惊讶只持续了片刻，然后耸了耸肩，"这不是我第一次遭遇背叛，"他说，"而且这对她也没什么好处。"

"的确。"牵牛牵牛说，"这里的事完结之后，我必须去搞定天使和那些站在他一边的家伙。"

"因为偷猎？"他挖苦道。

"是的。"

"如果你要屠杀每一个寻找圣迭戈的赏金猎人，那你每天都会非常忙碌。"

"他们中大部分都是宇宙中毫不起眼的尘埃。"她回答，"就连和平使者麦克多伽和一音乔尼也永远找不到圣迭戈。在所有人之中，只有你和天使有能力找到他。"

"盖斯·桑斯·皮提呢？"

"天使上个星期杀了他。"牵牛牵牛说，"盖斯·桑斯·皮提在格棱诺瓦上找到了他并要求结盟。"她顿了顿，"天使和我一样对竞争者没有什么兴趣。"

"我警告过他远离天使。"凯恩评论道。

"你应该已经意识到，我有非常充分的理由对你做天使对盖斯·桑斯·皮提所做的事。"

"我不建议你那么做。"凯恩略带威胁地说。

"别指望你的武器，塞巴斯蒂安·凯恩。"她说，一种高深莫测的表情出现在她的脸上，"那对你没有什么好处。"

"请原谅，我不能听从你的这一忠告。"他说着，抽出了手枪指着她。

"你要怎样杀死我呢？"她问，蓝色的眼睛中闪烁着好奇的愉悦，

"一枪爆头？那是你的拿手好戏,对不对？"

"我没有拿手好戏。"

"**所有**的好杀手都有自己的拿手好戏。"她回答,"盖斯·桑斯·皮提的是他的铁拳头,和平使者麦克多伽的是一道铅笔粗细的激光,人山贝茨的是他的赤手空拳,而你的则是一颗子弹。只有天使那样精通所有武器的人会使用不同方法进行屠杀。"

"**那你的**拿手好戏是什么？"凯恩问。

"你会知道的。"她轻声说。

突然之间,他就不再身处牵牛星三号的地下房间里了。此时,他正站在一条清澈的蓝色小溪边,塞拉瑞亚炽热的太阳烘烤着他的脖颈儿。他没有穿鞋,脚趾间可以感觉到微风中起伏的长草如同天鹅绒般柔顺。

他望向小溪对面,看见了一个女孩。她金色的长发编成精巧的发辫,皮肤呈现出健康的古铜色。她穿着一条素蓝色的连衣裙,正小心地将裙摆提过膝盖,站在脚踝深的水中。

"帮帮我。"她说,声音里充满了忧虑。

"很浅的。"凯恩笑着回答,"走过来就好了。"

"我会摔倒的。"

"不,你不会。"

"不要逗我,塞巴斯蒂安。"她乞求着,向他伸出了手,"求你了！"

"好吧。"他带着笑容说。

真可笑,他这么想着,将一只脚踩进了水中,感觉冰冷的水流在脚边打转。他认识她已经很多年了,而且从他们见面的第一天起就一直爱着她。但是他想不起她的名字了。

"是珍妮弗。"她说。

"好吧,"他点点头,"珍妮弗。"

"求你快一点儿，塞巴斯蒂安。"她说，"我害怕。"

"我来了。"

他用五步跨过了这条小溪，溪水让他神清气爽。

"你瞧？"他笑道，"根本不算什么。"他顿了顿，片刻之间有些不知所措，"现在呢？"

"现在抱我过去。"

"为什么不能让我牵着你走过去呢？"他问。

"石头弄疼了我的脚。"她说，一半都是在撒娇地哼哼，"你难道不肯抱我吗？"

他叹了一口气，"好吧。"

"你得先丢掉那根棍子才行。"她说。

他皱起了眉头，"什么棍子？"

"你右手里拿的那根棍子。如果你一直拿着那根棍子，就不能抱起我了。"

"当然。"他说着，突然有些紧张起来。

"它会弄痛我，"她说，"它甚至可能会戳破我的裙子。请丢掉它，塞巴斯蒂安。"

他朝后退了一步，依旧不太愿意丢掉那根棍子。"有些不对劲儿。"他说，再次皱起了眉头。

"怎么了？"她一脸无辜地问。

"我不知道。"他说，"也许是裙子。"

那件连衣裙变成了一条酒红色的半截裙和镶褶边的白色上衣。

"这样好一些了吗，塞巴斯蒂安？"

他一动不动地盯着她的衣服。"我想是的。"他最后说。

"那么抱我过河，我要迟到了。"

"迟到去做什么？"

她咯咯笑起来，"你懂的。"话语中带着一种两人之间才有的亲密。

"哦。"

他站在那里一动不动。

"怎么了？"她终于问道。

"还是不对劲儿。"他有些困惑。

"什么不对劲儿，塞巴斯蒂安？"

"我不知道。让我思考一分钟。"

"我们没有一分钟的时间，塞巴斯蒂安。我迟到了。不要这样捉弄我。"

他朝着她走近了一步，"我差不多快明白了。"

"快点，塞巴斯蒂安！"她说，声音中夹杂着一丝焦急。

他很紧张地伸出手去。

"棍子，塞巴斯蒂安。"她充满魅力的声音说，"放下它。"

他丢开了棍子。

"谢谢。"她说，嘴角挂着一丝诡异的笑容，"你快乐吗，塞巴斯蒂安？"

"我想是的。"他说着，强迫自己对她报以微笑。

"我很高兴。"

"你手里拿的是什么？"他问，注意到之前没有看见的一个闪亮物品。

"一朵花。"她说，"一朵可爱的银花。"

"很漂亮。"他说，那种紧张感又再度回到了体内。

"你想凑近点看吗，塞巴斯蒂安？"

"是的，我——该死！"他咕哝了一声，猛地扑向那根棍子。他一把抓住它，同时就地一滚，将棍子指向她，然后用力一捏。

一声爆炸猛然响起，他再次身处在那个地下房间中。牵牛牵牛仰躺在地上，鲜血正源源不断地从她双眼间的一个小洞里喷涌而出，她的手里紧捏着一把银色的匕首。

凯恩站在原地猛喘气，全身都被汗水浸湿了。他试图重新控制自己的身体，大概用了整整一分钟才终于让双手不再颤抖。然后他将枪塞回了枪套。

他走向牵牛牵牛，低头看着她。

"塞拉瑞亚上一条小溪都**没有**。"他低声说。

他检查了她，确定没有任何生命征兆后重新站起来，双手叉腰。

"这倒好。"他咕哝道，"又回到第一步了。"

"不完全是。"一个声音说。

"谁在那儿？"他大声问，同时扑倒在尸体旁边，拔出了手枪。

"我是休斯勒。"那声音说。凯恩意识到声音是从电脑里传出来的，"如果你愿意原路返回的话，会看到我在迷宫入口等你。"

"我要怎样才能认出你来？"凯恩问。

"这很容易。"那个声音带着一丝苦笑道，"我可以向你保证。"

12

他渴望肉体接触带来的欢愉，

他不知为何命运女神将他舍弃，

他太久没有拥抱纯洁的处女，

电子人休斯勒，不快乐的机器。

漫游边疆时,黑俄耳甫斯遇见过许多奇特的人物,其中有杀手也有赌徒,有传教士也有赏金猎人,有百万富翁也有穷光蛋,有圣人也有罪人。但他们之中没人能和休斯勒相提并论,而后者的悲剧在于——他只想做个普通人。

威廉神父喜欢抛头露面,休斯勒却害怕抛头露面;苏格拉底沉迷于权力,休斯勒却鄙视权力;塞巴斯蒂安·凯恩寻求孤寂,休斯勒却憎恨孤寂;天使杀过无数人,而休斯勒却珍爱一切生命,除了他自己;海藻玫瑰不屑与人类来往,休斯勒却依赖与人类来往;黑俄耳甫斯写入诗歌中的男人、女人和外星人都很奇特,休斯勒比他们中的任何人都更奇特,但他却只想变得普通。

大部分人都认为他是科学的奇迹,是人类与机器相融合的神作。但黑俄耳甫斯却看穿了这闪亮的外表,看透了美妙外星科技下休斯勒被折磨的灵魂,并且为此感到悲伤。

他们只在牵牛星三号上见过一次。黑俄耳甫斯跟他待了一天一夜,休斯勒向他倾诉了自己独特而哀伤的故事。他们在第二天早上告别,黑俄耳甫斯继续星辰之间的旅程,而休斯勒则继续服侍他的女主人,等待着——不抱希望地等待着——得到死亡的解脱。

但当快活的流浪汉在牵牛星上着陆后,事情开始出现了变化。严格地说,他和休斯勒本应有许多共同点——因为其中一个是外星人养大的,而另一个是外星人重建的——但对流浪汉来说,收集他人财产是生命的原动力,而由于休斯勒本身就是一件财产,他认为任何形式的私人所有权都是不道德的。

不管怎样,两人都高度关注凯恩与牵牛牵牛的会面,因此他们迅速达成了一致,并且等待着结果。

凯恩从迷宫里出来时,下午差不多刚过去一半。他用手挡住直射眼睛的淡黄色阳光,环视了一下周围红色的不毛之地,然后看见一艘显然是非人类设计的小飞船停在八米开外。一个穿着高雅的男人正靠在飞船上，看见凯恩后立即朝他走了过来。

"我简直无法形容看到你幸存下来时的喜悦！"那男人用一种非常独特的口音说。

"你是休斯勒？"凯恩问话的同时已经开始出汗了。

"不是。人们叫我'快活的流浪汉'。"

"薇秋·麦肯齐给我发了条信息，说我可能会遇见你，"凯恩说，"但我不想同你发生任何瓜葛。"

"我知道。"流浪汉满不在乎地回答着，环顾了一下周围的荒野，"简直无法想象，居然有人会选择居住在这里。我猜，牵牛星三号上唯一能长出来的东西就是虫子。"

"无论薇秋跟你达成了什么协议，都同我没有关系。"凯恩毫不客气地说，"休斯勒在哪儿？船上？"

"更准确地说，"流浪汉咧嘴笑了起来，"他**就是**那艘船。"

"你这是什么意思？"凯恩问的同时，拍死了一只停在脖子上的红色大昆虫。

"休斯勒，"流浪汉说，"是个电子人。"

凯恩看向那艘飞船，船壳在下午的阳光中闪闪发亮。"没有电子人长那样。"他非常确定地说。

"你看，现在有了。黑俄耳甫斯为他写了三节诗呢。"

"黑俄耳甫斯他妈的写得太多了，要读完可不太容易。"凯恩回答。

"也许你应该试着读完，"流浪汉说，"这样你就会知道休斯勒了。"

凯恩再度看向那艘飞船。"他**真的**是艘宇宙飞船？"他半信半疑地问。

"我干吗要骗你?"

"不用思考我也能说出一百条理由来。"他冲着一团像是小飞蚊的昆虫挥了挥手,将它们赶开,"他怎么跟人交流呢?"

"他有一套音响系统,声音听起来就跟船内播音差不多。"

"我得跟他谈谈。"

"他不会逃走的。"流浪汉说,略微偏头,以防一股被热风突然刮起的沙尘吹到脸上,"为什么你不先跟**我**谈谈呢?"

"关于什么?"

"关于圣迭戈。"

"没兴趣。"凯恩回答。

"对圣迭戈没兴趣?"

"对跟你谈没兴趣。"凯恩说,"我听说过你,流浪汉。"

"你听到的都是谣言,我可以向你保证。"流浪汉说话时没有丝毫犹豫。

"你确定?"

"百分之百确定。"流浪汉带着一种非常愉快的笑容说,"任何清楚我底细的人现在都已经死掉并下葬了。"他抽出一支细细的雪茄点上火,"如果你不愿意谈论圣迭戈,那谈谈薇秋怎样?"

"关于薇秋的什么?"

"牵牛牵牛告诉你的完全没有错。她正准备与天使联手。"

"**你**怎么知道她跟我说了些什么?"凯恩严厉地问。

"你们会面时,我是个观众。"流浪汉说着,将烟灰抖在了地面上,差点砸中一只十条腿的紫金色牵牛星甲虫。

"你又是怎样做到**这一点**的?"

"在我们电子人朋友的帮助下。"流浪汉迅速回答道,"他潜入了她的电脑。"他笑起来,"坦率地说,我知道你到这儿来是想找牵牛牵牛套情报，而据我所知，她绝不会答应你。因为我们两个人都到地下迷宫冒险是不明智的，我就去找了休斯勒，一边在上面看着你，一边给你默默地加油打气。"流浪汉顿了顿，"不过最后她究竟对你做了什么？"

"你看到的情况是怎样的？"凯恩好奇地问。

"没什么特别的。她不断地催促你跨过一条小溪，但是我们没看到任何小溪。我猜她还试图使你相信你的手枪是一根木棍？"他的语调听起来一半像是在提问，一半像是在陈述。

"差不多。"

"不管怎样，我不得不承认你的确就像薇秋说的那样出色。任何人都会相信牵牛牵牛干掉你是板上钉钉的事，特别是在她自己的地盘上。"

"毫无疑问，你的加油打气给我带来了很大的不同。"凯恩挖苦道，"如果她干掉了我，你会怎么做呢？"

"我能做的事情非常少。"流浪汉承认说，"如果你死了而薇秋又投敌了，我就完全没有搭档了。"

"有些事情比没有搭档更糟糕。"凯恩说，"比如说，一个你厌恶的人做搭档。"他顿了顿，"薇秋为什么要去找天使？"

"我觉得这个问题的答案显而易见。"流浪汉回答，"她认为天使干掉圣迭戈的可能性比你大。"

"她这么跟你说的？"

"当然没有。她跟我说，她打算监视并误导天使。"

"满口胡言。"凯恩说。

"我完全赞同。但从另一方面来说，我不会太在意她的背叛。就我对天使的了解来看，如果她真能见到他的话，她的寿命预期大约也就只剩十分钟了，这还是比较乐观的估计。"

"要干掉她可能比你认为的要困难得多。"凯恩评论道。他沉默了一会儿，然后看向流浪汉，"好吧。"他说，"就算薇秋同天使结盟了，你又凭什么觉得我在寻找另外一个搭档呢？"

"你根本就不需要寻找。"流浪汉带着自信的微笑说，"我就站在你面前。"

"那么你觉得作为搭档你能带来些什么？"凯恩怀疑地问。

"比薇秋多得多。"流浪汉回答着，掏出一张手绢，擦了擦脸上的汗水，"首先，我曾经为圣迭戈工作过。我可以准确地辨别出哪一个是他。"

"我自己也可以辨别出他来。"

"你是说靠他手上的伤疤？"流浪汉大笑起来，"要是他戴着手套怎么办？或者他有了一只义手？"他眯起了眼睛，"我还知道其他事情。"他的话听起来很有说服力，"我知道天使在哪个世界会遇上麻烦。我知道好几个依旧在为圣迭戈工作的人。我知道一些他处理赃物的据点。"他的脸上露出了满意的笑容，"与薇秋·麦肯齐能够为你做的相比，你觉得这些如何？"

"作为交换，你又想得到什么呢？"凯恩问，非常谨慎地看着他。

"一些你完全不感兴趣的东西。"流浪汉说，"当然，如果你觉得有责任给我一部分赏金的话，我也不会拒绝。"

"那么你感兴趣的东西是什么？"

"你知道我靠什么过日子吗？"流浪汉反问。

"你抢劫、走私和谋杀。"凯恩说。

流浪汉又大笑起来，"我是说除了那些以外。"

"我想你可以告诉我。"

"如果我自称是一名艺术品收藏家，大约也不算不准确。你想要赏金，而我对它们没有特别的兴趣。我想要圣迭戈的一部分特定财产，而你对它们没有兴趣。薇秋——假定她告诉我的都是真话——她想要的也不过是新闻专访。我们的目标都不冲突，因此我们没有任何理由不在一起工作。"

"你干吗不自己去抓他呢？"凯恩问，揉了揉滚进眼里的汗水，"这样一来你就可以得到赏金和艺术品了。"

"我不是杀手。"流浪汉回答，"就像我刚刚说的，我依旧不太确定在下面时牵牛牵牛究竟打算对你做什么，但是我很确定自己肯定过不了她这一关。而且我可以向你保证：杀掉她可比干掉圣迭戈要容易多了。我提供情报，你提供技术。这就是我的条件。"

"我会考虑的。"

"你最好尽快考虑。"

"为什么？"凯恩冷笑地说，"否则你就要去找另一个杀手？"

"不。"流浪汉很认真地说，"你是我想要的杀手。你毕竟干掉了牵牛牵牛。你知道有多少赏金猎人在尝试完成这个任务时丢掉了性命吗？"他拍死了一只在脸边嗡嗡叫的飞虫，"但是你现在有竞争者，你每拖延一分钟，天使就可能比你早一分钟找到圣迭戈。"

"我记得你好像提到了他在某颗行星会遇到一些麻烦。"

"是的。"流浪汉承认说，"但是他会克服这些困难的。他是最棒的。"

"那你为什么不干脆为他服务呢？"

"因为他不需要我的服务，而你需要。"他伸出手来，"那么，我们谈定了？"

凯恩盯着他的手，没有伸出自己的手。

"这对你有百利而无一害，对吧？"流浪汉又追加了一句。

凯恩盯着他看了很长一段时间，最终用几乎看不见的幅度点了点头，"好吧，但愿你的情报没有错。"

"不会有错的。"

"让我们先来测试一下。薇秋·麦肯齐打算在哪儿找到天使？"

"卡洛斯兰布达三号，如果她幸运的话。"

"那如果她不走运呢？"

"新厄瓜多尔或者奎斯塔多斯四号中的一个，这取决于他在卡洛斯兰布达得到了什么消息。"

凯恩看着他沉默了片刻，"半便士特威利格正在我的飞船上等我。我觉得在薇秋盯着天使的期间，最好派他去盯着薇秋，这样我们才能知道下一步如何行动。"

"你相信他会说实话吗？"流浪汉问。

"我相信他对感兴趣的事情不会撒谎。"凯恩回答，"比起背叛我来说，对我忠诚可以让他变得更加富有。"

"我只是好奇问问而已——如果他是你的手下，为什么他不帮你对付牵牛牵牛呢？"

"就跟你不帮我的理由一样。"凯恩说，"他只会碍手碍脚。"

"说得好！"流浪汉哈哈笑了起来，"对了，如果他和我听说的那个特威利格是同一个人的话，人山贝茨正热心地跟在他屁股后面呢。"

"我知道。这是他会忠于我的另外一个原因。"说到这里，凯恩停顿了一下，流浪汉将雪茄丢到红褐色的土地上，用鞋跟将它踩熄，"现在，如果你没有更多要说的话，我想我最好去跟休斯勒谈谈。"

"在他面前，请一定彬彬有礼。"流浪汉说完，跟着赏金猎人朝飞船走去，"也许他有点儿怪，但我们需要他。"

"他？你是说休斯勒？"

流浪汉点了点头，"我可不是唯一一个有情报的人，而他拥有的和我的不同。他知道牵牛牵牛去过的所有地方、她见过的所有人。

就算她从来没有见过圣迭戈,我也几乎可以肯定是休斯勒接到了干掉卡斯塔托斯的命令。他肯定知道那命令是从哪儿来的。"

"一个人能为一艘飞船做什么呢?"凯恩挖苦道,"他拿钱来可没什么用。"

"我相信他会想出点儿什么来的。"流浪汉说。

"我不知道。"凯恩说,"对于一个想要变成一艘飞船的人来说……"

"我认为'想要'可能并不是正确的描述。"

他们走到飞船边停了下来。一扇舱门突然打开。

"你先进去。"流浪汉说着又掏出一支雪茄,"我过几分钟再来。"

"为什么?"凯恩狐疑地问。

流浪汉举起手里的雪茄,"他不喜欢我在他里面抽烟。"

凯恩做了个鬼脸,穿过舱门,走进这艘小巧的飞船,来到一间灯火通明的舱室。操控界面和终端跟他至今见过的任何飞船都不一样,就连屏幕上飞奔的数据也是用一种他不熟悉的语言写成的。

"休斯勒?"他迟疑地开口道,"你在这儿吗?"

"我总是在这儿。"休斯勒回答,音调优美,这完全超出了凯恩的预料。

"我是凯恩。"

"我知道。我能看见你。"

"你能看到?"凯恩惊讶地问,"怎样看?"

"我连接着各种感应设备。"

"也就是说,你能够看到外面,也能够看到自己里面?"

"还能听到、闻到,以及使用一些人类无法想象的感知能力。"

"这一定很方便。"凯恩评论说。

"如果你喜欢当一艘飞船的话。"

"你喜欢吗？"

"不。"

"那你为什么是一艘飞船？"

"那是十七年前，"休斯勒说，"当时我还是个生意人，正前往普雷戈阿尔法去参加一个会议。我的飞船坠毁在卡尔柯斯二号上。"

"我从没听说过那里。"

"那是个前哨世界，属于一个叫格拉尔的星际航行种族。"

"我也从来没有听说过**它们**。"凯恩说。

"它们还没被民主联邦接纳。"休斯勒回答，"不管怎么说，我的飞船坠毁了，它们发现了我。但当它们将我从那堆严重变形的金属中救出来后，我的身体已经残缺不全了。"声音停顿了片刻，稍后再传来的声音很明显更加颤抖了，"它们维持着我的生命——只有上帝知道它们是怎么做到的——整整五个月，直到我从昏迷中醒来。然后它们给了我两个选项：它们可以让我死，迅速而且没有痛苦；也能让我以电子人的形式活下去。"休斯勒叹了一口气，"那时候我还年轻，还有很多想看的事物，所以选择了后者。"

"但为什么选择飞船这种形态呢？"凯恩问。

"卡尔柯斯二号是一个造船世界，它们用了手边的材料。"

"为什么不用义体呢？"凯恩坚持问，"我就有一只人工眼球，只需要一天就能装上，而且比原来那只看得更清楚。"

"它们不是人类。"休斯勒解释道。

"它们可以联络人类世界啊。"

"我当时没剩多少躯体可以进行修复。"他顿了顿，"想看看**真正的我**吗？驱动着这艘飞船的人类残余部分？"

凯恩耸了耸肩，"为什么不呢？"

"走到最靠近屏幕的电脑终端前。"

"这一台？"

"对。"

"这些按键可真让人摸不着头脑。"

"那是格拉尔语。从左边数第三个，最上面那一排，点那个。"

凯恩照他的话做了。休斯勒又快速地指挥他按了另外七个键。

突然，一块内墙板朝后滑开，露出了一个小小的黑盒子，边长不超过十二英寸，成百上千的电缆和管子连接在上面。

"耶稣基督！" 凯恩低声惊呼，"这就是你剩下的？"

"现在你明白为什么它们根本就没考虑使用义体了吧？"休斯勒苦涩地说着，墙板又滑动着关上了，"不管怎样，它们做得也不是很糟糕。所有的一切都考虑得很周全。当我想晃手指，我就会调整陀螺仪。当我感到饥饿，就说明我人工身体中的燃料不多了。当我想要说话，我就会启动一套复杂的微型震动线圈，最终形成你现在听到的声音。我不是在**控制**这艘飞船，我**就是**这艘飞船。我全盘监控着我的所有功能，为我自己引航，与其他飞船沟通，甚至在需要的时候用武器瞄准和开火。事实上，有一些能力我自己都不太清楚，因为格拉尔的电脑并不基于二进制语言或者人类掌握的其他编程系统。我每天都能学到关于我自己的新知识。"

"这听起来真是非常有趣。"凯恩不太热心地说。

"是非常糟糕。"休斯勒说。

"不管怎样，总比死了好。"

"我曾经这样想过。"休斯勒回答，"但我错了。"他顿了顿，"我可以为你分析空气，知道空气里有多少这种原子那种分子，但是我却不能呼吸到它。我可以在厨房里面为你准备任何你能够想象到的食物，但是我却品尝不到它。"又是一次停顿。当那优美的声音再度响起来，里面却多了一丝痛苦，"我可以数清楚女人的手上有多少个毛孔，分析皮肤的化学成分,用精确到百万分之一厘米的长度测量她的指甲,**但是我却无法触摸到它!**"

"既然你这样不快乐,为什么不自我了结呢?"凯恩问,"撞上一颗行星并不是那么困难的事情,或者直接冲进一颗恒星。"

"人可以选择那么做,"休斯勒苦涩地说,"但是**机器**不能。"

"但你是人。"凯恩说,"你只不过是穿着这艘飞船,就像其他人穿着衣服一样。"

"我希望事情真有这么简单,但事实并非如此。我就是这艘船,这艘船就是我。格拉尔将我们两个合并在一起时,它们输入了两条非常强大的指令,我无法改写。第一条就是不能自我毁灭。"

"另一条呢?"

"格拉尔花了许多钱来建造我,它们通过拍卖我的方式赚回了其中一部分。它们对我解释说,因为我的寿命已经因此变为了无限,它们相信我会高兴地同意使用其中微不足道的一小部分来偿还我的造价。"他叹了口气,音乐般的声音让凯恩联想起空气穿过管风琴时的鸣响,"我的另外一条指令就是:在三十年时间内服从我主人的命令。"

"谁是你的主人?"

"原本是牵牛牵牛。"休斯勒回答。

就在这时,流浪汉走进了船舱。

"外面可真他妈的热。"他说着走到一张有靠垫的椅子边,重重地倒在了里面。他看向凯恩,"他向你提那个问题了吗?"

"什么问题?"凯恩问。

流浪汉笑起来,"别装了,他只有一个问题。"他顿了顿,"嗯,休斯勒,你问了吗?"

"还没有。"电子人说。

"我重复一遍：什么问题？"凯恩问。

"我们还有其他事情需要讨论，"休斯勒说，"然后我会提出我的请求。"

"要知道，"流浪汉对凯恩说，"我愿意给他提供一份在秋麒麟上的非常有保障的好工作，他却断然拒绝了我。"

"我不会运送偷来的东西的。"休斯勒坚决地说。

"你本身大概就能算得上是偷来的东西。"流浪汉亲切地指出，"因为你的合同还有十三年才会终结呢。"

"我不是偷来的东西。"休斯勒回答，"我在接下来的十三年中属于凯恩。"

"什么？"凯恩惊叫起来，"牵牛星的法律中有这一条？"

"这是我跟格拉尔的合同中的一条。"休斯勒说，"它们很清楚牵牛牵牛的所作所为已经违反了人类法律，所以合同中非常明确地写道：如果她在我的合同终止之前被人类政府的代理人所杀，我将成为该代理人的财产。因为赏金猎人最终能够因杀死她而得到民主联邦的赏金，所以你有资格成为我的新主人。"

"我不想成为你的主人。"凯恩说。

"等一下。"流浪汉打断他，"我们慢慢把事情说清楚。"

"休斯勒，我在地洞里时，你说过你也许能帮助我。"凯恩说，盯着那块后面藏着真正休斯勒的墙板，"你有什么打算？"

"我可以告诉你牵牛牵牛去过哪里，她和谁交谈过，以及其他许多事情。"

"如果你将这些都传送到我飞船的电脑里，我可以现在就让你获得自由。"凯恩说，"我不需要另外一艘飞船。"

"特威利格需要你的飞船，如果你真的想把他派到卡洛斯兰布达去的话。"流浪汉指出。

"他可以用你的船。"凯恩说,"我们是搭档,对不对?"

"无用的建议。"休斯勒说,"我不能将我的情报传送到你的电脑里。我的系统使用的语言不一样。"

"得了吧。"凯恩说,"每次接到导航坐标的时候,你使用的语言都同我的电脑一样。你究竟想要什么?"

"请让我跟你走!"休斯勒突然说,声音中充满绝望,"我有太长时间没有和其他人类**交谈**过了!"见凯恩犹豫,休斯勒继续说道,"我将以百分之百的忠诚为你服务,直到我们找着圣迭戈。我会为你指路,保护你;我会为你做饭,带你去任何地方。我不要求任何回报,只要能够和你在一起。"

"不要求任何回报?"流浪汉意味深长地重复了一遍。

"直到你找着圣迭戈。"休斯勒说,"之后我有一个请求。"

"什么?"凯恩问。

"杀了我。"电子人休斯勒说。

13

歌鸟他潜行,歌鸟他杀戮,

歌鸟的账单靠工作来支付。

朋友啊,请小心歌鸟的锐目,

因为你将无处可逃啊,如果沦为他的猎物。

"那些不属于你。"休斯勒说。

流浪汉厌倦了一直坐在那张非常舒服的椅子上,便站起来审视固定在指挥舱墙壁上的外星艺术品。

"原话奉还，它们也不属于你。"他毫不在意地回答着，伸手将一件玛瑙雕刻从墙上的磁力场中扯了下来。"有趣的小东西。"他评价说，凑近了观察，"你可怜的前任主人从哪儿得到它的？海斯波莱特三号？"

"奈布瑞二号。"休斯勒回答。

"同一个星团。"流浪汉带着满足评论说，"我真没想到她竟然有这样高尚的品位。你知道这个小东西在公开市场上价值多少吗？"

"不知道。"休斯勒说。

"你也不知道。"凯恩抬起头来，插入他们的谈话。他正坐在一张桌子边，拆开一把手枪，细致地擦拭着每一个零件，"但是我打包票你可以告诉我们它在黑市上的价格，并且误差不会超出十分之一个信用币。"

"说得好！"流浪汉咧开嘴笑了。

"把它放回去。"休斯勒说。

"我正在欣赏它。"

"他在为其估价。"凯恩挖苦道。

"习惯的力量。"流浪汉承认道，将雕刻举到墙壁的附近，让磁力场将其从他手中吸走。接着，他开始研究下一件物品。

"我一直盯着你呢。"休斯勒说。

"真贴心。"

"你最好不要尝试偷东西。"电子人继续说。

"我从来不偷朋友的东西。"流浪汉说。

"我知道你的一切，流浪汉。"休斯勒说，"你没有朋友。"

"有时候没有朋友办起事来更简单。"流浪汉带着微笑回答，"为了缓解你的不安，我也可以告诉你，我不会偷我搭档的东西，特别是搭档中有一个赏金猎人的时候。"突然，一件很小的雕刻吸引了他的注意力，他伸手将它从力场里拿了出来。"真没想到！真没想到！"他自言自语地感叹着，"生活真是充满了无穷无尽的惊喜！"

"你发现了什么？"凯恩问。

流浪汉举起那件物品。

"看起来没什么特别的。"

"事实上，这是件相当普通的艺术品。"流浪汉承认，"但是它的产地让事情变得有趣了起来。"

"是哪儿？"

"佩里纳斯四号。"

"从没听说过。"凯恩说。

"那是我长大的行星。这是由贝伦人雕刻的。"

"你的救命恩人？"休斯勒饶有兴趣地问。

流浪汉点了点头，仔细察看着雕刻，"我想肯定是我卖掉了这东西，哦，大概是十年或者十二年前，在新罗德西亚。我真好奇牵牛牵牛是怎么搞到它的。"

"贝伦人是什么样的？"休斯勒问。

"不算太坏，但和我们在自由资本主义的问题上存在严重分歧。"流浪汉回答，"不管怎样，它们为我提供了食物和保护，我对此充满感激。"

"但你却抢劫了它们。"凯恩讽刺地指出。

"不错。"流浪汉同意道，"但从另一方面来说，如果上帝真那么反对我的所作所为，他就不会创造出保险公司来了。"他顿了顿，"况且，我并没有拿走太多。它们是相当糟糕的工匠，我相信这是因为它们全都是色盲而且没有拇指。"他又扫了一眼那件艺术品，将其放回了墙上，转身看向那块隐藏着休斯勒碎片的墙板，"跟我说说格拉尔。"

"它们基本上算是人形生物。"电子人回答，"如果判断人形生物的标准是用两条腿直立行走的话。除此之外，它们和人类毫无共同点。"

"这个不难想象，特别是看到这些椅子的形状后。它们生产什么样的艺术品呢？"

飞船发出一阵音乐般快活的笑声，"没有能让你感兴趣的东西。它们根本就没有眼睛，它们使用一种声呐。我也从来没有见过它们的艺术品，我相信这反映了它们的局限性。"

"真是遗憾。"流浪汉叹了一口气，"至少**我的**外星人给我留了一点点东西来纪念它们，虽然这并非出于自愿。"

"我的外星人也给我留了点儿东西。"休斯勒说，他的声调里回响着嘲讽。

"它们组装你的那个世界究竟**在**哪儿？"流浪汉问，"我从来没有听说过卡尔柯斯星系。"

"在寇伯鲁斯星团。"

"我去过那里一次。"流浪汉评论道，"听说过渴望星吗？"

"听说过，"电子人回答，"但从来没去过。"

"我也听说过那里。"凯恩说，"黑俄耳甫斯不是写过吗？关于德内·阿拉比安，或者戴菲尼·阿拉比安什么的。"

"是达利·阿拉比安。"流浪汉说，"黑俄耳甫斯为他取的名字。事实上，他为三位宗主都取了名字。"他顿了顿，"最近我只跟巴布宗主做过交易。"

"我不记得你提过他。"凯恩说。

"他不怎么信任外星球的人。"流浪汉咧嘴笑了，"他拒绝跟黑俄耳甫斯交谈。"

"他真是个聪明人。"凯恩咕哝道。

"我不理解那首诗。"休斯勒主动插话,"听起来很……呃,下流。"

"**达利·阿拉比安,高大野蛮如战神/又搞大女人的肚子娶进门。**"流浪汉朗诵起来,"我觉得这大概是黑俄耳甫斯写过的最猥琐的诗句了。"他转向那个掩藏着休斯勒的墙板,"渴望星上住着三个大家族,他们之间很快就发生分歧并爆发了战争。因为是血腥世仇,没有任何家族想去借用外来佣兵。直到有一天,阿拉比安突然冒出一个新点子:邮购几百个新娘,生一支属于自己的军队——完全就是出于家族责任,我很确定。"他哈哈大笑起来,"过了大概一星期,另外两个家族就开始依葫芦画瓢,然后他们在过去的二十年中白天忙着战斗,晚上则忙着制造小兵。"

"你跟巴布之间有什么交易?"休斯勒问。

"我知道他不需要佣兵,但我觉得他可能有兴趣购买一船能带上战场的武器。"

"大规模杀伤性武器?"

"杀伤性不高。"流浪汉辩解说,"在我的货送到一个月后,民主联邦太空军就把它们都没收了。"

"我不知道民主联邦太空军跑到寇伯鲁斯星团那边去过。"休斯勒说。

"他们以前是不去的——直到有人非常鲁莽地从他们的一个军火库里偷走了几千支激光武器。"

"这就是圣迭戈踢开你的原因吗?"凯恩问。

"你为什么这么觉得呢?"

"因为从民主联邦太空军偷东西不是你的风格。你需要圣迭戈的力量才能做到。我猜他决定踢开你,一定是因为你卖掉了他打算留下来的武器。"

"错得不能再离谱了。"流浪汉愤愤不平地说。

"难道你是在告诉我：你是用自己的力量偷到了那些武器？"凯恩问。

"哦，事实上从头到尾都是圣迭戈的作战行动。"流浪汉承认道，"而且没错，我们的确在武器的去向问题上出现了小小的分歧。但我们决定分道扬镳，则是出于一个完全不相关的理由。"

"真令人吃惊。"凯恩带着挖苦评论道。

"我很惊讶圣迭戈或者巴布竟然没有派人杀你。"休斯勒说。

"事实上，巴布有。"流浪汉回答，"幸运的是，那个准备干掉我的刺客竟然妄想在我的秋麒麟要塞里发动攻击。要知道，就算是天使也很难在那里对我造成伤害。"

"你怎么知道是巴布雇佣的刺客，而不是圣迭戈？"电子人问。

"因为现在我还站在这里。"流浪汉信步走到桌边。凯恩已经将子弹塞回了第一把手枪的弹匣，正准备为第二把手枪清洗上油。"要知道，"流浪汉低头看着整齐排放在桌子上的零件，"自从我观看了你和牵牛牵牛的那场比试之后，我就一直很好奇一件事情。"

"问吧。"凯恩都没有抬头。

"为什么你使用射弹武器？"流浪汉问。

"因为比激光或音波手枪更精确，而且不需要能量块，绝对不会能源耗竭。"

"但它们会发出巨响。"

"那又怎样？"

"我以为隐秘和安静是你从事工作的必备条件。"

凯恩微笑起来，"只是我跟踪猎物时的必备条件。一旦我开枪，我他妈才不在乎谁知道我在那儿呢。我干的是合法工作。工作完毕后，我不需要潜行逃走。"

"听起来很有道理。"流浪汉承认。

"如果你需要扫射一大片区域,用激光枪更合适。"凯恩继续道,"但人各有好,我偏好子弹而已。"

"我想知道,天使在盖斯·桑斯·皮提身上用了哪种武器。"休斯勒若有所思地说。

凯恩耸了耸肩,"我们会有机会知道的。黑俄耳甫斯八成会将这件事写入他愚蠢的诗歌。"

"你对我们的朋友黑俄耳甫斯有不满?"流浪汉问。

"他是你的朋友,不是我的。"

"他让你出名了。"流浪汉指出,"再过一个世纪,那些诗歌就是人们知道你、休斯勒还有我曾经存在过的唯一媒介。你可以将其视为一种永生。"

"永生是一种被过高评价的梦想。"休斯勒反对说,优美的声音中回响着苦涩。

"我认识的大部分人都会对你的意见表示反对。"流浪汉说。

"**你**认识的大部分人都终有一死。"电子人说。

"他认识的大部分人都已经死了。"凯恩指出。

"他们中有些人不是被正式处死的。"流浪汉说,"你在德克兰四号上干的那桩小事至今让我很不爽。"

"你跟苏格拉底有来往?"凯恩问。

"苏格拉底?"流浪汉不屑地哼了一声,"当然不是。德克兰四号上居住着一千两百万居民,他们都毫无价值,死了也不可惜。"他顿了顿,"但你打烂了那只罗贝利安大碗,那只我找了整整三年的大碗。"

"那不过就是只碗。"凯恩说,"我是为了更重要的东西。"

"**就是只碗?**"流浪汉异常愤怒地重复了一遍,"先生,全宇宙中只有六个那样的大碗,那正是其中一只!"

"我见过很多差不多的。"

有一瞬间，流浪汉似乎表现出了极大的兴趣，但是他立马叹了一口气，"我猜所有的大碗在你眼中都差不多。"

"差不多。"凯恩说着，将枪管顺着滑槽推入原来的位置，直到他听见微弱的咔哒一声，"就跟在你看来所有人都差不多一样。"

"你就没想过整个民主联邦有接近一万亿人口，而仅有六只那种形状和花纹的罗贝利安大碗？"

"那意味着你会比我先失业。"

"那意味着，"流浪汉反驳道，"你摧毁了一件不可替代的艺术品。"

"我还同时摧毁了一个非常需要被摧毁的人。"凯恩回答，"总体看来，我认为其结果还是非常积极的。"

"苏格拉底没有被悬赏通缉。"

"那就当杀掉他是为全人类服务。"

"我从没发现你还做慈善。"流浪汉说。

"有些事情比钱更重要。"凯恩说。

"没错。但是所有的事情都**花钱**。"流浪汉将手举过头顶，一边伸懒腰一边打了个大呵欠，然后转向休斯勒的墙板，"我饿了，你的厨房里有什么？"

"我有一整仓的大豆制品。"电子人说。

"没有肉吗？"

"我想没有。但是我可以做出几乎和肉一模一样的料理来。"

"但那不是肉。"流浪汉咕哝道。

"你最好吃他有的东西。"凯恩说，"我们可不会专门改变航线去找有食品店的行星。"

流浪汉耸了耸肩，"那你能不能搞出一些吃起来像是奶油扇贝的东西来？"

"我可以尝试。"休斯勒停顿了一下,"你想吃什么,塞巴斯蒂安?"

"简单的就好。"凯恩说。

"牛排怎么样?"电子人建议说。

"沙拉怎么样?"凯恩反问,"我已经**吃了**很多大豆牛排了。"

"你们愿意来厨房吗,晚饭已经准备好了。"休斯勒宣布。

"你说什么?"流浪汉怀疑地说,"我们刚刚才点完菜。"

"格拉尔的科技让准备饭菜的过程几乎缩短到了一瞬间。"电子人解释,"特别是在使用可塑性强的食材时,比如大豆制品。"

凯恩和流浪汉半信半疑地交换了一下眼神,走进厨房。这个狭长房间中几乎所有设施都藏在看不见的地方。

"我们应该在哪儿吃?"流浪汉问。

"我可以展开一张桌子。"休斯勒说,"但是坐不下两个人。"

"我们站着吃。"凯恩说,"食物呢?"

"马上就来。"休斯勒说,"哈,来了。"

一块闪亮的金属板向后退开,两个毫无装饰的盘子出现在一块打磨光滑的台子上。

流浪汉伸手去端他的扇贝,然后猛然抽回手,发出了一声低低的咒骂。

"我忘记提醒你们:盘子很烫。"

"谢谢。"流浪汉讽刺道。他从口袋里面掏出一块印花丝手绢裹在手指上,这才拉过盘子,"我需要一把刀和一把叉子。"

"我希望能帮上你。"休斯勒满怀歉意地说,"但是牵牛牵牛从不使用人类的餐具。她更喜欢这些。"

一对形状诡异的金属物品出现在台子上。

流浪汉拿起其中一个仔细审视。"妙极了。"他说,"看起来就跟使用筷子喝汤一样好用。"

　　凯恩拿起另外一个，只研究了片刻，就开始用它吃起了自己的沙拉。

　　"你是怎么做到的？"流浪汉问。

　　"我在泰龙星系见过这种东西。"凯恩说着，又起一块人造西红柿，卷进一片人造生菜里，"一个泰龙赏金猎人给我演示过怎么使用这东西。如果你习惯了的话，其实也挺好用的。"

　　"要怎么用它们对付奶油酱呢？"流浪汉问的时候，一直盯着自己的盘子。

　　"试试看就知道了。"凯恩说完，将注意力重新挪回他的沙拉上。

　　流浪汉失败了三四次，终于勉强学会了如何操作餐具，并且设法将一片人造扇贝送到了嘴边而没有中途掉落。

　　"如何？"休斯勒焦急地问，"你们觉得味道怎样？"

　　"不坏。"凯恩勉强说。

　　"比不上秋麒麟的龙虾，"流浪汉咕哝着，又吃了一口，"但是我相信这不算最糟糕的。"

　　"愿意帮我个忙吗？"在沉默了片刻之后，休斯勒问。

　　"看情况。"流浪汉说，"你想干吗？"

　　"告诉我它尝起来是什么味道的。"

　　"我必须非常诚实地告诉你，尝起来就像是浇上了奶油酱的假装是扇贝的大豆制品。"

　　"求你啦。"休斯勒焦急地恳求道，"我进行了制作、烹饪并且装盘的整个过程，却**无法**尝到它。跟我形容形容它吧。"

　　"就跟我刚才说的一样：奶油酱里粗制滥造的假海鲜。"

　　"你不能这样没有想象力！"休斯勒美妙轻快的声音中带着绝望的声调，"跟我说说奶油酱——浓吗？烫吗？甜吗？你能够分辨出里面的调料吗？吃起来像是**哪种**贝壳呢？"

"真的没什么值得一提的。"流浪汉说,"味道很普通。"

"具体描述一下。"

"你这是在逼我冒犯你——这食物几乎不值得一吃,更别提怎么形容了。"流浪汉恼火地说,"这顿饭菜根本就不值得一提。"

"你欠我个说法!"休斯勒穷追不舍。

"过会儿再说。"流浪汉说,"你的喋喋不休让它更难吃了。"

凯恩叹了一口气,伸过他的餐具,又起一块人造扇贝,仔细地蘸满了奶油酱。他若有所思地嚼着这块食物,然后开始向休斯勒描绘其包含的每一种味道。这时候,流浪汉端起盘子走回指挥舱,在那里一个人吃完了晚饭。

大约二十分钟之后,凯恩也进入了指挥舱。

"他还在生气吗?"流浪汉问。

"你自己去问他。"

流浪汉转向休斯勒的墙板,"你该不会整个晚上都不停地追问我床铺睡起来怎么样吧?"

没有回答。

"这可真新鲜——一艘赌气的飞船。"

"你伤害了他的感情。"凯恩说。

"不是没有原因的。如果我们不把这种行为的萌芽掐掉,他就会用每一分钟空闲时间来问这个尝起来怎么样那个摸起来怎么样。"

"跟他说说又不耗费什么精力。他这么做毕竟情有可原。"

流浪汉瞪着他,"你真是个古怪的杀手。"最终他说。

"要知道,"凯恩说,"他可以把船舱里的氧气比例降到零之后再问你感受如何。"

"如果他想按计划去死的话,他就不能这么做。"流浪汉胸有成竹地说,然后沉思了片刻,"如果我们找到了圣迭戈的基地,你真的打算杀了他？"

"我说过我会的。"

"我知道。"

"我会遵守诺言的。"

"但是你不会对此感到高兴的。"

"我从来不会因为杀人而感到高兴。"凯恩说。

流浪汉反复寻思着这句话，又回想起他们离开牵牛三号之后凯恩说过的一些话。他花了几分钟打量自己的新搭档，并和他所知的天使进行了比较。他开始怀疑薇秋·麦肯齐抛弃凯恩去找天使做搭档是否明智。

14

> 唉，贫穷的约瑞克，我对他了如指掌，
>
> 他在人生的道路上进退彷徨。
>
> 一开始他也心怀梦想和希望，
>
> 但到头来都化作了幻梦一场。

他的名字并非真叫贫穷的约瑞克——至少一开始不是。他出生时叫赫曼·路德维格·门克，这个名字一直用了二十年。后来他加入了巡游于银河环带的演员之中，从此变成了布鲁斯特·莫斯。传说他甚至为天使表演过，在**那个人**还没有成为天使之前。

不管怎样，在四十岁那年，他得到了另外一个名字：斯特林·威尔凯斯。在他几乎靠一己之力掀起洛丁十一上的莎士比亚文艺复兴浪潮后,这个名字变得遐迩皆知,接着又因为他对毒品成瘾而变得臭名昭著。

六年后,由于他在某次表演之前嗑了太多的迷幻药,从此被禁止登台演出。于是,他换了一个新职业和新名字——贫穷的约瑞克看起来很符合当时的情形。因为热爱艺术,而且所有技能都与表演有关,他以道具生产商的身份出现在了内疆,在随后的十年里,源源不断地输出各种伪造的皇冠、手枪、珠宝、王座,以及用于舞台背景的能以假乱真的石头。

他的生意伙伴中也依旧保留了相当数量的毒贩。在告别了注射式迷幻药而转向咀嚼式阿凡奈拉种子后,他也开始从事贩毒生意。由于毒瘾严重影响了工作质量,他最终丢掉了合法工作和大部分非法工作,最终堕落到贩卖他认识的演员的素描来维生,而这些画大部分是在他越来越少的清醒状态下完成的。

几年之后,黑俄耳甫斯得到了四张这样的画,立即意识到自己遇上了一个有趣又古怪的天才。

他耗费了差不多一年时间才找到贫穷的约瑞克,后者当时正住在希尔德加德上的一家破烂旅馆里,依旧将每一个信用币用来满足自己的嗜好。黑俄耳甫斯试图说服他跟自己一起在太空中旅行,并且描绘出他可能创造的传奇,但是约瑞克对下次购入毒品的兴趣远远高于对荣誉和名声的追求。最终,内疆的吟游诗人不得不承认自己的失败。他买下了约瑞克手中剩下的所有画,并委托他完成一张欧狄律刻的画——虽然他知道这永远都不可能完成——然后他就永远地离开了。他只为贫穷的约瑞克写了一节诗。他想多写一些,好让他的听众知道这自暴自弃的外表之下隐藏着怎样奇特的天才,但是黑俄耳甫斯意识到,如果有更多的人找约瑞克作画,他就有更多的钱购买毒品,那样只会加速他的死亡。

不得不说，约瑞克的确曾试图完成欧狄律刻的画像，但他得到的预付金在一个星期内就被花光了，而他的欲望永远都得不到满足。由于黑俄耳甫斯拿走了他所有可卖的艺术品，他只好重操起造假货的老本行。但时不时地，他会着手继续完成这幅刚刚萌芽的杰作——有时候是一个小时，有时候是一个周末。

当休斯勒着陆在罗斯福三号上时，他正在画这幅画。

"令人不快的小世界。"凯恩说。他和流浪汉刚从电子人内部走出来，站在太空港湿漉漉的地面上，躲避着这颗行星上长年不断的雨。

"我们在找一个令人不快的小个子男人。"流浪汉说着朝车站走去，"这里与这个人恰好相配。"他顿了顿，"谁会料到贫穷的约瑞克竟然是牵牛牵牛最后一次跟圣迭戈联络的中间人？"

"至少我会以为**你**知道。"凯恩带着讽刺的口吻说，"特别是在你进行了那番我多么需要你的演说之后。"

"这就是为什么你同时需要休斯勒和我。休斯勒知道约瑞克是我们要找的人，而我知道在哪儿可以找到他。"

"现在你是不是该跟我分享一点儿信息了？"凯恩提议说。

流浪汉耸了耸肩，"我没办法给你地址。我们现在进城去，在最贫穷的地区找一家最便宜的旅馆，然后等待。"

"如果他不在那儿呢？"

"他会在那儿的，或者会到那儿的。"流浪汉说，"在不得已的情况下，我们只要跟踪本地的毒品贩子，就会被直接带到他那儿的。"

"贫穷的约瑞克长什么样？"凯恩问。

"这我就不知道了。我从没见过他。"

"但是你却很肯定自己知道他在哪儿。"凯恩讥讽道。

"我以前跟他打过交道。"流浪汉回答，"而且我有个习惯，会去了解所有跟我的工作有关的细节。我知道他在罗斯福三号上，我也知道罗斯福三号上只有一个城市。找出他的具体位置不过是简单的体力活儿。"

他们走进车站，租了一辆车驶向旁边的城市。和这颗行星一样，这个城市也叫罗斯福。很久很久以前，有个人——他是建筑师、城市规划者、企业首脑，是个手握实权的大人物——曾经对罗斯福有个宏伟的计划。这里的太空港能够承担的交通量是现在实际交通量的十倍，城里纵横交错着无数大道，中央广场上矗立着两栋就算放在德鲁洛斯八号上也不算过时的摩天大厦。但是在几个世纪以前，民主联邦暂停了领地扩张，再度开始扩张时却是朝着另外一个方向，从此罗斯福三号变成了这庞大的人类机器中一个无足轻重的存在，虽然未被舍弃，却毫不起眼。这个预想中的大都会变成了失去希望的城市，一成不变的公寓、毫无特色的商店、平凡无奇的办公楼和缺乏想象力的公共设施，按部就班地环绕着两栋巨大的钢铁玻璃建筑，如同一群丛林中的食腐动物耐心地等待着奄奄一息的巨兽走向死亡，从而可以分享一顿盛宴。

流浪汉开车围着城市转了一圈后，以准确无误的直觉找到了最为破烂荒废的区域，停了下来。

"我敢说，现在我们距离他不会超过四百米。"他说着，将一个雨盾递给了凯恩，接着启动了自己的雨盾。

"没有比这里更糟糕的地方了。"凯恩同意道，冷冷地瞟了几眼附近的醉鬼和流浪汉。这些家伙正躲在破烂酒吧和肮脏旅馆的安乐窝里透过雨幕打量着他们。

"我觉得我的服装好像不太适合这种场合。"流浪汉评论着，低头看了看自己的缎子上衣、特别定做的裤子和手工靴子。

"你可不是唯一一个这么想的人。"凯恩说话的同时，目不转睛地盯着大约五十英尺开外一个体格特别高大健壮的男人，后者正目不转睛地望着他们，雨水直接淋在他毫无保护措施的头上。

"好吧，但愿那些小痞子不会从现在的座位上站起来。"流浪汉泰然自若地说，"但如果他们起来了，你会对付他们吧？"

"如果此时此地你身边没有我这个赏金猎人，你会怎么做？"凯恩挖苦道。

"我也不是完全没有自己的资源。"流浪汉说着，掏出一个高尔夫球大小的装置。他随意地将其抛向空中，然后接住，重新放回口袋。

"火焰炸弹？"

流浪汉点点头，"比看起来要强大得多。它可以炸掉一个城区，火焰会疯狂蔓延，哪怕是在这种天气里。"他露出了笑容，"但是我不希望用到它。在我们和约瑞克面谈之前，我不会用这个将他炸飞的。"

"按照你的说法，我们已经在他四百米以内了。"凯恩说着，前后打量了一下街道，"小巷之中至少有十五到二十家破烂的旅店和寄宿所，你要怎么选？"

"怎么选？当然是开口问啊。"流浪汉说着走进了一家酒馆。他与酒保低声交谈片刻后，回到凯恩身边，后者一直等在进门的地方。

"有戏？"

"还没有。"流浪汉承认说，"不要担心。时间还早，只是天空比较阴暗而已。"

他穿过雨幕，又拜访了两家旅店，依旧一无所获。

"啊哈！"当他们朝着下一家酒吧前进的时候，流浪汉突然笑了起来，酒吧的窗户上挂着一张胸部很大的裸女水彩画，"我们已经很接近了！我认得出这种风格。"

"你收藏有约瑞克的画？"

"比这幅更好些。"

流浪汉走进酒吧,跟酒保聊了几句,将一张五百信用币的钞票递到了满是伤痕的木头吧台另一侧,又说了些什么,然后很快就走出来回到了人行道上。

"他住在圣胡安山旅馆,就在这条路前面。"流浪汉宣布,"当他没有足够的钱购买阿凡奈拉种子时,就会用画换酒喝。"

"他画得不赖。"凯恩盯着裸女图评论说。

"考虑到他在画画的时候甚至都不知道自己的名字,他画得简直好得见鬼。我提出要买下这张画,但是它的所有者不肯卖。我的直觉告诉我,这张画里的一定是他的女朋友。"

"或者是他的商业伙伴。"

"这两者并不相互排斥。"流浪汉说,朝着圣胡安山走去,"特别是在这里。"

路上似乎只有一个人想要阻止他们,但是凯恩表情中的某种东西令他改变了想法。他们抵达了圣胡安山旅馆,没有遇到任何意外。

圣胡安山旅馆的大厅已经很长时间没有做过清洁了,当然也有更长时间没有重新粉刷了。地板——特别是入口附近的地板——非常肮脏,到处都充斥着霉味。前台地上铺着一张廉价的小地毯,它周围是一圈颜色较浅的区域,可以看出不久之前才换掉铺在这里的大地毯。墙上深浅不一的四方形表明那里曾挂着画或者全息图像。一些椅子和沙发急需修理,唯一一个电视电话隔间里的摄像头也不翼而飞。

流浪汉环视了一圈,看起来很满意——这里正是贫穷的约瑞克会居住的那种地方——然后他走向前台。

店员没有刮胡子,左手肘从一个破洞中露了出来,他带着百无聊赖的表情抬头看着这位访客。

"下午好。"流浪汉带着友好的微笑说,"外面的天气真是糟透了。"

"你弄湿了我的整个大厅地板就是为了告诉我这个？"店员讽刺地问。

"事实上，我在找一个朋友。"

"祝你好运。"店员说。

"他的名字叫约瑞克。"流浪汉说。

"关我啥事？"

流浪汉伸手揪住店员肮脏的前襟，将他拖过了前台的中央。

"**贫穷的**约瑞克。"他带着快活的笑容说，"我不想催促你，但是我们**很急**。"他的手扭紧了他的衣服，直到衣缝之间的线开始崩裂。

"三一七号房间。"店员咕哝道。

"非常感谢。"流浪汉说着放开了他，"你真是帮了我们大忙。"他环顾了一下四周，"哪部电梯还能工作？"

"中间的。"店员愠怒地回答着，指了指有着三部老电梯的电梯间。

"很好。"流浪汉说。他冲凯恩点了点头，后者穿过大厅，跟他在电梯前会合。"我最讨厌坏脾气的服务员了，"他说，"你**在**保护我，对不对？"

"他不会怎样的。"凯恩回答。

"你怎么知道他前台上面没有藏着枪？"

"如果那里真的有枪，估计很早之前就被偷走或者当掉了。"凯恩说话的同时门滑动着关上了，电梯开始上升，"但我觉得我们还是走楼梯下来比较好，出于安全考虑。"

电梯抖动着猛然停下了，凯恩和流浪汉走出去的时候电梯厢还有些晃动。三楼比大厅更缺乏修缮。有些房间根本就没有门，另外一些门上满是涂鸦。空气中经久不散的不再是霉味，而是尿骚味儿。

　　"三一七。"流浪汉重复道,指了指这层楼最深处的那扇门,"看来我们的朋友约瑞克的生活有所改善。他有了一间转角房①。"

　　他敲了敲门,没有回应,于是他用力地在电脑锁上砸下了3、1、7三个数。

　　"我喜欢密码越简单越好,你呢?"他咧嘴笑着的同时,门滑进了墙里。

　　一个虚弱颓唐的全裸男人坐在破窗边一把快散架的椅子上。他牙齿朽烂,皮肤蜡黄,雨水落在窗框上,溅了他一身,他却毫不在意。他正用一种蜻蜓点水般的笔触描绘一幅画,一边喃喃自语,一边反复描摹着美丽女人的脸庞轮廓,但是比例怎么看都有点儿不对劲。地面上散落着许多廉价的容器,里面装着人造的钻石、红宝石、蓝宝石和祖母绿,还有一台能够包金的复杂机器和一些珠宝匠用的工具。

　　这个男人抬头看着他的两位客人,对他们露出一个短暂而紧张的笑容,又将几笔颜色涂在了他的画布上。然后,他随意地将调色板丢在地上,转头看着凯恩和流浪汉。

　　"下午好,约瑞克。"流浪汉说,"我希望我们能占用你些许时间。"

　　约瑞克看着他愣了一会儿,皱了皱眉头,重新看了一眼画布,又再度看向他,脸上挂着极其迷惑的表情。

　　"你不在我的画里。"他最后说。

　　"不在。"流浪汉说,"我在你的房间里。"

　　"我的房间?"约瑞克重复道。

　　"没错。"

　　"好吧。"他说话的时候耸了耸肩,"总会是两者中的一个。"他目不转睛地盯着流浪汉,"我认识你吗?"

　　① 长方形或多边形大楼的拐角上的房间,与走廊里成排的普通房间相比,这种房间两面都有窗户,显得宽敞而又明亮。

"你知道我——我是快活的流浪汉。"

约瑞克低下头，依旧皱着眉，"快活的、快活的、快活的、快活的、快活的……"他咕哝着，然后突然抬起头来，"我不认识你，但是我**知道你**！"他带着满足的笑容说。他转向凯恩，"不过我认识你。"

"是吗？"凯恩说。

"你是歌鸟。"他加重了声调，突然神志也清醒了，"我知道你的一切。你干掉钻石杰克的时候我也在贝尔方丹上。那可是好一场枪战。"突然他的表情又变得一片茫然，"枪战……"他说，如同这个词失去了意义，"枪战、枪战、枪战。"这种茫然又迅速地从他颓废的脸上消散了，"你来这儿做什么，歌鸟？"

"我需要一点儿情报。"凯恩说，在约瑞克乱糟糟的床边坐下。

"我也需要一点儿东西。"约瑞克说着眨了眨眼，呵呵笑了起来，"一点儿耐嚼的东西，一点儿甜甜的东西，许多东西。"

"也许我们能做一笔交易。"凯恩说。

"也许也许也许……也许我们能。"他顿了顿，突然变得警觉起来，"交易怎么样？"他提议说。

"好主意。"凯恩说。

"**他**在这儿干什么？"约瑞克对着流浪汉比画了一下问。

"他喜欢你的画。"凯恩说。

"噢，是吗？"约瑞克呵呵地笑着，"他喜欢的可不止这些。你就是流浪汉，是吗？"

"如假包换。"流浪汉说。

"嗯，如假包换的流浪汉。"约瑞克说，"他们有没有发现莱恩黄金博物馆的北岸公主是我为你仿造的？"

"它依旧安安稳稳地待在展示箱里，周围有一圈警卫呢。"流浪汉带着快活的笑容回答。

"你有那块真的石头？"

"毫无疑问。"

"毫无疑问，"约瑞克重复，"疑问毫无，"他说着，来回调换着语序，"毫疑问无。"他站起来然后瞪着流浪汉，"我的联络人死掉了！"他指责道。

"真是令人遗憾。"流浪汉说，"我希望你不会认为这跟**我**有什么牵连。"

"你答应过保证他的安全。"约瑞克恼怒地说。

"我答应过保证他能够安全地进入我的要塞。"流浪汉纠正道，"在他离开之后发生了什么就是他的问题了。"

"我从没拿到过我的钱。"

"我付给了联络人。我对你尽到了义务。"他将手伸进口袋，"不过我并不希望我们变成敌人。这个能让我们的旧账一笔勾销吗？"他掏出三颗黄褐色的小种子。

"给我给我给我给我给我给我！"约瑞克喃喃自语着，从流浪汉手中将它们抢了去。他飞快地奔向一个破衣橱，拉开最上面的抽屉，将两颗种子丢在了一堆脏衣服上。第三颗被他塞进了嘴里。

"你他妈的是从哪儿搞到这种东西的？"凯恩问，"在牵牛星的时候你可不知道我们要来见贫穷的约瑞克。"

流浪汉露出了笑容，"你以为我为什么要给那酒保五百信用币？"

"我还以为是为了情报。"

"在这个鬼地方，情报顶多值二十五个信用币。剩下的都是为阿凡奈拉种子付的。"

约瑞克再度在他的椅子上坐了下来，将种子推到牙龈和脸颊之间的空隙里，让汁液随之流进喉咙。他的表情突然变得平静了。

"谢谢。"他说，表情放松，眼神也终于变得清澈起来，"要知道，有时候我觉得我唯一不疯狂的时候就是嘴里有种子时。"

"很好。"凯恩说，"你先把它含在嘴里吸一会儿。不要嚼，直到我们谈完事情。"

"如你所愿，歌鸟。"约瑞克愉快地说，"哦，天啊，这真棒。我都不知道在发现这玩意儿之前我是怎么活过来的。"

"规规矩矩地活过来的。"凯恩讽刺道。

约瑞克闭上眼睛笑了，"啊，你说得对，被道德规范所约束的杀手。我知道你的事情，歌鸟。"他顿了顿，"你曾对我的朋友网开一面。"

"网开一面？"流浪汉迷惑地问。

"昆汀·西塞罗。"约瑞克说着点了点头，依旧闭着眼睛，"你逮到了他，然后放他走了。好人，歌鸟。"

"你放昆汀·西塞罗走了？"流浪汉转头问凯恩。

"事情不是你想的那样简单。"凯恩回答，"他有人质。"

"这理由从来不会阻止其他任何赏金猎人。"约瑞克平静地说，"如果他杀了她呢？这样你就有更多理由抓他去换赏金了。"

"你放他走了？"流浪汉愤怒地重复了一次，"那个混球杀了我两个手下。"

"对此我深表遗憾。"凯恩说。

"你很遗憾？他们中的一个身上带着我的五万信用币！"

"但是人质逃过了一劫。"约瑞克说。

"你瞧瞧，"流浪汉说，"你倒是救了人质，却让一个值得尊重的商人蒙受损失！"

"下次我会记住这一点的。"凯恩说。

"你现在在追缉谁，歌鸟？"约瑞克问，顿了一下，"我知道在哪儿可以找到牵牛牵牛。"

"我已经找过她了。"

"她究竟是不是人类？"约瑞克问，"我永远都搞不清楚。"

"我也一样。"凯恩说。

"但她很漂亮。"

"非常漂亮。"凯恩同意道。

"杀了她让你得到了多少？"约瑞克问。

"一分钱都没有。"

约瑞克露出了微笑，"那么你是在找圣迭戈了。"他一刻不停地吸吮着那颗种子，"真难以置信，在一两分钟之内事情的来龙去脉竟然变得如此清晰，就像透明的一样。你杀了她，你跟她的飞船谈过，然后你就到了这里。"

"一点儿没错。"

"现在你想要我告诉你接下来应该去哪儿？"

凯恩点了点头。约瑞克因为没有听见回答，微微睁开了眼睛。

"你准备怎么杀死他，歌鸟？"

"我也不知道，除非我见到他。"凯恩说。

"如果**他**有一个人质呢？"

"有吗？"

约瑞克大笑起来，"我怎么知道？"

"那我怎么知道我该怎么办？"凯恩回答。

约瑞克盯着凯恩看了很长一段时间。"你是一个好人，歌鸟。"最后他说，"我会告诉你那些你想知道的事情。"

"谢谢。"

"而我也是个好人，所以我想你会支付我三千信用币。"

"一千五。"流浪汉飞快地说。

"闭嘴。"凯恩说着掏出一卷钞票，从中抽出了六张五百面额的信用币。

"谢谢，歌鸟。"约瑞克说着想要摸索口袋，却发现自己一丝不挂。他朝衣橱走去，将钱丢进了之前他放阿凡奈拉种子的抽屉里。然后他返回椅子，懒洋洋地坐了下来，"你要找的人是三眼比利。"

"我听说过他。"凯恩说。

"这里的每个人都听说过他。他被悬赏通缉了很多次，歌鸟。"

"他跟圣迭戈有什么关系？"

"他为他工作。"

"直接地？"

约瑞克点点头，"我仿制了一套新乔治亚卢布的印版后，是三眼比利来取货送到圣迭戈那里的。圣迭戈最后一次委托牵牛牵牛办事时，是我为三眼比利跑的腿。"

"三眼比利现在在哪儿？"凯恩问。

"在避风港上。听说过吗？"

"没有。"

"那是个殖民行星，在威斯敏斯特星系。"

"我怎样才能找到他？"

约瑞克哈哈地笑起来，"他很容易被找出来。大约八年前，盖斯·桑斯·皮提抓到了他，并且在他有机会逃走之前用铁拳头在他额头上砸了一个坑。那就是比利得到绰号的原因——黑俄耳甫斯觉得那看起来像第三只眼睛。"

"避风港上有多少个城市？"

"没有。"约瑞克说，"没有没有木有没有木有没有。"

"再吸吮一下种子。"凯恩说，"你又混乱了。"

约瑞克很大声地吸吮起来，眼神再度变得清澈。"完全没有城市。"他懒洋洋地说，"上面只有两三个小村子，大部分居民都是农民。

你只需要在当地的酒馆里闲逛就能找到他。"他顿了顿，"你还需要更多情报吗？"

"我想没有了。"

"很好。"约瑞克微笑起来，"药劲儿开始有点儿不够了。我想大概再过几分钟效力就会消失，除非我嚼一下。"

凯恩站了起来，"谢谢。"他说。

"乐意为歌鸟效劳。"

凯恩朝门口走去，然后转头看向流浪汉，后者一直待在原地，正舒服地靠在肮脏的墙上。

"走吧。"他说。

"你先走。"流浪汉说，"我有一些小生意准备跟约瑞克朋友谈谈。"

"我在楼下等你。"

流浪汉摇了摇头，"可能要好几天时间才能完成。"

"见鬼，你这是什么意思？"凯恩问。

"我想委托他画些画。"

"那现在就告诉他，然后我们离开这个鬼地方。"

"你看到他的样子了。"流浪汉说，"如果我想得到想要的东西，就得在他工作的时候一直照顾他才行。"

"随便你。"凯恩说，"但我可不会在你试图增加收藏品的时候，一直待在这个猪圈里。"

"你先去避风港。"流浪汉说，"我会租艘飞船在那儿跟你会合。"

"如果我独自走出这家酒店，搭档关系就告吹。"凯恩说。

"如果你能在我找到你之前杀死圣迭戈，搭档关系就告吹。"流浪汉同意道，"但是如果我在你找到他之前跟你会合，则关系维持原样。"

"你想从圣迭戈那里拿到的东西,你得分我一半。"

"你拿着我想要的东西又没什么用。"流浪汉说。

"我会**找到**用处的。"

流浪汉看起来有些坐立不安,"避风港只不过是路途中的一个落脚点而已。你依旧需要我。"

"但不像你需要我那么强烈。"凯恩说着皱起了眉头,"说起来你究竟为什么非要这么干? 他的画能值多少钱?"

"没有圣迭戈值得多,我必须承认。"流浪汉说,"但约瑞克现在就在我眼前,而圣迭戈可能还需要好几年才能找到。我会追上你的。"

"分我一半。"

流浪汉叹了口气,"一半就一半。"他顿了顿,"如果你在我抵达避风港之前就离开那里的话,给我留个信儿,告诉我去哪儿找你。"

"留在哪儿?"

"如果你找不到值得信赖的人,就让休斯勒传回秋麒麟。"

凯恩转向约瑞克,"一旦我离开这里,你们两个之间发生的任何事情就都与我无关了。但是我想应该警告你,将三千信用币和流浪汉留在一个房间里,就好比将一块肉和一只饥饿的食肉动物留在一个房间里一样。"

"我抗议。"流浪汉说,但是并没有显出被冒犯的样子,反而很开心。

"随便你抗议。"凯恩说,"不过如果你是一名宗教信徒的话,就不要否认,否则上帝会落雷劈死你的。"他走到衣橱边停了下来,"也许在他离开之前,你应该让酒店的人代为保管那笔钱?"

约瑞克微笑起来,"流浪汉跟酒店的人比起来,简直就是小巫见大巫了。"

"你有朋友可以让我暂时把这笔钱放在他那里吗?"

约瑞克摇了摇头。

"好吧。"凯恩说,"我把这笔钱存入太空港的银行里,并且告诉他们只有你才能取钱如何? 你的声纹应该在那里有备案。"

"听起来不错。"约瑞克说,"但是给我留一千信用币。我可不想在没种子的时候还得跑到太空港去。"

"他会为你搞到种子的。"凯恩说。

"一千信用币? 他不会需要拿这点儿钱的。"

"两者之间没有关系。"

"这是**我的**钱。留下一千信用币。"

凯恩拉开抽屉,拿出了四张面额五百的钞票,"我会告诉他们不要将钱取给你,除非你是独自一人。"

"谢谢,歌鸟。"约瑞克满意地说。

"你确定离开之前,不清点一下这些假珠宝的数目?"流浪汉嘲讽道。

"不用了。"凯恩说,"但是我会让休斯勒在起飞之前,快速清查一遍牵牛牵牛的艺术品收藏清单。"

凯恩转过身,走出房间。流浪汉立刻走到衣橱边,翻出另外一颗种子,拿给约瑞克。

"给。"他说,"在我们谈完之前不要嚼。"

约瑞克从嘴里取出第一颗种子——现在已经变成了淡黄色——小心地放在窗台上,然后将新的一颗塞进嘴里。流浪汉走到窗边,望着外面的雨幕,直到他看见凯恩的身影回到了车上。

"你想要什么样的画,流浪汉?"约瑞克快活地问,享受着这颗新鲜种子的汁液。

"我不要画。"流浪汉说。

"那你刚才说的是什么意思?"

"三眼比利已经死了。和平使者麦克多伽在四个月前就逮到他了。"

"可怜的比利。"约瑞克说，平静地微笑着，"我喜欢他额头上的那个坑。"他抬头看着流浪汉，"也许你最好去告诉歌鸟。"

流浪汉摇了摇头，"我要等到他起飞之后再离开。"

"好吧。从来没有人会因为你的背叛而指责你。"

"今后也不会有人指责我。"流浪汉回答，"其实也是一回事，我本来是想同他搭档找圣迭戈的，"他顿了顿，"但歌鸟不是我要的那个人。"

"哪个人？"

"那个能够杀死圣迭戈的人。"

"我知道，"约瑞克露出一种欣喜的笑容，"所以我才告诉他事实。"

"什么事实？"流浪汉问。

"关于避风港。那是他的下一站。"

"我刚刚告诉你了：三眼比利已经死了。那么，"流浪汉说着，抽出了一捆钞票，很诱人地将它们举到了约瑞克的鼻子前，"**我的**下一站是哪儿？"

"谁知道？"约瑞克快活地说，"你要去哪儿？"

"你觉得我在哪儿能够找到圣迭戈？"

"**找到**他？"约瑞克重复了一遍，"你还是跟歌鸟一起走吧。"

"让我换种说法。"流浪汉说，"我要去哪儿才能杀了他？"

"他是我最好的客户。"约瑞克说，若有所思地停顿了一下，"他是我**唯一**的客户。我不想看到他被杀掉。"

"我会给你买足够多的阿凡奈拉种子，这样你就再也不需要他了。"

"我的残余寿命甚至不足以花光歌鸟给我的钱。"约瑞克平静地说,"我为什么需要更多?"

流浪汉瞪着他沉默了一会儿,然后耸了耸肩。他开始在房间里绕圈,检查那些人造的宝石,最终停在了画布前面。

"你会完成这幅画吗?"他问。

"也许不会。"

"如果你能完成我就买了它。"

"它已经卖给了你的朋友黑俄耳甫斯。"

流浪汉带着一种发现新大陆的兴致研究着这幅画像,"欧狄律刻?"

"我想他是这么称呼她的。他留了一些全息画像给我,但是我很早以前就弄丢了。"

"你本来可以成为一名超级艺术大师的。"

"但是现在这样让我更快乐一些。"约瑞克说。

"这么说可真蠢。"

"我的画给他人带去快乐。我的弱点给我自己带来快乐。"

"你是个蠢货。"流浪汉说。

约瑞克露出了微笑,"但我是一个忠诚的蠢货。你还有什么其他的需要跟我谈吗,流浪汉?"

"没有了。"

"很好。"他用臼齿磨碎了那颗种子,"在这玩意儿上脑之前我大概还有一分钟时间。你介意离开吗?"

流浪汉从地上捡起了几张被丢弃的速写,小心地塞进上衣里。

"纪念品。"他带着微笑朝门口走去。

"既然抛弃了搭档,你接下来要去哪儿呢?"约瑞克问。

"我可不是没有预案的。"流浪汉自信地回答。

"像你这样的人从来没有。"约瑞克说，他的视线开始模糊。

"像我这样的人总能得到自己想要的。"流浪汉说着，试探性地朝着房间里迈了一步，观望着约瑞克的反应，"凯恩那样的人甚至都不**知道**究竟想要什么。"

约瑞克已经无法作答了，他虚弱的身体已经完全绷紧。流浪汉又盯着他看了一会儿，这才走到衣橱边，摸出最后两张钞票，揣进自己的口袋里。

"肮脏的习惯，毒品。"他盯着贫穷的约瑞克说，带着并不是很诚恳的遗憾摇了摇头，"有一天你会感谢我移除了你人生之路上的诱惑。"

几分钟之后，他已经在前往太空港的路上了。带着数学家一般的冷静，他从各个角度认真地审视着现在的处境。终于，在抵达太空港之前，他找到了破解难题的办法，并立即着手安排，以确保自己能以最大的概率胜出。

天使之卷

15

人们叫他天使，带来死亡的天使。

当你见到他时，你已无多时日。

他有冰冷空洞的双眼，高超的手腕与睿智，

还有数不胜数的武器，和饥渴难耐的杀意。

　　没有人知道他从哪里来。有流言说他出生在地球上，但他本人却从未提起。

　　没有人知道他是怎样起家的，或者他为何选择这个特殊职业。有人说他曾经结过一次婚，在他的妻子被奸杀后，他就开始向整个银河复仇。有些人很确定他曾经是一名佣兵，在一次极端血腥的行动中失控发狂，但那些见过他并且活下来的人却不觉得他是疯子——事实上，令人们害怕的正是他的冷静和理智。还有一些人认为他跟凯恩一样，只不过是一个幻想破灭的革命家。

没有人知道他真正的名字，甚至没有人知道他为什么被叫作天使。

没有人知道他为什么选择在外疆工作。民主联邦中有更多的世界可以让他进行血腥的交易。

但是**每个人**都知道一个事实：一旦被天使选中，猎物所剩的日子就屈指可数了。

在一个靠杀戮就可以一举成名的行当中，塞巴斯蒂安·凯恩、盖斯·桑斯·皮提和和平使者麦克多伽三个人全部的杀人次数加起来其实也不到七十次，而一音乔尼还在尝试他的第六次杀人，但天使已经猎捕了超过一百个亡命之徒。在一个隐姓埋名更容易取得成功的行当中，天使在一千个世界都声名显赫。在一个所有人都划地为界、禁止他人擅入自己地盘的行当中，天使随心所欲地前往任何他想去的地方。

黑俄耳甫斯只见过他一次，在巴比逊，内疆的入口世界，在他杀死盖斯·桑斯·皮提三个星期之前。他们只交谈了十分钟，但这对于黑俄耳甫斯来说，已经足够长了。听众都期待着他能为天使写上十几个小节——不管怎么说，他给凯恩写了三节，给盖斯·桑斯·皮提写了九节——但是最后，作为公认的内疆吟游诗人，洞察力敏锐的黑俄耳甫斯只写了一节。在被人问及原因时，他只是微笑，然后回答说，那四行文字已经讲完了关于天使的所有能说的话。

薇秋·麦肯齐希望他再多写一点儿，这样她就能更清楚地猜测到遇见天使后究竟会发生什么。她抵达卡洛斯布兰达星系时，天使已经离开两天了。之后，她在奎斯塔多斯四号上又再次错过了他。她在三天之后抵达了新厄瓜多尔，在当地的新闻处查看了是否有关于他下落的消息，得到的全都是否定的结果。最后她回到酒店，小睡片刻之后洗了澡，换了衣服，下到大厅所在楼层的餐厅里吃晚饭。

三个小时后，她坐在了"国王之鸦"的一张桌子边——这是一家酒馆，当地的新闻记者都爱到这里聚会。两个男人和一个女人——都是新闻圈里的人——以及一个在两颗行星之外的小行星带发了财的矿工也坐在桌边，目不转睛地瞪着薇秋面前翻开的牌。

"该你了。"矿工不耐烦地说。

"不要催我。"薇秋应道，啜了一口威士忌，再度看向自己的底牌，直到眼睛重新找回焦距，"我正在想。"最后她将一张一百信用币的钞票推过磨损的毛毡桌布，放在桌子中央，"我跟。"她说。

矿工和其中一个男人选择了放弃，那个女人将赌注又推高了五十个信用币，另外一个男人也弃了牌。薇秋在更长时间的考虑之后，决定跟着追加赌注。

"看着它们哭吧。"女人咧嘴笑起来，翻开了她的底牌。

"该死！"薇秋咕哝着，将她的底牌砸在了桌子上。她抓起手边的酒瓶给自己又倒了一杯，"你该不会是跟一个叫特威利格的小耗子学的玩牌吧？"

"有人要退出吗？"其中一个男人问，直直地看向薇秋。

"我不会在输掉两千信用币的时候退出。"她暴躁地回答。

"其他人呢？"

"见鬼。"矿工说，"如果她愿意继续玩下去，我也很愿意继续拿走她的钱。"

"我可不打算一直输。"薇秋说。

"那你最好停止给自己灌酒精。"矿工说。

"当我需要你的建议时，我会问你的。"薇秋说着，试图回忆起刚刚赢家手上的牌究竟是什么。

"祝你好运。"他耸了耸肩，"该谁做庄来着？"

"我。"一个记者说着，开始洗牌。

这时候，一个穿着讲究的男人走进了酒馆，环顾一圈，径直走向这五个玩牌的人。他们都没有注意到他，直到他在几英尺外停下脚步。

"很抱歉打扰你们，"他说，"但是我想知道能否加入你们。"

四个本地人只是看着他，没有回答。

"随便。"薇秋说。

"谢谢。"他说，"我听说那边有场精彩游戏需要玩家加入。"

"哦？"矿工紧张地问，"哪儿？"

"就在那儿。"他说着，指了指房间另一侧的一张空桌子。

矿工和另外三个记者争先恐后连滚带爬地朝着那张桌子跑去。薇秋一边莫名其妙地站起来准备加入他们，一边咕哝着："**这张**桌子他妈的怎么了？"

"你不能去。"男人沉稳地说着，在一张刚刚迅速空出的椅子上坐了下来。

她隔着桌子，在酒馆昏暗的灯光中打量他。他很高，但没有凯恩那么高；身材健壮，但没达到肌肉发达的程度。他的头发是纯粹的淡金色，看起来接近白色，眉毛则几乎看不出来。从外表根本无法猜测他的年龄。他冷漠而穿透人心的眼睛不是纯粹的蓝色，也不是真正的灰色，应该说是透明的。他的其他面部特征都没有什么特殊之处，算得上英俊，但整张脸上最吸引人注意力的就是那双几乎苍白的眼睛。

他穿着深灰色大衣，第一眼看上去就像是黑色，裁剪讲究而且精细。大衣里面是一件样式保守的银色上衣；靴子虽然没有流浪汉的靴子装饰得那么繁复，但是看起来却毫无疑问更昂贵。他左手的小指上带着一只白金戒指，上面有一颗令人目眩的钻石。

"你是天使。"她说，这不是个问句。

他点点头。

"我以为你看起来会更独特一些。"最后她说,试图在进入正题之前为自己争取更多的时间。

"在哪一方面?"

"更像杀手一些。"

"一个杀手看起来应该是什么样的?"天使问。

"更瘦,更饥渴。"她回答,突然,一个念头占据了她的全部思维,"你是来杀我的吗?"

"大概不是。"他说着,掏出一支又长又细的雪茄点上,"介意我吸烟吗?"

她看着他苍白的眼睛,摇了摇头。

"很好。"他继续说,突然朝前凑过来,"你已经跟踪了我一个多星期。为什么?"

"你为什么会觉得有人在跟踪你呢?"薇秋回答。

天使笑了——一个冰冷而了无生气的笑容,"你在我离开卡洛斯兰布达二号两天之后抵达了那里,到处询问关于我的问题。之后一站是奎斯塔多斯四号,再次到处询问我的位置。而现在,你到了这里。我的结论难道不对?"

"难道就不能是巧合?"她漫不经心地回应。

他目不转睛地盯着她,直到她开始坐立不安。

"在你眼中我一定看起来很愚蠢,所以你才会作如此回答。"最后他说,"现在让我再问一遍:你为什么跟踪我?"

"我是个记者。"薇秋说,"你是个传奇人物。我认为你可以帮我创作出一个很棒的故事。"

他看着她,没有表情,没有热情,而她再次感觉到不断增长的不安。

"我只会再问一次，"他说，"所以我希望你会非常慎重地考虑你的回答。"

"你让我很紧张。"薇秋说。

"被跟踪让**我**也很紧张。"天使回答，"你为什么要这么做？"

"我想见你。"

薇秋注意到自己的杯子已经空了，伸手要拿酒瓶。但是天使动作更快，他把酒瓶移到了桌子的最远端。

"你为什么想要见我？"他坚持问。

"我想我们可以互相帮助。"

他盯着她，没有给出任何回答，最后她不得不再次开口：

"你在追踪圣迭戈。我也是。"

"那我们就是竞争对手。"

"不，"她急忙说，"我不要赏金。我想要的只有故事而已。"她顿了顿，"而且我也的确**可以**写一个关于你的故事。"

"我对于你的新闻理想毫无兴趣。"天使说，"为什么我要让你跟着我呢？"

"或许我有你没有的情报。"薇秋说。

"我表示怀疑。"

"你不想要？"

"我不想。"他停下来，再度看着她，"我也不想让你回到塞巴斯蒂安·凯恩那边，告诉他我在哪里以及我接下来要去哪里。"

"谁是塞巴斯蒂安·凯恩？"她装作无辜地问。

"他是个非常愚蠢的家伙，带了一个多余的搭档。"天使回答，"你是不是也向他提出了条件，跟刚刚向我提出的一样——他拿赏金而你得到故事？"

"是的。此外，流浪汉也会得到一些东西，比如圣迭戈的艺术藏品。"

"于是凯恩派你到这儿来监视我?"

她摇了摇头,"到这里来是我自己的主意。"他默不作声地盯着她,让她再一次感觉到自己不得不说出更多她不想说的东西,"我对比了所有候选人,决定和能力最强的人做搭档。如果有人能够杀死圣迭戈,那只能是你。"

"你会完全忠于我,直到听说有更强大的人,对不对?"他带着嘲讽说。

"这不公平。"

"出卖你的搭档就公平?"他问,声音中带着厌恶,"我很好奇凯恩究竟有什么问题让大家都抛弃了他。'快活的流浪汉'也离开了他,你知道的。"

"谁告诉你的?"薇秋问,这次是真的很惊讶。

"我有我的情报来源。我猜'快活的流浪汉'随时都会联络我,问我是否改变了不找搭档的想法。"他顿了顿,"我会告诉他我没有。"

"这就是你准备告诉我的?"她问,突然忧心忡忡地意识到这个可能成为搭档的人在说什么。她环顾四周,想要寻求支援或者安慰,却只发现顾客们正一个接一个安静地离开酒馆,走时纷纷朝天使投来恐惧的目光。

"我不确定。"他说,"你所拥有的情报可能会对我有用。"

"我就说嘛。"她沾沾自喜地说。

"不是关于圣迭戈的。"他轻蔑地回答,"你对他一无所知。"

"那你是指什么?"

"塞巴斯蒂安·凯恩。"天使说,"我已经很接近圣迭戈了。再去三四个世界,再用一个星期或者一个月,我就会抵达目的地。"他喷出一口烟雾,"凯恩也很接近。他得到了那艘电子人飞船,他也已经见过罗斯福三号上的那个瘾君子了。"他顿了顿，"他还杀了牵牛牵牛。"他带着一丝敬佩说。

"我可以告诉你关于他的一切。"薇秋得意扬扬地说。

"我知道。"

她沉默了一下，"我可以得到什么？"

"圣迭戈之死的独家新闻。"

"以及一系列关于你的特别采访。"她飞快地补充道。

他又一次凝视着她，"不要得寸进尺。我**希望**得到凯恩的情报，不代表我**必须要**它们。"

"一次采访呢？"

他没有回答，冷澈的眼神似乎刺穿了她。

"好吧。"她最后说。

"你作出了非常明智的决定。"天使说。

"好吧，现在我们要一起旅行了，接下来我们去哪儿？"薇秋问。

"几分钟后我就会知道了。"

"基于我马上要告诉你的内容？"她怀疑地问。

他摇了摇头，"我已经告诉你了：你没有任何关于圣迭戈的有用情报，但是新厄瓜多尔上的某人有。我猜他很快就会来到我们的桌边。"

"为什么？"

"因为我叫他来的。"

"每个人都照你的话去做吗？"她带着一丝不满的情绪问。

"大部分人是的。"天使说。

"那些不愿意的人呢？"

"他们很快就会后悔当初没有那么做。"他停顿了片刻，"我想现在你可以告诉我凯恩的事情了。"

"现在？"

"当你清醒过来之后。"他回答，并示意酒保过来。后者飞快地跑过来，谄媚地弯下腰。

"这位女士想要一杯黑咖啡。"天使说。

"您呢，先生？"

"白葡萄酒。"天使说，"不要太甜的。也许星宿一产的就不错。"

"马上就来，先生。"酒保说着，急匆匆地离开了。很快，他再次回到桌边，将一大杯咖啡放在薇秋面前，向天使献上了一只玻璃杯。

"这不是星宿一的葡萄酒。"天使抿了一口，说。

"是的，先生。"酒保紧张地说，"我们没有那里的酒。但这是产自瓦尔基里的，那里有上好的葡萄园。这是非常好的葡萄酒，真的。"

天使又品尝了一口，酒保满脸忧虑地望着他，最后他肯定地点了点头。于是，酒保立刻示意一个助手将整瓶酒拿过来。

"多少钱？"天使问。

"本店请客，先生。"

"你确定？"

"是的，先生。能够为您服务是一种荣幸。"

"谢谢。"天使打发他们离开，看着他们飞快地撤回了吧台后面的岗位。

"这可不太公平。"薇秋说。

"什么不公平？"

"我喝咖啡而你喝酒。"

"你难道一直认为生活是公平的吗？"天使讽刺地问。

"我本来可以一边喝威士忌一边打牌。"她不高兴地继续说，扫了一眼远处的记者们，他们正鬼鬼祟祟地朝这边张望。

"他们不会愿意陪你的。"

"你为什么觉得不会？"薇秋问。

"因为你正坐在这里跟我交谈。他们会等一段他们觉得恰当的时间——大概再过五分钟——然后离开。"

"你确定？"

"完全确定。"

"这种事情经常发生吗？"她继续问。

"是的。"

"你一定是个非常孤独的人。"

"这种孤独是有奖赏的。"他讥讽道，"塞巴斯蒂安·凯恩肯定也对你这么说过。"

"他跟你的观点不一样。"

"那他是为了什么做赏金猎人的？"天使问，突然来了兴趣。

"他想要做一些重要的事情，"她带着嘲讽的笑容说，"或者有意义的事情。"

"伪君子。这种人还是少点儿比较好。"天使说着又啜了一口葡萄酒，重新点燃了已经熄火的雪茄。

"可以想见，有一大群这样的人正想阻止你的生意。"薇秋评论道。

"在我看来，这些人并非迫在眉睫的问题。"天使说，"我们继续说凯恩吧。金钱线索比走私线索更容易追踪，他为什么不选择前者？"

"因为他在调查走私线索的时候，得到了第一条有分量的情报。"

"获取情报不是那么困难的事情。"

"或许你比他更擅长榨取情报。"

"你让他听起来不像是那么强大的对手。"天使评论说，"这与我对他的评价背道而驰，特别是考虑到他已经走到了现在这一步。"

"不是所有赏金猎人都一样。"薇秋回答，伸手从手袋里掏出一支香烟，"比如说，我很难想象凯恩会杀人，但我也同样很难想象你会给人留生路。"

"你冤枉我了。我只杀亡命之徒。"

"盖斯·桑斯·皮提呢？"

"我也杀蠢货。"他改口道。

"我听说过很多关于他的事情，有好的也有坏的，"薇秋说，"但是我从没见过任何人说他蠢货。"

"那是因为大部分人都害怕他。"

"你**为什么**杀了他？"

"他提出结盟。我拒绝了。他威胁我。"他阴沉地说，"**那**可真蠢。"

"你杀了他就因为他**威胁**你？"

"毫无疑问。难道要等到他的铁拳头砸在我头上之后再动手才算光明正大？"天使反问。

"你怎么知道他不是虚张声势呢？"

"我不知道。但是人必须为自己的行为承担后果——不管是生还是死。盖斯·桑斯·皮提威胁说要杀了我，对此他可能得到的结果就只有一种。"

"你是怎么干掉他的？"她好奇地问。

"用高效的方式。"他回答，"现在，将你的手伸进手袋里，关掉你的录音机。我们应该谈论凯恩，而不是我的人物专访。"

"你不能责怪一个努力尝试的女孩。"她漫不经心地说着，同时关掉了录音机。

天使又给自己倒了一杯葡萄酒，这时，那四个牌手静悄悄地离开了酒馆。

"当凯恩发现他不得不去面对牵牛牵牛的时候，他有什么反应？"

"他并不害怕,如果你是想问这个的话。"薇秋说。

"这不是我想问的。任何一个像凯恩一样在我们这行干得够久的人,都懂得如何控制恐惧。"天使微微向前倾了倾身,"他兴奋吗?"

"没多少事情让他兴奋。我得说,他属于逆来顺受的类型。"

"真是遗憾。"

"为什么? 杀人让你兴奋吗?"

"对于我来说,杀人大多数都是工作,需要尽可能快速有效地完成。"天使说,"但是杀死像牵牛牵牛那样的人……"他的表情突然生动了起来,"**任何**领域中的高手过招都与艺术无异,而我认为艺术令人兴奋。"

"这就是你追捕圣迭戈的理由?"薇秋问,"因为能够与他来一场伟大的对决?"

他摇了摇头,"我追捕圣迭戈,只是因为需要那笔赏金。他所带来的挑战不过是额外奖励而已。"

"得了吧。"薇秋怀疑道,"我知道你的记录。难道你真的认为我会相信你在追逐更多的金钱?"

"你相信些什么跟我毫无关系。"天使回答。

"但是你已经赚了几千万信用币了!"她坚持道。

"我花的也多。"他说。

突然,他的注意力被一个小个子的秃头男人吸引了,后者有些肥胖,脸面通红,正警觉地走进酒馆。他紧张地打量了一圈,看见天使后便走了过来。

"布雷辛斯基先生?"天使说。

男人点点头,脸上的汗水随着这个动作滴落下来。"听说你想见我。"他小心翼翼地说。

"你也听说我需要什么情报了吧?"

"我不得不很遗憾地告诉你,我搞不到那种情报。"布雷辛斯基非常紧张地说。

"你是米斯萨文银行新厄瓜多尔分行的会计主管,对不对?"

布雷辛斯基又点了点头。

"那么你一定知道迪米崔奥斯·加洛斯最早是在哪个世界开设的商业账户。"

"法律禁止我告诉你这个。"布雷辛斯基抗议说,"那是保密信息。"

"但你现在要对我泄密。"天使说的时候,目不转睛地盯着那个浑身不自在的会计。

"这不可能!"

"如果不可能,你就不会专程过来了。"

"我过来只是因为没人能对天使说'不'。"

"那么现在也别说,否则我会非常讨厌你的。"天使温和地说。

"我会丢掉工作的!"

"但拒绝我,你丢掉的就不止是工作了。"

布雷辛斯基看起来似乎缩小了一圈。

"你的同伴是谁?"最后他问,"我不能在第三者面前泄露敏感信息。"

"她的嘴很严,我个人可以保证。"

"你确定?"布雷辛斯基问,盯着薇秋。

"我刚刚已经向你保证过了。"

又是一段令人坐立不安的沉默。

"我们能至少讨论一下补偿吗?"布雷辛斯基问,他的手很明显在颤抖,"如果这事情传出去,我的后半生就全毁了。"

"当然。"天使说,"我不是那么不近情理的人。"

"好。"布雷辛斯基说着抽出一张丝绸手绢，抹了一下额头，"我可以坐下吗？"

"没必要。"天使回答，"我从来不讨价还价。我会给你一个东西做补偿，你可以选择接受或者不接受。"

"好吧。"布雷辛斯基说，"你的补偿是什么？"

"你的小命，布雷辛斯基先生。"天使平静地说。

这个肥胖的小个子男人倒抽一口冷气，然后发出一阵神经质的紧张笑声，"你在开玩笑！"

"我从不在生意上开玩笑。"

布雷辛斯基盯着他看了很长一段时间，然后发出了一种介于叹息和抽泣之间的声音，"最早的账户在阳光海岸。"

"谢谢，布雷辛斯基先生。"天使说，"你给了我很大的帮助。"

"我可以走了吗？"

天使点点头，于是小个子会计飞快地走出了大门。

"如果他没有告诉你想要的情报，你真的会杀了他？"薇秋问。

"当然。"

"我以为你只杀亡命之徒。"

"我也杀蠢货。"天使补充道，"每个人不是前者就是后者。"

"也包括圣迭戈？"

"**几乎**每个人。"他纠正道。

"你是个非常愤世嫉俗的人。"她说。

"这一定是因为我常年与孤独为伴。"他回答道，发现自己的雪茄又熄了，便重新点燃了一支雪茄，"明天早上太阳升起的时候，我们就出发前往阳光海岸。"

"那我最好回酒店去收拾行李。"薇秋说，想了想，"我的飞船怎么办？"

"那就不关我的事了。"天使说。

"非常感谢。"

"如果你对这种安排不满意的话,你可以选择留在新厄瓜多尔。"天使说。

"绝无可能。"她回答,"现在我们是搭档了。我要和你在一起。"

"我们**不是**搭档。"他纠正她,"我们是旅行的同伴,仅此而已。并且你只有在有用的情况下才能和我在一起。"他站起来,"日出的时候在我的飞船碰头。"

"我怎么知道哪艘飞船是你的?"在他朝着门口走的时候,她问。

他停下来,转身对着她。

"你是个很有侦察能力的记者。"他说,"你会找到的。"

然后他就离开了。薇秋·麦肯齐这才发现,自己独自坐在这家几乎空无一人的酒馆里。她坐着没动,沉思了几分钟,试图消化刚刚从天使身上看到和了解到的东西。天使无疑能找到圣迭戈,他成功杀死圣迭戈的可能性也非常高。但从她开始追寻圣迭戈以来,她第一次拿不准该如何行动了。天使把她吓坏了,从来没有人让她如此害怕。

她重新梳理了一遍自己的各种选项,包括重新去找凯恩或者流浪汉,再次跟他们联手;或者自己单干,不与任何人结盟;或者从此撒手不管,靠她还没有花掉的那部分预付金过日子。将这些选项和留在天使身边进行比较之后,最终她得出结论:虽然她没有作出最安全的决定,但至少这个决定是正确的。

她站起来,走到桌子的远端,拿起天使从她面前拿走的酒瓶,灌了两大口,然后回到酒店,开始回忆关于凯恩和圣迭戈的事情,以保证自己能对天使长期有用。

16

> 欢迎来到冷漠的处女皇之巢！
> 前所未见的景色由你来瞧！
> 成山的金钱堆到天高，
> 强盗女王唯一不知的只有害臊！

人们曾经就这一节诗向黑俄耳甫斯提问，因为它看起来跟他之前写的薇秋·麦肯齐的那一节诗歌差距太大。最开始时，黑俄耳甫斯也非常困惑——因为这根本就不是他写的——但过了一段时间后，他将两首诗放在一起，便明白了谁是作者以及原因。他决定保留这节诗，这样或许就能迷惑那些以不断误读他为职业的学者们了。

自从天使表明了他永无止境的金钱需求后，薇秋就决定说服他相信自己有渠道获得它们，于是她匆忙写下这四行诗句，雇人到处散播，以保证这些诗句引起他的注意。

尽管她对这次杜撰有一丝罪恶感，但这首小诗并没有产生她预期的影响力。天使第一次听到这节诗时，他表示黑俄耳甫斯一定发现了第二个处女皇，之后他就再也没有提起过这件事。当这节诗传到流浪汉耳中时，他的回答是，薇秋能够堆得跟天一样高的东西可不仅仅是钱。至于凯恩，他是在抵达避风港之后才听到这一节的。他只是作了个鬼脸，然后告诉休斯勒里面描写的都是些司空见惯的事。薇秋在内疆遇见过的所有人类和外星人中，只有坐牛——大苏族的酋长——认为这一节的确是黑俄耳甫斯写的，并且完全同意处女皇最引人注目的特性就是不知羞耻。

事实上，这节诗歌唯一的正面效果是，当黑俄耳甫斯将其编入自己的史诗中后,薇秋的名声又能多延续那么一点点。

在前往阳光海岸的两天时间里,天使和她一直维持着合作关系。天使仔细询问了关于凯恩人格的方方面面——他的每一段过去,他今后可能采取的行动,等等。她在能够回答时如实回答,在不能回答时编造谎言。

虽然天使知道她对凯恩的了解仅限皮毛,但零散碎片组成的拼图却让天使感到困惑和不安。他理解那些为了利益杀人的人、为了仇恨杀人的人,甚至是为了自尊杀人的人,但是凯恩却完全不属于这三类人中的任何一种。对于任何有悖于他经验之外的事物,天使都表现出不信任,就像现在他不信任凯恩一样。

至于薇秋,她试图更多地了解天使,特别是他的过去,以及他为什么做了刺客后又转型为赏金猎人。对此,他大部分时候只是无视她,但也没有完全拒绝回答,而当他用那双苍白的眼睛盯着她时,薇秋就无法继续问下去了。

最终他们抵达了阳光海岸,这里的交通量比薇秋预想的大得多。在大部分边疆世界,人们只需要通报一声就可以着陆,但这里的手续流程却跟那些位于民主联邦中心的世界相差无几。

首先是通信器里传来一个声音,叫他们表明身份。

"这里是'南十字星号',从角宿一六号出发至今经过了两百八十一个银河标准日。威廉·詹宁斯,种族人类,完毕。"天使回答。

"登录号码?"

天使报出一串十一位数字。

"访问目的?"

"观光。"

"你是否有设备可以在行星表面着陆?是否需要使用轨道船库?"

"我可以在任何七级或更高等级的太空港着陆。"

"请保持你在卫星轨道的位置，直到我们再次联系你。"声音说完，切断了通话。

"威廉·詹宁斯是谁？"薇秋问。

"我——在我们通过海关之前。"

"我猜，你刚刚说的出发地和登录号码也都是乱编的。"

"它们的确不是真的，"天使说，"但这跟乱编不一样。我可以证明它们就跟我说的一样，如同我可以证明我是威廉·詹宁斯。"

"为什么不告诉他们你的真实身份呢？"薇秋问，"当赏金猎人又不违法。"

"这可能会吓跑猎物并引起竞争者的注意。"

"那之前你为什么表明身份呢？"她追问。

"在我离开一个世界后，我就不在乎是否有人知道我曾经到过那里了。"天使轻蔑地回答。

这时通信器又响了。

"注意，'南十字星号'。我们需要知道飞船上还有多少其他智慧生物。"

"一个，除了我之外。"天使回答。

"请表明身份。"

"薇秋·麦肯齐，乘客，种族人类，在两个标准日前于新厄瓜多尔登船。"

"你访问新厄瓜多尔的目的？"

"观光。"

"你准备在阳光海岸逗留多长时间？"

"我不知道。"天使说。

"我需要一个明确的回答。"声音不耐烦地说。

"我预计将在这里逗留十天。"

"阳光海岸的经济系统基于金雀花君主币。你是否需要兑换货币？"

"我只要求着陆许可。"

"请保持在轨道上的位置。"声音说，然后通话又被切断了。

"感觉完全就是回到了民主联邦。"薇秋评论道。

"很烦人。"他同意道，"等我有了自己的行星，我不会容忍这种官僚主义废话的。"

"你自己的行星？"她重复了一遍。

他点点头。

她笑了起来，"你该不会是在幻想干掉了圣迭戈，民主联邦就会满怀感激送给你一颗属于你自己的行星吧？"

"不。"

"那你是什么意思？"

他扭头看着她。有一瞬间，她以为他会拒绝回答这个他不愿回答的问题。但是他却操纵飞船电脑，投射出一幅全息图像——一张银河环带的截面图。

"看到这个了吗？"他指着一颗发光的黄色星星问。

她点点头。

"这是一颗 G-4 恒星，有十一颗行星，第四行星被命名为'遥远的伦敦'。自从开始殖民之后，它的基础人口已经达到了三十万。"他顿了顿，"遥远的伦敦由一位世袭君主统治。几年前，最后一位继承人去世，并且留下了巨额负债。现在，政府正在征集一位新君主。"

"交换条件就是你必须偿还那可悲的家族所留下的债务？"薇秋问。

"本质上是的。"天使说。

"你还需要多少？"

"杀死圣迭戈应该刚刚够。"

"然后你就准备退休，去过统治农民的休闲生活？"她问。

"我一直希望有一个属于自己的世界可以统治。"

"好吧。"她说，"这样我们至少知道有一个世界不会存在那些阻碍我们着陆的蠢货。"她顿了顿，"你想过改善那个世界的措施吗？"

"没有。但是我想我可以保证一点。"

"哦？什么？"

"走在我的城市里会绝对安全。"

"我可不愿意在你的城市里犯法。"她赞同地说，"老百姓都怎么看待这种想法呢？"

"考虑到前面几任君主的作为，他们会同意的。"

"如果他们不呢？"

"他们会学会适应的。"他轻声说。

这时候通信器突然发出了静电噪音。

"'南十字星号'，你已得到着陆许可。现在，我们将协助程序传送到你的电脑。"接下来的两秒钟，通信器里传出一种高频率的嗡嗡声，然后飞船开始减速，并且掉头朝向阳光海岸的地表。

"我相信你的护照是合法的。"天使突然说，"但我更相信他们的海关会为难你。"

"当然。"她回答。

但他们着陆以后，有整整十分钟，她都不得不忍受海关的骚扰。因为自从离开飞马后，她的护照就没有进行过扫描或者登记。当他们终于放过她时，天使已经不见了踪影。薇秋飞快地穿过太空港，到处寻找他。她挤过一大群向她兜售货物的人类和外星小贩——他们的货物从难以消化的甜点到古怪的木雕，应有尽有。最后，她在一个卖烟的小摊子前找到了这位赏金猎人。天使正从一个赫斯波莱特三号来的粉色三足生物那里购买新的雪茄烟。

"这地方挤满了外星人，真是脏乱差。"她抱怨道，"我没想到阳光海岸竟然如此开放。"

"你想错了。"天使说，"它们都无法获准离开太空港周围的自由贸易区。"

"对了，我很想感谢你刚才在海关柜台那里的帮助。"她讽刺道。

"**我的**文件都合格。"他回答。

"你至少可以等一等。"

"搭档才会等待。旅行同伴则不会。"

他付了雪茄钱，将雪茄放进一个有标签的口袋，然后顺着路标前往地面车租赁区。薇秋紧随其后。

但当他们抵达那里后，他却停下脚步，转过身看着她。

"你不能跟着我。你得自己找代步工具，到迎宾旅馆登记入住。"

"为什么我们不能一起进城？"她问，"这样更方便。"

"因为你好像被跟踪了。"

"**什么？**"

"你听见我的话了。"

"我没看见任何人。"薇秋抗议。

"我看见了。"

"你怎么知道那个人不是在跟踪**你**？"

"因为我离开海关时他待在原地没动，一直在等你。"

"他看起来什么样？"薇秋问。

"他看上去很笨。"天使回答，"我只扫了他两眼。"

"如果你只是扫了他两眼，你怎么知道他在跟踪我？"

"我知道。"他淡淡地说。

"所以现在你打算离开？"她问。

"他又不是来找**我**的。"天使说。

"看来，遥远的伦敦将迎来一位完全没有骑士精神的国王。"

"是的。"天使说完，又朝租赁的车辆走去。

"等等！"薇秋说，"我该怎么应付那个人？"

"这是你的事。不过如果我是你的话，我会在被他跟踪到酒店之前，弄清楚他究竟想要什么。"

"那儿也是**你**的酒店。"她绝望地说，"如果你不帮我甩掉他，他也会知道你在哪儿过夜。这对某些人来说可能是小有价值的情报。"

"那不是我的酒店。"他回答。

"不是？那你准备住哪儿？"

"这不是我会与旅行同伴分享的信息。"

"那我要怎么才能找到你？"

"**我会找到你**。"他回答，"日落的时候，我会在迎宾旅馆的大厅跟你碰头。"

"如果我还活着的话。"她苦涩地说。

"如果你还活着的话。"他表示赞同。

他将自己唯一一件行李丢进车子后排，爬进驾驶席，用一张身份证明登录了他的账户，然后就开车走了。

薇秋等了十分钟，恐惧的目光一直在阴影里来回扫视。之后她租了一辆车，开进阳光海岸耀眼的阳光之中。半路上，她突然想起自己的行李忘在了太空港，但她决定不专程回去取。

在抵达最近的城市后——毫不惊奇，这个城市的名字也跟行星相同——她最初的打算是在街上来回晃悠，假装逛街，直到她看见跟踪者为止。这种想法大概持续了三十秒钟。不论是谁命名了这颗行星，他都一定极具幽默感——因为阳光海岸没有沙滩，只有沙漠。她从空调车中爬出来时，热气铺天盖地而来，她觉得，这种天气中唯一算得上风景的大概就是偶尔刮起的沙尘暴。

才走了不到半个街区,她就已经累得快要晕倒了。这时她正好在一家高雅的小餐厅前,于是她走进去,要了一张正对门口的桌子,一边假装研究菜单,一边小心谨慎地打量外面。

大约五分钟后,一张满脸胡子的熟悉面孔出现在窗户上。他朝里面张望着,头顶一团乱蓬蓬的红发。一秒钟后,半便士特威利格走进餐厅,径直朝她的桌子走过来。

"真他妈见鬼!"她咒骂起来,话语之中安心和恼怒参半,"**你就是那个一直跟踪我的人?**"

"是的。"他气喘吁吁地说,"我们得谈谈。"

"我跟你没什么好说的。"

"你需要说的可远比你想象的要多。"特威利格说着,就像刚才薇秋那样非常谨慎地看了看门外。他招手叫来侍者,"你们有其他房间吗?"

"什么其他房间,先生?"

"一个从街上看不到的地方。"特威利格解释说。

"我们只在晚饭时间才开放。"侍者说。

特威利格掏出一张一百信用币钞票在他面前挥舞。"现在就打开它。"他说,"我们落座之后立刻关门。"

侍者毫不客气地拿走了钱,带着他们穿过一条走廊,来到一个较小的房间,里面只有六张铺着花边桌布的桌子。

"从里面抽两杯啤酒的钱,你可以保留剩下的。"和薇秋落座之后,小个子赌徒说。

侍者挑起一根傲慢的眉毛,离开了房间。

"你他妈的在这里干什么?"当只剩下他俩后,薇秋质问道。

"等你。"特威利格回答,"我本来准备再等你两天,如果你不出现我就去霍马克。"

"你干吗要像个罪犯一个鬼鬼祟祟地跟着我？"

"我有我的理由。"他说。

"你是指天使？"薇秋问，"他才不在乎我会跟什么样的混蛋交谈呢。"

"我担心的不是天使。"

"那你**在**担心什么？"

"人山贝茨。"

"他还在找你？"

"这家伙绝不会轻易让过去的事情就那么过去！"特威利格恨恨地抱怨着，"他已经追着我跑了大半个内疆。"

"看来你的处境跟我差不多。"薇秋评论道，"你也去了新厄瓜多尔吗？"

小个子赌徒摇了摇头，"我跟着你到了奎斯塔多斯四号后，贝茨的呼吸就开始再次紧贴我的后脑勺了。所以我决定跳过几个世界跑到你的前头，以免他利用你来找到我。"他停下来喘了口气，继续说，"流浪汉跟我说过，天使多半会经过阳光海岸或者霍马克，这取决于他在卡洛斯兰布达上获得了什么情报，而我选择了先来这里。这里听起来像是颗度假的行星。"他做了个鬼脸，"他们应该把那个为这里命名的人五马分尸。吊死他实在是太便宜他了。"

"你到底为什么要找我？"

"凯恩派我来的。"

"来监视我？"

"以现在的情况来说，**监视**可真是个难听的词。"特威利格说着，从口袋里抽出一叠扑克牌，开始紧张地洗牌，"再说，如果真要监视你，我会一直躲在你看不见的地方。你永远都不会知道我就在你附近。"

"我只会听见一声脊柱折断的脆响。"她恶毒地说。

他畏缩了,"别提醒我。"

"好吧。"她说,"你没有监视我,你只是来体验阳光海岸令人愉悦的天气的。"她顿了顿,"除此之外,你来这儿还有什么目的?"

"评估现在的状况。"

"那你的评估结果是?"

"很明显。"特威利格说,"你换了条船,现在跟天使合伙干了。"

"你准备跑回去对凯恩报告这件事?"

"我别无选择。"

"你当然可以选择。"薇秋说,"你可以选择不告诉他。"

"然后失去我整整十分之一的赏金?"特威利格说,"不可能。"

侍者又走进房间,在他们面前分别放了一只杯子和一扎啤酒。

"谢谢。"薇秋说完,立刻就为自己斟满了一杯。

"你们可以点菜了。"

"我们就要这些。"赌徒说。

"我得明确一下:这是一家餐厅,不是酒馆。"侍者一本正经地说。

特威利格又从口袋里抽出一张一百信用币的钞票,递给侍者,"一小时之后再提醒我这一点。"他说。

侍者将钱塞进口袋,拿起托盘,动作优雅而娴熟地朝门口走去。片刻之后,房间里就又只剩下了他们两人。

薇秋喝干了她杯里的酒,重新看向赌徒,"凯恩现在走到哪一步了?"

特威利格耸耸肩,"谁知道?自从我离开牵牛三号之后,就再没和他联系过了。"

"天使提到他从罗斯福三号的一个瘾君子那里得到了一些情报。"

"我头一次听说这事儿。"特威利格说。

"如果你不知道他在哪里，那你他妈的要怎么跟他联系呢？"

"通过休斯勒。"

"休斯勒？"薇秋重复了一遍，"他是什么人？"

"休斯勒更像是**什么东西**，而非**什么人**。"特威利格回答。

"那艘我听过一些传闻的飞船？"

他点了点头。

"休斯勒原本属于牵牛牵牛，对不对？"

"对。"

"也就是说，凯恩大概已经翻看了她电脑数据库中的所有信息？"

"我不知道。"特威利格说，"我猜是的。"

"也就是说，凯恩又获得了一个新的情报来源。"她大声说，"他可能比我们更接近圣迭戈。"突然，她抬头看着特威利格，"流浪汉为什么离开了他？"

"我不知道他离开了。"

"你可真算不上一个好的情报来源。"她刻薄地说。

"我只负责收集我这边的情报，但我不知道别人的情报。"赌徒回答。

两人短暂地沉默了一会儿。

"也许他甩掉了他。"她若有所思地猜测说。

"也许**谁**甩掉了**谁**？"

"凯恩甩掉了流浪汉。"她说，"也许他觉得自己不再需要流浪汉了。也许他的结论是，电子人才掌握着关键信息。"

侍者又走进了房间。

"我想我刚刚告诉过你别来烦我们了。"特威利格恼火地说。

"我知道,先生。但如果你是特威利格先生的话,有人让我给你带个话。"

赌徒的脸色变得苍白,"有人当面告诉你的?"

"不,先生,是从太空港传过来的。"

"出去!"

"但是那条留言,先生……"

"我不想听!"特威利格怒吼起来。

侍者盯着他犹豫了一会儿,耸耸肩离开了。

"见鬼!"赌徒咕哝道。

"究竟是怎么回事?"薇秋问。

"人山贝茨。"特威利格说,"他在阳光海岸上着陆了,而且他一直在跟踪我,否则他不可能知道我在这里。"

"你的朋友贝茨很明显有一些智力缺陷。"薇秋评论着,将啤酒倒进自己的杯子中,"如果他在跟踪你的话,为什么要告诉你这一点呢?"

"你没见过他。"特威利格很不愉快地说,"他根本就没有办法**隐藏**自己。"

"所以他干脆宣布自己来了——真是个好主意!"她鄙视地哼了一声。

"他只不过是想让我知道,他知道我在这里。"特威利格说,"这是他所谓的玩笑。他觉得这能吓坏我。"他停下来,虚弱地笑了笑,"他是对的。"

"你准备怎么对付他呢?"

他紧张地呵呵笑起来,"先喝上几杯,然后就飞快地逃跑,快得让你眼花缭乱的那种。"

"回凯恩那儿?"

"他是我的守护天使。"他若有所思地顿了一下，"除非……"

"除非什么？"

"凯恩距离这里有几千光年之远，而你现在有属于你的天使。如果你能让他保护我，我就不会把你们的情况报告给凯恩。"

"保护你多长时间？"她问。

"直到我安全地离开这个星系。"

"有一个条件。"

"什么？"他狐疑地问。

"在你离开之前，你要联络凯恩，告诉他我正在拖延和误导天使，以及我依旧对他保持忠诚。"薇秋说。

"以防他提前一步抵达目标？"赌徒讽刺地问。

"这种可能总是存在的。"

"很难办啊。"特威利格犹豫不决地说，"如果他发现实情，我就会失去我的那一部分赏金。"

"贝茨正在等着你。"她指出，"对于死人来说，十分之一的赏金有什么用？"

他盯着扑克牌的背面沉默了一会儿，然后点点头，"成交。"他最后说，"你能让天使保护我，对吧？"

薇秋对他露出了自信的笑容。

"他会按我说的去做。"她向他保证道。

17

他高大而有气魄，

> 但这些还不能将其全概括。
>
> 他从清早开始喝酒,持续到日落,
>
> 他是人山贝茨,急于跟人交火。

他的真名是海兰·艾泽齐尔·贝茨。他出生在殖民行星赫拉上,八岁时身高六英尺两英寸。

他的父母寻访了许多专科医师,其中一些无能的家伙声称他不过是提前完成了生长,另外一些虽然知道是他的垂体系统失去了控制,但在进行无数检查和测试之后依然无法有效地阻止失控。最后,当他满十二岁时——此时他已经高达七英尺三英寸——他们终于找到了一个能够阻止他生长的医生。

问题在于,从来没有人询问过海兰**本人**的意见,其实他非常愿意成为银河中最高大的人类。结果,当他们终于将他带到那位医生面前后,可怜的医生被他弄错位了四节脊椎。他还打断了医生的两条腿,并且毫不留情地将办公室砸了个稀巴烂。

那一天起,他就变成了人山贝茨。

他的父母将他送到一个管教问题少年的地方。他赤手空拳击破了砖墙,去了一个没人知道的地方,五年之后才现身内疆。当他终于完成了青春期发育——八英尺七英寸,五百七十五磅,一身如同岩石般坚硬的腱子肉——他做过许多卑贱的工作,最后抛弃一切,成了赌徒。

黑俄耳浦斯第一次见到他时,他已经快三十岁了。当时,他坐在宾德十号一家酒吧的里屋,正在扑克牌桌上与五个穿着破烂的矿工玩牌。他输得很厉害,并且对此感到非常不愉快。最后他扫视了一圈桌面,带着挑衅大声宣布自己已经时来运转,能够赢得接下来的几手。

接下来的一手中，赌注被推到了六千信用币。贝茨将他的牌拍在了桌面上——他有一对六。两个玩家的手上分别是同花和三条对子，但他们都牌面朝下将牌甩到了桌子中央，声称他们不可能战胜他。从某种角度上来说，他们是对的。

剩下的两个人也做出了相同的举动。贝茨赢回了当晚输掉的所有钱之后，就起身退出游戏，朝着边疆更偏远的地方去了。这一举动定然给黑俄耳甫斯留下了深刻的印象。

五年之后，在巴利欧斯四号上，他们再次相遇。黑俄耳甫斯被酒吧里的争斗声所吸引，当他跑到现场时，正好看见人山贝茨在挑衅酒吧里的所有顾客。那些都是顽强不屈、能喝能打的矿工、工人和商人，贝茨却像丢牙签一样将他们朝酒吧四处乱抛，同时声音低沉地哈哈大笑。一个接一个的对手要么被丢出窗外，要么砸在了墙上，最后只有贝茨和黑俄耳甫斯还站着。

"把**这些**都写进你那该死的诗里！"他快活地吼叫着，朝吧台上丢了一把足以赔付损害的钱，就走进朦胧夜色里去了。

黑俄耳甫斯依言为他写了整整六节，甚至试图组织一次比赛，看贝茨和碎颅者默奇森——内疆非正式重量级自由搏击冠军——究竟谁更厉害。但是默奇森得到了一些消息，不跟人山贝茨交手。

半便士特威利格站在迎宾旅馆的大厅里，忧心忡忡地盯着外面的街道，等待着薇秋·麦肯齐在前台办理入住手续。这时候，他觉得自己完全赞同默奇森的看法。

"好啦。"薇秋说着朝他走来，"都搞定了。"

"很好。"小个子赌徒说，"我们赶紧去你的房间里等天使吧。"

"他应该会来这里见我。"

"什么时候？"

"日落时。"

"那可是两个多小时以后。"特威利格抱怨起来,"见鬼,那时候贝茨都从太空港走到这里来了。"

"没人会在这种天气里走路的。"

"去你的!你懂我的意思!"他试图保持冷静,"我可不会在这家蠢兮兮的旅馆的蠢兮兮的大厅里坐上两个小时。那还不如让我去大街上站着,额头上画一个靶心。"

"好吧。"薇秋赞同地说,"去发消息,然后你就可以躲进我的房间里了。"

"消息?什么消息?"

"给凯恩的消息。"

"现在?"他问。

"你觉得想发的时候。"薇秋非常温柔地回答,"但是在你发完消息之前,都不能去我的房间。"

特威利格瞪着她,最后非常顺从地叹了一口气,"你赢了。我去哪儿发?"

"我相信这家旅馆有一台子空间集束通信器。问前台就是了。"

"你的房间号?"

"要这个干什么?"薇秋疑惑地反问。

"我得让他们把账算在你的房间上。"

"见鬼去吧。"

"但是我没有钱啊。"

"得了吧,你这个小耗子。"薇秋说,"在餐厅的时候我可看见你收买侍者了。"

"那是凯恩的钱。"他毫无说服力地回答。

"我他妈的才不管你花的是谁的钱呢。只要不是我的就行。"

"你确定不想支付这笔钱吗?"他坚持道,"用他的钱给他发一条假消息听起来可不太道德啊。"

"向我撒谎说没钱更不道德。现在把手伸进口袋里，掏出来。"

他耸了耸肩，朝前台走去。前台为他指了一台集束通信用的小房间。他穿过大厅朝那边走去。

"我相信你不会介意我跟你一起去吧。"薇秋说着跟上了他。

"你对人一点儿信任都没有。"赌徒说，"这会让你变成一个坏脾气的老姑娘。"

"一个坏脾气的、**有钱的**老姑娘。"她带着微笑纠正了他。

他用差不多两分钟输入信息，又花了一分钟输入信息中转和编码指令，确保休斯勒能够收到。然后他到前台付了钱，转头看向薇秋。

"你现在满意了吗？"他问，"或者说，你还是希望我站在大街上，身边放着一大堆指向我的箭头？"

"别激我。"她说着朝电梯走去。他跟了上去。一分钟之后，他们就已经走在四楼的走廊里了。

"到了。"她说，将大拇指摁在了门锁上。扫描指纹与前台电脑中的信息比对只用了一秒，门就退到墙里去了。

"好。"特威利格评论着，在她前面迈进了房间，"非常好。"

"不坏。"她走进房间的时候说，命令门在他们身后关上。

房间又大又通风，每边大约有二十五英尺，毛茸茸的地毯，特大号的床铺，一对非常舒适的椅子。一面墙上内嵌的壁橱里有一套全息娱乐系统，付费广告此时正展示着阳光海岸相当平凡的夜生活。椅子中间的小桌上放着如何将其展开变成游戏桌的说明，可以玩象棋、双陆棋和**贾波布**——一种在人类最时髦的赌场中盛行的外星卡牌游戏。

"我第二次大赚之后就再也没有住过这种房间了！"特威利格大叫起来。

"你**第二次**大赚?"薇秋重复了一遍,"之后发生了什么?"

他咧开嘴,悔恨地笑了起来,"和我第一笔大赚后一样。"

她看着他,叹了口气,摇了摇头,朝衣橱走去。

"打开。"她低声说。

什么都没发生。

"打开。"她重复了一遍。

还是什么都没发生。

"该死!这玩意儿出毛病了。如果我在里面放了东西,一定会把前台叫来,投诉他们。"

"等一等。"特威利格说,"我以前见过这种东西。"

他走向那扇装饰华美的门,将手直直地穿了过去。

"你他妈在干什么?"她问。

"没什么。"他回答,"这儿根本就没有门,只是个全息投影。"他笑着指出两个伪装得很好的全息透镜,"这比实际安装一扇这样的门要便宜得多,而且一旦你习惯之后,也会更方便。另外,"他补充,"你只需要花费一些钱来购买图像就可以重新装饰这个房间了。"

"我很好奇还有什么是假的。"薇秋说着,在房间里转起圈,四处触摸各种物品。"只有衣橱门,我想。"她最后得出了结论。

"试试浴室。"他提议。

她朝浴室门走去,试图穿过它,却撞在了上面。

"我不是说门。"他说着命令其打开,"但是我可以用信用币打赌,干浴间周围的金色长丝帘子不是真的。"

"干浴?"她恼火地说,"该死!我还打算今晚泡个滚烫的热水澡呢。"

"在一个沙漠世界?"他说,"天啊,我可以打赌,他们的房间里除了饮用水之外不会供应任何水。"

"哦，好吧。"她说着回到卧室，走向一把椅子，"我们应该放松，等待天使。"

"正合我意。"特威利格赞成道，在她对面坐了下来。他抽出扑克牌，开始在桌子上洗牌，"介意来点儿概率游戏吗？"

"不，谢了。"

"你确定？"

"如果你玩的是概率游戏而不是结果早就被设定好的游戏，你现在就不会藏在这里了。"她回答。

"你可以发牌。"他提议。

"二十一点。"她迅速地说，从他手中拿走了牌，"一局十个信用币，平局算发牌者赢。"

"好吧，只要你接受我的欠条——如果我输掉的话。"

"你可以用凯恩的钱玩儿。"她说，"我们是搭档，你可以把这当作内部财务转移。"

"真是见鬼。"他耸了耸肩说，"为什么不呢？"

他们玩了差不多两个小时的牌，在这期间，特威利格赢了四百信用币，而且连一次牌都没有发过。最后薇秋看了看窗外，将扑克牌还给他，从手袋里面抽出四百信用币，放在桌上，然后站了起来。

"时间差不多了。"她说。

"要不你先去见他，再将他带到这里来？"特威利格紧张地提议。

"要是他来晚了，我先遇见你的老朋友呢？"她回答，"你真的想关在这个只有一个出口的房间里？"

"有道理。"他不情愿地承认，跟着她出了门。

他们下到大厅。由于临近晚餐时间，这里的人比之前多得多，薇秋飞快地扫视了一圈各式面孔。

"他来了吗？"赌徒问。

"没有。"

"那我们怎么办？"

"等着。"她说。

"万一有人干掉他了怎么办？"特威利格问，一种盲目的恐慌开始压倒他。

"如果有人能干掉天使，那你最好跪下来祈祷。"薇秋说，"我可以向你保证，那将是世界末日。别发抖，千万不要尿裤子。"

但特威利格正忙于透过大厅窗户张望外面逐渐变暗的街道，没有时间回答。

"现在你可以放松了。"片刻之后，天使穿过大门走了进来，薇秋说，"他来了。"

特威利格很大声地松了一口气，让她不由得想知道他刚才究竟憋了多久。

"得到有用的消息了吗？"天使穿过大厅朝她走来时，她问。

"一点点。"他含混地说，"明天我得再去见个人。"他顿了顿，"你的这位朋友是谁？"

"半便士特威利格。"

"他就是我在太空港看到的那个人？"

"是的。他为塞巴斯蒂安·凯恩工作。"

天使盯着特威利格，什么都没说。

"呃，事实上，这不是最符合实际的描述。"赌徒紧张地说，"现在人人都可以购买我的服务。"

"祝你好运。"天使说，"现在滚。"

"什么？"特威利格反问。

"我听说过你。你是个心术不正的赌徒，在艾特仁齐港缠上了凯恩，又在牵牛三号离开了他。你身上没有我想要的东西。"

薇秋转向特威利格，"抱歉。"她说。

"等等！"他大叫起来，不再环顾大厅，"我们谈好了的！现在他必须保护我！"

"不管你谈成了什么，都是跟**她**谈的。"天使语调平淡地说。

"不！"特威利格绝望地说，"我需要**你**。"

天使只是沉默地看着他。

"你难道不明白吗？"特威利格说，"人山贝茨正要来这里杀我！"

"这不是没有原因的，至少就我听到的来说。"天使说。

赌徒又转向薇秋，"让他保护我，不然我就告诉他你都让我做了些什么。"

"不管怎么说，他可能会对我们有用。"薇秋非常小心地说。

"我听说他已经对你，有用过了。"天使讽刺地回答，"但是他对于我却完全没用。"

"我可以告诉你关于凯恩的事情："特威利格急切地说，"他去了哪儿、他要去哪儿，等等。"

"我已经知道他去过哪儿以及要去哪儿了。"

"我可以告诉你圣迭戈在哪儿！"

"你不知道圣迭戈在哪儿。"天使回答，"现在滚。"

"但我——"

特威利格突然僵住了，他的目光钉在了旅馆的大门口。大厅里传来一阵充满敬畏的低语，薇秋和天使转身去看骚动的原因。

门外站着一座人形大山。蓬松的棕色毛发卷曲着披在肩膀上，牙齿在浓密的胡须间闪烁着白光，蓝色的眼睛正凶狠地瞪着半便士特威利格。他身穿一件手工缝制的外套，全都是用他徒手杀死的动物皮毛制成的，他的靴子除了铁鞋跟之外，也都是动物皮毛制作的。

"我、找、你！"人山贝茨咆哮着，用手指向特威利格。

前台服务员飞快地在电脑控制台上点了几下,厚重的旅馆大门滑动着关上了。

"你们得救我!"特威利格乞求说。

"是你自己搞到这步田地的。"天使说,"你自己想办法。"

特威利格因为烦躁和恐惧而诅咒起来,他的目光死死地停留在门上。这时门口传来一声巨响,然后同样的巨响每隔五秒钟就响起一次。他知道人山贝茨正努力用拳头将门砸开。

"你就不能帮忙做点儿**什么**吗?"薇秋问。

"来的这个家伙又没有被悬赏通缉。"天使不带感情地回答。

门开始弯曲变形,片刻之后就完全屈服了。贝茨走进大厅,同时旅馆的客人和员工慌张地朝着各个安全的地方跑去。

"我是人山贝茨!"他咆哮道,"我的父亲是旋风,我的母亲是闪电!我是利维坦,黑暗深渊之中的巨兽!"他在瑟瑟发抖的特威利格面前来回踱着步,"我的一半是暴风,一半是飓风!我是比蒙,巨大的边疆地狱猫!我出生在一个超新星里,在熔岩池中受洗!我能战胜世界上存在的任何人类或者外星人,无论是打架、拼酒、乱搞还是咒骂!"

特威利格的脸上挂着两道泪痕,扭头看着天使,而后者朝着远离他的方向迈了几步。

"**求求你!**"他哀号道。

"你以为这个矮子能救你?"贝茨反问,昂起巨大的头颅,放声大笑,"为什么?我可以像拍扁一只虫子一样砸烂他!我能咬掉他的手脚吐出骨头!"

天使带着饶有兴致的表情看着他,没有任何评论。

"我跨过半个银河来找你,你这只瘦弱的小虫子!"贝茨大吼着,将注意力重新放回特威利格身上,"我没有进食,没有睡觉,没有搞女人——全都是为了这一刻。"

突然，他用与大块头不相称的敏捷动作伸出手，揪住了赌徒的前襟，将他拖近了一点儿。

"现在你们将知道，如果有人敢欺骗人山贝茨，将会有什么下场！"

他用一只手就将特威利格举到了比自己的头还高的地方。

"薇秋！"赌徒哀叫着，"看在上帝的分儿上，让他**做**点儿什么！"

天使只是毫无表情地看着。贝茨巨大的手臂环绕在特威利格身上，用力一勒。一声痛苦的尖叫，然后是一道刺耳的碎裂声，接着，贝茨将赌徒毫无生息的尸体丢在了大厅的地板上。

这个巨人扫视了一圈房间里的面孔，然后一只脚踩在了特威利格的脖子上。

"我是人山贝茨，我刚刚完成了正义的复仇！"他肆无忌惮地咆哮着，"现在你们都多了一点儿可以讲给孙子听的故事！"

他缓慢地转过身，直到面对薇秋和天使。

"你！"他声音如雷，用一根巨大的手指指向薇秋。

"我？"薇秋问。

"他向你求助，"贝茨说，"为什么？"

薇秋试图编造一个答案，却发现嘴里干得说不出话来，只能耸了耸肩。

"他欠我二十万信用币。你跟他是什么关系？"

"我几乎不认识他。"她终于说出话来。

"你是谁？"

"哦，一个不重要的人。"她说着，害怕地朝后退了一步。

"如果我发现你对我说谎，我会找到你的。"他发誓说。

她咽了一口口水，点点头。

"对了。"他说着,转头盯着前台服务员。

"什么事,先生?"那个人问,声音抖得厉害。

贝茨示意了一下脚下的尸体,"你会清理掉这堆垃圾吗?"

"是的,先生。"服务员说着,在电脑上敲打着清扫代码,"马上就好,先生。"

"很好。我不希望人们认为这样一家高品质旅店会收留**这种**丑恶的小虫子。"他在强调的同时,还冲着特威利格的尸体吐了一口口水,然后才重新抬起头来,"好啦!每个人都去干自己的活儿吧。"

没有人动。

"我是说**现在**!"他咆哮起来。

突然,大厅里就像是蜂窝炸锅一样忙乱起来,人们争先恐后地冲向出口和电梯。片刻之后大厅里就空了,除了贝茨、薇秋、天使、前台服务员和两个刚刚赶来的清洁工,后者正准备移开小个子赌徒扭曲的尸体。

人山贝茨朝着薇秋和天使走了两步。

"也包括你们!"他说,"滚出去!"

天使朝着前门迈开了脚步。

"我从来没有见过像他这样的人!"薇秋低声说,"简直就是野蛮的原始人!"

"他的话太多了。"天使说。

"我听见了!"贝茨带着威胁的口气说。

天使继续朝外走,贝茨追上去抓住他的肩膀,将他扳了过来。

"没人可以在我跟他说话的时候背对着我。"贝茨说,脸上露出一个难看的笑容。

天使甩开他的手,直直地迎上他的目光。

"我不喜欢跟人接触。"他轻声说。

"你不喜欢,哈！"贝茨咧开嘴笑起来,再次将他的手放在了天使的肩膀上。

天使拨开了他的手,"对,不喜欢。"

贝茨突然对准他的胸口狠推了一把,天使跌跌撞撞地朝后撞在了墙上。

"别碰他！"薇秋说,"他没对你做过任何事情！"

"他冒犯了我。"贝茨说着,充满威胁地朝天使迈了一步,"现在我已经被惹火了！世界上没有比折断一个人的脊骨、看鲜血四溅更爽的事情了。"

"天使,跟他道歉。我们赶紧离开这个该死的地方！"薇秋绝望地说。当她想象天使破碎的尸体瘫在特威利格旁边时,仿佛能看见财富和名声正远离她而去。

"你是天使？"贝茨问,一时间脸上闪过了一丝不确定。

"没错。"

"你为什么说我话太多了？"

"因为是事实。"天使回答。

"我才不在乎你杀过谁！"贝茨咆哮道,突然又暴怒起来,"你要道歉,否则人们会知道我就是那个徒手杀死了天使的人！"

天使冷漠地望着他,沉默了很长时间。最后他终于开口道:"你话太多,对此我感到很遗憾。"

"够了！"贝茨怒吼起来,"你死定了！今天晚上地狱里将增加一个天使！"

他又朝前走了两步,天使已经触手可及。

"你现在停下还来得及。"天使说,"你没有被悬赏通缉。"

贝茨咆哮着咒骂了一句,对准天使的头就是狠狠的一拳。天使侧身躲过,这个巨人的拳头直接打穿了墙壁。就在他试图将手拔出来的时候,天使朝前倾身,右手以惊人的速度完成了两个动作,然后,他退到了一边。

贝茨在第二次试图将手拔出来的时候又发出一声咒骂,接着他的脸上出现了一种奇特的表情,他缓缓地低下头,发现自己的内脏正从外套前面的大口子里流出来。

"我不相信!"他咕哝着,试图用那只自由的手将它们塞回去。

天使将自己的武器重新放回藏在他袖管里的机械装置中。

"我可是人山贝茨!"巨人难以置信地咕哝着,死了。

"我的上帝!"薇秋大叫起来,仿佛被恐惧吸引了一般盯着贝茨,后者的那只手依然挂在墙上,"你是用什么切开他的?"

"锋利的东西。"天使平静地回答。他朝着前台走去。"你最好叫警察。"他说。

"在那家伙砸烂门的时候我就已经按下了警报。"服务员说,脸色苍白,满是冷汗,"他们随时可能抵达。"

"我相信你愿意作证说,我完全是出于自卫才杀了他。"天使继续说。

"当然当然,先生……啊……天使先生?"

天使盯着他看了一会儿,然后转向薇秋。

"这都是你的错,要知道。"他说。

"我的?"她重复了一遍。

他点点头,"如果你没有答应特威利格我会保护他,他就不会一直等在这里,直到贝茨出现。"

"那样贝茨会在距离这里两百英尺远的地方杀掉他,或者半英里远,或者就在太空港。"薇秋说,"这没我什么责任。"

"但是**我**就不用杀掉贝茨了。"天使耐心地解释,"这简直就是浪费体力。不论在边疆的哪个地区,他都连一个信用币都值不上。"

"**这**就是你看到的全部？"薇秋难以置信地说，"只是浪费体力？我的上帝，他简直就是巨兽！"

"他不过是个人，和其他人一样会流血。"

警察赶来了，天使耗费了接下来的几分钟对一位受人尊敬的警官复述了一遍之前发生的事情，而这位警官非常识趣地没有要求他出示护照。

最后，他录完了口供，警官开始询问前台服务员，同时另外两个警察则努力将贝茨的手从墙里扯出来。天使又一次走到了薇秋身边。

"对了，特威利格究竟为你做了什么来换取我的保护？"

"没什么。"

"我正在向你提问。"他说，"我需要一个答案。"

"他向一个我永远都不会再见到的人发送了一条完全没有必要的消息。"薇秋诚恳地说着，并且满怀敬畏地看着人山贝茨那巨大的尸体。

"凯恩？"他问。

她转向他，露出了一个微笑。

"凯恩是谁？"

18

简单西蒙遇上馅饼小贩去赶集，
简单西蒙当街将小贩砍倒在地。
简单西蒙想要的可不是那馅饼，
而是挥舞闪亮的钢刀随心所欲。

他从来就不使用刀,那不过是黑俄耳甫斯为了增添诗意而故意编造的。

而且他也一点儿都不简单。

他拥有数学、激光学以及两三个更为深奥的科学专业的学位,并且在洛丁十一某所较大的大学中教了近十年书。他在期货市场有一笔相当大的投资,然而在卡特——一种洛丁人用来替代小麦的粮食——的价格暴跌之后,他一生的积蓄也所剩无几了。那之后不久他就意识到,身为教授的工资永远都无法买到他想要的全部东西。

于是,他离开民主联邦前往内疆,开始从事一系列新的学习,包括第一专业谋杀和第二专业重婚。他杀死了头四个妻子,并且设法得到了其中三个的保险金,之后他突然发现:如果不只局限于杀配偶的话,他可以赚取更多的钱财。

自那之后,他就成了一个自由职业型雇佣杀手。因为有科学家背景,他更喜欢使用自己制造的激光武器。他还非常敬重那些肉体上比他强大的对手,因此他倾向于制造精密的致命陷阱,而非与人发生正面冲突。

他的新职业迫使他保持着一定程度的谦虚,以至于他会假装对科学一窍不通,来作为自己的保护色。当然,黑俄耳甫斯看穿了他——看穿别人的伪装是黑俄耳甫斯最擅长的事情之一——于是便将他命名为简单西蒙,作为一个玩笑。这个名字一直保留下来,长期挂在内疆邮政基站的墙上,就在简单西蒙的全息画像前。

天使矗立在太空港的邮政基站里,粗粗打量了一下西蒙的模样,同时查看了是否有新的亡命之徒值得他耗费精力。薇秋挎着手袋站在门口等他。

"你已经很接近圣迭戈了。"当他回到她身边时,薇秋说,"为什么还专门去研究一大堆不那么重要的恶棍呢？"

"习惯的力量。"他回答，顺着走廊朝着他的飞船走去，"再说，就我所知，凯恩或者其他人已经杀掉他了——而我还有一颗行星要买呢。"

"所以更准确地说，邮政基站的墙壁就是你们这行的专业杂志。"薇秋评论说。

"我可从来没有这么想过。"

"那是因为你不是记者。"她说。

他们在太空港遇到的这些繁文缛节可比上一次要少许多——薇秋认为本地政府大概已经下达了命令，要以最快的速度让天使离开这颗行星——几分钟之后，他们就到了供私人租赁飞船的三十多个船库之一，上了飞船。

"有点儿不对劲。"天使说着，检查了一下舱门处的备用控制面板。

"你是指什么？"

"安全系统被触发了。别碰任何东西。"

"会爆炸吗？"她担忧地问。

他摇了摇头，"我想不会。如果他们塞了炸弹，你踏上飞船的瞬间就已经引爆它了。"

"这就是你让我先进舱门的原因？"她问。

他没有回答，只是又认真仔细地检查了一圈，没有朝飞船里移动一步，然后他再次看向她。

"好吧。"他说，"我们先回到地面上——务必小心。"

她跟着他出了舱门，片刻之后已站在距离飞船五十英尺远的地方眺望着飞船。与此同时，天使用通话器跟太空港的保安官进行了联络。

"什么都没发生。"他回来时,她说。

"如果你走进去的时候它没有将你炸飞,那多半也不会因为你盯着它而爆炸。"他说。

"那究竟是被做了什么手脚?"她问。

"这正是我要寻找的答案。"

没过一会儿,一个面色憔悴的保安官出现在他们面前。

"究竟出了什么问题?"他问。

"着陆之后有人上了我的飞船。"天使说。

"哦?谁?"

"我正想知道。"

保安官走向通话机,要求接通办公室。低声和那边交谈了一阵之后,他重新看向天使。

"就我所知,你的机械师在日出之前刚刚来过。"

"我没有机械师。"

"他们告诉我说他的证件很齐全,他甚至还有一份工作单,上面有你的签名。"

"哪个签名?"天使尖锐地追问。

"我想是天使。"保安官回答,"昨晚之后你的身份就不再是个秘密了。"

"他们怎么知道那是我的签名?"天使说,"他们用它和什么做比较了?"

"我他妈的怎么知道?"保安官反问,"我猜他们恐怕没有和任何东西做比较。那人为一家声誉良好的公司工作。他们大概相信了他的话。"

"他说要做什么维修?"

"我不知道。"保安官说。

"为什么？"

"听着，在过去的五个小时里，我一直都在帮运输部搜索一只失踪的动物，那只动物本来是从心大星区运来的。我可以帮你打听你想知道的事情，但我得去问保安部或者维修部的人，看他们谁手上有那个人提供的工作单。"

"现在就去。"天使说，"并向他的雇主查询是否真有这个人。再去找一个你个人可以担保的机械师，让他里里外外将我的飞船彻底检查一遍。"

"我在哪儿可以找到你？"保安官问。

"我会在餐厅里等你的报告。"

"可能会花些时间。"

"我觉得不会。"

天使掉头顺着走廊离开了，薇秋跟在他后面。他们经过几家纪念品商店、两家外星餐厅，最后抵达了一家迎合人类口味的大餐厅。赏金猎人打量了一圈，走过几张空桌子，来到一个他觉得合适的角落里。

"为什么坐这里？"薇秋问，在他对面坐了下来。

"有人破坏了我的飞船。"他说，"我觉得后背靠墙更安全一些。"

"但是你却不在乎让**我的**后背冲着大门口？"她问。

"完全不在乎。"

"你是从来都这样为他人着想呢，还是年纪大了之后才变成这样的？"她讥讽道。

"坐在你想坐的地方。"他说着指了指几张空桌子，"对我来说没什么区别。"

她叹了口气，"让我们换个话题——今天早上你得到有用的消息了吗？"

"我得到了我们接下来要去的那个世界的名字和位置。"

"你愿意分享一下这条信息吗？还是说，我们准备玩一场猜谜游戏？"

"离开阳光海岸之后我就告诉你。"

"真见鬼！"她愤怒地大叫，"就算你告诉我我们要去哪个行星，我也不知道你到那儿要去见谁或者找什么。难道你真以为我会在你等待机械师来检查你的飞船时，偷偷预订去那里的船票吗？"

"不。"

"那你为什么要这样？"

"因为对于从事我这种职业的人来说，最重要的能力并不是擅长使用武器或者徒手搏斗，而是对细节一丝不苟。"

"这跟我们现在谈论的事情又有什么关系？"

"仔细听好，因为我只会解释一遍。"天使说着，点燃了一支细长的雪茄，"如果我告诉你接下来要去的那个地方，对于这条信息你会做的事情只有两种可能：无视它或者使用它。如果你选择无视它——如同你几乎会做的那样——那么你从一开始就不需要知道它；如果你选择使用它，你就必然会用它对我造成损害。"

"但在新厄瓜多尔的时候，你告诉说我们接下来要前往阳光海岸。"她指出。

"在新厄瓜多尔的时候，我的飞船很正常。"他回答，"如果你用那条信息干了可耻的勾当，你就不会活着看到阳光海岸。"

"我简直不能表达这种信任让我多么感动。"她冷嘲热讽地说。

"我的信任不是随便给人的。"他回答，"而你没有做出任何能够赢得信任的事情。"

"你这是什么意思？我告诉了你关于凯恩的一切，不是吗？"

"背叛搭档可不是一个能够真正赢得信任的行为。"天使说着顿了顿，"我有没有提到今天早上你还在睡觉的时候，我顺道去了一趟你旅馆的信息中心？"

"哦？"

他点点头，"我很好奇昨天下午你让特威利格发给凯恩的那条消息是什么。值班的那个人非常友善地给我看了备份。"

"他那么做是违反规定的！"

"但是当我跟他讨论了不那么做的后果之后，他就非常乐意为我效劳了。"

"昨天晚上我已经跟你谈论过那条消息了。"薇秋充满防备地说，"它没有任何该死的意思。我不过是在两边都下了点儿注，但我最后把钱都押在了你身上。"

他看着她，没有回答。

"听着，"她继续道，"昨天我完全可以在你去镇上之后留在太空港，赶下一班飞船离开这里。但是我没有。这对你来说一定能够证明些什么。"

"能证明你拥有非常发达的自我保护直觉。"他回答。

"我不知道我为什么要浪费时间跟你说话！"她气得大叫。

"因为你想找到圣迭戈。"天使说，招手叫来一个女侍者，要了两杯咖啡，"问题是，"他继续说，"看起来**他**好像先找到**我们**了。"

"你觉得是圣迭戈破坏了飞船？"薇秋问。

"当然不是他本人。但我怀疑是他下令的。"

"他干吗不让人直接干掉你呢？"

"我可能比你想象的更难被杀死。"他低声说。

"但是乱搞你的飞船又能让他得到什么呢？这不可能是警告。他肯定知道光靠吓唬是不可能让你退却的。"

"这正是我担心的地方。"天使说，"这完全没有意义，而圣迭戈不是蠢货。"

"也许是凯恩或者流浪汉的主意。"她猜测,"他们肯定想要延迟你的进度。"

他摇了摇头,"他们完全可以直接杀掉我,而不是吓唬我。"

"没有爆炸并不能说明就没有炸弹。"

"没有人会为我们两个中的任何一个悲伤或者复仇。"天使回答,"如果有炸弹的话,应该会在我们走进飞船的那一刻就爆炸了。"

"那是你自己!"她反驳,"我有很多朋友。"

"我表示怀疑。"天使说。

咖啡上了桌。他们一直等到女侍者走到够远的地方后,才再度开口。

"有可能是人山贝茨的朋友吗?"薇秋问。

"我怀疑他是否有朋友。"天使回答,"再说,为朋友之死复仇的手段也不应该是破坏仇人的飞船。"他皱起了眉头,"这一定是圣迭戈干的。我只是希望意图能够再明显一些。"

一个身穿机械师制服的女人走进咖啡店,环顾一周,然后朝着他们的桌子走来。

"你是……威廉·詹宁斯先生吗?"她犹豫不决地问。

"是的。"

"我刚刚检查了你的飞船。"她说,"我得更透彻地全面检查一遍之后才能给你完整的损害报告,但你是对的:有人在里面搞了鬼。"

"我猜里面没有炸弹?"

她摇了摇头,"至少我没有找到。看起来那些人不像是准备杀掉你,他们可能只想让你在这儿再多待几天。"

"多少天?"

"就我现在看到的状况来说,可能需要两三天的时间才能入手所有零件并将它们装上。"她顿了顿，"这可能耗费一大笔钱。需要我先出一份预算书吗？"

天使摇摇头，"只要能让它再动起来，做你该做的工作。"

"修好之后，我该到哪儿找你呢？"她问。

"你不能找我。"他说，"但我会每天亲自来询问几次。我应该找谁呢？"

她将自己的名字和身份号码给了他，离开了咖啡厅。

"你看起来依旧很不爽的样子。"薇秋观察着他。

"当然。"他回答，"就算把我困在这里两三天，圣迭戈又能够得到些什么呢？我距离他应该还没有那么近。"

他喝完了咖啡，又点了一杯。

"我们干吗不去酒吧呢？"薇秋提议时，用一种看起来很厌恶的表情看着她的咖啡。

"因为在弄清楚究竟发生了什么之前，我们需要保持大脑清醒。"天使用一种同样厌恶的表情回答。

她瞪着他看了片刻，然后耸耸肩，小口地啜着自己已经空了一半的杯子。

他们又沉默地在那里坐了五分钟，这时，保安官来找天使了。

"我去查了那个机械师……"他开口说。

"他的公司从来就没有听说过这个人，而且你无法在名簿中找到他。"天使说，这不是询问。

保安官叹了口气，点点头，"必须有人为这件事负责。"他抽出一张平面的复印件，是那个机械师的身份证，"就是这个家伙。你认识他吗？"

天使仔细看了一下照片，照片下面是这个人的签名和指纹。

"不认识。"他说，"介意我留下这个吗？"

"请便。"保安官说,"如果我们需要复印件的话,可以从电脑里搞到。"他顿了顿,"我们会继续追查的,当然我相信你……呃,某些私人的信息源?"

天使没有作答。

"嗯,好吧。"保安官说,"如果你不介意的话,我得回去工作了。"

"回去调查是谁破坏了我的飞船?"

他摇了摇头,"一台安检扫描仪坏掉了。"他充满歉意地说,"真是个倒霉的日子。不过,我保证会有人继续追踪那个神秘的机械师。"

天使瞪着他。

"如果他们在明天早上还没有找到答案的话,我会亲自来负责这个案件的调查。"他带着紧张的微笑保证道,朝后退了几步,撞到了一张桌子,赶紧道了歉,飞快地转身走出了咖啡厅。

"介意给我瞧瞧吗?"薇秋问。

"随便。"天使说着将那卡片给了她。

她看了看那张留着络腮胡的脸,"我可以下双倍的赌注告诉你,他现在已经把脸刮得干干净净了——如果那些胡须原本真是他自己的话。"

她将卡片还给了他。他最后又看了一眼,将其塞进了口袋,在桌子上留下一些硬币,站了起来。

"我们走。"他说。

"去哪儿?"

"待在这里也不会得到答案的。"天使说,"而太空港的官僚们对我们可一点儿帮助都没有。"他顿了顿,"从某种角度来说,这或许对掩人耳目是件好事。"

"你为什么这么认为呢?"她问。

"因为如果能找到那个破坏飞船的人,我或许就可以得到一条直接通往圣迭戈的线索。这能节约我们几个星期的时间。"

"那我们要从哪儿着手呢？"

"不是**我们**去找他。是**我**去。"他坚决地说，"你回你的旅馆等我。"

"我他妈才不干呢！"

他冷冷地凝视着她，"如果我连告诉你我们接下来的目的地都不愿意，相信你也很清楚我不会让你跟来，特别是在我有可能发现圣迭戈究竟在哪儿的时候。"

她本来打算再次抗议，但那双苍白眼睛中的某些东西让她决定闭嘴。

他们默默地穿过太空港，来到陆行车租赁区。到达后，薇秋望着天使。

"又是分开走？"她讽刺地问。

他摇了摇头，"一起走。"

"这一定不是出于礼节，而且我们早就不流行骑士精神了。"她狐疑地说。

"我只是想确定你会直接回你的旅馆。"

"你是不是还准备站在我的门外保证我肯定一直待在那儿？"

"一旦你走进前门，我就不在乎你要去做什么了，只要你不尝试跟踪我的话。"

天使租了一辆车。当他们开始这趟前往镇上的十分钟旅程时，车上空调系统已经走完其黄金岁月的事实变得越来越明显。薇秋决定在他抱怨之前什么都不说，但是她很惊讶地发现，抵达目的地时，天使的面孔和在太空港时一样干爽，而她自己却早已被汗水浸了个透湿。

天使将车子停在迎宾旅馆的入口前，工人们此时正忙碌地更换那扇被人山贝茨砸烂的门。他扭头看着她。

"我在明天之前都不会联络你，除非我找到了要找的东西。我再次警告你：不要跟踪我。因为不知道从哪儿下手，我会先接触一下本地最底层的犯罪分子找到我需要的线索。那些家伙不会非常友善或者乐于助人，如果你躲在阴影里乱晃，我很有可能无法保护你。所以你最好回房间，吃饭，然后休息。"

"你觉得威吓一堆卑劣的小混混能让你找到那个破坏飞船的人？"她讽刺地说。

"大概不能。"他承认，"最大的可能是，那个在船上动了手脚的人早就离开了阳光海岸。但是，既然接下来的几天我都会被困在这儿，我就必须从**某些**地方着手，所以——"

他突然停下来，专心致志地盯着窗外一个衣服破烂的乞丐，那人正在大约五十英尺外乞讨硬币。

终于，天使露出了微笑。

"现在一切都说得通了。"他轻声说。

"什么说得通了？"

"没什么。"他再度看向她，"你走进旅馆之后，在大厅里找一张舒适的椅子坐下。"

"你说什么？"

"你听见了。"

"我又热又累。只要我还他妈待在这个鬼地方，我更愿意去自己的房间，洗个干浴，然后换套衣服。"

"我不建议那么做。"天使说。

"我已经开始反感老是接受你发号施令了！"薇秋大声说。

"好吧。"他耸了耸肩，"你爱怎样怎样吧。"

"我**为什么**不能回自己的房间？"她问，突然有些不确定起来。

"因为我之前的假设错了。"他解释，"我以为有人要来阻止我，但他找的是**你**。"他向前伸手摸到了控制面板，然后打开了车门锁，"现在走进大厅，不要东张西望。"

薇秋突然发现自己站在了路边的人行道上，而她甚至忘记了炎热的高温。天使启动车子，飞快地加速开走了。她强迫自己直线前进，经过前台，左拐，找到一张从门口看来半遮半掩的椅子。

她一动不动地坐在那里，生怕引来任何人的注意，同时思考接下来该怎么办。她开始研究大厅里的人，试图猜测哪些看起来像是杀手，但令人害怕的结论却是：他们看起来**都**像。

终于，像是经过了永远那么久之后，天使走进了大厅，那个乞丐也一同走来，满脸迷惑。赏金猎人朝她的方向扫了一眼，偏了偏头。

她立刻站起来，带着疑问指了指自己。天使点点头。她加入他们一同朝电梯走去，这时她注意到天使手上拿着一件小武器，正抵在乞丐的后背上。

"我一直都在跟你说，先生，你完全搞错了。"只载着他们三个人的电梯朝薇秋房间所在的楼层上升时，那个乞丐哀求道，"我这辈子从来没有见过你，我向上帝发誓。"

"但是**我见过你**。"天使阴沉地回答，"在邮政基站的墙壁上。"

"我从来没去过邮政基站。"

天使没有回答。几秒钟之后，电梯停了下来。

"他是谁？"当他们走进空荡荡的走廊时，薇秋问。

"他的名字叫简单西蒙。"天使说，用手中的武器戳了戳乞丐，直到他再度迈开步伐，"他可比看起来的要复杂、世故得多。"

"先生，"乞丐说，"我的名字根本就不是西蒙。我叫布鲁贝克，先生。罗伯特·布鲁贝克。我带了身份证。"

"继续走。"天使说。

"如果真是被通缉的杀手，那他是怎么通过海关的呢？"薇秋问。

"和威廉·詹宁斯用的方法一样。"天使说,"如果我愿意,我可以得到十本非常可靠的护照来证明**我**是罗伯特·布鲁贝克。"

"我相信你可以。"薇秋承认。

"但我**是**罗伯特·布鲁贝克!"乞丐抗议起来,"我是个诚实而且勤劳的人,真的。"

"的确很勤劳,没错。"天使说,他们走到了薇秋的房门前,"停下。"

乞丐停下了脚步。

"好了。"天使说,顺着走廊后退了十五英尺左右,"薇秋,打开门,然后站一边儿去。**你,**"他继续说,用手中的武器示意了一下乞丐,"先进去。"

"然后我就可以回家了?"那人问。

"然后我们可以谈谈。"

薇秋伸出手,让电子锁扫描了她的拇指指纹。当门滑动着打开时,她朝后跳开了。乞丐摇了摇头,似乎觉得自己落入了疯子手里。他叹口气,跨进了门里。

什么都没有发生。

天使走到了门口。

"走到窗户边上。"他命令道。

乞丐照着他的话做了。

"在每一把椅子还有床上都坐一下。"

天使耐心地等待着乞丐完成他的命令,这才对着薇秋点了点头。她走进房间,天使也跨到了门里面。

"你一定是搞错了。"薇秋评论说。

"关上门然后闭嘴。"天使说,小心地打量着房间。

"嘿!"乞丐恼怒地说,"你答应了让我走的!"

"我答应了我们可以谈谈。"天使说，谨慎地顺着墙边走着，目光从一件家具移到另一件上，"你准备好告诉我在哪儿了吗？"

"什么在哪儿？"那人反问。

"我的衣橱！"薇秋突然大叫起来。

"打开它。"天使命令乞丐。

"那本来就是打开的。"薇秋说，开始后退着远离它，"那不过是全息投影。"

"要怎样才能关掉投影？"

"我不知道。"

"给前台打电话，叫他们关掉电源。"天使说。

她照他的话做了。没过一会儿，衣橱闪烁了几下，消失了，只留下一根四英尺长的金属棒挂在墙上。

"真吓人！"她舒了一口气，"刚刚我还真以为里面有炸弹呢。"

乞丐走向天使，"我有妻子和三个孩子等着我养家糊口呢。"他哀求地说，"我可以走了吗？"

天使一把将他推到椅子上坐下。"你死定了，西蒙。"他说，"唯一的问题是，我应该现在杀掉你还是过一会儿再杀掉你。"

"但我的名字不是西蒙！"男人绝望地大吼起来，"我是罗伯特·布鲁贝克！"

"闭嘴。"天使轻声说，继续有条不紊地检查着整个房间。走到浴室门前的时候，他停下来，带着微笑转身看向乞丐。

"聪明。"他赞赏地说，"非常聪明，西蒙。"

"我不懂你究竟在说什么。"

"你安装的手法。"

"我没有安装任何东西！"

"你无法确定在薇秋回来之前会不会有清洁工进来，所以你不能设定杀掉第一个走进房间的人或者第一个伸手进衣橱的人。"

"我说，"乞丐说，"如果我走进浴室，你**是不是**就可以让我走了？"

"是的。"天使同意道，"但是你看起来很热而且很不舒服。我想也许你应该先去洗一个干浴。"

"我不需要干浴，我只想离开。"

"但是我要求你洗。"

"该死！"乞丐怒吼起来，"你抽出武器顶着我，硬拖我上来，非要说我是一个我从来就没有听说过的人，还威胁要杀了我！够了吗？现在你可以放过我了吗？"

"在你干浴之后。"天使说。

"我不会在陌生女人面前脱衣服的。"

"你可以穿着衣服。"

"女士，"他转向薇秋哀求，"你能不能让他放过我？我只是个街头乞丐，从来没有伤害过任何人。"

"她在这里没有发言权。"天使说，伸手紧紧地抓住了他的手腕，"让我们开始吧。"

乞丐朝后退去，天使放开了他。

"好吧。"乞丐咕哝道，"你赢了。"

"所以他真的就**是**简单西蒙了？"薇秋大叫起来。

"我告诉过你了。"

"为什么是干浴？"她问。

"因为这是清洁工多半都不会去动的东西，就算她进来做清洁。"天使说，"而且在一个平均气温差不多有一百二十五华氏度①的行星上，这是你回来之后会首先光顾的地方。"他转向西蒙，"我说的对不对？"

---

① 华氏度 = 9/5 摄氏度 +32

简单西蒙沉重地点了点头。

"爆炸还是激光？"天使问。

"激光。"

"你为什么想要杀掉**我**呢？"薇秋问。

"天马上有个人悬赏杀你。"西蒙回答。

"迪米崔·索寇？"她惊讶地说。

"是的，就是他。"

"但是他已经在秋麒麟上尝试过了。"薇秋说，"我以为那已经结束了。"

"这不是游戏，而且也不是按照绅士的规则玩儿的。"天使插了进来，"索寇失败了一次并不代表他就会放弃。"他顿了顿，"当我在旅馆外面看到我们的这位朋友时，我意识到之前认为圣迭戈破坏了我的飞船是错误的。昨天晚上西蒙一定调查过这里，得到了你的房间号码，也得知我并不住在这里。他在这里的事实就正好说明了他要找的人是**你**。他待在这附近，主要是为了能够确认你死掉了。或许索寇需要一张全息照片，甚至可能是你的尸体。"天使转向西蒙，"很明显是你破坏了我的飞船，这样你就可以确保她会留在这里，直到你干掉她。但是为什么要这么费尽心思呢？为什么不在我们降落到太空港的时候给她一枪呢？"

西蒙没有回答。

"如果我需要再问一遍的话，"天使温柔地说，"我希望你在第一时间作答。"

简单西蒙看着他苍白的眼睛，觉得自己应该说出真相。

"索寇说她和赏金猎人们一起旅行——最开始是歌鸟，然后是威廉神父，现在是你。这意味着如果我公开动手的话，就必须连你一起干掉才行，但我不喜欢这样。我认为最安全的办法就是破坏你的飞船,等她回来的时候干掉她。相信我,天使,"他非常诚恳地说,"我从没想过杀你,我做生意的时候从来都是尽可能避开你的。"

"你这么说好像杀掉**我**就完全是理所当然一样!"薇秋怒骂道。

"嗯,你一定对他做了些**什么**,否则他不会发出这种悬赏的。"西蒙说。

"我做什么是我和他之间的事情。"薇秋说。

"很明显不再是了。"天使评论道,转向简单西蒙,"我还有最后一个问题要问你:索寇出了多少?"

"五万信用币。"

"这么多?"薇秋说,显得有些受宠若惊。

"薇秋,我希望你能记住这个数字。"天使说,"好了,西蒙,是洗干浴的时间了。"

"但我从没有想过杀你!"西蒙绝望地说。

"你是个被悬赏通缉的罪犯呢。"

"叫警察来,把我交给他们!"西蒙继续抵抗。

"干浴。"天使毫无表情地说。

"为什么?我是死是活对你来说都是一个价啊!"

"我正在赶时间,而你浪费了我三天。"

"因为这个你就要杀掉我?你疯了!"

天使将武器指向简单西蒙,"站起来走,否则我就让你死在现在坐的地方。"

恐惧的泪水在西蒙脸上冲出两条小溪。他非常不情愿地站起来,走进了浴室。天使跟在他后面。片刻之后,薇秋听见了一声惨绝人寰的尖叫,然后天使走了出来。

"谢天谢地。"薇秋说,"想想看!这个狗娘养的竟然觉得杀掉我没有任何问题!"

"在我拿到赏金之后，我应该通知你的朋友索寇，请他支付我飞船所需的修理费用。"

"他绝对不会给的。"

"我有办法激励他那么做。"天使嘲讽地说，"现在我希望你进去看看简单西蒙。"

"为什么？"

"因为我这么说。"

她耸耸肩，走进了浴室。简单西蒙仰躺在地上。天使启动干浴之后，数百条细小的激光击中了他，将他的脸和一部分身体都烧没了。浴室里弥漫着一股人肉烧焦的味道，很多伤口正冒出细细的黑烟。

薇秋强忍住呕吐的冲动，跌跌撞撞地退出了浴室。

"上帝，他看起来太可怕了！"她承认。

"他死得很惨。"天使平静地回答。

"你难道就不能把他交给警察吗？"她问，"没有人应该死成那样。"

"我本来可以把他交给警察的。"

"那为什么没有？"

"因为我想给你上一堂实实在在的课。"

"**他**死掉了，就因为你想给**我**上一堂实实在在的课？"她难以置信地说。

"他迟早会死掉的，不过是我杀了他或者政府杀了他的问题。"天使回答，"别在他身上浪费太多的眼泪。他谋杀了至少二十五个男人和女人，而且他的死法本来是为你准备的。"

"那么我应该从这一切中学到什么呢？"薇秋问。

"你是一个相当有勇气而且足智多谋的女人。"天使开口说。

"谢谢。"她讽刺地回答。

"但是你行动鲁莽,"他继续道,"从来不去思考可能的结果。我希望你看看西蒙的尸体,能让你明白,你现在正在打交道的人所做的一切不是令人激动的冒险,而是致命的交易。"

"我已经知道了。"

"在我告诉你接下来我准备告诉你的事情之前,"天使说,"我想要强调这一点。"

"告诉我什么?"她有些担心地问。

"我在过去的二十四小时内不得不杀掉了两个人,而他们都没有跟**我**发生任何冲突。"

"贝茨跟**我**也没有什么冲突。"她打断他,"他是来找特威利格的。"

"而特威利格是来找你的。"天使说,"你对我造成了非常大的不便,并且在我追捕圣迭戈时耽误了我三天的行程。"

"你究竟想说什么?"

"在这之前,如果你想要离开我走自己的路,我会非常愿意让你走。"他说,"但在阳光海岸待了这几天之后,你**欠**我的。我们抵达圣迭戈的行星之后,你就得偿还。"

"怎么偿还?"

"抵达那里后我就告诉你。但如果你试图在那之前离开我,或者在抵达那里后违背我的命令的话,我发誓我会亲手杀了你。"

她看着他冰冷而毫无生气的眼睛,知道他说的全都是真话,而这比索寇甚至圣迭戈可能对她进行的威胁都更让她感到害怕。

月涟之卷

19

月涟月涟,行在星间,
流连酒吧,数以万千,
双足踏遍,百十世间,
寻求珍珠,只得絮棉。

其实,在油腻腻的污迹和破破烂烂的衣服下面,她是个非常美丽的女孩。蓝色的眼睛看过了太多的事情,流过了太多的眼泪。她肩膀瘦削,挑起过太多重担。她手指修长,如果能有更优越的生活,它们一定更白更柔软。

即便她曾有过月涟之外的名字,她也已经不记得了。即便她曾将另一个世界称作故乡,她也已经将其忘怀。

她十九岁,却已经见过黑俄耳甫斯四次。黑俄耳甫斯甚至打趣说,即使他游荡到一个最不可能去的行星,走进一家最不可能去的酒吧,月涟也肯定在里面擦地、收拾桌子或者洗盘子。她短暂人生中最引人注目的正是他为她写的一节诗歌。那是在乌尔海特十四号上的一个夜晚,黑俄耳甫斯弹拨着鲁特琴,唱着随心所欲的歌谣,试图忽略人类殖民地密封穹顶之上氯气大气中肆虐的风暴。

她让他着迷。她从哪儿来?她去过多少个世界?她究竟在寻找什么?难道她没有比成为整个银河的酒吧侍女更崇高的梦想吗?她想要回答他,但事实上她也不知道任何一个问题的答案。

他最后一次见到她,是在车轴草三号上。她一个人要为二十五张桌子的客人服务,速度不断减慢。就在雇主开始冲她咆哮,威胁说再不提高效率就要揍她时,黑俄耳甫斯挺身而出,指出今天是她的十七岁生日——尽管她不记得自己是哪天出生的——并且准备带她出去吃晚饭。整个酒馆里的人又饿又渴,脾气暴躁,就算是塞巴斯蒂安·凯恩或者和平使者麦克多伽也不可能毫发无伤地将这里的唯一一个女服务员带走。但因为他是黑俄耳甫斯,酒馆里的人连一句抱怨都没有,就让他带着女孩出了酒吧。

他给她食物,给她买新衣服,甚至提出愿意带她走,直到为她在其他世界找到一份固定工作。她带着令人无法生气的真诚回答说,她并不仇恨自己的雇主,也没打算从事其他类型的工作。黑俄耳甫斯感觉到,她很害怕建立持久关系(不论是感情上的还是经济上的,因为这可能会将她牢牢地拴在一个特定的世界),直到她找着那个她一直在寻找然而不知道是什么的东西。他们一直聊到天亮,吟游诗人完全无法理解女孩为何会拥有如此强烈的漫游欲望,因为她似乎并不会为游历过的世界和见识过的人物感到丝毫愉悦。

最终,到了他要离开的时候,他提出给她几百信用币,足以让她前往另一个世界寻找另一家酒馆。但是她拒绝了,并解释说自己只需要一两个月的时间就能赚到足以前往下一个世界的钱,而且从一个已经为她做了这么多事情的人手中拿走更多钱的话，她会觉得很罪恶。

黑俄耳甫斯离开车轴草三号前往下一个目的地时，他曾经以为自己仍会每隔几年就遇上她。但是他们再也没有见过。他继续着没有目的的旅程，将人物和事件写入永恒的诗歌。月涟则最终到了殖民世界避风港，凯恩就是在这里第一次遇见了她。

那天下午，在休斯勒着陆后没多久，凯恩就迈进了大麦粒酒馆——当地两家酒馆之中较大的一家。店里几乎是空的。他查看了一下门上"我们永不关门"的标识，耸了耸肩，在一张桌子边坐了下来。

"马上就来，先生。"月涟招呼道，端着一大扎啤酒从厨房里走了出来。她将扎酒放在房间另一头的一张大桌上。

她冲他笑了笑，再次消失了。半分钟后她回来时，手上端着一块巨大的烤肉，她把那块肉放在了那扎啤酒旁边。

"看起来像是真肉。"凯恩评论说。

"是真的。"她自豪地回答，"我们在避风港生产我们自己的牛肉。"她走向凯恩的桌子，"需要点儿什么吗，先生？"

"是的。"他回复，"我在找一个人。"

"谁？"

"三眼比利。听说过吗？"

她点点头，"是的，先生。"

"那么你是不是正好也知道他在哪儿呢？"

"他死了，先生。"

凯恩皱起眉头，"你确定？"

她再次点了点头。

"什么时候？在哪儿？"

"他就是在那里被干掉的。"她说着，指了指外面的街道，"被一个叫作麦克多伽的人。"

"**和平使者麦克多伽？**"凯恩问。

"是的，先生。就是那个名字。"

"见鬼！"凯恩嘀咕着，抬起头来看着女孩，"他在这儿有朋友吗？"

"麦克多伽先生？"

"三眼比利。"

"哦，是的。"她说，"每个人都喜欢比利。"

"我们谈论的一定不是同一个人。"

"我确定我们谈论的是同一个人，先生。"月涟说，"不管怎么说，有多少人会被叫作三眼比利呢？"

"他的额头上有一个大疤？"

"他鼻梁的右上方？是的，先生。"

"而且每个人都**喜欢**他？"凯恩惊讶地追问。

"是的，先生。"月涟回答，"他总是讲一些有趣的故事。我为他的死感到非常遗憾。"

"那么你觉得他在避风港上最亲近的朋友是谁？"

她耸了耸肩，"我不知道，先生。我只有在他来这里时见过他。"

"他总是一个人来？"

"是的，先生。但是只要他到了这儿，他会和每个人交谈。"

"是吗？"凯恩说着叹了一口气，"好吧，我也许该待在这里跟那些与**他**交谈过的人们谈谈。给我一杯啤酒，好吗？"

"好的，先生。"月涟说着走到吧台边，端着一只玻璃杯在龙头下接了酒，又回到他身边。

"谢谢。"凯恩说。

"我应该告诉你，先生，在接下来的三四个小时里大概都不会有人来的。"

"那个要来吃晚餐的团体呢？"凯恩指了指那块烤肉问。

她露出了微笑，"哦，那只是为一个人准备的，不是一个团体。"

"那至少有四五磅肉。"凯恩说，"你难道是在告诉我那个人要吃掉全部的肉？"

月涟点点头，"噢，是的，先生。还有现在正在烤箱里烤的巧克力蛋糕。"

凯恩再次看向那块烤肉，"他是在跟人打赌之类的吗？"他带着好奇问。

"不，先生。"月涟说，"他每天都吃这么多。"

"他该不会正好有十一英尺三英寸高，长着橘黄色的头发吧？"凯恩问，当然一半都是在开玩笑。

女孩笑了起来，"不，先生。他只是个普通人。"

"如果他能将那些全部塞进肚子里还能走路的话，绝对不**只是**普通人。"凯恩回答说，他又顿了顿，"说起来，三眼比利死了多久了？"

"四五个月，先生。"她沉默了片刻，"哦！"她突然说，"我忘记了土豆！"

"你们应该改改外面的招牌。"凯恩评论道，"我以为这里只是个喝酒的地方。"

"你说的没错。"

"但是你们也提供食物。"他指出。

"只给威廉神父提供。他算得上是特别顾客。"

她转身要朝厨房跑，但凯恩一把抓住了她的胳膊。

"威廉神父在避风港？"他问。

"是的，先生。他大概几分钟后就到。"

"他来这里多长时间了？"

"我不清楚，先生。"月涟说，"也许一个星期。"

"我可没在进镇的路上看见他的帐篷。"

"帐篷，先生？"

"他是个传教士。"

"我知道，先生，但是他说他在度假。"

凯恩皱起了眉，"他有没有同样问起三眼比利的事情？"

"没有，先生。"她看起来很不自在，"你弄疼我的胳膊了，先生。"

"抱歉。"凯恩说着放开了女孩，"你确定他没有说起过任何有关三眼比利的事情？"

"没对我说起过，先生。"她开始朝厨房走去，"请原谅，但是我得去拿他的土豆了。"

"他有没有提起圣迭戈？"凯恩问。

"他为什么要问那个？"月涟问着，在离厨房门口几英尺的地方停下了脚步。

"因为他既是个传教士，又是个赏金猎人。"

"这跟圣迭戈又有什么关系呢？"

凯恩瞪着她，为她的无知感到惊讶，"圣迭戈是边疆人最想逮捕的通缉犯啊。"

"你一定是搞错了，先生。"月涟说着朝前倾了倾身子，让那扇门感应到她的存在，滑动着打开，"圣迭戈是个英雄。"

"对谁来说？"凯恩问。

她笑了起来，好像他刚刚讲了个笑话似的。在他提出更多问题之前，她已经进了厨房，留下他若有所思地小口啜着啤酒，瞪着那扇立刻就将她藏了起来的门。

片刻之后她又出来了，端着一只大餐盘，里面装满了脆皮土豆。

"告诉我圣迭戈的事情。"在她走向威廉神父的桌边时,凯恩说。

"我不认识他,先生。"月涟说。

"为什么你觉得他是个英雄呢?"

"每个人都这么说。"

"每个人都是谁?"凯恩追问。

"噢,只不过就是许多人。"她耸了耸肩膀说,"要我再去给你拿杯啤酒吗?"

"我更希望你能够跟我说说圣迭戈。"凯恩说。

"但是我不认识他。"月涟抗议道。

"他十一英尺高、有着橘黄色的头发。"门口一个厚重的声音说,"你还想知道些什么?"

凯恩转过身,看见一个高大而且极其肥胖的黑衣男人站在门口,一对激光枪挂在非常显眼的地方。

"你是威廉神父?"他问。

"愿意为您效劳。"威廉神父说着走过来,伸出一只巨大的手,"那你是……"

"塞巴斯蒂安·凯恩。"凯恩说,很惊讶那些肥肥胖胖的手指竟然如此有力。

"啊哈!"威廉神父微笑起来,"你是薇秋·麦肯齐的朋友!"

凯恩点点头,"而你就是那个在秋麒麟上救了她一命的人。"

"主才是她的救星。"威廉神父回答,"我只不过是他的工具而已。"

"那么他的工具在一个像避风港这样偏远的小世界上做些什么呢?"凯恩问。

"我告诉你也不会相信的。"威廉神父带着微笑说。

"我想不会。但是我猜你会告诉我,才好让我自己做出判断。"

"好吧,事实是当我发现这孩子竟能做出如此美味佳肴时——"他冲着月涅笑了笑,"我决定是度假的时候了。考虑到我是个注重享受的人,还有哪里会比这儿更美妙呢?"

"你真的是自己做的这些菜?"凯恩问。

"是的,先生。"月涅说。

他再次转向威廉神父,"你还没有告诉我,你最开始到这里来是做什么。"

威廉神父再次微笑起来,他右手一路下滑到枪柄上,"我不知道我为什么必须告诉你。"

"只不过是尝试找点儿话题罢了。"凯恩耸了耸肩说。

"只要你不刨根问底的话,我其实也并不反感告诉你。"传教士说,"我是几天前抵达这里的,因为我的飞船需要一些小修理。"他走向他的桌子,"我很愿意继续我们的对话,但是让这顿丰盛的大餐就此冷掉可是罪过啊。你要我加入吗?"

"我过去坐坐好了。"凯恩说着站起来,走了过去,"但是我不太饿。"

"真是遗憾。"威廉神父不太真诚地说。他拿起一张极为巨大的餐巾系在脖子上,将整个餐盘都拉到自己面前,然后切下几大片肉来。他用叉子叉住其中一片,塞进嘴里,发出非常响亮的咀嚼声,"也许你会同意让我问你相同的问题:一个像塞巴斯蒂安·凯恩这样出名的赏金猎人来避风港做什么?"

"坐坐,喝点儿酒。"

"上帝不保佑撒谎的人,塞巴斯蒂安。"威廉神父说,转头看着他,"我更不会。"

"我来这儿找三眼比利。"

"他被悬赏通缉了?"

"也许吧。"凯恩回答。

"也许吧？"威廉神父重复了一遍，又狼吞虎咽地塞了很多食物，然后灌下一大口啤酒。

"我不知道。我不是来杀他的。我来是为了找些情报。"

"关于圣迭戈？"

"你为什么这么认为？"凯恩问。

"因为我进来的时候你正在谈论他。"

"我觉得这里的每个人都会谈论圣迭戈。"

"我也知道你和薇秋·麦肯齐的合作关系。"威廉神父指出。他吃掉了切下来的最后一块肉，思考要不要再来点儿脆皮土豆，但最后他决定放弃，转而带着一股更猛烈的气势扫荡烤肉，"你觉得能从三眼比利那里得到些什么呢？"

"在哪儿可以找到圣迭戈。"

"所以你打算成为那个杀掉圣迭戈的人？"威廉神父在咀嚼食物的间歇中问。

"我打算尝试一下。"凯恩回答，想了想，"我预感我已经非常接近他了。"

"你为何这么觉得呢？"

"因为避风港上能出现的最严重犯罪不过是抢劫商店，但是在过去的四个月里，有三个赏金猎人在这里着陆：你、我，还有和平使者麦克多伽。这一定意味着**什么**。"

威廉神父皱起了眉头，"麦克多伽？**他在这儿**？"

"已经不在了。他干掉了三眼比利。"

"你看，这就是了。"传教士果断地说。

"这就**是什么**了？"

"巧合。你和麦克多伽都在找三眼比利，而我在这儿只不过是因为飞船出了毛病。"

"三眼比利为什么在这儿？"凯恩问。

威廉神父耸耸肩，"谁知道？"

"一定有人知道。"凯恩说，"他是个杀手，他跑到避风港这种世界来做什么？"

"也许是藏起来。"威廉神父吃掉了最后一口肉，"月涟！"他叫道。

"那是她的名字？"

传教士点点头，"很可爱对不对？它能让人联想到星尘和缥缈的美人。"

"我以前在哪儿听说过这个名字。"凯恩皱起了眉头。

"嗳，先生。"月涟回应着从厨房里跑了出来。

"我想是上蛋糕的时候了，孩子。"威廉神父宣布。

月涟看了一眼他的盘子，皱起眉头，"我已经告诉过你很多次了，先生，如果你总是这么快地吃光食物，会把自己弄生病的。"

"谁说我吃光了？"威廉神父哈哈大笑，"我还剩大半盘土豆和半扎啤酒呢。但是蛋糕能够让我换换口味。"

"你为什么不休息休息，给自己点儿时间消化掉刚刚吃下去的那些东西呢？"月涟问。

"当你端着蛋糕回来时它们就被消化掉了。"他顿了顿，"你在上面撒满了我们昨天谈论过的那种糖霜，对不对？"

"是的，先生。"

他抛了一枚白金币给她，"我的好姑娘！"

她接住那枚硬币放进口袋里，就去厨房端蛋糕了。

"好孩子。"威廉神父说，"她在这儿完全就是浪费青春。我请她做我的私人厨师，却被她拒绝了。"

"也许她觉得以你吃掉食物的速度来看，这恐怕不会是一次长期雇佣关系。"凯恩挖苦道。

"胡说八道！"传教士说，"主需要我去完成重要的工作，塞巴斯蒂安。我可是打算长命百岁的。而且，"他补充，"要比准备杀掉圣迭戈的赏金猎人长寿得多。"

"你也是赏金猎人。"凯恩指出。

"嗯，但我是聪明的赏金猎人。我不会去找圣迭戈。"

"为什么不？他的赏金可以修建许多教堂。"

"人们找他快有三十年或者更长时间了，但一无所获。"威廉神父回答，"他不值得让人费劲。"

月涟又从厨房里出来了，端着一只看起来就甜得发腻的多层巧克力蛋糕。

"这是一个非常有趣的下午。"当她把蛋糕放在桌子上时，凯恩评论说。

"是吗？"传教士问，带着一种小孩子打开礼物时的欣喜低头看着蛋糕。

凯恩点点头，"当然。到现在为止我在避风港遇见了两个人，其中一个认为圣迭戈是英雄，另外一个则是对他毫无兴趣的赏金猎人。"

"月涟，亲爱的，"威廉神父不理睬凯恩的评论，"你能不能为我找些冰淇淋来搭配这块香甜可口的蛋糕呢？"

"你昨天就吃光了我们所有的冰淇淋，先生。"她回答。

他看起来有些垂头丧气，"不管怎样去找找吧，万一有呢。"

她耸耸肩，朝厨房走去。

"月涟，"凯恩重复道，"黑俄耳甫斯是不是在几年前写过她？"

威廉神父点点头，"她跟我提起过黑俄耳甫斯。我听说**他**也提议给她一份工作，但是她没有接受。她是个非常独立的年轻姑娘。"

"而且也是个去过很多地方的姑娘。"凯恩说,"我很好奇她在这儿做什么?"

"你为什么不问问她?"威廉神父提议,喝光了啤酒,"不过对于我来说,"他加上一句,同时搓着胖胖的双手,"我觉得我可能等不及她找到那些冰淇淋了。"他拿起一把刀,"要我给你切一块吗?"

"不,谢谢。"凯恩说,看着传教士一刀切掉了蛋糕的三分之一,放到了自己的盘子里。

威廉神父凝视了一会儿蛋糕,叉起一块尝了尝。

"塞巴斯蒂安,"他说,脸上浮现出一种只有与上帝交流时才会出现的狂喜,"你不知道你错过了什么!"

"两万卡路里,我初步估计。"凯恩说。

"我努力地传教,努力地杀人。"威廉神父严肃地说,"上帝能够理解我也需要努力地吃饭。在从事主的事业时你不能表露出虚弱,特别是在边疆这种地方。"

"**我**相信你。"凯恩说,"我只是希望你的心脏和肾脏也有相同的想法。"

"上帝需要我。"传教士说,非常热切地扫荡了那块蛋糕,"我不会有事的。"

月涟再次朝桌边走来。

"我很抱歉,威廉神父,但是真的没有冰淇淋了。"

"你明天会记得搞些新的,对不对?"威廉神父带着一种孩子般的急切问。

"我会努力的。"

"好姑娘!"他说完,注意力又转回到蛋糕上。

"你希望我把土豆拿走吗,先生?"

他将一只巨大的手盖在容器上,"我会吃掉它们的,孩子,别担心。”

“你有没有想过在军队中当个厨师呢？”凯恩带着微笑问。

“噢，没有，先生。”月涟认真地回答，“我喜欢工作维持现状。”

“威廉神父建议我问问你为什么到避风港来。”凯恩说。

“我不知道。”她耸了耸肩，“我听说了这里，听起来像是个好地方。”

“你来这儿多久了？”

她看着天花板，无声地蠕动着嘴唇，计算着日子。

“下周就两年了，先生。”

“对你来说，这可算得上是在一个地方待了相当长一段时间，对不对？”

“你是什么意思，先生？”

“黑俄耳甫斯说你去过一百多个世界。”

“他是个非常好的人。”她说，“他将我写进了他的诗歌里。”

“他还说你非常喜欢在银河里旅行。”

“是的。”

“但是你在这儿停下了。”凯恩指出。

“我喜欢这个世界。”

“你不喜欢其他的？”

她耸耸肩，“不喜欢其中一些。”

“那么另一些呢？”

“它们也不坏。不过我更喜欢这个一点儿。”

“它有什么特别之处？”凯恩问。

她看起来很困惑，“没有。”

“那你为什么更喜欢这里一点儿呢？”

“我不知道。这里的人很好，我喜欢我的工作，而且我还有个不错的地方可以住。"

"你问够了吧？"威廉神父说。

"你让我问她的。"凯恩回答。

"提问和纠缠不休是有区别的。现在放过她吧。"

凯恩耸耸肩，"如果我冒犯到了你，我很抱歉，月涟。"

"没有，先生。"她回答，"你和威廉神父对我都非常好。"

一个老男人走了进来，朝凯恩坐的那张桌子旁边的一张走去。月涟跑过去为他服务。

"好吧，塞巴斯蒂安。"威廉神父说，吃光了他盘子里的蛋糕，又将剩下的三分之二对半切开，"我想你可能很快就要上路了，那个你专程来找的人似乎是死了。"

"我想是的。"凯恩说。

"不管怎样，能见到你并且和你交谈是我的荣幸。"

"你要在这儿待多久？"凯恩问。

"有那姑娘的厨艺，我可以永远待在这里。"威廉神父回答，"但我想大概两三天之后就会启程。外面还有许多需要拯救的灵魂，另外一些则需要送到撒旦面前。"

"但是不包括圣迭戈？"

威廉神父微笑起来，"我猜如果有一天真撞上他的话，我会非常认真地考虑这个问题。"他回答，"但是比起在整个银河里追逐一个飘忽的鬼火，我还有更好的事情需要去做。"

"人各有志。"凯恩说着站了起来。

威廉神父伸出一只沾满巧克力的手，凯恩握住了。

"你是个有趣的人。"凯恩说，"希望有一天能再次遇见你。"

"谁知道呢？"传教士说，"主总是会创造一些神奇的事情。"

凯恩走进避风港潮湿的空气中时，天色已经暗了下来。他花了一点儿时间才弄清楚方向。这颗行星的三个小月亮都非常清晰地挂在空中，却只能提供微不足道的光亮，空荡荡的街道上也没有任何灯光。

这个所谓的小镇总共只有五个街区，休斯勒降落在离这里不到两英里的地方。赏金猎人弄清自己是从哪条路过来的以后，开始沿着自己的脚印往回走。接下来的十分钟里，他一直走在一条土路上，路的尽头是一片极为广阔的变异玉米田。这些玉米差不多有十到十五英尺高，每一棵上平均结着二十个穗子。

远处传来小牛犊的哞哞声。从逻辑上说，他知道进口的胚胎需要先出生，然后养大，之后才能屠宰。虽然威廉神父的烤牛肉看起来并不让他觉得很突兀，但是一想到小牛犊生长在距离受精地亿万英里之外的外星世界上，他就觉得极不协调起来。

他继续往前走了十五分钟左右，就回到了休斯勒那里。他还在几百码之外的时候，休斯勒就认出了他，并打开了舱门。

"三眼比利提供有用的消息了吗？"当凯恩在操作室里坐下后，电子人问。

"他死了。"凯恩说，"和平使者麦克多伽在四个月前干掉了他。"

"听到这个消息我很遗憾。"休斯勒说。他们沉默了片刻，"我敢打赌流浪汉早就知道这个了！"他突然叫起来。

"我不会对此感到惊讶。"

"接下来我们去哪儿？"

"哪儿都不去。"凯恩说，"现在这里正发生一些好玩儿的事情。"

"好玩儿？"

"我碰见了威廉神父。"

"他在做什么？"休斯勒问。

"他说他在度假。"

"有意思。"休斯勒咕哝说,"不过,我想这是一种可能性。"

"凡事皆有可能。"凯恩说,"但为什么是这里? 为什么是现在?"

"许多赏金猎人最近都跑来拜访这个乏味的农业小世界,这件事**的确**有些诡异。"休斯勒承认。

"另外我还遇见了一个名叫月涟的女孩。"

"我不熟悉这个名字。"

"她是个女招待。"凯恩说,"不太漂亮,不太聪明。也许二十岁,最多。"

"那她为什么会引起你的兴趣呢?"

"因为黑俄耳甫斯写过她。"

"黑俄耳甫斯写过几千人。"

"而其中的四个人此时相距不到两英里,而且是在这个什么都没有的殖民小世界里。"凯恩说。

"我没有从这个角度考虑过。"休斯勒说,"的确非常有趣。"

"我就说。"

"**非常**有趣。"电子人重复了一遍。

"不管怎样,按照黑俄耳甫斯的说法,月涟去过一百个行星。"

"我本人去过的行星超过三百。"休斯勒说,"这有什么不寻常的?"

"没什么,但是这意味着她从十岁或者十一岁开始,几乎得每个月都要换一个世界才行。而现在,因为某些原因,她在避风港上待了两年。是什么让她停止了旅行?"

"一个很好的问题。"电子人同意道,"答案是什么?"

"我没有答案——至少现在没有。"

"你还有什么关于她的消息吗?"

"是的。"凯恩说,"她觉得圣迭戈是个英雄。"

"为什么？"休斯勒问。

"我不知道。"凯恩说，"但迟早会查清的。"他顿了顿，"你能给我搞点儿消息吗？"

"哪一类？"

"我知道这颗行星上没有太空港，但是这里一定有什么监管机构指引你降落并且提供相应的协助吧？"

"当然有。"

"联系他们，看能否了解威廉神父在这儿待多久了。"

休斯勒在三十秒之后得到了一条情报："他在避风港上待了差不多一个月了。"

"他告诉我说是一个星期前因为引擎故障而着陆的。月涟也这么说。"

"如果你需要我可以再查一次。"

"没必要。"凯恩盯着墙壁皱起眉头，"我想知道他在等什么？"

"我们已经很接近了，对不对？"休斯勒问，在他音乐般的声音中，悲伤立即被充满期待的声调一扫而空。

"非常近了。"凯恩轻声说。

20

一次查理会犯错，

但从不会一错再错。

他心黑似煤，血冷如冰，

这般形容也不为过。

完全就是因为名字的缘故。

毫无疑问,黑俄耳甫斯没有其他理由将"一次查理"写进他的史诗。他不是英雄或者坏蛋,不是赌徒或者盗贼,不是电子人或者赏金猎人。事实上,他没有任何值得注意的地方。他不过是个名叫查尔斯·马洛威·费尔切的流浪汉,从一个农业世界游荡到另外一个农业世界,喝得有些过头而工作却做得不太够。

他有着非常残忍的一面,但没有令人印象深刻的体魄。他的肉搏技术和自我保护能力也有待提高。他从不急于偿还债务,所以很少有人允许他赊账消费,特别是酒吧的酒保。他的屁股后面插着一把很吓人的音波手枪,但是他的枪法不太准,更多时候则会忘记给它充电。

但是他有那么一个名字,而黑俄耳甫斯不会一节诗都不写就放过他。

他并非一个多嘴多舌的人,因此没人知道他究竟**为什么**叫一次查理。有人说,是因为他年轻时曾经结过一次婚,后来丢下妻子来到边疆,并发誓永远不会再和女人生活在一起。另一些人编造了一个复杂的传说,讲述他如何用不同的方式犯罪,他发誓对书中提到的每一种犯罪行为都只进行了一次,这样一来,警察就永远不可能发现他罪行中的重复性特征了。第三个故事说,他在一次狂欢中酿成了大惨剧,导致他永远都不会再回发生惨剧的那个城市。他的少数敌人——他当然有些敌人——说这个名字是塌鼻子萨尔取的,后者是图米加星系最臭名昭著的娼妓之一,他支付了她整整一个周末的钱,却只做了一次。

黑俄耳甫斯不关心他名字的来历,却十分迷恋这个名字所激发出的想象。由于遇见他的那天黑俄耳甫斯喝得大醉而且情绪不好,那一节诗歌就变成了现在这样。

一次查理的诗节是最近才加入这篇史诗的，因此避风港上只有很少人听过——或许这对所有人来说都是最好的，因为迟早会有听过歌谣和故事的人问起他塌鼻子萨尔的事情，而通常情况下，最终他和那个提问者都会在当地监狱或者医院里醒来。

他抵达避风港那天是一个普通的日子——温暖、晴朗，有点儿潮湿。之后他耗费了几个小时，去试着找一份开联合收割机的工作。然而直到凯恩睡醒起床、刮完脸、洗完澡走进镇子，他还在外面瞎晃悠。

这个地方有种老地球上小村庄的味道，一排排框架结构的建筑和房屋被分割成整齐的长方形街区，甚至连装饰风格也很类似，许多房子都有天窗和宽大的阳台。凯恩停下来仔细观察其中一栋建筑，发现在木纹薄板下是一层钛合金板，整个房屋使用的都是聚变能。

凯恩走进另一个街区，看到威廉神父正坐在所住小旅馆前门廊上一张过于巨大的木头摇椅上，慵懒地前后摇晃。他看到赏金猎人走近后，便用手挡住了照射在眼睛上的阳光。

"早上好，塞巴斯蒂安。"他说，"美好的一天，对不对？"

凯恩点点头，"没错，早上好，威廉神父。"

"我以为今天早上你已经忙着去追圣迭戈了。"传教士说。

"不着急。"凯恩说，"我觉得应该亲自尝尝月涟的手艺。"他顿了顿，"再说，圣迭戈已经逍遥法外三十多年了，再多几天也没什么问题。"

"我听说天使已经很接近他了。"

"只是传言而已。"

"你不担心？"

"我正努力不为此事而失眠。"凯恩回答。

"你很有自信,塞巴斯蒂安·凯恩。"威廉神父说,"换作是我,大概昨天晚上就已经离开避风港了。"

"但我不是你。"凯恩说。

"没错。"传教士同意道,"好吧,祝你在这儿玩得愉快。今天晚上你愿意跟我共进晚餐吗?"

"也许吧。"

"你看起来兴致不高啊。"威廉神父评论说。

"你吃得太他妈快了,很可能在意识到自己犯错之前就吞掉我的手臂。"凯恩带着微笑说。

威廉神父仰起头发出一阵大笑,最后好不容易才恢复了呼吸。"我喜欢你,塞巴斯蒂安!我是说真的!"突然他变得严肃起来,"我希望我们永远不会敌对。"

"你打算违法吗?"凯恩问。

"我?"威廉神父哼了一声,"绝不可能!"

"我也不会。"

威廉神父瞪着他看了好一会儿,"你介意过来跟我坐坐,聊聊天吗?"

"或许稍后吧。"凯恩说,"我得去买些补给。"

"平平安安地去吧,塞巴斯蒂安。"传教士说,抬头望着天空,"美丽的一天——在这样的日子里,人们甚至会忘记银河中存在多少邪恶。"

凯恩对他点点头,继续顺着路往前走,来到一家小百货商店。他走进商店,扑面而来的寒冷空气顿时让他打了个激灵。

"早上好,先生。"店主说。他是个肥胖的中年男人,稀疏的头发非常细致地梳理成刚好盖住秃顶的发型,结果却不过是更加成功地吸引了别人的注意力,"有什么需要我效劳的吗?"

"也许吧。"凯恩说，放眼看了看货架之间的多条走道，"你这里有书籍或者磁带吗？"

"避风港没有新闻磁带。"他说，"这里从来就没有什么令人兴奋的事情发生。"他带着一种非常抱歉的微笑补充道，"但是我们有一些邻近世界的磁带和杂志。你在找什么特别的东西吗？"

"是的。"凯恩说，"你有关于圣迭戈的资料吗？"

"没什么值得一看的。"店主说，"只有那些不合格的记者写的老生常谈的愚蠢炒作，就好像他们找不到更好的事情可以做一样。"他叹了一口气，"这么多年之后都没人写出他的真相。"

"真相**是**什么？"凯恩问。

"他是个伟大的人，一个**伟大**的人，而他们却一直把他当作罪犯。"

"我不想显得太粗鲁，"凯恩小心地说，"但是就我听说过的关于他的故事来看，他只可能是一个罪犯。"

"那些故事都是瞎编滥造的。"

"那你的呢？"

"什么？"

"关于圣迭戈，你能告诉我什么？"

"哦，没什么。"店主回答。

"只有'他是个伟大的人'？"凯恩说。

"没错，先生。"店主轻快地说，"你可以在第三排中间的位置找到我们的杂志和磁带，就在电脑配件旁边。"

"谢谢。"凯恩说。他信步走到磁带区，草草地浏览了几分钟，就走了出去。

他的下一站是理发店，他在那里刮了个脸，聆听理发师带着一副极端严肃的表情告诉他，自己从来没有听说过任何一个名叫圣迭戈的人。

凯恩整个上午剩余的时间都在这个小镇里闲逛,并且尽可能地跟人交谈。人们基本上可以分为两拨:一半认为圣迭戈是位圣人,另外一半则似乎根本就没听说过他的名字。

最终,他回到了威廉神父的旅店。传教士依旧在阳光中懒洋洋地摇晃着,用吸管啜饮着一大杯冰饮料。

"午安,塞巴斯蒂安。"他说,"你要和我坐坐吗?"

"坐几分钟吧。"凯恩说着,拉开了一把椅子。

"我只有几分钟时间。"威廉神父回答,"差不多是午饭时间了。"他顿了顿,"你上午有收获吗?"

"没有收获,但很有趣。"凯恩回答。

"我注意到你没有背买来的补给品。"传教士带着懒洋洋的微笑说。

"我决定等白天的高温过去之后再将它们搬回去。"凯恩撒谎说。

"好主意。"威廉神父说,"然后你就离开吗?"

凯恩耸耸肩,"也许吧。"

"接下来你准备去哪儿,塞巴斯蒂安?"

"我还没决定。你呢?"

"可能是桑多二号,也可能是绿柳。我有好几年没去这两个世界传教了。"他顿了顿,"我想我会在途中找个邮政基站歇歇脚,看过最新的通缉令之后再作最后决定。"

"避风港上没有邮政基站吗?"凯恩问。

威廉神父摇了摇头,"这个行星不够大,所有邮件都是由当地的化学公司运送,三个星期一次。镇上的人会去化学公司取邮件,剩余的那些会跟着化肥和杀虫剂一起送到各个农场去。"

"你在这里经历过几次邮件递送了?"

"两次。"威廉神父说。

"昨天晚上你告诉我只在这里待了一个星期。"凯恩说。

"昨天晚上你还没让你那艘渎神的飞船向当局确认。"传教士轻松地回答，"质疑主的仆人所说的话是很不明智的，塞巴斯蒂安。"

"撒谎难道不是原罪吗？"凯恩轻柔地问。

"主会非常理解的。"威廉神父回答。

"那么他是否也同样理解今天早上向我撒谎的所有人？"

"没人向你撒谎，塞巴斯蒂安。"

"有超过一打的人告诉我他们从没听说过圣迭戈。"

"**几乎**没人向你撒谎。"威廉神父纠正道。

"他什么时候会出现？"凯恩问。

"谁？"

"圣迭戈。"

威廉神父呵呵笑起来，"你的想象力好像有些失控了，塞巴斯蒂安。"

"我以为我们是要谈谈的。"凯恩说。

"我们正在谈呢。"传教士说。

"我们中有一个正在谈，"凯恩纠正他，"另一个却依旧在撒谎。"

威廉神父微笑起来，"你很幸运，我正在度假，塞巴斯蒂安。以前我因为比这更微不足道的事情剥过人的头皮。"他的笑容消失了，"不管怎么说，如果我是你的话，就不会冒险。"

"我是不是可以认为我们的谈话已经结束了？"凯恩刻薄地说。

"完全没有。"威廉神父说着站了起来，"不过我想我们应该在午饭的时候继续。我快饿死了！"

他穿过土路走进了酒馆，凯恩跟在他的后面。

月涟已经为威廉神父准备了整整一大桌食物，当她看到凯恩跟他一起进来的时候显得有些失措。

"我不知道你要来,先生。"她充满歉意地说,"我没有为你准备任何吃的。"

"他可以吃一个我的三明治。"传教士慷慨地说。

凯恩看了一眼桌子,"你确定只吃七个就够了吗?"他挖苦地问。

"上帝告诉我们必须做出牺牲。"威廉神父说,将餐巾系在脖子上,然后坐了下来。他转向月涟,"你记得买冰淇淋了吗,我的孩子?"

"是的,先生。"月涟说。

"太棒了!对了,凯恩先生也将是我晚餐时的客人。"

"凯恩先生?"她重复了一遍,盯着凯恩,"你就是他们所说的歌鸟?"

凯恩点点头,"不是我最喜欢的名字。"

"我在边疆的许多地方都听说过你。"她非常热情地继续说,"黑俄耳甫斯为你写了三节诗!"她顿了顿,显得有些害羞,"我很抱歉昨天晚上不知道你是谁。"

"你没有理由知道我是谁。"凯恩回答。

"但是你很有名!"

"不比你和威廉神父有名。"凯恩说,"我们都在那首该死的诗里。"

她看起来有些担忧,"你不喜欢黑俄耳甫斯的诗歌吗?"

"不喜欢。"他说。月涟看起来快要哭了,于是他赶紧加上一句,"但是他写的关于你的那一节非常美。"

"你真的这么觉得?"她问,微笑重新出现在脸上。

他点点头,"你找到那些他声称你正在寻找的珍珠了吗?"

"其实我根本就没在找珍珠。"她回答,"只不过是那么说说罢了。"

"你在那些世界上**究竟**是在寻找什么？"凯恩问。

她耸耸肩，"我不知道。"

"也许我们是在寻找同一样东西。"他说。

"也许吧。"她同意，"你在寻找什么呢？"

"圣迭戈。"

"我从没见过他，先生。"

"你知道有谁见过他吗？"

"这真的很难说，先生。"她回答，"我是说，如果**你**见过了圣迭戈，你大概也不会告诉像我一样的人吧，对不对？"

"你想见他吗？"

"像他那样的大英雄？"她说，"他没时间见我这样的人的，先生。"

"月涟，我的孩子。"威廉神父说，刚刚就在他们交谈的时候，他已经用疯狂的速度吃了起来，"我想我已经准备好再来一扎啤酒了。"

"马上就来，先生。"她说着，走到吧台后面，将一只干净杯子放在了龙头下面。

"你最好现在就吃，塞巴斯蒂安，"威廉神父说，"否则就没有什么能剩给你了。"

"你先吃。"凯恩说，"我不是非常饿。"

"昨天晚上你也不是很饿。"传教士指出，"难怪你这么瘦巴巴的。你真的吃东西吗？"

"在我的飞船上时吃。"凯恩回答。

"我绝对不会进到那艘渎神的人类和机器的结合体中去。"威廉神父坚决地说，"我很惊讶上帝竟然允许这种事情发生。"

"如果上帝不希望人类变成宇宙飞船的话，他就不会创造出格拉尔了。"凯恩带着微笑说。

威廉神父一脸严肃地从他的食物上抬起头来，"塞巴斯蒂安，你可以问任何关于圣迭戈的问题,但是如果你想拿主开玩笑的话,你就真是如履薄冰了。你明白我的意思吗?"

"如果我冒犯了你,我愿意道歉。"凯恩说。

"你冒犯的不是**我**。"传教士说,"是主。"

"那么我向你们两个道歉。"

威廉神父瞪了凯恩很长一段时间,试图判断凯恩是否在嘲讽他,然后点了点头,再度埋首于食物之中。

月涟将威廉神父的啤酒端了过来。就在凯恩正要继续向她发问时,门开了,查尔斯·马洛威·费尔切走了进来。他径直走向吧台,点了一杯啤酒和一杯威士忌。他看起来真是又热又累。

"下午好。"他说,冲着凯恩和威廉神父点了点头。

"你好,邻居。"传教士说,"不过我想大概还有几分钟才到下午。"

"感觉就像下午一样。"一次查理回答,一口气灌下了威士忌,然后开始喝啤酒,"我整个早上都在到处跑,找工作。"

"避风港上不会有太多的工作机会。"威廉神父提醒他说。

"我已经发现这一点了。"他举起威士忌杯子,冲着月涟打了个手势,"装满酒,甜心。"他再度看向威廉神父,"我不知道这里还是家餐馆。"

"这里不是。"传教士说,"我是店主的朋友。"

"你住在这里?"

"只是来度假。"

"你也是?"他问凯恩。

"只是来喝啤酒。"凯恩回答。

"你叫什么名字,朋友?"威廉神父问。

"费尔切,查尔斯·费尔切。"他回答,"但是大部分人都叫我一次查理。"

"黑俄耳甫斯跟我提起过你。"月涟不以为然地说。

"哼，不管他跟你说过些什么，大概都是假的。"一次查理说，"瞎编滥造毕竟是他赚钱的方式，对不对？"

"他根本就没有赚钱。"她说。

"那么他就比我以为的更愚蠢。"查理大笑起来，灌下了第二杯威士忌，伸出杯子要求再来一杯。

"他不愚蠢！"她急切地说，"他是位伟大的艺术家！"

"难道没有人告诉过你顾客总是正确的吗？"一次查理说。

"不包括他说黑俄耳甫斯坏话的时候。"她挑衅地回答。

"随便你吧。"他耸了耸肩说，"我只是来这儿喝一杯，降降温。"

威廉神父又把注意力转移到大餐上。凯恩若有所思地啜着啤酒，决定在一次查理离开或者醉倒之前都不再向月涟发问。他觉得后者更有可能先发生，特别是考虑到他灌威士忌的速度。

"月涟，我的好姑娘，我希望在你为我端出甜点之前再来两三个三明治。"威廉神父吃光了盘子后如此宣布，"这次记得多放点儿奶酪。"

"是的，先生。"她说完就朝厨房去了。

"看起来像是份好工作，我是说成为店主的朋友。"一次查理从他的饮料上抬起头来说。

"是有好处。"威廉神父同意，"特别是对一个将所有钱都捐献给慈善事业的牧师来说。"

查理咧嘴笑了，"你是个传教士？"

"主特别允许我为他传教，并完成他吩咐的其他事情。"威廉神父回答。

"这种闭塞的小世界上，大概没有多少你能做的工作。"

"我已经告诉过你了，我在度假。"

"到这里度假可真是蠢透了。"

"啊哈,不过**我在**度假。"威廉神父带着微笑说,"**你是**在工作吗?"

"我正在努力干掉这瓶酒,这就是我的工作。"一次查理说,他的发音开始变得含糊不清。

月涟端着三明治回来了,她将餐盘放在威廉神父面前,再次回到吧台后面的岗位上。

"那些三明治看起来相当美味的样子。"一次查理说,"我想我也要来几个。"

"我很抱歉,先生,但是这不属于我们的服务范围。"月涟说。

"如果你可以为传教士做三明治,那你也可以为一个诚实的工人做一些。"一次查理恼火地说。

"真的,我不能,先生。"月涟说,"这些都是从店主的私人厨房里拿出来的。"

"我他妈的才不在乎是从哪儿拿出来的呢!"查理咆哮着,"如果他可以吃,那我也同样可以。"

月涟看了看房间另一头的威廉神父,后者用几乎无法察觉的动作点了点头。

"好吧,先生。"她对一次查理说,"我会马上端着你的三明治回来的。"

她走进了厨房,而查理得意扬扬地转向了威廉神父和凯恩。

"你必须知道怎样跟这些下人说话。"他自命不凡地说。

两个人都只是静静地看着他,片刻之后他便继续喝他的酒去了。

几分钟后,月涟又走了出来,手上端着两个盘子。她将其中一个放在了一次查理面前的吧台上,将另外一个装着威廉神父甜点的盘子放在了传教士的面前。

"哇!"威廉神父高兴地大叫起来,"你为我的奶酪蛋糕找到了草莓！你真是个天使，我的好姑娘！"

"那些奶酪蛋糕真的好？"一次查理闷闷不乐地问。

"最好的！"威廉神父快活地说，"这个女孩完全就是厨房里的艺术家！"

"我也要来一块。"他对月涟说。

"我想已经没有剩的了。"她回答。

"我们不用再把刚刚说过的话都重复一次吧，甜心？"他说，"我告诉你了，我想要一块奶酪蛋糕。"

"她对你说的是实话。"威廉神父说，"她每天只会做一块。我喜欢新鲜的蛋糕。"

"那么就再去做一块。"一次查理说。

"我做不了，先生。"月涟回答，"我都是每天早上去买新鲜材料。威廉神父不喜欢用冷冻材料。"

"你是威廉神父？"一次查理惊讶地问。

"没错。"

"那个赏金猎人？"

"当上帝需要的时候。"

"这个女孩跟你有什么关系？"

"没有。"

"那么我对她说什么都跟你没有半点儿关系。"一次查理又转头看向月涟，"现在出去再买些材料回来。"

"我不能离开店里，先生。"

他在她经过的时候，一把抓住了她的胳膊。

"我以为我们已经达成了共识：顾客总是正确的。"

"你弄疼了我！"月涟说，试图甩开他的手。

"如果我们无法弄清楚谁才是这里的老大的话，我可能会做出更可怕的事情。"他恶狠狠地说。

"放开她。"凯恩轻声说。

"又有一方发表意见了。"一次查理说着回头瞪了他一眼,完全没有放开女孩的意思,"谁让你参与进来的?"

"我是店主的另外一个朋友。"凯恩说。

"哦?"一次查理好斗地说,"得了吧,你和你那见鬼的店主可以去死了。"

"你喝得太多了。"凯恩说,缓慢地站了起来,"现在放开她,然后出去。"

"你也是个赏金猎人?"查理嘲讽地问。

"事实上我的确是。"

"你有名字吗?"

"塞巴斯蒂安·凯恩。"

"歌鸟?"一次查理说着皱起眉头,"出了什么事情?这里在召开什么大会吗?"

"这里只有一个醉鬼在找麻烦。"凯恩带着一种不祥的口气说。

"得了吧。"一次查理笑起来,"每个人都知道你们这些家伙不会杀那些没被悬赏通缉的人。这是我和这个小姑娘之间的私人谈话,你干吗不坐在那边装作什么都没看见呢?"

"放开她,然后出去。没有人会因此受伤。"凯恩缓慢地说。

突然,一次查理将月涟的手臂扭到她身后,另外一只空着的手上出现了一把刀子,抵在了女孩的喉咙上。"你再朝我走一步,我就切开她的喉咙!"他怒吼起来。

"你觉得一次查理被悬赏通缉过吗?"凯恩问,他的目光一直都没有从那个男人身上移开。

威廉神父点点头,将他的大衣下摆撩开,露出了两把激光手枪,

"一个像他这样的罪人？他应该被悬赏通缉的，塞巴斯蒂安。"

一次查理这时才意识到现在的处境，但他醉醺醺的脑子却想不出任何能改善现状的办法。他更紧地抓住了月涟，开始缓慢地朝着门口退去，保证她一直在自己和两个赏金猎人之间。

"不许动，否则我杀了她！"

凯恩耸耸肩，转身准备对威廉神父说些什么——但是，接下来他却以快得让人看不清的速度一个回旋，拔枪，将一颗子弹打进了一次查理的两眼之间。房间里回响着枪声。

月涟尖叫起来，一次查理倒在了地上。凯恩走过去，用一只手抱住了她。

"没事了。"他温柔地说，"你现在安全了。"

"非常精彩。"威廉神父赞许地说，"你就跟他们说的一样厉害。"他走到一次查理的尸体边，仔细地打量着他的脸，"我不熟悉这张脸。"过了一会儿又说，"但这不代表他没有被悬赏通缉。"

"如果你想要他的话，他就是你的了。"凯恩提议说。

"真的？"

"你可以看作是我对教会有些迟到的捐赠。"凯恩半带挖苦地说。

"赞美我主！我又得到了一个皈依者！"威廉神父大笑，抽出他用来剥头皮的刀子。

"我们去外面。"凯恩对月涟说，"你不会想看这个的。"

"他要做什么？"她害怕地问，却又无法将目光移开。

"跟我们没有关系。"凯恩回答，带着她朝门口走去。

她跟着他一起来到外面，全身依旧发抖。这时，镇上的人们从店铺和家里蜂拥而出，潮水般地汇集到酒馆来。凯恩无视他们，继续往前走，直到离开人群一段距离。

"你还好吗？需要我带你去找个医生吗？"他问。

"我很好，先生。"她说。

"你确定？"他问。这时，酒馆里传来了威廉神父的声音，他正在向围观群众保证这里没有任何罪恶发生，相反，又有一个罪人比预定时间提早儿年送去了撒旦那里。

"是的，先生。"月涟说，"我很好，真的。"

"好。那可真是千钧一发。"

她抬头看着他，"你救了我的命。为什么？"

"我喜欢你。"凯恩回答，"而且我从不会为一次查理那样的人而高兴。"

"我要用什么来报答你？"她问。

"你可以告诉我关于圣迭戈的真相。"

她沉默地考虑了一会儿他的要求，点了点头。

"如果你如此希望的话。"月涟说。

"威廉神父正在等他。他什么时候会出现？"

"他已经在这里了。"

"圣迭戈现在就在避风港上？"凯恩惊讶地问。

"是的。"

"他在这里多长时间了？"

"许多年，我想。"月涟回答，"他住在这里。"

"哦！这真他妈见鬼！"凯恩低语道，"你可以带我去见他吗？"

"不，但是我可以介绍一个能带你去的人。"

"什么时候？"

她耸耸肩，"现在，如果你想的话。"

凯恩突然意识到了威廉神父的到来。他转过身，发现传教士正站在二十英尺远的地方，手上拿着那可怕的战利品。

"你真是非常执着，塞巴斯蒂安·凯恩。"他说，"我尊敬这样的人。"

"如果他一直都在这里，你为什么没去抓捕他呢？"凯恩问。

"我不想抓他。"

"为什么不？"

"我有我的理由。"威廉神父说。

"好吧，我也有我的理由想要找到他。"

"我对此表示理解。"

"我没有跟你作对的意思。"凯恩严肃地说，"但是如果你试图阻止我的话，我会杀了你。"

"我不会的。"威廉神父说着，将手从激光枪上移开了。

"等我回来的时候，你还在这里吗？"凯恩问。

"**如果**你回来的话。"传教士纠正他。

"回头见。"凯恩说。他沉默了一会儿，"你难道不祝我好运吗？"他又讽刺地加上一句。

"愿上帝与你同在，我的孩子。"威廉神父虔诚地说。

然后，凯恩就跟着月涟顺着街道走了，心中甚至有些期待后背上会传来激光射线烧灼的感觉。当他毫发无伤地转过街角时，心中略有些惊讶，而威廉神父临别时的那些话一直在他脑海中回响。

21

沉默安妮从不倾诉，
从不尖叫从不嘀咕，
她不大喊也不呜咽，

　　　　但有一天,总有一天,她会和盘托出。

　　对于她,黑俄耳甫斯有种预感。

　　一种很难定义的**东西**——外表、态度或者是她的自我姿态——让他认为她心中隐藏着一些巨大的秘密。

　　他不知道自己的预感是多么准确。

　　她的名字叫沉默安妮。她并非天生哑巴,只是从不说话。

　　人们对她的全部了解,只有她在十一岁或者十二岁那年——当时她住在拉克萨二号上——遭受了非常可怕的事情。她在医院里度过了两年,当她出院时,肉体完全康复,但她却再也没有开过口。她**能**说话,医生说,但她经历的事情给她留下了难以磨灭的心灵创伤,也许会一直持续下去。

　　这些年来,她一直在一些极其古怪的地方出没——牵牛星三号、秋麒麟、卡拉米二号——但从不会逗留太久。没人知道她在这些世界上做什么,只有极少数人知道她将避风港称作自己的家园。

　　"沉默安妮?"月涟告诉凯恩她要带他去哪儿后,他重复了一遍,"她也在这儿?"

　　"是的,先生。"

　　"看起来黑俄耳甫斯写过的人中有一半都在避风港上。"他说。

　　"没有啦,先生。"月涟回答,"只有你和我,你的飞船和威廉神父,以及沉默安妮。"

　　"黑俄耳甫斯不是说她是聋哑人吗?"

　　"她不说话,但她能听见你说话。"

　　"她跟圣迭戈有什么关系?"

　　"她为他工作,先生。"月涟说。

　　"你确定?"

月涟点了点头，"是的，先生。"

"对了，"凯恩说，"你可以不用一直叫我先生。我的名字叫塞巴斯蒂安。"

"谢谢你，先生。这是个非常美的名字。"

"你这么觉得？"他半信半疑地问。

"是的，我觉得是。你不觉得吗？"

"我想至少比歌鸟好。"说着他环顾了一下四周，"沉默安妮住在一片玉米地的中央？"他问。

"当然不是。"月涟笑了起来。

"嗯，但那正是我们前进的方向。"他指出，"我们离镇子差不多快一英里了。"

"在前面半英里的地方有幢她的小房子，先生。"

"塞巴斯蒂安。"他纠正她。

"塞巴斯蒂安。"

"你是怎么认识她的？"

月涟耸耸肩，"我不记得了。也许是在教会里。应该不是在酒馆里，因为她不喝酒。"

"你和她是好朋友？"

"不是**最好**的朋友。"她说，强调了一下那个单词，"我从来就没有最好的朋友。"

"你对她了解多少？"

"她有时会在早上经过店里，我们会一起喝茶，偶尔我会在休息的日子里去拜访她。"月涟回答。

"你为什么觉得她会带我去见圣迭戈呢？"凯恩追问。

"为什么不呢？"

"因为我是个赏金猎人。"

"圣迭戈知道了,先生。"

"圣迭戈知道我?"凯恩惊讶地问。

"圣迭戈无所不知。"她说。

他盯着她,但没有作出任何评论。接下来的几分钟里,他们一直沉默地往前走着。

"我们到了,先生。"她指着一座距离道路大约五十英尺的小房子说。

"看起来像是空的。"凯恩说。

"嗯。但她在家,先生。"月涟很肯定。

"你为什么如此确定呢?"他问。

"她还能去哪儿呢?"

"当我没问。"凯恩回答着走下道路,顺着一条狭长的小径来到建筑门前。

他等着安全系统扫描他们两个。就在他开始确信这座房子已经被人遗弃了的时候,门滑进了墙壁里。他发现自己正面对着一个瘦小女人,身穿一件老旧的军装。

她大概三十岁左右,面容犀利而刻板。她的脸上有道伤疤,从前额穿过右边的眉毛一直延伸到脸颊,就连整容手术也无法掩盖。她没有化妆,这让她本来就很薄的嘴唇看起来更薄了。

"你好,安妮。"月涟说,"这位是塞巴斯蒂安·凯恩。他很想见见你。"

沉默安妮示意他们进屋,凯恩跟着两个女人穿过一间小门厅,来到客厅。这里比外面看起来要宽敞。墙面被无数架子覆盖着,架子上堆满了乱七八糟的书和磁带。一台落满灰尘的电脑放在一张破烂桌子的一角。从屏幕上的文字看,凯恩觉得他们打扰到她时,她一定正在阅读。

家具跟房间的装饰风格很相称——老旧，不太舒适，而且摆放时没有考虑什么设计或者次序。沉默安妮先指了指凯恩，又指了指最大的一把椅子。当他坐下后，月涟盘腿在他旁边的地板上坐了下来。

沉默安妮比画了一个倒水的动作。

"是的，我很愿意来点儿茶。"月涟说，"你呢，先生？"

"茶听起来不错。"凯恩说。

沉默安妮的嘴唇硬挤出一个微笑，离开了房间。回来的时候，她端着一个塑料餐盘，上面放着一把裂口的陶瓷壶和三只杯子。

"谢谢。"凯恩说，拿了一个杯子。

沉默安妮用手做了一个挤的动作。

"我不明白。"凯恩说。

"她想知道你是否需要一片柠檬。"月涟说。

"不，谢谢。"凯恩说话的时候，月涟也伸手给自己拿了一杯茶。

沉默安妮走到一张盖着床单的沙发边，把餐盘放在旁边的桌子上，然后坐下来，带着询问的眼神看着凯恩。

"他想见圣迭戈。"月涟自告奋勇地说，然后停顿了一下，"我告诉他说你可以带他去。"

沉默安妮抬起了一边眉毛。

"我向他保证过了，安妮。"月涟说。

沉默安妮用手做了一个手势，凯恩没看出来是什么意思。

"因为他救了我的命。"

又一个手势。

"酒馆里有个大坏蛋试图伤害我，他阻止了那人。"

沉默安妮看着凯恩，上下打量着他。

"你会带他去吗，安妮？"

沉默安妮一动不动地坐着想了一会儿，点了点头。

"谢谢你！"月涟高兴地说，"我就知道你会同意的！"

沉默安妮继续看着凯恩，后者回视着她。最后，她终于将目光转回了月涟身上，并且又做了一个手势。

月涟看向凯恩，"她希望我现在就离开。"

"我怎么跟她交谈呢？"

"她非常擅长让别人理解她。"月涟向他保证。

"希望如此。"他说，"她用手和你交流时，我根本不知道她究竟在干什么。"

"她教过我一些手语，但是她也有别的沟通方式。"

"那么请允许我感谢你的帮助。"凯恩说着起身，同时帮月涟站了起来，"希望我们能够再见。"

"你是个大好人，塞巴斯蒂安。"她说着，踮起脚亲了亲他的脸颊。然后她突然害臊起来，飞快地转身跑出了房间。

"我们什么时候开始？"凯恩问。

沉默安妮举起一只手，朝外画了一道弧线，示意让他等着，然后她走到了窗边。当月涟跑到路边朝着村庄往回走的时候，她转身面对他。

"很快。"她说。

"什么？"凯恩惊讶地叫起来。

"我们很快就开始。"她用低沉的声音回答，"但是我想我们最好先谈谈。"

"我以为你不能说话。"

"我可以说话，当我有话要说的时候，凯恩先生。"沉默安妮说。

"你为什么要装作哑巴呢？"他问。

"这样我就不用回答愚蠢的问题了。"她坐下来，啜着杯子里的茶，"你是来杀掉他的，对不对？"

“是的。”

“为什么？”

“为了赏金。”

“这就是唯一的原因？”

“你还需要多少个？”凯恩回答。

“我本来还希望听到一些更有意义的东西。”沉默安妮说，“我很不愿意承认我们错看了你。”

“错看了我？”凯恩重复了一遍。

“从圣迭戈让杰罗尼莫·詹崔送你上了来避风港的路之后，我们就一直在等你，凯恩先生。”

“请原谅我的直白，”凯恩困惑地说，“你是在说圣迭戈**希望**我找到他？”

“那正是我的意思。”

“我不相信。”

“随便你信不信。”沉默安妮耸了耸肩说，“**你**以为你是怎么抵达这里的？在这么多年毫无进展之后。”

他瞪着她，什么都没有说。

“他不是在帮你，”她继续说，“这不是他的目的。应该说，是他给了你最初的原动力。”

“为什么？”

“他已经研究你很长一段时间了，凯恩先生。”沉默安妮继续说，“自从你来到边疆之后。”

“还是那个问题，为什么？”

“因为他研究每一个人。”

“但是他却不让每个人都找能到他。”

“是的，”她回答，“你只是第二个而已。”

"谁是第一个？"

"这不重要。"沉默安妮说，"他已经死了。"

"那威廉神父呢？"凯恩问。

"他怎么了？"

"**他**找到了圣迭戈。"

"你错了，凯恩先生。"沉默安妮说，"他没找过圣迭戈。"

"那他在这里做什么？"

"我给你说了，你可能不会信。"她说。

"也许不会。"凯恩同意，"但是你为什么不干脆告诉我，让我自己决定信不信呢？"

"他在这里是为了**保护**圣迭戈。"

"对付我？"凯恩怀疑地说，"那他为什么不在有机会的时候就干掉我呢？"

"他担心的不是你。"

凯恩沉默了一会儿，"天使？"他最后问。

她点点头，"他很快就会抵达这里。"

"他在没有圣迭戈的帮助下靠自己走到了这一步？"

"正确。"

"圣迭戈并不希望被天使找到？"凯恩继续问。

"我怀疑他从未考虑过这个问题。"沉默安妮回答，"保护他是威廉神父的主意，不是他的。"

"威廉神父为什么要帮助一个被悬赏通缉的人呢？"凯恩问。

"那正是我准备告诉你的，在你见圣迭戈之前。"沉默安妮说完，喝光了她的茶，又倒了一杯。

"月涟在这一切之中究竟扮演着什么角色？"

"她只是一个非常快活的酒馆女招待，仅此而已。"

"但是她知道圣迭戈就在避风港上。"他指出。

"今天早上与你交谈过的每个人都知道。"

"但是却没有人想告发他换取赏金？"

"事实上有五六个人这么干过。"沉默安妮说，"你会发现他们被埋葬在这颗星球上几座不同的公墓里。"

"让我们暂时先回到月涟的问题上来。"凯恩说着，努力消化吸收沉默安妮告诉他的每一件事，"在她生命中的大部分时间里，她几乎每个月都换一个世界。她为什么到这里来？"

"只是偶然而已，再无其他。"

"那她为什么留了下来？"

"和我一样的理由。"沉默安妮说。

"好吧，"凯恩说，"你为什么留下来？"

"因为圣迭戈是位伟人。"

"圣迭戈是个盗贼和杀人犯。"

"这取决于你看问题的角度。"她说。

"这跟角度毫无关系。"凯恩回答，"这个人从你出生之前就开始杀人和掠夺了。民主联邦认为他跟近四十件谋杀案有关联，事实上可能还有一百件他们一无所知的案件。而且我还得到了非常权威的消息：他在全内疆有许多仓库，里面装满了偷来的商品。"

"我可以猜测你所谓的权威是快活的流浪汉？"

"如果他不知道它们的存在的话，他不会为此冒生命危险。"凯恩回答。

"我不是在同你争辩它们是否存在的问题，"沉默安妮说，"而是你如何看待它们的问题。"她顿了顿，"碰巧的是，我没有看到流浪汉正在冒生命危险。"

"他也是圣迭戈组织的成员吗？"

"当然不是。"她回答,"他曾经是,但圣迭戈开除了他。"

"盗贼之间的内讧?"凯恩反问。

"盗贼只有一个,就是他。"她干脆地回答,"而且他已经不再为我们工作了。我曾经提出杀掉他,但圣迭戈选择让他活着。"

凯恩向后靠去,叹了一口气。"好吧。"他最后说,"我已经从你和月涟那里听到了足够多关于圣迭戈多么伟大的话语。我希望你告诉我为什么这么想。"

"这个要求不过分。"沉默安妮说,"你对我说圣迭戈要为一百四十个人的死亡负责。首先我要告诉你的是,事实上,这个数字接近八百。"

"这就让他变成了一位伟人?"凯恩讽刺地问。

"你杀过多少人,凯恩先生?"

"跟这个问题没有关系。"凯恩说。

"告诉我。"

"三十七。"

"你说谎,凯恩先生。"她带着微笑说。

"是啊,真该死。"

"我知道你光在塞拉瑞亚上就杀掉了超过五千人。"

"那是战争。"他说。

"不,凯恩先生,那是革命。"

"你是否想告诉我圣迭戈是个革命家?"他疑惑地问。

"正是如此。"

"一个叫海藻玫瑰的女人也提出了同样的观点。"他说,"我也不相信她。他的革命是要反对谁呢?"

"民主联邦。"

凯恩大笑起来,"你是说他打算推翻民主联邦?"

"不，凯恩先生。民主联邦控制着几万个世界，并且统治着银河中百分之九十八的人类。他们的太空军里有超过三千万艘飞船，此外还有永不枯竭的财富和资源。梦想去推翻它完全就是愚蠢的。"

"所以呢？"

"他只希望在边疆对抗它，从根源上铲除它那些令人厌恶的邪恶行径。"

"通过囤积艺术品以及谋杀邓肯·布莱克那样的小走私贩？"

"邓肯·布莱克是个叛徒。"她冷冷地说，"他是被处决的，不是谋杀。"

"最后的结果看起来都差不多。"凯恩评论道。

"你从来就没有因为某人抛弃了你觉得非常重要的东西而对其处以刑罚吗，凯恩先生？"她反问。

他沉默了一会儿。

"有过。"他最终承认说，"继续吧。"

"**你提到了囤积的艺术品，但那都是流浪汉的说法。**"沉默安妮继续说，"事实上，他和圣迭戈之所以闹翻，正是因为圣迭戈拒绝保留流浪汉想要的那些物品，而是将其在黑市上出手，如此一来流浪汉就不得不出高价才能得到它们。"

"圣迭戈赚到的钱是用来养军队的？"凯恩问。

"在你战斗过的塞拉瑞亚或者其他世界上，有没有人付给你钱？"

"没有。"

"我们也不付钱。"她说，"你所谓的军队是免费工作的，凯恩先生。"

"那他究竟要那么多钱来做什么呢？"

"你会看到的。"

"什么时候？"

"很快。"

"为什么不是现在？"他坚持追问。

"因为你在村里杀掉一次查理的事情引发了一场小小的骚乱。"沉默安妮说。

"月涟可没说我杀了他。"

她微笑起来，"我在这里可不是完全孤立的，凯恩先生。你们来我家还没走到一半的时候，威廉神父就联络上我，告诉我都发生了些什么。"她顿了顿，"虽然不管从哪个角度来看，你的行为都完全正义，但现在你已经不可能隐瞒身份了。"

"我从来就没打算过隐瞒身份。"他打断她。

"让我纠正一下，"她说，"你已经不可能隐瞒你的**职业**了。这可真是不幸。"

"为什么？"

"因为镇上很多的居民都愿意付出生命来保护圣迭戈。威廉神父确定没有人会来这里阻止你后，他会再次联系我，那时我们就可以离开了。"

"就算他们跑到这里来，我也能保护自己。"凯恩说。

"没有那个必要。"她说，"如果需要的话，威廉神父会吓跑他们的。"

"为什么？"

"因为圣迭戈希望你毫发无伤，而威廉神父尊重他的意愿。"

"哪怕这会牺牲掉几个圣迭戈的追随者？"

"几乎可以确定这种事情不会发生，但实在必要的话也只能牺牲。"

"听你这话，他可完全不像是个圣人。"凯恩评论说。

"他不是。他只是一个人，被迫比任何人都作出更多的生死抉择。"

"那是他的选择。"

"那是他的使命。"她纠正道。

"究竟是什么让**我**对他如此重要呢？"凯恩追问。

"我觉得你应该很清楚。"沉默安妮说。

凯恩看着她沉默了很长一段时间，终于开口道："我凭什么会希望加入他的组织呢？"

"因为你本人曾经是个革命家。"

"银河里面挤满了曾经是革命家的人。"他说。

"其中大部分都变了。你没有。"

"我比大部分都变得更好。"凯恩带着自嘲的口吻说，"我将学到的东西应用在新的职业上。我曾经免费杀人，"他忧郁地笑了，"现在我靠这个过活。"

"他对你感兴趣不是因为你杀掉的人。"

"那他**为什么**对我感兴趣？"

"因为那些你**没有**杀掉的人。"沉默安妮说。

他皱起了眉头，"我不明白你的意思。"

"你放了昆汀·西塞罗一条生路。"

"他有人质。"

"你还给予许多人宽恕。"她继续说，"你花了十个星期的时间追踪卡梅拉·斯巴克斯，然后让她走掉了。"

"她有三个孩子跟她在一起，"凯恩不舒服地说，"其中一个还是婴儿。她死了的话，他们都活不了了。"

"但和平使者麦克多伽或者天使不会因此不下手。"她说。

"或许圣迭戈应该去跟他们谈谈，而不是我。"

"他对那些已经丧失了最后一丝人性的人没有兴趣。正是**因为**你依旧表现出慈悲与怜悯，他才想要你。"

"好极了！"凯恩说，"不过，我不知道我是否想要**他**。"

"你会的。"她充满自信地说，"他是我知道的最伟大的人。"

"你怎么认识他的？"

"我是在拉克萨二号长大的。"她说，"那里有很多外星，我们有一个军事政权确保它们乖乖听话。"她下颚上的肌肉轻微地抽搐着，"我十一岁时遭到了三个士兵的攻击和强奸。民主联邦一直难以搞到更多军费，他们不希望任何意外使其蒙羞或者花钱，于是他们掩盖了事实。那三个人被转移到了其他世界，并且一直没有受到惩罚。而我在医院里过了两年。"

"这就是你那道伤痕的来历？"凯恩问。

"那不过是你能够看到的一条。"沉默安妮苦涩地说，"不管怎样，圣迭戈听说了发生的事情，于是……"

"他怎么听说的？"凯恩打断她。

"他在那里待了很长时间。"她回答，"到处都有他的眼线。当他听说他们对我做了些什么之后，他派人杀了那三个人。"她的脸上强挤出一个微笑，"我相信牵牛牵牛正是我的复仇天使。"

"于是你就加入了他的组织？"

"你不会吗？"

"我会自己杀掉他们的。"

"不是所有人都是杀手，凯恩先生。"她回答，"这需要一种特殊的原始本能，不是所有人都有这种天赋。"

"圣迭戈有吗？"

"我不知道他是否真的亲手杀过人。"

"考虑到因为他的命令而死亡的人数，在某些特定的圈子里，他可能会被看作是胆小鬼。"凯恩评论说。

"错得不能再离谱了。"沉默安妮冷冷地说。

"你是怎么找到他的？"凯恩问，拒绝为他的评论道歉。

"当他想被人找到的时候，他能让这件事变得非常简单。"

"我很难同意你的这个观点。"凯恩挖苦道。

"如果他不想被你找到的话，你真认为还能找到他？"她问。

"根据你说的事实来看，不能。"他承认。

"他让其中一些人走的路比另外一些更艰难。"她继续说。

"至少我可以证明这一点。"凯恩说。

"但月涟找到圣迭戈是最容易的。"

"你刚才说她是偶然抵达这里的。"

"她在避风港上着陆的确纯属偶然，"沉默安妮解释，"但是她注定迟早都会来到这里。"

"为什么？"

"她的父母都为圣迭戈工作。在她只有四岁的时候，民主联邦逮捕并且杀害了他们。"她顿了顿，"他不能当时就向她伸出援手，她很可能受到了监视，于是他成了她的守护天使。无论她去哪儿，无论她在什么世界工作，总有人一直看着她，保护她。最终，当我们确信民主联邦已经放弃了她，便隐晦地暗示她来避风港。她终于抵达这里之后，我们等待了一段时间，确信她没有被跟踪后，才告知了她真相。"

"你告诉她的？"

沉默安妮摇了摇头，"她不知道我能说话。"

"圣迭戈本人说的？"凯恩问。

"她从来就没见过他。"沉默安妮顿了顿，"她是个非常迷人的姑娘，但我们的战斗不属于她。她已经经历了太多悲伤。她知道得越少越好。"

"那么圣迭戈为什么要冒生命危险,让她知道他在保护她呢?"

"他希望她能留在避风港上,这样在必要的时候他能更好地保护她。"

"如果她想离开呢?"凯恩问。

"她可以自由离开。"

"哪怕知道这里是圣迭戈的世界?"

"是的。"

凯恩将脸埋进手掌,陷入了沉思。最后他抬头看向沉默安妮。

"我想见见他。"他说。

"你会的。"

"我也意识到了这可能会是个陷阱。"

"我们为什么要把事情弄得这么复杂呢?"

"我不知道。"他承认,"但如果你对我撒了谎,他会变成一个死人的。"

"我没有撒谎。"她走向一个通话器,"威廉神父早就该给我们安全信号了。我最好联系一下酒馆,弄清楚究竟出了什么问题。"

"也许你最好让我来。"凯恩自告奋勇地说,"月涟可能会先接起来,而你应该是个哑巴。"

沉默安妮露出了微笑,"如果她接了电话,我只要说让威廉神父来接电话就可以了。她从没听过我的声音,很难猜到是谁。"

"你说得有道理。"凯恩说。

沉默安妮用一种低沉的嗓音说了几句话,然后切断了电话,转向凯恩。

"没有问题了。"她宣布,"我们可以离开了。"

"威廉神父为什么没有及时通知我们?"

"他在喝啤酒吃大餐，完全忘记了我们。"她带着无奈的微笑说。

"听起来像他的风格。"凯恩同意道，突然皱起了眉头，"我们得把时间再推迟一个小时左右。"

"出了什么事？"她问。

"我得先去办件事。"

"跟圣迭戈有关系吗？"她狐疑地问。

"没有直接的关系。我有一个不得不履行的承诺。"

"对谁的？"

"一个朋友。"他走到门口，"我会回来的。"

她点点头。他离开了她的小房子，顺着路往回走，径直穿过了村庄。半个小时后，他抵达了目的地。

"你看起来很不高兴。"他走进船舱的时候，休斯勒说。

"是的。"凯恩回答。

"你对避风港的猜测是错误的？"

他摇了摇头，"我是正确的。"

"圣迭戈要来这里？"休斯勒兴奋地问。

"他现在就在这里。"

"感谢上帝！"休斯勒说，声音里带着一种欣慰的叹息。

他们沉默了一会儿。

"你还记得我们的约定吗？"电子人问。

"记得，所以我回来了。"

"你是个诚信的人，塞巴斯蒂安。"

"我该怎么做？"凯恩说着，走到隐藏着休斯勒残片的墙板边，"有办法能让我断开你的连接又不至于让你感到太多的疼痛吗？"

"我无法感觉到疼痛。"休斯勒说，"如果我能的话，我也许会选择活下去。"

"别说这种蠢话。"

"只有有感觉的人听来才是蠢话,塞巴斯蒂安。"

"好吧。"凯恩说着输入了密码,休斯勒那微小的容器露了出来,"接下来我该怎么办?"

"我的程序规定我必须执行你的命令,哪怕这会导致我不复存在。"休斯勒说,"你只要命令我停止全部功能,我就会死掉。"

凯恩瞪着那个小盒子,"就这么简单?"

"是的。"

"我任何时候都能做到这一点。"

"但是我们有协议。"休斯勒说,"我们必须履行协议。"

"你准备好了吗?"凯恩问。

"是的……塞巴斯蒂安?"

"什么?"

"我去过氧气行星、氯气行星和甲烷行星。我去过德鲁洛斯八号,也去过边疆最远端近乎死亡的世界。我曾经飞得比光还快,也曾在流星雨中慢慢摸索前进航线。"

"我知道。"

"只有一件事情我从来没有做过,只有一个地方我从来没有去过。"

"哪儿?"

"我从没见过恒星内部。"

"没人见过。"

"那么我将成为第一个。"休斯勒说,"这是多么美的画面啊,能够伴随着我通往永恒!"

"那么我就命令你这么做吧。"凯恩不高兴地说。

"谢谢你,塞巴斯蒂安。"电子人说,"你现在最好离开我。"

"再见了，休斯勒。"凯恩说完，朝着舱门走去。

"目送我，塞巴斯蒂安。"休斯勒说，"很快就要到傍晚了。我会等到那时候再冲刺，这样你就能看到我了。"他顿了顿，"我将成为夜晚的第一颗流星。"

"我会看着的。"凯恩保证。

一个小时后，他和沉默安妮终于朝他们的目的地出发时，他停下来仰望天空。一开始他并没有察觉到什么异常，然后——也许这只不过是他的想象而已，因为这里的太阳依旧耀眼，而休斯勒已在八千万英里之外——在短短的一瞬，他看见了一道难以置信的亮光冲向避风港金色的太阳。它越来越快，最后消失不见了。

圣迭戈之卷

22

他的父亲是彗星，

他的母亲是宇宙风。

上帝初见他时忍不住流泪，

而撒旦却兴奋得发疯。

整整四十节——这是黑俄耳甫斯为他写的诗篇数量。

没有任何人的诗节超过一打，但是话说回来，没有任何人能与圣迭戈相提并论。

在黑俄耳甫斯着手描述圣迭戈这个对象时，他陷入了道德和艺术的困境。他所谓的"语言肖像"都基于第一手知识，但他从来没有见过那个臭名昭著的罪犯。（事实上，这些年里他曾在不同的情况下见过五次，并交谈过两次，但是他不知道，不管是当时还是现在。）

另一方面他也知道，如果描写内疆的史诗缺少了关于圣迭戈的部分，那必然是不完整的，足以叫人笑掉大牙。

于是，他找到了折中的办法，他为圣迭戈写了四十节诗歌，但从不提及他的名字。这是他在用自己的方式表明，圣迭戈的诗节从某种意义上来说是不完整的。

塞巴斯蒂安·凯恩很快就得出结论：圣迭戈的传说也和这首诗歌一样不完整。他坐在沉默安妮的旁边，她的车子穿过在避风港几个月亮的昏暗光线中翻滚起伏的葱翠田野，最后停在了一座小谷仓的前面。

"第一站。"她宣布，打开门下车。

"一座谷仓？"凯恩问，湿热的空气正铺天盖地地涌来。

她露出了微笑，"我还以为你已经学会了不从外表来判断任何与圣迭戈有关的事情呢。"

她走向这幢用组合建材拼装而成的建筑，在门锁上敲入密码，门缓慢地朝里打开了。

"跟我来，凯恩先生。"她说完后，轻声下了一道命令，黑漆漆的建筑里顿时亮起了灯。

凯恩跟着她走进谷仓凉爽的内部，发现自己正面对一排干燥仓。每个干燥仓里面都装满了变异玉米穗。他的上方有一个阁楼，似乎曾经是放稻草的，但看样子在过去的二十年中都没有再用过了。

"然后呢？"他说。

"看看第三个干燥仓。"

他走过去仔细打量起来。

"看起来像是玉米。"他说。

"看起来是那样。"她回答，"再仔细看看。"

他将两只手都伸进去，把玉米穗拨到两边——他看到了一根金条。

"天苑四抢劫案？"他问，费力地用两只手将那块黄金抬了起来，仔细地打量着。

她点点头，"我们大概还剩四十块。"

"都在这个干燥仓里？"

"是的。"

"其他的都去哪儿了？"凯恩问，"我在艾特仁齐港见过乔纳森·斯坦有一块，但是似乎没有人知道其他的都到哪儿去了。"

"大部分都被分散了。"她回答，"你想知道具体的地方吗？"

"为什么不呢？"他耸耸肩。

"跟我来。"

沉默安妮走进谷仓狭窄的办公室，里面有两部可视电话、一张打印在真正纸张上的日历钉在墙上、一张木头的小写字台、一把古老的转椅和一台电脑。除了一部电话和电脑之外，所有东西上都蒙着一层灰。

她启动电脑，等着它辨认出她的虹膜图像和指纹，然后命令电脑调出所有与天苑四的金条有关的细节。

小小的屏幕上出现了一个窗口，凯恩仔细地阅读起来。

"我发现威廉神父得到了差不多三分之一。"他指出。

"他是圣迭戈救济饥民和治疗病患的主要渠道。天苑四的很多金条都是在卡巴尔喀五号的黑市上出手的。"

"卡巴尔喀五号？那不是个外星种族的世界吗？"

"外星种族没花太长时间就弄清了人类为了金子会做些什么。"她回答。

"用金子换来的钱又被你们拿去做了什么？"

她在屏幕上调出另外一个表格。

"**全部**都送去了医院？"他问。

"不完全是。它也资助了皮可二号上的一次行动。"

"皮可二号上面又他妈的有什么了？那不过是个远在奎因鲁斯星团的土球世界。"

"我们的一些朋友被关在那里。"

"于是你们去把他们弄出来了？"

她摇了摇头，"那不可能。"

"那怎样了？"

"我们把监狱整个儿炸飞了。"

"包括你们的朋友在内？"

"民主联邦为了找到圣迭戈会不择手段。"沉默安妮回答，"他们都是忠诚的人，但仍可能开口。就算拷问不管用，也还有药品可以用。"

"忠诚的人真有好报啊。"凯恩冷冰冰地说。

"他不是神，也不是圣人。"她说，"他只是一个人，而且他在和整个银河中最强大的政治军事机器作战。我们的人都很清楚执行任务时可能发生什么。"

凯恩没有作答。

"保密是我们唯一的武器。"她继续说，"必须不惜一切代价保守这些秘密。"她想了想，努力找到最能正确表达自己观点的词，"你以为这些年来他为什么要一直隐藏身份和仓库呢？"她最终说道，"我们要么完成任务归来，要么死掉，但是我们不会允许自己沦为阶下囚。"

"那么你们在皮可二号上的人最后怎样了？"

"他们都死了。"她从同一高度盯着他，"你看起来很不满的样子，凯恩先生。我以为在所有人中你最清楚，革命不是绅士的游戏，也不是按照绅士的规则来玩的。"

"的确没错。"他考虑了片刻之后说,"我只不过不喜欢杀掉自己人这种想法。"

"我希望你不会认为**他**就喜欢这种想法。"沉默安妮回答,"这是一门非常残酷的生意。在毫无取胜希望的前提下挑衅一个远比你强大的力量,这可一点儿都不浪漫。"

"既然他知道不能取胜,为什么还要这么做呢?"

"为了避免失败。"

"听起来可真深奥,但他妈的这不合常理。"凯恩说。

"我相信他会很高兴为你详细解释这一点。"

"什么时候?"

"很快。"她回答着关了电脑,朝车子的方向往回走,"来吧,凯恩先生。"

他跟上她的脚步,不一会儿,他们就又顺着一条单车道的乡间小路行驶在闷热潮湿的夜风之中了。

"他出生在避风港?"在短暂的沉默之后,凯恩发问。

"不。"

"他来这里多久了?"

"避风港作为他的总部,迄今已有十五年了,虽然他有一半时间都不在这颗行星上。"

"我曾经见过他吗?"他好奇地问。

"这我就不清楚了。"她回答,"有可能。"她露出了微笑,"黑俄耳甫斯见过圣迭戈,但是他不知道。"

"那个该死的民谣歌手不知道许多东西。"凯恩说。

"你是个非常爱抱怨的人,凯恩先生。"沉默安妮说,"你的生活中一定充满了失望。"

"不会比大多数人更多。"他回答,然后露出了一个嘲讽的笑容,

"从另一方面来说，我的确很少取得胜利。"

"不要再假装谦虚了，你是位非常成功的赏金猎人。"

"你看了太多的可视小说。"他说，"我可不会把对手叫出来在正午的大太阳下决斗。事实上，走近一个从没见过你的人，在他意识到你究竟想干吗之前就将他打飞，这并非一件很有挑战性的事情。"

"那是你对付牵牛牵牛以及钻石杰克的方法吗？"她带着微笑问。

"不是。"他承认。

"那么长老亚历山大呢？你干掉他的时候有六个人负责保护他。"

"四个。"他纠正她。

"你在回避关键点。"

"我以为你们对我有兴趣是因为那些我**没有**杀掉的人。"

"那是没错。但你是一个有多种天赋的人，我相信圣迭戈会全面利用的。"

"到时候再说吧。"他含糊其词地说。

他们又在沉默之中继续前进了半个小时，玉米田和小麦田之中偶尔矗立着一个沼气发生装置，避风港里牲畜的排泄物都在这里转化为能源。最后她驶下道路，靠近一排筒仓。

"又一处存放战利品的地方？"车子停下来时，他问。

"医疗中心。"她回答。

"干吗伪装成这样？"他问，"民主联邦应该有更多比袭击医院更好的事情可以做。"

"因为避风港的人口不足以支撑起这种规模的设施。"沉默安妮解释说，"这样的大型建筑可能会给我们招来不必要的注意。"

他下了车子，跟着她走进其中一座筒仓。她带着他走进一部电梯，短暂下降之后，他发现自己置身于一个纯白的无菌空间之中，大约在地下六十英尺的深处。

"这地方有多大？"他问，顺着朝各方向延伸的抛光走廊看去。

"我不知道具体有多少平方英尺。"她回答，"但是它延伸到整个筒仓系统的下方。我们有二十三个实验室、六间观察病房、两间手术室以及四个隔离区。我们还有一个后勤部和宽广的员工宿舍，这样我们的人就不用每天来回跑了。"

他们走过实验室，每个里面都有身穿白衣的医护人员和科学家，然后他们终于走到了第一个观察病房。凯恩停下脚步，透过厚厚的单向玻璃朝里面看。他看到九个病人躺在床上，身上插满了维生系统和监护系统。他们让他想起那些被烧伤的受害者，焦黑的皮肤上满是水泡。

"他们遭遇了什么事情？"凯恩问，盯着一个两侧颧骨都高高突起的老女人。

"他们来自许伯里翁。"

"我从没听说过那里。"

"五年前刚开拓的。"她说，"大概有五千个初期殖民者在上面，所有人都皈依一个隐秘的宗教教派。"

"看起来他们信仰行走在火焰之中。"他说。

她摇了摇头，"他们信仰与邻居和平相处，但他们的邻居是一种非常好斗的类人种族。双方耗费了差不多两年时间才达成和解，但是他们毕竟做到了。"她顿了顿，"后来民主联邦突然觉得许伯里翁是一个很有战略价值的军事基地，于是借土著居民引发骚乱之机，宣布禁止普通民众进入许伯里翁，然而争取到和平的殖民者们拒绝离开。"

"民主联邦太空军对他们下了手？"

"间接地。"她回答，"民主联邦太空军发现平定土著类人种族相当麻烦，于是在大气中释放了一种化学媒介，杀死了整个种族。这可不是他们第一次这么干。"她透过玻璃看着那九个人，"不幸的是，这也同样引发了一场细菌变异，使殖民者罹患了致命的皮肤病。由于他们警告过让殖民者离开，所以太空军拒绝为他们负责。"

"有多少殖民者幸存？"凯恩问。

"原本的五千人当中，大概只有一小半还活着。"

"他们中有多少在这里？"

"只有你看到的这些。我们没有足够的病房和金钱来治疗所有人，所以只带回来了一些典型样本，尝试找出有效的治疗方法。如果我们能发现一种血清或者疫苗的话，就可以将其运回许伯里翁。"

"你们为多少个世界做这种事情？"

"尽可能地多。"

"一定得花一小笔财富才做这种事。"他评论道。

"一**大**笔财富。"她纠正他，"我们在内疆还有四个这样的设施。"

"都在偷偷运行？"

她点点头，"如果民主联邦得知它们的存在，就会轻而易举找到圣迭戈。"她直直地盯着他，"一旦他们找到他，许伯里翁和另一百个内疆世界的人都将无处安身。"

他们走进一条通往下一个区域的走廊时，凯恩快速朝后退了一步，好让一个护士推着一个巨大的大象形外星生物去手术室。

"**它**究竟是什么？"他问。

"北河二五号上的土著。"她回答。

"你们也帮助外星人？"

"只要是智慧种族，并且受到民主联邦的压迫，我们都会予以帮助，没有第三项条件。"

"要是连所有被民主联邦压迫的外星人都治疗，你们可能无法修建足够多的医院来容纳它们。"凯恩说。

"我知道。"她说,"但是我们尽力而为。这是非常重要的一种姿态。"她非常小心地打量着他,"你是否认为人类注定应该独自统治整个银河?"

"我从来没有想过这个问题。"他回答,"如果强权即公理的话,那人类比其他种族确实更有可能统治银河。"

"强权**真的**即公理吗?"她问。

凯恩耸耸肩,"不,但你很难反驳持这种观点的人。"

"很难并不等于不可能。"她指出,"举个例子来说,我们就不屈从于强权。"她再度盯着他,"我希望这能够给你留下一些印象,凯恩先生。你能准确地理解我们究竟在为什么而战是非常重要的。"

"的确令我印象深刻。"他说。

"希望如此。"她重复了一遍。

他们默默地穿过了这个设施的剩余部分,然后回到电梯上。

"在我见到圣迭戈之前,我们还要参观多少个公共设施?"他们朝着地面上升时,凯恩问。

"没有别的了。"沉默安妮说,"至少在避风港上没有了。我们不希望在这颗行星上做可能招致注意的事情。"

她走出电梯,回到筒仓内部,他跟着她一直走回车子。片刻之后,他们又疾驰在乡间小路上了。

"还有多远?"几分钟之后他问。

"大约十五英里。"她回答,"天已经黑了三个小时了。你饿了吗?"

"我可以等。"

"我可以给前面发信号,这样抵达的时候会有晚餐等着我们。"

"没有必要。"

"你依旧打算杀掉他?"她突然问。

"我不知道。"

她没有再说什么，接下来的二十分钟，他们一直在沉默中行进。后来她向左拐了一个大弯，上了一条颠簸的土路。凯恩看到遥远的前方有一幢组合建材拼装成的白色建筑，四周几乎被一个巨大的门廊完全包围了起来。

"是那里？"他问。

"是。"

"他的安保系统很差劲。"他评论说，"我们拐上这条路之后我只看见三个感知装置。"

"你不应该看见**任何**装置。"

"我的工作就是发现它们。"

她耸耸肩，"现在天太黑，也许其中一些逃过了你的眼睛。"

"我表示怀疑。"

"你必须记住，他在避风港上没有敌人。"沉默安妮说，"也许除了你之外。"

"这没什么区别，他的安保系统糟糕透了。"凯恩说，"那个站在房顶的家伙特别显眼。"

"什么家伙？"

"那个拿着激光来复枪的人。一分钟之前，他的红外线夜视仪上反射了月光。"

"我没看见任何人。"她一边说，一边朝黑暗里张望。

"他就在那儿，大块头，活蹦乱跳的，这让发现他的难度降低了一半。这可不足以阻挡天使。"

"这是你的专业建议吗？"

"是的。"

"我会告诉他的。"

"我会亲自告诉他的。"凯恩说。

他们在房子前面停下车，钻了出来。沉默安妮带他来到前门。在她抵达之前，门已经滑开了，一股凉爽的空气从里面涌了出来。

凯恩跟着她经过空荡荡的门厅，来到一间很大的客厅。这里摆放着许多略显破旧但非常舒适的椅子和沙发，围成一圈。一团没有热量的假火在砖头壁炉里咆哮。房间里还有一个可移动酒吧，一块巨大的全息屏幕和三面有着优雅镜框的镜子，书籍的数量压倒了房间里的所有物品。这些书无处不在——有些整齐地排放在直达天花板的柜子里，有些堆在桌子上，有些被随意丢在窗边座位上，有些摊开在椅子和沙发扶手上，还有一些甚至放在壁炉边。

房间里唯一一个男人身穿棕色家居服，坐在安乐椅里，读着一本皮革封面的书籍，小口啜着星宿一白兰地。

他看起来差不多五十岁，褐色的头发有些稀薄，两鬓已经开始变白。他的眼睛也是褐色的，此刻正好奇地打量着凯恩。他的眉毛细长并且略往上翘，让他永远都带着一种询问的表情。他的鼻子至少断过一次，或许是很多次。牙齿异常洁白而且整齐，这让凯恩几乎立刻断定它们绝非他原本的牙齿。他的右手手背上有一道"S"形的伤疤。

他是一个健壮魁梧的人，但曾经强壮的身躯已开始发福。不过当他站起来时，动作却如体操运动员一样优雅。

"我等了很长的时间，终于见到你了，塞巴斯蒂安。"他用厚重的声音说。

"没有**我**为了见到**你**用的时间长。"凯恩说。

圣迭戈笑了，"现在你到这里了，你打算怎么做？谈谈还是开枪？"

"我们先谈谈。"凯恩说着，环顾了一圈客厅，"你有不少藏书。我想我从来没在任何一个地方见过这么多书。"

"我喜欢书籍的重量和手感。"圣迭戈说，"电子书籍充满电子脉冲,而纸张书籍充满**词汇**。"他深情地拍了拍手中的书,将其丢到椅子上,"我总是更偏好词汇。"

"你也有很多镜子。"凯恩指出。

"我是个虚荣的人。"

"告诉那些藏在后面的人不要太急于动手。走进这个房间的时候,我其实就能干掉他们。"

圣迭戈笑起来,"你们都听见了。"他转身对镜子说,"让我们单独待着。"他又回头看了看安静地站在凯恩身后的沉默安妮,"你也可以离开了。我会很安全的。"

"你真是个乐观主义者。"当沉默安妮离开房间后,凯恩说。

"一个现实主义者。"圣迭戈说,"就算你要杀我,也必须保证自己能活着离开去拿赏金。"他顿了顿,"要来点儿白兰地吗?"

凯恩点点头。圣迭戈走到酒吧边上,倒了一杯酒,赏金猎人一直在观察他。

"给。"圣迭戈走过来说,将白兰地递给了他。

"你太年轻了。"凯恩说。

"整形手术。"圣迭戈带着微笑说,"我说过我是一个虚荣的人。"

"你也是个**被通缉**的人。"

"只被民主联邦通缉而已。"圣迭戈说,"我不得不指出,偶尔用敌人来衡量一个人可不是个坏主意。"

"对于你来说这是完全有必要的。"凯恩讽刺地说,"我**见过**你的朋友们。"

圣迭戈耸耸肩,"人要根据自己手边的资源来做事。如果我的手下有比贫穷的约瑞克或者牵牛牵牛或者其他人更好的盟友,我保证我会用他们的。"他顿了顿,"事实上,这也就是你能到这里的原因。"

"我也是这么听说的。"

"我们非常相似,塞巴斯蒂安。我们有着相同的价值观,我们与同样的对手斗争,甚至我们的行事手法都一样。我非常希望你能站在我这边。"

"我已经从革命工作中退休了。"凯恩说。

"你以前的战斗动机错了。"

"动机是正确的,"凯恩说,"错的是**人**。"

"算我说错了。"

"凭什么说你比他们更好?"

圣迭戈盯着他看了片刻。

"我有一个提议。"最后他说,"你度过了非常漫长而且劳累的一天,塞巴斯蒂安。你杀了一个人,你看了一些民主联邦的成员从未见过的东西,并且你终于面对面地见到了整个银河都最想杀掉的人。现在你一定又热又累,饥饿难当。"他顿了顿,"今晚我们暂时休战吧。我们可以共进晚餐,从而互相增进了解。明天早上,当你觉得休息够了后,我保证我们会谈正事——我的,**还有你的**。"

凯恩面无表情地看着他,点点头,"不过,我想我还是跳过晚餐比较好。"他说。

"你一整天只吃了一个三明治。"

"你的消息真灵通。"凯恩评论道。

"**你没有必要担忧。**"圣迭戈说,"自你在避风港上着陆那一刻,我就有数不清的机会可以杀掉你。我可不会让你在经过了这么漫长的旅途之后,只是为了到这儿来被毒死。"

"有道理。"凯恩承认。

圣迭戈领着他来到餐厅,这里也和客厅一样堆满了书籍。

"我相信你在对待我的食物库存上,会比威廉神父更仁慈一点儿。"圣迭戈说,思索着摇了摇头,"按那个家伙的吃法,我都不知道他怎么现在还没有死掉。"

"很多人对你也抱有同样的疑问。"凯恩说着,在圣迭戈对面坐了下来。

"很多人都认为我**已经**死掉了。"圣迭戈说着,突然哈哈笑了起来,"你一定不会相信他们说的一些关于我的事情,塞巴斯蒂安。光是去年我就听说我死了三次,而且我还被安葬在了银河环带一个叫银蓝的小世界上。还有一个故事甚至说,我暗杀了坎风七号的外交官。"

"而且你高达十一英尺,有着橘黄色的头发。"凯恩挖苦道。

"真的?"圣迭戈饶有兴致地问,"我从来没有听说过这一条。"他耸耸肩,"好吧,我想这是隐姓埋名的代价。"

"但你已经名声在外了。"凯恩讽刺说,"有几百人正试图找到并杀掉你。"

"而我正活蹦乱跳地坐在这里。"圣迭戈说,"我得说,这可是对隐居生活的最好定义。"

"如果你真想隐姓埋名,为什么不阻止你的那些传说和神话四处扩散呢?"

"民主联邦越多认为是我犯下的罪行,就越需要把更多人力转移到我身上,这样就越能拯救那些无法保护自己的人。"他回答,"我们又在谈正事了,而我保证过让你休息的。"

"我不介意。"凯恩说。

"明天我们有足够的时间来谈。"圣迭戈说,"我们可以谈谈文学吗?"

凯恩耸耸肩,"随便。"

"很好。"圣迭戈说。两个年轻人走出厨房,为他们上菜。"你读过坦布里克斯特写的东西吗?"

"我从来没听说过他。"

"是它，不是他。"圣迭戈说，"一个坎风人，事实上，它是一位天才诗人。"

"我向来对诗歌没什么兴趣。"凯恩说。

"绝妙的汤。"圣迭戈评论道，喝掉了一勺，"威廉神父喝汤都是用加仑来计算的。"

"非常美味。"凯恩尝了尝后同意道。

"我最近也在重读一些写于地球时代的小说。"圣迭戈说，"我发现我对狄更斯有一种特别的喜爱。"

"《大卫·科波菲尔》？"凯恩尝试着问说。

"啊哈！"圣迭戈露出了微笑，"我就知道你是个有教养的人。"

"我只是说我读过。"凯恩回答，"没说我喜欢。"

"那么让我推荐一本我刚刚读完的：《双城记》。"

"也许我明天可以读读看。"凯恩说，"如果我们还没谈崩的话。"

"我们不会的。"圣迭戈向他保证，"几分钟之前你问我，我和其他你效力过的革命家有什么不同。我们明天再详细探讨这个问题，不过我准备现在就给你一个提示，如果你愿意的话。"

"说吧。"

"我是知其不可为而为之的人。"圣迭戈带着高深莫测的微笑说。

离开餐桌之前，凯恩都一直在思索这句评论，之后他就不得不站起来和这位犯罪之王去谈论文学了。

23

他安家在一座金山，

> 脾气火爆，心冷凶残。
>
> 他发号施令，口口相传，
>
> 然后坐观其帝国不断扩展。

那当然不是一座金山，但那是凯恩见过的最美的农场。

面积大约有一千八百英亩①左右，被均匀地分割为小麦田、变异玉米田、大豆田和牲畜牧场，其间纵横交错着溪流，到处点缀着水塘。

"事实上，这里的地面太倾斜，很难成为高产的农田。"当两个人坐在门廊里眺望山坡上的田野时，圣迭戈评论说，"整个银河的地产商都知道：风景越美的地方，农业的生产效率就越低。平地才是最好的农田。"他叹了一口气，"但我只看了这地方一眼，就爱上了它。"

"适合修身养性。"凯恩同意道。

"推倒田里的那些树让我心都碎了。我保留了最美的那片小树林，并且拆掉了它旁边的那幢房子。"圣迭戈指了指附近的两棵树，"我在那两棵树之间绑了一只吊床，"他说，"我喜欢躺在上面，喝着冰镇饮料，感觉自己就像是个真正的乡村绅士。"

"你真是个古怪的革命家。"凯恩评论说。

"我在进行一场古怪的革命。"圣迭戈回答。

"为什么？"

"为什么古怪？"圣迭戈问。

"为什么你要反抗？"

"因为有人必须反抗。"

"那可算不上一个理由。"

"那可是最好的理由。"圣迭戈说，"掌权者的首要责任是长存不朽，而自由者的首要责任就是反抗它。"

---

① 1 英亩＝ 4046.86 平方米

"我以前听过这首歌。"凯恩带着挖苦说。

"哈哈,但唱这首歌的却是想得到权力的人,那些想要重建他们的世界甚至是民主联邦的人。"

"而你不想那么做?"

"重建民主联邦?"圣迭戈说着摇了摇头,"在你获得权力的瞬间,你就变成了你一直反抗的那个对象。"他顿了顿,"再说了,我可是现实主义者,知道这根本就不可能。民主联邦的飞船数量比我所有的人还多。在你我死掉一千年后,它也能维持权力。"

"那你为什么还坚持?"凯恩问。

圣迭戈若有所思地看着他沉默了一会儿。

"要知道,塞巴斯蒂安,我有种感觉,如果我是一个温和的白发老人,将每一个人都称作'孩子',并且告诉你乌托邦就在前面拐角处的话,你会更快活一些。但是事实上,并不存在乌托邦。我坚持战斗下去是因为我看到了错误的东西,而如果不反抗,剩下的选择就只有顺从。"

凯恩没有作答。

"如果你想要一个充满哲理的解释,可以在我的图书馆里找到。"圣迭戈继续说,"但我有一个更简洁的解释。"

"什么?"

他露出一个充满野性的笑容,"如果有人推我,我就推回去。"

"那感觉的确不错。"凯恩承认,"但是……"

"但是什么?"

"我厌倦了失败。"

"那么加入我们吧,和我们并肩战斗。"圣迭戈说。

"你已经承认了你不能赢。"

"但这并不意味着我就必定会输。"他顿了顿,"见鬼,就算我可以推翻民主联邦，我也不希望那么做。"

"为什么不？"

"首先，我刚刚也说了，我不希望成为我对抗的东西中的一部分。其次，民主联邦并非真正邪恶，甚至不是特别腐朽。它只不过是一个政府，就像所有政府一样，做出决定不过是为了让更多人获得更多利益而已。从他们的角度看，从他们选民的角度看，他们都是合乎道德和伦理的机构。他们确信自己有权力掠夺边疆并剥夺其居民。从长远看，如果他们在银河中巩固了地位，他们的行为是无可指责的。"他顿了顿，"但从另一方面来看，那些受到权力侵害的人也不能只是呆立一旁，希望一切都能好转。我们必须反击。"

"如何反击？"凯恩目不转睛地看着他。

"通过理解敌人的本质。"圣迭戈说，"我们谈论的是**民主联邦**，它包含了一万多个世界，并且它不会改变——至少不会一夜就改变。"他顿了顿，"但是，如果我们持续骚扰他们，我们就能让他们相信，长远看来，持续压迫我们不如放任我们不管对他们更有利，因为那样人力和金钱方面的损失会更少。"他深吸了一口气，然后缓缓吐出，"不管怎样，我们真的值得他们耗费那么多精力？我们不过是一大堆无关紧要、人口稀少的世界罢了。"

"你忘了提杂乱无章。"凯恩评论道。

"那正是我们的力量之一。"

凯恩抬起一边眉毛。

"你看起来充满怀疑。"圣迭戈指出。

"我从不认为缺乏组织性是一个优点。"

"从前当然不是。但是如果我们组织起来，如果我们拥有一支军队、一支舰队和一条命令链，民主联邦就会知道应该打击什么地方，而我们会在一个星期之内分崩瓦解。所以我们需要分散，不必集中在统一的旗帜之下。"

"但你就是你们这群人的领袖。"

圣迭戈哈哈笑起来，"我不是领袖。"他说，"我是一道闪电。我掠夺，我抢劫，我杀戮，而民主联邦束手无策，只能悬赏通缉我这个罪犯之王。"一丝满足的笑容浮现在他脸上，"如果他们**知道**我为什么要这么做，如果他们得知我用那些战利品都做了些什么，他们大概会动员五千万人，在每一个世界一英寸一英寸地将我搜出来。"他顿了顿，"我很擅长躲藏，但也经不起掘地三尺的搜索。我情愿被人当作是一个成功的大坏蛋，而不是一个成功的革命家。"

"你是一个成功的革命家？"凯恩问。

"你去过医疗中心了，"圣迭戈回答，"看到了我们正试图做的事情。"

"任何一群医生都可能做同样的事情。"

"没错，"圣迭戈承认，"但任何一群医生都支撑不起整个医疗设施，而且任何一群医生都不可能在民主联邦太空军计划在许伯里翁上建造基地的地方埋地雷。"

"沉默安妮说那是场意外。"

"他们屠杀当地几百万土著智慧生命是否也是场意外呢？"圣迭戈反问，"这种剧本已经在内疆反复上演过太多次了。我试图让他们明白还有更好的方式，但我失败了。所以我只能用更暴力的方式说服他们。"

"有用吗？"

"那要看你的立场了。"圣迭戈回答，"几百个可能被毁灭的殖民地现在依旧存在，几万个原本无法生存的人如今依旧活着。许多曾经仇恨所有人类的外星种族懂得了我们中的一些人比其他人类更容易相处。"他露出了微笑，"所以针对你的问题，我会说：有用。当然，民主联邦或许会奇怪，我们为什么要耗费这么多生命和这么多年的时间来取得如此微不足道的成绩。"

这时候，一个三十出头的人从房子里面走了出来，他煤炭般漆黑的头发之间夹杂着一绺白色的头发。他向他们走来。

"嗯？"圣迭戈说，"怎么了？"

男人犹豫不决地看着凯恩。

"这位是塞巴斯蒂安·凯恩。"圣迭戈说，"他是我的贵宾，我对他没有任何秘密。"他转向凯恩，"塞巴斯蒂安，这位是雅辛多，我最值得信赖的合作者之一。"

凯恩点头致意。

"很高兴认识你，凯恩先生。"雅辛多说，也微微地偏了偏头，然后重新看向圣迭戈，"温斯顿·羌嘉拒绝将我们的货物送过来。"

"我很遗憾听到这样的消息。"圣迭戈说着皱起了眉头，"他有提到任何理由吗？"

雅辛多轻蔑地哼了一声。

"恐怕羌嘉先生对我们已经没有用处了。"圣迭戈说。

雅辛多点点头，走回了房子里。

"我想我应该解释。"

"这不关我的事。"凯恩回答。

"我希望你也能很快加入我们。温斯顿·羌嘉是一个在乌鸦座做生意的走私贩。他向我们作出了承诺，我们付了钱，而他选择背叛承诺。他并不知道这件事情牵涉到**我**，但是这一点无关紧要。"他叹了一口气，"真令人遗憾。"

"不是**那么**令人遗憾。"凯恩说，"他是被悬赏缉拿的罪犯。"

"也许我应该澄清我的观点。"圣迭戈说，"我觉得遗憾是因为一个我们为之而战的人却试图欺诈我们。对于下令要他死这一点我可没什么好遗憾的。"他用锐利的眼神看着凯恩,"我在进行一场战争,而战争中总会出现牺牲。我主要担心的是牺牲者是不是无辜。"

"就我听到的来说,羌嘉无辜的成分可他妈的不会太多。"凯恩说,顿了顿,"你的朋友雅辛多也被悬赏缉拿了。他曾经使用过艾斯特班·柯多巴这个名字。"

"雅辛多有七年没有离开过避风港了。"圣迭戈说,"你有着相当惊人的记忆力,塞巴斯蒂安。"

"是他那绺白色的头发。"凯恩回答,"那可很难让人忘记。"

"他是我手下最值得信任的合作者。"圣迭戈说,"他已经忠诚地为我服务了差不多十五年时间。"他再度看向凯恩,"你打算拿他怎么办呢?"

凯恩耸耸肩,"不怎么办。"

圣迭戈的脸上咧开了一个快活的笑容,"那么你准备加入我们?"

"我可没那么说。我们还有许多事情需要谈。"

圣迭戈站了起来。"我们可以边散步边谈吗?"他提议,"在这么美丽的日子里,光坐在阴影之中可太浪费了。"

"随便你。"

"那么跟我来,我可以一边谈,一边带你看看我的农场。"

凯恩跟着圣迭戈走下了门廊。

"你钓鱼吗,塞巴斯蒂安?"圣迭戈问。

"不。"

"有时间你应该试试。我有三座鱼塘。"

"也许有一天我会试试。"

"应该的。非常放松。"他开始围着一个水塘走,"你一定有些问题想问我?"

"是有一些。"凯恩说，跟在他的身后，"首先，你是什么时候才觉得需要一个保镖的？"

"你认为我打算请你做保镖？"

"如果没有的话，你就应该这么想——"凯恩说，"天使不会太远的。"

"我已经有保镖了。"

"如果我打算现在立刻杀掉你的话，他们根本不可能阻止我。"

"没错。但是我知道你不会，而我没有打算带天使参观我的农场。"

"我想你没有帮**他**找到你？"

圣迭戈皱起眉头，摇摇头，"没有。他是个非常优秀的人。"

"就如我昨晚所说，他已经离你很近了。"

"他过不了威廉神父那关。"

"他搞定过比威廉神父更厉害的角色。"凯恩说。

"**没有人会比威廉神父更厉害。**"圣迭戈说。

"如果你不希望我当你的保镖，那么**我**为什么在这儿？"凯恩问。

"我是一个非常幸运的人，塞巴斯蒂安。"圣迭戈说，"但是没人能永生。我希望在我死掉之后，我的工作依旧能够继续。这难度相当高，除非我留下优秀的接班人——像雅辛多和沉默安妮那样的人，像你这样的人。"

凯恩瞪着他，"你**认为**他会杀掉你？"

圣迭戈摇摇头，"不，当然不。但是我不能像太空军征兵那样为我的事业征集帮手。我必须仔细地研究他们，然后试图说服其中最好的加入。"

"为什么现在才找我？"

"因为我花了这么长的时间才确信你正是我想要的人。"

"你还问过其他多少人？"

"征集新人不是什么新鲜事，塞巴斯蒂安。我抵达这里之后就一直在做这件事。你是最近一个被我问到的，但不是独一无二的。"

"我遇见过其中多少个？"

"比你想象的更多。"圣迭戈回答，"否则我怎么能了解你呢？"

"我知道杰罗尼莫·詹崔是其中之一。"

"没错。"

"特威利格呢？"

圣迭戈摇摇头，"不是。"

"斯坦？"

"不是。"圣迭戈突然笑出声来，"如果有一天我打算拉拢法利加入的话，我就不得不吸纳他了。"

"他说他以前见过你，在卡拉米三号的监狱里。"

"我想他见过。"

"你跟他描述的样子不太吻合。"

圣迭戈耸耸肩，"我已经告诉过你了，我做过整形手术。"

"手术会让你的身高缩短四五英寸？"

"那是许多年前的事情了，斯坦跟法利待了太长太长时间，而且跟你比起来，他可要矮得多。"他看起来很愉快，"难道你觉得我是个冒名顶替的骗子？"

"不。"凯恩说，"你希望*我*成为冒名顶替者吗？"

"我不太明白你的意思。"

"昨天晚上我看了你的《双城记》。"凯恩说，"我突然意识到，天使从来没有见过我们两个。"

"你认为如果他抵达这里，我会希望你做我的替身[1]？"

---

①《双城记》中，美国律师卡尔登利用自己与主人公查理容貌相近的机会，顶替查理受刑。

"是这样吗？"

"当然不是。我的战争我当然自己打。"他顿了顿，"对了，你觉得那本书如何？"

"除去冒名顶替的情节外，相当无聊。"

"很遗憾你不喜欢它。"

"我还有其他事情需要思考。"凯恩说，"现在也是。"

"比如说？"

"比如我究竟能不能相信你？"凯恩回答，"为了那些曾相信的人，我杀死的人多得令人作呕，但是我却一直都在收获失望。"

"我可没让你为了我杀人，塞巴斯蒂安。"圣迭戈说，"那太唐突了。我在要求你帮助我保护一些人——遥远的政府对他们毫不关心，却一直在迫害他们。"

"不到十分钟之前，你刚刚命令雅辛多为你杀掉一个人。"凯恩指出。

"那是为了我们的事业，不是为了我。"圣迭戈回答，"因为我无法通过合法的手段为我的工作提供资金，我必须采取一些灵活的战略。我们不能允许温斯顿·羌嘉欺骗我们，并且不用为自己的行为受到惩罚。如果我们不能保护自己的利益，一旦消息传开，犯罪分子就会像民主联邦一样猎捕我们。"他转过身，沿着巨型变种玉米田走去，"革命中容不下丝毫软弱。我相信你肯定明白这一点。"

"我明白。"凯恩说，"你想要我杀掉多少人呢？"

圣迭戈停下脚步，毫不动摇地接受了他的直视，"我绝对不会要求你去杀任何不应该杀掉的人。"

"我现在就干这一行，并且收入还不错。"

"如果你跟随我，你还会继续干这一行，但你不会获得任何报酬，而且还会被悬赏通缉，就连那些你为之战斗的人也可能想要你的命。"圣迭戈自嘲地笑了,"听起来不太诱人,对不对?"

"不,是很不诱人。"

"那么让我把话说得好听点儿。"圣迭戈继续说,"你会获得一个好处,那是你现在的职业中没有的。"

"什么?"

"你会知道自己在做有意义的事情。"

"那的确很不错,哪怕只有一次。"凯恩诚恳地说。

"除了你之外,没有人会知道。"圣迭戈说。

"没人**需要**知道。"

他们沉默了片刻。

"你在想什么,塞巴斯蒂安?"

"我愿意相信你。"

"真的?"

"我还没有下定最后决心。"他在一堆十二英尺高的玉米秆的阴影中停下了脚步,"如果我决定不呢?"

"我没有武器,而我的保镖都在房子里。"

"我更担心**你**要对**我**做什么。"

"等你真的决定拒绝我之后我们再去担心好了。"

"你就不得不杀了我,"凯恩说,"或者至少尝试杀了我。我知道你长什么样以及在哪儿可以找到你。"

"还有其他几个人也知道。"圣迭戈说,"不过如果你加入我们的话,事情就不会那么复杂了。"

他们继续散步,圣迭戈陈述了他对民主联邦的各种不满,告诉凯恩他采取的行动,以及他成功拯救的人和没能救下的人。凯恩若有所思地听着,偶尔问几个问题,发表几句评论。

"正是凭判断力作出的抉择让你成熟。"圣迭戈说。他们正顺着一条小溪行进，这条小溪在两块田地之间形成了一道天然的界线，"堆成山的工作需要完成，但我们的人力财力都非常有限。我们应该将其用在拯救上还是报复上？我们应该救助受害者，然后将其送回去继续被践踏，还是置他们于不顾，采取手段防止同样的事情发生在他们的邻居身上？"

"防止同样的事情再次发生。"凯恩坚定地说。

"赏金猎人式的回答。"圣迭戈回答，"不幸的是，说起来可比做起来要容易。我们没有跟民主联邦太空军对抗的军事力量，天苑四抢劫案的成功只是偶然。"他叹了一口气，"我们必须反复权衡，在能力范围内拯救弱者，打击敌人，并让那些比流浪汉都卑鄙肮脏的企业来为整个行动埋单。"

"你怎么会漏掉惠特克·卓姆？"凯恩问。

"苏格拉底？"

"是的。"

"甚至在我得知你曾为他而战之前，我就知道他在塞拉瑞亚上做了些什么，"圣迭戈说着转向凯恩，看着他，"但那是二十年前，塞拉瑞亚则在几千光年之外。苏格拉底对我有用，所以我用他，就像我起用了几百个比他更糟糕的家伙。"

他停下脚步，查看了一株非常巨大的玉米穗。

"再过三个星期就可以收获了，"他说，"最多四个星期。你见过收获时节的农场吗，塞巴斯蒂安？"

凯恩摇摇头，"没有。"

"收获会带给你成就感和满足感，让你感觉如获新生。"圣迭戈说，"甚至连空气都有种更甜美的味道。"

凯恩露出了微笑，"也许你应该去当农民。"

"从某种角度来说，我就是个农民。"

"我是说全职的。"凯恩说,"我指的可不是偶尔种种地。"

"我也不是指那个。"圣迭戈说,"我是革命的播种者。"他似乎很为此感到愉悦,"我喜欢这样。"

他们又走了大约四分之一英里。玉米田变成了一排排的大豆,并且逐渐稀疏。当他们抵达山脊的时候,周围只剩下了荒地。

"下面是什么?"凯恩问,指了指下面山谷中一块平整得干干净净的空地。一条木头长凳面对着水塘,水塘里点缀着色彩斑斓的水生植物。

"我最喜欢的地方。"圣迭戈说着带他走了过去,"我经常来这里阅读,或者单纯地冥想。你甚至可以从这里看到一些牲畜。"他深吸了一口气,仿佛这片空地上连空气也更清新一些,"我种了一些花,但是它们都已经绽放完凋谢了,化作了泥土。在接下来的五六个月里,大概都不会再开了。"

"化作泥土的可不止是花。"凯恩评论着,指了指两个土堆。

"他们是我认识的最好的两个人。"圣迭戈平静地说。

"那为什么将他们埋葬在没有墓碑的坟墓之中?"

"除了我之外没有人来这儿,我知道他们是谁。"圣迭戈回答。

凯恩耸了耸肩。这时,他注意到眼角有什么东西一闪而过。他转过身,看见一个男人朝他们走来。阳光反射在那人头上的一绺白丝上,凯恩认出是雅辛多。

"我就知道能在这儿找到你。"雅辛多走近之后说,接着转向凯恩,"不管晴天下雨,他每天都会在这儿待上几个小时。"

"是个漂亮的地方。"凯恩说。

"你只是过来看看吗?"圣迭戈问。

雅辛多摇摇头,"威廉神父在房子里。"

"他来农场可是件稀罕事。我想,他只是来确定塞巴斯蒂安没有杀掉我的。"

"他**的确**提到是来和凯恩先生谈谈的。"雅辛多说。

"他真体贴。"圣迭戈评价说，离开了坟墓，"好吧，我想我们不应该让他等太久。"

他开始返回房子，凯恩和雅辛多跟在他身后。

"你会和我们待一段时间吗，凯恩先生？"雅辛多问。

"有可能。"凯恩回答。

"我希望如此。我们很需要你这样的人。"

"我们需要一千个像他这样的人。"圣迭戈说，"但是我们要先争取眼前这一个。"

"我可以问一个需要你专业知识的问题吗，凯恩先生？"雅辛多说。

"问吧。"

"你觉得我们的安保系统如何？"

"烂透了。"

雅辛多对圣迭戈露出一个胜利的笑容，"在过去的几个月中，我一直试图告诉**他**。"他再度看向凯恩，"你会怎样改进呢？"

"人手得是现在的三倍，轮班值守，这是最基本的。并且向他们解释清楚，如果**他们**能在黑暗中看清东西的话，那天使也能。"

"听见了吗？"雅辛多问圣迭戈。

"我们以前已经谈过这个问题了。"圣迭戈恼火地说，"我才不要在自己的行星上变成囚犯。"他加快了步伐，把凯恩和雅辛多落在后面。

"很抱歉将你卷进这场争论。"雅辛多轻声说，"但他就是不肯让更多人手回避风港。"

"他在这儿有多少人？"凯恩问。

"你是说整颗行星?"

"不包括医生和技术人员。"

"大约五十人。"

"农场呢?"

"十五人,包括我在内。"

"那可阻止不了天使。"

"我知道。我希望有你就足够了。"

"我还没说我会留下。"

"那么或许威廉神父……"

"我表示怀疑。"凯恩顿了顿,"对了,我还有另外一条专业建议给你。"

"哦?"

"如果你打算离开避风港,最好染一下头发。"

雅辛多看起来很惊讶,"我会的。"他说,"谢谢。"

之后他们很快就追上了圣迭戈,三个人一起走完了前往房子的剩余路程。一路上,圣迭戈又向凯恩介绍路过的各种不同的农场景色。威廉神父在门廊上等着他们。

"早上好,圣迭戈。"传教士说,"雅辛多,你好。"他转向凯恩,"又见面了,塞巴斯蒂安。你在这里过得还好?"

"非常有趣。"凯恩回答。

"你和你的东道主相处得还好吗?"他刻薄地问。

"还行。"

"我很高兴听到你这么说。"

"我知道你会的。"

"我知道你想和塞巴斯蒂安谈谈。"圣迭戈说,"如果你希望的话,我们会给你们俩一点儿私人空间。"

"没必要。"威廉神父带着一个饶有兴致的微笑说，"事实上，我来这儿只是帮一个新来的传个话儿。"

"天使？"凯恩问，突然紧张起来。

圣迭戈摇摇头，"他还在坎特雷尔星系。"

"那是谁？"凯恩追问。

"你干吗不读读这个呢？"威廉神父说着，递给他一张对折的昂贵信纸。

凯恩看到上面的手书非常优雅。他大声念了出来："快活的流浪汉向他的搭档塞巴斯蒂安·凯恩致以问候和祝贺，并且诚挚地邀请他于今天下午四点前往大麦粒酒馆共进开胃小菜，重建友谊并且讨论一些生意上的细节。"

凯恩将信纸丢到桌子上，"是流浪汉。"他说。

"沉默安妮催我有机会就干掉他。"圣迭戈说，"我想她或许是对的。"

"要不要回复？"威廉神父问，看起来依旧很有兴致。

"我会亲自回复的。"凯恩冷冷地说。

24

他掠夺，他偷窃，他杀戮，他强抢，
他偷偷摸摸地靠近，然后突然开枪。
他从不遗忘，他从不原谅，
他绝无怜悯，除非敌人死亡。

有一件事黑俄耳甫斯一直不明白，就是为什么"快活的流浪汉"——他的朋友——会拒绝给他任何关于圣迭戈的情报，甚至不肯给他一些外表上的描述。他很确定流浪汉认识圣迭戈，并且偶然地从流浪汉的两个同伙口中证实了这件事，但流浪汉自己却拒绝谈论这个话题。

从流浪汉的角度看，这其实合情合理。在他看来，金钱只是工具，是通往结果的手段，而结果则是他对外星艺术品的收藏。这一点没人理解——黑俄耳甫斯不能，甚至威廉神父或薇秋·麦肯齐也不能。他希望圣迭戈活着，不是出于忠诚或者友谊，只是单纯的因为圣迭戈活着对他有好处——如果圣迭戈被民主联邦逮捕、囚禁，圣迭戈的财产就会被全部没收。

此外，还存在第三种可能，即圣迭戈死掉。这正是他来避风港要讨论的问题。

他坐在酒馆里，小口啜着用来自大火和兰切罗的酒精混合而成的冰镇酒，手里把玩着一个外星智力玩具。他用长期练习才获得的熟练动作移动着那些奇形怪状的部件，不时抬起头来欣赏月涟的美貌和身材——他能从她乱糟糟的头发和破烂的衣服下，分辨出她是个标致的美人。

最终，他厌倦了智力游戏，将玩具塞回优雅合身的缎子上衣的口袋，又从另一个口袋里拿出一个透明的小立方体，并在接下来的几分钟里，欣赏里面那个类似甲虫的蓝白色小昆虫，昆虫的身上镶嵌着许多珠宝。

凯恩和威廉神父进入酒馆朝他走来时，他正好将小立方体重新收起来。

"下午好，塞巴斯蒂安。"流浪汉带着友好的微笑说，"看来你得到了我的口信。"

凯恩在他对面坐了下来，"真见鬼，你跑到这里来做什么？"

"等一下。"流浪汉说着举起一只手，"首先我有一件礼物给你的司机。"

"我猜你指的是我。"威廉神父快活地说。

"是的。月涟！"

"什么，先生？"

"威廉神父的礼物，请拿出来。"

她进了厨房，片刻之后，端着一个巨大的餐盘走了出来。盘子上摆着一个配了奶油酱的巨大烤水鸟，周围环绕着肉馅饺子和土豆。

"我应该把这个放哪儿，先生？"月涟问。

"尽可能离这张桌子远的地方。"他带着抱歉的微笑看着威廉神父，后者正贪婪地望着那只水鸟，"我想和我的搭档单独谈谈。它能让你的嘴闲不下来。"

"在这份巨大的礼物面前，我很难将你的这句话当成是一种冒犯。"威廉神父说，搓着双手朝月涟放下餐盘的那张桌子走去。他冲着女孩打了个手势，"我想我需要一扎啤酒将这些东西冲下喉咙，我的孩子。"她提出抗议，他却举起一根手指让她安静，"我知道昨天晚上我们谈过了，但上帝理解人类的肉体是脆弱的。下周一我就开始减肥。"

"这次不变了？"

"除非我主说不行。"

她看起来不太相信，但还是给他端来了啤酒。他很快就开始扫荡晚餐，彻底忘却了宇宙的其他部分。

"很高兴能够再次见到你，塞巴斯蒂安。"流浪汉压低声音说，以免房间另一边的人听见。

"我希望我能说同样的话。"凯恩回答，"你来这儿做什么？"

"很简单。你跟踪走私这条线索,而天使跟踪金钱这条线索。"他咧嘴笑了,"我决定跟踪其中最简单的一条线索——赏金猎人。"

"很多世界都比这里有更多的赏金猎人。"

"没错,"流浪汉承认,"但它们上面没有你和威廉神父。你昨天杀了一个人,但是你没有离开,而威廉神父在这里已经超过一个月了。"

"圣迭戈不在这里。"凯恩说。

"在你开始向我撒谎之前,我甚至都没有问他是否在这里。"流浪汉说。他顿了顿,"如果他不在避风港,那黑俄耳甫斯一定是在召集他写过的所有杀手来开会。你知道天使正在前往这里的路上,对不对?"

"他离这儿有多近?"凯恩问。

"大概两三天路程。"流浪汉回答,"而且你的另外一个搭档跟他在一起。"

"薇秋还是特威利格?"凯恩问。

"你还没听说?特威利格,哎呀呀,去了天空之上伟大赌徒们的休息室。"

"谁杀了他?天使?"

流浪汉摇摇头,"人山贝茨终于抓到了他。"

凯恩耸耸肩,"他就不应该欺骗那个大块头。"

"我知道你一定会心碎的。"流浪汉呵呵笑着说,"不过天使为他报了仇,不知这是否会让你感觉好一些。"

凯恩皱起了眉头,"人山贝茨可没被悬赏通缉。"

"我猜测天使一定是天生的贵族。"流浪汉评论说,"他为一个不合格的记者提供了工作,还为一个到处骗人的赌徒报了仇。"他半眯起眼睛,仔细地打量着凯恩,"最近你还遇见过同样为人着想的人吗？"

"你想说谁？"凯恩面无表情地说。

"你知道是谁。"流浪汉说，"他有没有将你列入伟大圣战者的名单之中？"

"我不知道你在说什么。"

"如果你继续装傻，塞巴斯蒂安，我们就永远不可能谈出结果来。我知道他在这儿，你已经到这个世界整整两天了，我不信你还没有找到他。"

凯恩盯着流浪汉沉默了很长一段时间。

"我找到他了。"凯恩最后说。

"你肯定没有杀掉他。"

"是的，没有。"

流浪汉微笑起来，"我知道你不会的。约瑞克也知道。"他摇了摇头，"我还以为在经受了年轻莽撞时的那么多打击之后，你已经完全抛弃理想主义了呢。"

"我也这么以为。"凯恩承认。

"没什么比一杯醇香的葡萄酒更好了。"流浪汉说，给月涟打了个手势，后者正给威廉神父上一盘热饼干，"如果可以的话，请添酒。"

"好的，先生。"她看着凯恩，"你需要些什么吗，先生？"

"需要换个同桌。"

"请再说一遍？"

他叹了口气，"我要啤酒。"

"马上就来，先生。"

"我想象不出黑俄耳甫斯在她身上看到了什么。"流浪汉看着月涟朝吧台走去的时候说。

"你看到的定然与他看到的不同。"凯恩说。

流浪汉微笑起来，"我感觉刚刚似乎被冒犯了。"

凯恩看着他，没有作答。

"对了，"流浪汉继续说，"我没有在进城的路上看到休斯勒。"

"他死了。"

"那可蠢透了。你得到了一艘完全免费的飞船，里面装满了海量的有趣情报，而你却毁了他？真浪费。"

"我跟他有约定。"

"我发自内心地怀疑向一台机器作出承诺是否真的有约束力。"

"人最好能信守自己的承诺。"凯恩说。

"你听起来越来越像他了。"流浪汉说，看起来很有兴致。

"像休斯勒？"凯恩有些迷惑地问。

"不，像他。"

月涟端着他们的饮料回来了。

"我想再次感谢你救了我的命，先生。"她对凯恩说。

"我很高兴那么做。"他回答。

"我希望沉默安妮能帮到你。"

他点点头。

她露出了笑容，"我很高兴。那意味着我也做了一件对你有用的事。"

"是的，你做得很好。"

她再次露出笑容，然后就回厨房给威廉神父做甜点了。

"你们两人和谐而有礼貌的对话真是令人感动。"流浪汉评价道。

"随你怎么说。"

"如果**我**救了她的命，她会不会也带**我**去见圣迭戈呢？"

"我表示非常怀疑。"

"你跟他承诺了什么？"

"还没呢。"

"但是你打算这么做？"他追问。

"也许吧。"

流浪汉皱了皱眉，悲伤地摇着头说："愚蠢，愚蠢至极。"

"那么我建议你不要加入他们。"凯恩嘲讽地说。

"这个男人坐在边疆最大的一堆艺术品收藏上！"流浪汉恼怒地说，"而且似乎除了我之外，没人在意这一点！"

"他同样也坐在最大的一堆蓝热病疫苗上。"凯恩平静地回答。

"谁他妈的会在乎疫苗？"流浪汉反问，"我们在谈论不可替代的艺术珍品！"

"你可以再小声一点儿谈论它们。"威廉神父在房间的另一边说，"你会干扰到我的消化能力。"

"你比**他**还要傻。"流浪汉压低了声音，同时冲着威廉神父那边点了点头，"至少他认为他在为上帝服务。"

"也许他的确是在为上帝服务。"

"如果你死钻牛角尖的话，会身陷危机的，塞巴斯蒂安。"流浪汉令人不悦地说。

凯恩盯着桌子对面的流浪汉，"你他妈的究竟想要什么，流浪汉？"

"你非常清楚我想要什么。"

"你必须自己去弄到手。"

"少废话，我们是搭档。"

"我们的搭档关系已经解除了。"

"那不会改变什么。"流浪汉说。

"哦？为什么这么说？"

流浪汉向前倾了倾身子，"圣迭戈死定了，塞巴斯蒂安。如果你不杀他，天使也会动手的。就这么简单。"他从口袋里拿出那个立方体，再次审视那只镶满了珠宝的甲虫，"为什么要放弃你现在就能做到的事情，而让他去领赏金呢？"

"他拿不到赏金的。"

流浪汉微笑起来，"谁能阻止他？威廉神父？"他哈哈笑了起来，"杀掉普通罪犯是一码事，杀掉天使是另一码事。"他一动不动地盯着凯恩，"难道你**要去**阻止他？"

"有可能。"

流浪汉不屑地哼了一声，"你没有一点儿机会。"

"我对付牵牛牵牛的时候也一点儿机会都没有。"

"这不同。"流浪汉急切地说，"他是**天使**。"

"我已经厌倦听到他的名字了。"凯恩说。

"当每个人都在谈论他如何杀掉圣迭戈的时候，你会更加厌倦的。"

"圣迭戈在过去的三十年中一直深藏不露。"凯恩指出，"他给我的印象是，他是个能够保护自己的人。"

"你在说些什么啊？"流浪汉反问，"你难道以为你是第一个踏上避风港的赏金猎人吗？"

凯恩摇摇头，"和平使者麦克多伽四个月前来过这里。他在这家酒馆前杀掉了三眼比利。"他冷冷地笑了，"你当然知道这件事，对不对？"

"我说的不是和平使者麦克多伽！"流浪汉大叫，"见鬼，半打以上的赏金猎人都走到过这一步，其中两个甚至抵达了他的农场。"

"什么农场？"凯恩一脸无辜地问。

"威廉神父就是在那个该死的农场把字条给你的。"流浪汉说着，将手中的立方体举起来对着光，"我告诉你，我可不是完全没有消息来源的。"

"两个星期前我离开你的时候，你甚至都不知道他住在避风港。"凯恩毫不在意地说。

"直到昨天为止都不知道。"流浪汉承认，"但是我知道他住在一个农场里，并且知道他将那两个找到他的赏金猎人都埋在了他的小麦田里。我只不过不知道农场在哪里而已。"

"是谁告诉你的？"

"一个为他工作并且看见了坟墓的人。"

"这证明他有一定的自我保护能力，对不对？"

"如果普通赏金猎人都能找到他的话，天使就能杀掉他。"流浪汉说，顿了顿，"除非你先杀掉他。"

"没兴趣。"凯恩说。

流浪汉笑了，"你都没让我提出我的条件。"

"现在就提，然后别再来烦我。"

"一半。"流浪汉带着自信的笑容说。

"什么的一半？"

"艺术品的一半。你保留所有赏金，并且我们五五平分艺术品。"

"停止玩你那该死的甲虫，然后滚。"凯恩说。

"你意识到我提出了怎样的条件吗？"流浪汉说，将立方体塞回了口袋。

凯恩点点头，"**你意识到我拒绝你的条件了吗？**"

"你疯了！"流浪汉大叫，"就算我拿走了我想要的部分，剩下的在黑市上也足以卖到几百万！"

"也许只是因为我不是个艺术品收藏家。"

"你作出了一个非常愚蠢的决定，塞巴斯蒂安。"

"这是威胁吗？"凯恩问。

流浪汉摇摇头，"这是预言。"

"好吧。你提出了你的条件，我拒绝了。现在怎样？"

"现在我们等着。"

"等什么？"

"等你改变想法。"

"我不会的。"凯恩说。

"那我们等着天使杀掉圣迭戈。"

"**他**也不会跟你做交易的。"

"大概不会吧。"流浪汉同意，"但他也同样不知道那些艺术品在哪儿。我和他拥有平等的机会来找到它们。"

"那你干吗要跟我提条件呢？"凯恩疑惑地问。

"因为你是一个明白事理的人，而且我们是搭档——不管你是否承认这个事实——而天使或许不会同意我拿走那些艺术品。"

"那我就把话挑明了吧。"凯恩严肃地说，"如果你试图拿走任何属于圣迭戈的东西，不管他是死是活，我都会亲手杀了你。"

流浪汉瞪着他，"他给你留下了不错的印象，对不对？"他看起来似乎被逗笑了。

"你听见我说的话了。"

流浪汉叹了口气，"看来我只能在威廉神父住的那家旅馆订一个房间，静观事态发展了。"

"就像食腐动物等待着即将发生的杀戮一样。"凯恩不快地评论说。

"一个恰当的比喻。"流浪汉同意道，没有表现出丝毫怒气，"你会惊讶地发现，食腐动物跟在正确的猎食动物身后时，很少会有饿死的。"

凯恩扭头看向威廉神父，后者已经吃完了水鸟，正以极大的热情扫荡各种小菜。

"我们已经谈完了，你要过来加入我们吗？"凯恩用普通音量说。

"你也可以继续吃，假装什么都没有听见。"流浪汉说。

威廉神父从那边看过来，面露微笑。

"**我**在吃，**上帝**在听。"传教士用一块饼干揩干净了剩下的奶油酱，走过来加入他们，"你们的生意已经有结论了？"

"我们没能达成一致。"流浪汉说。

"你打算今天离开吗？还是说，你打算让你那不道德的灵魂变得更黑？"威廉神父问。

"噢，我想我会再待上几天。"流浪汉突然咧开嘴笑了，"这个是度假的好地方。"

"虽然我很喜欢你，流浪汉，但如果你敢动圣选戈一根手指头，我就会像狩猎动物那样猎杀你。"威廉神父说。

流浪汉呵呵地笑了起来，"你得排队。似乎每个人都变成了可怕的一根筋。"

"你最好记住：你是被悬赏通缉的。"

"但不是因为谋杀。"流浪汉说。

"别指望这就能够拯救你。"传教士说，"你不会是第一个因为拒捕而被杀掉的人。"

"拒捕？"流浪汉笑着重复了一遍，"你什么时候成为法律的走狗了？"

"你以为赏金猎人是什么？"威廉神父问，"在边疆这种地方，我们就是这里的全部法律。我们或许不会维持和平，但是我们惩罚那些违法者——就算只是这样，也能让人在一段时间内尊重法律。"

"我从来不这么看。"流浪汉承认，"不过我觉得这里面也有几分道理。"

"不信你可以试试，流浪汉。"威廉神父严肃地说，"我劝你最好小心点儿。"

"也许你告诉我的这位搭档更好一些。"流浪汉说，"他在考虑帮助一个被通缉的罪犯呢。"

"要知道，"传教士说，"回秋麒麟欣赏那些通过肮脏手段得到的战利品，或许对我们大家来说都是最好的选择。"

"我认为增加我的藏品会让我更有成就感。"

"你现在还活着的唯一原因是因为，**他**还没有让我杀掉你。"威廉神父继续说，"这是他的世界，而你是非法入侵者。"

"我会努力避免因为担心这些问题而失眠。"流浪汉说。

"也许你最好**开始**担心。"凯恩提议。

"杀了我的话，要担心的是圣迭戈。"流浪汉自信地反驳道，"如果我没有每天都向秋麒麟发送报告的话，机器人就会告诉我的手下我失踪的位置。"

"他们不会在意的。"凯恩说。

"如果机器人告诉他们这里是圣迭戈的世界，那他们会的。"流浪汉咧嘴笑了，"你们该不会真以为我毫无准备就跑到这里来吧，对不对？"

"我见过你的手下。"威廉神父说，"他们算不了什么。"

"但是他们会不断地提起这件事。"流浪汉说，"要知道，我花了许多年时间努力让他们学会保密，现在我很高兴我从来没有成功。"

威廉神父和凯恩交换了一个眼神。

"好吧。"传教士在略加思考之后说，"你可以留下。"

"你可真是好客。"流浪汉讽刺道。

"不过你最好在我们杀掉天使后五分钟之内回到你的飞船上，否则你也死定了。"他顿了顿，"圣迭戈并非出生在避风港上，他不需要一辈子都生活在这里。如果我是你的话，我会牢牢地记住这一点。"

"好的。"流浪汉说着站了起来，"我讨厌喝完就走，但是我想我最好去安排一下住宿的地方。"他转向凯恩，"等你冷静下来之后，我相信你会重新考虑我的条件。"

"我头一次听到它的时候就不太兴奋。"凯恩说。

"认真想想。"流浪汉再次强调了一遍，朝门口走去，"百分之五十。"

"滚。"凯恩说，转身不再看他。

流浪汉耸耸肩，出了门。

"好吧，塞巴斯蒂安，"威廉神父说着向后靠在椅背上，"不得不说我为你感到骄傲。"

"哦？"

"你直面敌人时连眼睛都没眨一下。"

"他不是敌人。"凯恩讽刺说，"他是你们保护的对象。"

"智慧生命？"威廉神父冷笑道，"一个精于算计的智慧生命。"

"民主联邦到底有多坏？"凯恩沉思着。

"问题不是它有多坏，"传教士说，"而是它有多强大，以及能造成多大的破坏。"

凯恩点点头，"我知道。"

"事情不像你年轻时那么黑白分明了，对不对？"威廉神父呵呵笑起来。

"是的，不太分明。"

"决定重建一个世界很简单，"传教士说，"区分正邪却很困难。"

凯恩叹了一口气，"是的。"他同意道，沉默片刻之后，他又说，"你是怎么遇见他的？"

"圣迭戈？"

"是的。"

"他招募了我,就像他招募你一样。"

"所以你一开始就知道我为什么在这儿,对不对?"凯恩问。

威廉神父点点头,"我知道差不多一年前他就决定得到你。"他再次呵呵笑起来,"不得不承认,在听说你和流浪汉还有那位年轻女士搅在一起后,我产生了怀疑。"

"薇秋?"

"就是她。"

"她是个有趣的女人。"凯恩说,"有时候我有种感觉,觉得她比任何人都可能得到更好的结局。"

"她知道怎样得到她想要的东西,我必须承认这点。"传教士说。

"现在她得到了天使。"凯恩说。

"我觉得她会了解到天使并不是她想象的那样。"威廉神父说,声音中多少带着一丝满足。

"有件事我想问你。"凯恩说。

"只要是我知道的,我知无不答。"

"那两个坟墓里埋葬的是谁?"

"两个为圣迭戈的事业而献出生命的人。"

"流浪汉说他们是赏金猎人。"

"在很久很久之前他们可能的确是。这我真的不知道。"

"流浪汉告诉我他们在找圣迭戈,他们一直追查到了农场,然后就被杀掉了。"

"流浪汉错了。"威廉神父坚定地说。

"他们叫什么名字?"

威廉神父耸耸肩,"谁知道?没有人会在这里使用他们的真名,特别是为圣迭戈工作的人。"他顿了顿,"你为什么对他们这么好奇呢？"

"围绕他们有两种矛盾的描述，这让我困扰。"

"那就不要跟流浪汉交谈，他这辈子都没见过农场。圣迭戈没有对你撒谎的理由，而流浪汉没有告诉你真相的理由。"他朝前探过身，"他给你提的条件是什么？"

"一半的艺术品。"

"那可真是慷慨大方。"传教士说，"我想知道他计划如何骗你上钩。"

"我确定他已经有了不少想法。"凯恩说。

月涟从厨房里走出来，来到了威廉神父面前。

"什么时候想要你的甜点呢，先生？"她问。

"现在。"威廉神父说，"愿意跟我一起吃吗，塞巴斯蒂安？"

"为什么不呢？"凯恩说。

"你确定？"威廉神父显得很惊讶。

"我能吃一点点零食。"

威廉神父看起来似乎心都要碎掉了，最后他转向月涟，"我的孩子，你需要多少时间才能再烤好另外一个巧克力蛋糕呢？"

"厨房里有三个多余的，先生。"她回答。

"很好。那么拿两个出来吧。"他转向凯恩，"这样一来，我们两个都不会饿着肚子离开餐桌啦。"

"要知道，月涟是对的。"凯恩说。

"关于什么？"

"有一天你会把自己吃死的。"

"我需要能量来完成接下来的工作。"威廉神父严肃地回答。

凯恩耸耸肩，"你的生命你自己做主。"

"不，塞巴斯蒂安。我的生命属于主，就好像你的生命现在已经属于圣迭戈了。"

"你凭什么这么认为呢？"凯恩问。

"我没有这么认为。"传教士回答，"我不过是知道而已。"

"我可不知道这件事。"

"你知道，塞巴斯蒂安。"威廉神父说，"他非常谨慎地选择每一个招募对象，从没出过错。你本可以在昨天晚上或者今天早上杀掉他，拿到那笔梦寐以求的巨额赏金，但是你没有。你可以在刚才和流浪汉谈成一笔交易，但是你没有。"他低沉的声音变得非常轻柔，"也许你的大脑还没有作出决定，但是你的心已经知道你将站在哪一边了。"

凯恩一时间显得有些吃惊。

"我猜是这样没错。"他若有所思地说。

25

> 他是谜团之中的谜团，
> 他被谜团所重重隐蔽，
> 谁是一切谜题的谜底？
> 他的名字叫罪犯之帝。

"你跟流浪汉的会面怎么样？"圣迭戈问完，从他的书本上抬起头，看着凯恩走进门廊，来到他身边。

"和预想的差不多。"

圣迭戈看起来被逗乐了，"他有那么露骨？"

"他有那么饥渴。"凯恩回答。

"对了，"圣迭戈说，"我派了一个人去沉默安妮那里拿你的行李。希望你不会介意。"

"没有问题。"凯恩说，坐下来眺望着宽广的田野，"我会留下。"

"我很高兴听你这么说。"

"你早就知道了。"

"是的，我知道。"圣迭戈承认，"但我的确很高兴你决定留下。我们需要你，塞巴斯蒂安。"

"你很快就会需要我了。"凯恩回答，"流浪汉说天使大概再过两三天就会抵达这里。"他顿了顿，"也许现在是个好时机，选择一个目标进行掠夺。"

"很远的地方？"圣迭戈带着微笑问。

"越远越好。"

"我感谢你的这份心意，塞巴斯蒂安，但避风港是我的家园。我不能在危险才显露出第一个征兆的时候就做逃兵。"

"这叫第一个征兆吗？"凯恩问，"流浪汉告诉我至少有半打赏金猎人曾经找到这里。"

"他错了。"圣迭戈说，"准确的数字是四个人。我没有逃避他们，我也不会逃避天使。再说了，"他加上一句，"你愿意为一个四处躲避敌人的领袖效力吗？"

"但我也不愿意为一个希望死掉的领袖效力。"凯恩认真地说。

"相信我，塞巴斯蒂安——要杀掉圣迭戈，光是天使可不够。"他凝视着地平线，满意地叹了一口气，"看看那日落，多么辉煌。"圣迭戈转向凯恩，"我猜流浪汉留在了避风港上？"

凯恩点点头。

圣迭戈呵呵笑起来，"他的每一个行动都是可以预测的。为了让你杀我,他提了什么条件? 三分之一他的利益,外加赏金?"

"一半。"

圣迭戈看起来很开心,"哇哦,真慷慨——反正他也没真打算支付给你。"

"我知道。"凯恩回答,想了一下,"你最初是怎么跟他搅上的?"

"他有一些我需要的东西。"

"什么?"

"特定联系人。"

"然后他要求加入你的组织作为交换?"

圣迭戈摇摇头,"这是**我的**主意。"

"为什么?"凯恩不解地问。

"有些人天生就给人一种精明而饥渴的印象。"圣迭戈回答,"如果你准备和他们打交道,那么最好将他们放在你随时都能监视到的地方。"

凯恩嘲讽地笑了,"如果这是你的用人标准的话,我很惊讶你竟然没有聚集起一支千万大军。"

"如果有一千万个流浪汉能帮我完成目标,我保证会雇佣他们全部。"圣迭戈说,"但根据我的经验,真正能完成任务的罪犯几乎就像真正能完成任务的英雄一样稀少。"他突然站了起来,"哎呀,已经傍晚了,你还没有吃饭呢。跟我来吧。"

凯恩站起来跟着他走进房子。"我不是很饿。"他说,"看着威廉神父吞掉一只十磅重的水鸟能抹杀任何人的食欲。"他龇牙咧嘴地说,"我很惊讶他竟然留下了骨头。"

圣迭戈哈哈大笑,"我懂你的感受。"他顿了顿,"好吧,至少让我给你倒杯酒,庆祝你加入了我们。"

凯恩点点头。他们走进客厅,雅辛多正坐在沙发上阅读圣迭戈的书。

"你听说了吗？"圣迭戈问他，"塞巴斯蒂安决定留下和我们一起了。"

"我知道。"雅辛多回答，"几分钟之前，威廉神父送他过来的时候跟我说了。"

圣迭戈走到他的酒吧边，将一排排酒瓶仔细地扫视了一遍。"一点儿特别的。"他咕哝道，一半是自言自语，突然他眼睛一亮，"啊！就是这个。"他伸手抓过一个酒瓶，"科贝尔威士忌。"他说，展示了一下标签，"这是用一种非常类似大麦的植物酿造的，他们在山脉两侧种植这种植物。这种酒的口味相当独特。"他倒了三杯酒，给每人一杯。"你觉得怎么样？"凯恩尝试抿了一口后，他问。

"很不寻常。"凯恩回答，又尝了一口，"有点儿意思。"

凯恩喝光了他的酒，伸出杯子要求添酒，"我需要再来一杯才能最终判断。"

"我很乐意。"圣迭戈说着又给他倒了一杯，"但是要小心，它后劲很猛。"

凯恩喝掉了第二杯。突然，多年来他头一次感觉到有些头重脚轻。"我明白你的意思了。"他咧嘴笑起来，"我想还是适可而止吧。"

"很好，"圣迭戈说，"我喜欢有自知之明的人。"

"也许下次威廉神父来吃晚饭时，你可以向他推荐这个。"雅辛多讽刺地说。

"在食量方面，这个男人**没有**任何极限。"圣迭戈回答，他耸耸肩，"嗯，我想赏金猎人就和革命家一样，是形形色色的。"

"我怀疑体型是他的优势之一。"雅辛多说。

"哦？"凯恩饶有兴致地问，"为什么？"

"他太慢太胖，看似不可能飞快地拔出激光枪来。这会麻痹敌人。"

"我表示怀疑。"凯恩说,"你必须记住,能带着枪来这里的人都饱经杀场。在这个行当里,你绝不能低估敌人。"

"所以,你靠谨小慎微才活到现在。"圣迭戈说。

"也许吧。"

"你有别的解释吗?"雅辛多问。

"在我还很年轻的时候,我并不畏惧死亡,这让我与人战斗时具备了一种优势。随着岁月流逝,我意识到死亡会降临到任何人身上,我开始变得非常谨慎,这给了我另一种意义上的优势。"

"你充分利用了这种优势。"圣迭戈插话,"我相信所有好的赏金猎人都是一样。"

"世界上**没有**糟糕的赏金猎人,"凯恩回答,"只有优秀的和死掉的之分。"

"你当初为什么决定做赏金猎人呢?"雅辛多问。

"当我意识到翻天覆地的革命无法让银河变得更好之后,我决定通过渐进式变革来达成目标。"

"你后悔过吗?"

"没有。"凯恩回答,"我们都在作选择,并且承担选择带来的后果。"他若有所思地沉默了一下,"多年前我曾经想过,有一天我要安定下来。我一直打算一旦有了富余时间,就去找个适合我的女人。"他悲伤地笑了笑,"但至今我都没有开始去寻找。"

圣迭戈会意地点点头,"我想要的则是孩子。我是独生子,并且是一个非常孤独的独生子。我总是想要一屋子的孩子。"他自嘲地笑起来,"于是,现在我有了一屋子的杀手和走私贩。每过一段时间我就会停下来想想,这他妈的究竟是怎么发生的?"

"人们到边疆来可不是为了建立家庭的。"凯恩说。

"除非他们是殖民者。"圣迭戈同意道，"或者是商店店主，或者是生意人，或者是农民。"他叹了口气，"或者是除了我们之外的任何人。"

"其实这也好。"雅辛多说，"我们中没人期望老死在床上。"

圣迭戈转向凯恩，"雅辛多并不擅长自我怀疑。"他微笑起来，"提到老死在床上，我个人其实是打算永生的。有太多工作需要我去做，没有时间担心死亡的问题。"

"那就不要拿生命开玩笑。"凯恩回答。

"你又在提天使的事了吗？"

凯恩点点头。

圣迭戈叹了口气，"如果我自己都不愿面对危险，我如何要求我的支持者去冒险呢？"他认真地说。

"但自己主动往枪口上撞就是愚蠢了。"凯恩说。

"他不愿逃避天使。"雅辛多说。

凯恩转向雅辛多，"你不是想加强周围的安保力量吗？"

"我依旧这样想。"雅辛多回答，"但如果圣迭戈会被吓跑这种流言传开，那用不了多久，每个和我们打交道的人都会豢养大批杀手，并拒绝履行他们对我们的承诺。"他顿了顿，"和我们打交道的都是无耻之徒，凯恩先生。是他们对圣迭戈的恐惧让他们不敢轻举妄动，仅此而已。"

"幸亏你没有孩子。"凯恩讽刺道，"作为边疆最可怕的人物，除了恶名之外，你能留给他们的东西不多。"

"我也想通过光明正大的战斗赢得英名。"圣迭戈说，"但不幸的是，我们只能进行另一种形式的抗争，并利用不法分子、恶棍和罪犯为我们牟取经费。"

"你和这帮人直接打交道的频率有多高？"凯恩问。

"非常低。当他们认为我是某种不可接近的半神时,事情似乎会进行得更加顺利。就算是在现代,人类也依然对神心怀敬畏。不利用这种心态是愚蠢的。"他顿了顿,"但这并不代表我就不同他们接触。我每年大概有一半的时间都不在避风港上。由于只有极少人知道我长什么样,我通常可以去查看我的雇员,而且完全不用担心暴露身份。"

"就没人怀疑过你?"

"应该说,没人鲁莽地当着我的面说出他的怀疑。"圣迭戈带着一种满意的微笑说,"有时候我会让他们知道——总是在与我见面之后——这能够促使他们相信我是一个神秘的罪犯之王,他们不能对我隐瞒任何事情。"他顿了顿,"我得说这项工作基本占据了我在外面的大部分时间。"

"那么剩下的呢?"

"我还有其他生意需要安排。"圣迭戈回答,"我搜索潜在的新成员,寻找民主联邦防御中的薄弱环节,判断在哪个世界最适合投入金钱和人力。"

"当然,民主联邦是不知道的。"雅辛多补充说。

"所以这就像是一场象棋游戏。"凯恩说,"你下一步棋,我下一步棋,排兵布阵,针锋相对。"

"我很难确认是不是这样。"圣迭戈说,"我从来没有玩过象棋。"

"从来没有?"凯恩尖刻地问。

"从来没有。"圣迭戈说,"你的口气就好像我刚刚承认了某种罪行一样。"

"我道歉。"凯恩说,"我只是很惊讶。"

"不要介意。"圣迭戈说,然后顿了顿,"你真的不想用晚餐?"

"也许再过一会儿吧。"

"或者再来一杯？"

凯恩摇摇头，"不，谢谢。我很想问你一个问题。"

"问吧。"

"你曾经在卡拉米三号的监狱里待过吗？"

"我想如果你去那里查看记录的话，不会找到任何提到我的线索。"圣迭戈回答。

"我问的不是这个。"

突然圣迭戈笑了，"我明白了！"他大声说，"斯坦告诉你我和他玩过象棋！"

"你有吗？"

"我已经告诉过你了：我不玩象棋。"

"那他为什么要告诉我你玩？"

"他只是在真实的故事上添油加醋罢了。"

"但是你**的确**在卡拉米三号上坐了牢？"

"只有非常短的一段时间。我记得斯坦吹牛说他诈骗和杀掉了许多人，还打算找一个星系由他来统治。我记得我们一直都在玩牌，直到一个看守拿走了他的扑克。"圣迭戈微笑着说，"我还记得，他还欠着我那场游戏的钱呢。"他看着凯恩，"你还有其他问题要问吗？"

"只有两个。"

"问吧。"

"首先，现在我已经加入你们了，一旦我们搞定了天使，再将我留在避风港上就不太合理了。接下来你会让我做什么呢？"

"说实话，我还没想好。"圣迭戈认真地回答，"既然羌嘉已经死了，让他的同伙把他讹我们的钱吐出来只是小事一桩。我们越快拿到钱，就能越早买食物送到博泰去。"

"博泰？"凯恩问。

"一个距离贝拉多纳大约两百光年的采矿世界。"圣迭戈回答，"他们只剩下三个星期的补给了。"

"他们不能多进口些吗？"

圣迭戈摇了摇头，"民主联邦冻结了他们的资金。"

"为什么？"

"因为一个月前他们将两百吨铁矿石——这大概是他们一个星期的产量，不会比这更多了——卖给了两个拒绝加入民主联邦经济网络的外星人世界。"他的脸上闪过一丝愤怒，"与此同时，有一百五十个人类儿童正面临着饿死的命运。"

"我什么时候出发？"

"应该在一个星期之内。"圣迭戈回答，"但我们首先要给羌嘉的同伙继续履行承诺的机会。"

"没有多少时间了。"凯恩说，"就算我拿到钱，你还要去购买食物再将它们运过去。"

"我知道。如果我们能在羌嘉的组织中找到一个代替他与我们合作的对象，那么耽误一点儿时间也是值得的。但是如果不能的话，"他带着一种平静的残忍补充，"我们将让他们理解什么叫'与圣迭戈作对死得快'。"

"如果他们乖乖地把钱交出来了，我们下一步怎么办？"

"你认为呢，雅辛多？"圣迭戈问。

"外屏三。"雅辛多毫不迟疑地回答。

圣迭戈摇摇头，"太危险了。"

"外屏三怎么了？"凯恩问。

圣迭戈打量了赏金猎人一会儿，开口道："在外屏三星系的第四行星上，有一个很大的民主联邦太空军基地。我们掌握了不少关于它的报告。"他顿了顿，"整个夸特梅因星区的补给都是通过外屏三的总部购买的，并且经由那里的补给基地转运。"

"所以呢？"

"如果有人摧毁了他们的电脑系统，他们大概需要好几个月才能恢复正常。"雅辛多解释道，"武器无法运输，工资无法发放。在他们的会计部门弄清楚账户上究竟有多少钱之前，他们甚至连一杯咖啡都买不了。"他顿了顿，"当然，我们必须将其栽赃到别人头上。圣迭戈是个罪犯，不能被人察觉到他是个革命家。"

"每个人都知道他得为天苑四抢劫案负责。"凯恩指出。

"但那是抢劫黄金。"雅辛多带着微笑解释，"他是贪婪的罪犯，抢劫民主联邦的金条合情合理。"他顿了顿，"但破坏外屏三四号上的电脑系统可没有显而易见的好处，因此他绝对不能与此相关。"

"他们的安全系统是怎样的？"凯恩问。

"非常严密。"圣迭戈说，"这也是无论雅辛多有多么热情，我都不太倾向于这么做的原因。"

"但是想想那些我们可以拯救的生命，如果我们能够干扰他们的系统，哪怕只有两个月！"雅辛多争辩说。

圣迭戈盯着他，"我很感谢你的提议，但是热烈的辩论并不能成为鲁莽的借口。成功的概率大约只有几百分之一。"

"但是——"

"我们不能参加**所有**战斗。"圣迭戈打断他，"我们的目的是进行有意义的行动，而不是毫无意义地死掉。这个话题已经结束了。"他重新转向凯恩，"你的第二个问题是什么，塞巴斯蒂安？"

"这个问题没有刚才那个重要。"凯恩满怀歉意地说。

"很好。吃晚饭之前，我也只能探讨一个像刚才那样严肃的问题。那么你想要知道什么呢？"

"我很好奇你手上的那个伤疤。"

圣迭戈抬起右手,注视着上面那个"S"形的伤疤,"我很希望它拥有一个英雄史诗般的故事,但事实却是在我还很小的时候,一个鱼钩钩住了我的手。"

"我认为那是一道刀伤。"

圣迭戈哈哈笑起来,"没什么特别令人兴奋的故事。现在我们可以到餐厅去了吗?"

"我还没有问我的问题呢。"

圣迭戈看起来有些不解,"很抱歉。关于这道伤疤,你究竟还想知道些什么?"

"你为什么还留着它?"凯恩问,"在避风港之外,那是你唯一为人所知的外貌特征。你为什么不在进行整形手术的时候将它也一起去掉呢?"

圣迭戈盯着自己的手又看了一会儿,然后笑了。"因为我忘了。"他回答,"很长时间以来它都是我的一部分,我甚至都没有跟我的医生提到它。"

"我希望你微服出访的时候会记得戴手套。"凯恩说。

"我总是戴着。我出生在民主联邦,我的指纹是被记录在案的。出于同样的原因,我也会戴改变瞳纹的隐形眼镜。"他迈开了脚步,"我们可以去吃饭了吗?"

他们来到餐厅,那晚剩下的时间,他们一直在谈论圣迭戈近期和远期的计划。凯恩在睡觉之前又读了一本书——坦布里克斯特的诗集——他发现自己完全无法理解这东西。接下来的一天,他继续和圣迭戈还有雅辛多讨论问题,他对他们事业的热情越来越高。

但就在日落前,薇秋·麦肯齐出现在了圣迭戈的家门口,于是,革命家的所有未来计划都被迫暂时放到了一边。

26

> 他燃烧得比新星更明亮，
>
> 他矗立得比巨木更魁伟，
>
> 他的咆哮比惊雷更震耳，
>
> 他的城府比大海更深邃。

"事实上，"圣迭戈一边说，一边向后靠在他的安乐椅上，啜着白兰地，"我听说他是西班牙贵族的守护圣徒。他们在驱逐压迫他们的摩尔人时，会在战斗之前召唤他的圣灵。"

"圣迭戈在西班牙语里就是圣雅各①的意思，西班牙语是一种以前在老地球上使用的语言。"雅辛多说，他和凯恩坐正在一张很舒服的大沙发上。

"但你的名字更有《圣经》的味道，塞巴斯蒂安。"圣迭戈评论说。

"让我恼火的是我的中间名。"凯恩说，"我就不该让黑俄耳甫斯有机会知道它，这样我就永远不会得到'歌鸟'这个绰号了。"他叹了口气，"不过，我们都无法选择自己的名字。"

"世界上每一个人都能自己取名字。"圣迭戈指出。

"那是在边疆使用的名字。"凯恩回答，"它们不正式。"

"如果你一直在边疆，它们就足够正式。"

突然，安保系统警告他们说有一辆车正在靠近。车子被识别出是沉默安妮的。没过一会儿前门就滑开了，显露出她瘦小的身形。

"安妮，你怎么来了？"圣迭戈说着站了起来，"我们应该怎样款

---

① 耶稣十二门徒之一。

待你呢？"

"现在我们遇到了一点儿小问题。"沉默安妮说，依旧留在门口。

"哦？"

沉默安妮点点头，"她在我的车里。"

"谁？"圣迭戈问。

"薇秋·麦肯齐。"

凯恩站起来走到窗边，看见薇秋坐在车里，眼睛被蒙上了。然后他回头看向圣迭戈，点点头。"天使在哪儿？"他问。

"在卫星轨道上。"沉默安妮回答。

"你为什么带她来这儿呢？"圣迭戈问，看起来好奇多于不悦。

"她在几个小时前着陆，之后找到威廉神父，告诉他说她有一条天使带给你的信息。"沉默安妮顿了顿，"神父认为如果她说的是实话，你或许想听听那是什么信息。"

"如果她撒谎呢？"凯恩问。

"那她就永远不可能活着离开避风港。"沉默安妮冷冰冰地保证。

"威廉神父干吗不自己带她来？"圣迭戈问。

"他希望天使着陆时自己在镇上。"沉默安妮回答。

"这是一颗很大的行星。"凯恩说，"他凭什么认为天使会在镇子附近着陆呢？我就不会。"

"但是你这么**做了**。"沉默安妮回答。

"但我当时并不知道圣迭戈在这里。"凯恩指出。

"他会在镇子附近着陆，因为他需要薇秋给他带路，而她是降落在那里的。"圣迭戈说。

凯恩思考了一会儿这句话，点了点头，"也许你是对的。"他让步了。

"好啦，我们不要让客人一直等着了。"圣迭戈对沉默安妮说，"带她进来。"

沉默安妮出去了一会儿，回来的时候带着薇秋·麦肯齐。后者的眼罩已经拿掉了，正打量着这个房间，依次仔细观察面前的三个男人。

"你好，凯恩。"最后她说。

凯恩点点头致意，没有说话。

她看着雅辛多，"你太年轻了。"然后她就转向了圣迭戈，"那么一定是你了。"

圣迭戈微笑着鞠了一躬，"愿意为你效劳。你不坐下吗？"

"我能先喝一杯吗？"她问。

"当然。你喜欢喝什么呢？"

"任何有酒精的东西。"

圣迭戈转向沉默安妮，"你愿意完成这一荣幸的工作吗？"

她点点头，朝吧台走去，与此同时，圣迭戈为薇秋拉来了一把椅子。

"你是个非常有勇气的女人，敢一个人到这里来。"圣迭戈说着在她对面坐了下来。

"跟天使一起旅行之后，就没多少东西能吓到你了。"她诚心地说。

"等一下。"凯恩说着，走过来拿走了她的手袋。

"嘿！"她大叫起来，徒劳地想要抢回去，"你这是干什么？"

"你是来传口信的，"凯恩说，伸手进去掏出一个小小的录音装置，"不是来采访的。"他将手袋拿到一个靠近光源的地方，仔细地检查了好几分钟才还给了她，"在哪儿？"

"我不知道你在说什么？"薇秋说。

"有摄像机藏在某个地方。你可以交出来，或者我把你剥光。没有第三种选择。"

"我才没有必要照你的话去做呢！"

凯恩转向雅辛多。"抓住她。"他下令说。

雅辛多朝她的方向迈了一步，这时薇秋举起了一只手，"好吧。"她说，"等一下。"她在外套上摸索了一阵，扯下一颗大扣子，交给了凯恩，"你现在满意了？"她问。

"暂时满意。"他说着，关闭了这个极其微小的全息摄像机，塞进了自己的口袋。

"我希望离开时你能还给我。"她加上一句。

"到时再说。"雅辛多带着不耐烦的口气说。

"这个'到时再说'是什么意思？"薇秋气愤地说，"我可是举着白旗来讲和的！"

"作为一个传话人，而不是新闻记者。"雅辛多回答。

"我向你保证你的财产最终都会回到你手上。"圣迭戈说，"现在，"他说这句话的时候，目光坚定地扫了一眼凯恩和雅辛多，"如果你能控制情绪的话，我非常有兴趣听听你要说些什么。"

"天使想在明天早上见你。"她说。

"我打赌他一定这么想。"沉默安妮说，端着薇秋的饮料走了回来。

"天使想要杀我。"圣迭戈说，"我为什么还要出现在他面前呢？"

"他愿意谈谈。"薇秋说。

圣迭戈看起来被逗乐了，"谈论杀我的话题？"

"谈论**不杀**你的话题。"她回答。

"一个非常符合我心意的话题。"圣迭戈回答，"他打算说些什么呢？"

"他很愿意被收买。"薇秋说。

"要多少？"

"可以协商。"薇秋回答，"我感觉他谈论的范围在两三百万信用币左右。"

"我的赏金高达两千万之多。他为什么会甘愿接受这么低的价格呢？"

她咧嘴笑了，"没人知道你长什么样。他可以将他找到的第一个流浪汉的尸体拿去，声称那就是你，依旧能得到那笔钱。"

"我相信以前有人这么尝试过。"圣迭戈说。

"也许。"她同意，"但是人们通常都不愿意跟天使争论。"

圣迭戈若有所思地打量着她，"他想在哪儿见我呢？"

"一个叫作大麦粒酒馆的地方。"

"他是怎么找到那里的？"

"那是和平使者麦克多伽杀掉三眼比利的地方。"薇秋回答，"那是避风港上他唯一知道的地方。"

"他想在什么时候见我？"圣迭戈问。

"九点整。"

"你不是真的想去见他吧？"凯恩问。

"我还没决定呢。"圣迭戈说。

"这是个陷阱。"凯恩说。

"也许。"圣迭戈同意。

"那就不要去。让他到这里来。"

"然后杀掉我手下十几个人？"圣迭戈带着微笑说，"我救不了他们的。"

"是他们救不了你！"凯恩大声说。

"或许天使真的是想做笔交易。"圣迭戈说，"不管怎么说，两三百万信用币总比两千万便宜。"

凯恩用力地摇摇头，"他必须到民主联邦才能拿到钱——他们才他妈的不在乎他是天使还是上帝本人呢。他们需要证据。"

"他希望什么时候得到答复？"圣迭戈问薇秋。

"我得在今天晚上跟他联络，让他知道你的决定。"她回答。

"你能从中得到什么呢？"雅辛多问。

"我是个记者。我想得到一个故事。"她转向圣迭戈，"也许你愿意现在接受一个采访？"她提议。

圣迭戈哈哈笑了起来，"我尊敬你的献身精神。"

"那么你愿意了？"她追问。

他摇了摇头，"我想不是。"

"如果你愿意接受我的采访，我就告诉天使你不在这儿。"

"她说谎。"凯恩说。

"那当然是谎话！"薇秋恼火地大叫。

凯恩转向她，"得了吧。"他说，"你跟他那么说的话，等你的采访一面世，他就会追杀你的。"

"他永远都找不到我。"

"如果他能找到圣迭戈，那他也能找到一个即将声名远扬的记者。"

"我会冒险试试。"薇秋回答。

"不，你不会。你会进行你的采访，然后将你看到的听到的一字不漏地告诉天使。"

圣迭戈清了清喉咙，"我准备出去走走，"他宣布，"顺便考虑一下天使的提议。我会在回来的时候告诉你我的回答。"

"我和你一起去。"沉默安妮说。

他摇了摇头，"我更愿意单独走走。几分钟之后就回来。"

他出了门。

“他这是去哪儿？”凯恩问。

“去山谷。”雅辛多回答，“需要思考的时候他总是去那儿。”

“这他妈的有什么好思考的。”凯恩不解地说，“他不会真的考虑要做这种事情吧！”

雅辛多耸耸肩，“谁知道？”

凯恩走到薇秋身边，一把抓起她的手腕，将她拖了起来。

“过来。”他说。

“你要带她去哪儿？”雅辛多问。

“去门廊。”凯恩说，“我要跟她谈谈。”

“你可以在这儿跟她谈。”

“我们要单独谈。”凯恩说。

雅辛多看着凯恩，沉默片刻，点了点头。

凯恩拉着薇秋穿过餐厅，来到了门廊上，并命令他身后的门关上。

“难以置信！”她说，脸因为兴奋而涨得通红，“我终于找到他了！”

“而现在你准备杀掉他。”凯恩说。

“我没准备杀掉任何人。”她说，“我只是个记者。”她目光犀利地瞪着他，“我倒奇怪**你**为什么没有杀掉他。”

“情况变了。”凯恩说，“我加入了他们。”

“他给了你多少好处？”她好奇地问。

“没有。”

她难以置信地看着他，“你是不是也准备像沉默安妮那样，跟我说一番他有多么伟大的屁话？”

“我不知道他是否伟大，”凯恩缓慢地说，“但他是一个**好人**——比我可能做到的都更好。而且他在进行正义的事业。”

"他是个该死的罪犯。"

"他是个好人，"凯恩回答，"我不会让他被杀的。"

"我好像记得在天马上时我们做了个交易。"薇秋说。

"你在与天使做搭档的时候就已经打破协定了。"

"你难道没有收到特威利格的消息？"

凯恩点点头，"是在人山贝茨杀死他之前还是之后发的？"他讽刺地问。

她瞪着他，"我没有背叛你！"

"那么你为什么为天使跑腿呢？"他反问。

"因为他让迪米崔·索寇撤销了对我的追杀。"她回答。

"那你什么时候才会停止为他工作呢？当他杀掉圣迭戈之后？"

"他不过就是想跟圣迭戈谈谈。"

"你很清楚这是狗屁，是陷阱。"凯恩说。

"咱们彼此彼此。"薇秋挑衅地说，"你说我抛弃你联合了天使，你还投靠了敌人呢。"

"敌人不是圣迭戈，"凯恩说，"是天使。"

"天使是赏金猎人，依照民主联邦的法律行事。圣迭戈是罪犯，一次又一次地犯法。"

"事情没那么简单。"凯恩说。

"事情就那么简单。"她带着胜利的口气说，"你加入了一群杀手和强盗，却在严厉地教训我，就因为我正想将他们的领袖送去接受正义的制裁。"

"你这辈子他妈的什么时候在乎过正义！"凯恩咆哮道，"你唯一关心的只有你那见鬼的故事以及它能带给你多少好处。"

"你难道不愿意跟**我**一起变得出名而且伟大吗？凯恩！"她冲他吼了回去，"我知道你杀过多少人——而且不仅仅是身为赏金猎人的时候。在塞拉瑞亚，你依然是被悬赏通缉的对象。"她停下来喘了一口气，"我们都是为了寻找圣迭戈出发的。你准备杀掉他，而我准备得到我的故事。你忘记了自己应该在这儿做些什么可不是我的过错！"

"我可以给你一个能带回家去的故事。"他凶狠地说，"你可以报道天使是怎么死的。"

她瞪着他，然后表情骤变，如同所有愤怒都从她身体中被抽走了一般。

"你杀不掉他的。"她说，缓慢地摇了摇头，"不要为此丢掉自己的性命。"

"我不会让他杀了圣迭戈的。"凯恩固执地说。

"没有人能阻止天使。相信我，凯恩。我见过他动手，我知道他能做些什么。"她强压下不由自主的战栗，"他不是人！"

凯恩看着她，"如果你害怕他，为什么还要为他工作？"

"因为他能拿到我想要的东西。"她说这话的时候带着非常不自然的微笑，"而且我害怕他。"她直直地迎着凯恩的目光，"你还有其他要说的吗？或者我可以再喝一杯？"

他回瞪着她，看起来似乎正要说什么，然后又想了一下，便带她回了屋里。雅辛多和沉默安妮依旧在客厅里等他们。

"他回来了吗？"雅辛多问。

"我没看见他。"凯恩说，"他究竟是去那里干什么？与死者交谈吗？"

"这听起来可完全不好笑，凯恩先生。"雅辛多说，"那些坟墓里埋葬的都是很优秀的人。"

"那么也许**他们**能跟他讲讲常识问题。"凯恩说，"他必须明白这是一个圈套。"

"他知道。"

"那还有什么好犹豫的？"

雅辛多疲惫地叹了一口气，"民主联邦也许有几十亿人害怕他的名字，但也有几万人崇拜他，他们知道他是自己和压迫他们的人之间唯一的屏障。他和关于他的神话就是他们的全部。他不愿被他们当成胆小鬼，辜负他们的信任。"

"逃离一场你不能取胜的战斗，这根本不是懦弱或者胆小的表现。"凯恩说。

"但对圣迭戈来说就是。"

"没人知道的。"

雅辛多冲着薇秋点了点头，"那我们就不得不杀了**她**，防止整个故事传出去，而他肯定不会这么做的。"

"那你和我就不得不阻止他了。"凯恩坚决地说。

"怎么阻止？"

"用武力，如果必要的话。"

"你必须按照圣迭戈告诉你的去做。"沉默安妮插话道，"他是你的领袖。"

"我们在试图**保住**我们的领袖。"凯恩回答。

她用犀利的目光瞪着他，"当你承诺效忠一个人的时候，你将**完全**效忠于他。你不能只服从那些你认同的命令而违背其余那些。"她停顿了一下作为强调，"不管他的决定是什么，我们都要支持。"

"到时候再说。"凯恩不置可否地说。

一股令人紧张的气氛盘踞在房间里，直到薇秋最终打破了沉默："有人介意我再给自己倒一杯吗？"

雅辛多比画了一下那边的酒吧，"请随意。"

她走过去，开始打量一排排酒瓶。"这个小酒吧的库存还真不少。"她说，看起来很惊讶。她注意到其中一个瓶子，然后将它拿了出来，"科贝尔威士忌！"她大叫起来，"我很久没喝过这东西了。噢，一定有五年了！"她给自己倒了一杯，飞快地喝了一口，"我不得不说，他的品位真不错。"

"我认为这是非常高的评价。"一个声音从餐厅门口传来，所有人都回过头，看见圣迭戈正站在那里。

"你作出决定了？"凯恩看着他说。

圣迭戈穿过房间，走到薇秋身旁，后者手上依旧拿着酒杯。

"告诉天使我会去的。"他说。

"你疯了！"凯恩爆发了。

"不论怎样，这是我的决定。"他重新看向薇秋，"如果你愿意在那辆带你来的车子中等待的话，我会让手下送你回镇上。很抱歉，但是我必须让他再次蒙住你的眼睛。"

"我的相机呢？"

"在我们销毁里面的记录之后，会还给你的。"

薇秋喝光了威士忌，走到门口，"要知道，凯恩说得对。"

"谢谢你的建议。"圣迭戈说完，打发她离开。

她耸耸肩，离开了房子。圣迭戈冲沉默安妮点点头，她就去找司机了。

"你不能这么做！"凯恩说。

圣迭戈露出了微笑，"你是在命令我吗，塞巴斯蒂安？"

"她几乎是在告诉我们那是圈套了。"凯恩继续说，"如果你真想让天使痛揍一顿，也应该是在这个房子里。"

"但何苦呢？"圣迭戈问，"如果他真打算杀掉我，为什么要他也杀掉你们所有人呢？他很优秀，能够做到这一点，你知道的。"

"他杀不了**我**的。"凯恩保证道。

"包括你，塞巴斯蒂安。"圣迭戈说，"我一直在监视他的动向，就像监视你一样。我不想伤害你的自尊，但你跟他交手的话，是没有胜算的。"

"如果是这样，你就更没有胜算了。"凯恩说，这时沉默安妮也回来了。

"**如果**他想要杀我。"圣迭戈补充，"但也有可能他只是想要谈谈。"

"应该说这种可能性几乎不存在。"

"那么，"圣迭戈冷静地说，"也许他会发现要杀我没有他想的那么容易。"

"你和其他人一样，只不过是血肉之躯。"凯恩说。

"不，塞巴斯蒂安。"圣迭戈说，"我也许是血肉之躯，但我也是神话和传说。"

"这对你没什么好处。"

"以前一直有的。"

"你以前从来就没有面对过任何像天使一样的人。"凯恩说。

"如果命中注定我死，那我也只能坦然面对。"圣迭戈说，"我过了非常满足的一生。我去过几百个世界，拥有这个农场让我感觉很快乐。我的人生是有意义的。"他耸耸肩，从嘴角挤出一个笑容，"在你们给我写墓志铭之前，我希望至少有一个人考虑一下我也许不会死掉的可能性。"

"我恳求你不要这么做。"雅辛多急切地说。

"我感谢你的担心。"圣迭戈回答，"但是我已经作出了决定。"

"那么就让我代替你去。"凯恩突然说，"天使从来没见过我们两个。至少我在对付他的时候有一点点胜算。"

"我以为我们已经决定了你不想变成《双城记》中的卡尔登。"圣迭戈指出。

"我改主意了。"

"嗯，但是我还没有。"圣迭戈说，"我很感谢你的提议，塞巴斯蒂安，但是我还有更重要的事情需要你去做。"

"还有什么能比救你更重要呢？"凯恩问。

"不管我是否在这里，都还有许多工作需要完成。"圣迭戈轻声说，"现在，如果没有人介意的话，我想我应该吃晚饭了。"

凯恩和雅辛多耗费了整顿饭的时间试图说服圣迭戈不要离开房子，但他依旧毫不动摇。吃完饭后，他又独自一人去了山谷，直到午夜时分才回来，看起来心满意足的样子。他邀请沉默安妮在一间客房里过夜，向三个人道了晚安，就去睡觉了。

凯恩回到自己的房间，从行李中抽出两把手枪，花了一个小时清洗、上油。他将闹钟定在日出前二十分钟。就在他起床穿戴完毕，检查过弹药之后，突然响起了敲门声。

"开门。"他低声下令。圣迭戈和沉默安妮走进了房间。

"我的担心果然没错。"圣迭戈说话时，一直盯着凯恩放在衣橱上面的手枪，"塞巴斯蒂安，你这是在做什么？"

"我要去镇上。"凯恩说，没有试图将武器藏起来。

"我告诉你不要去了。"

"我知道你告诉我了什么。"凯恩说，"但我还是要去。"

"安妮？"圣迭戈说着朝旁边迈了一步，凯恩突然发现自己眼前是一把音波枪的枪口。

"这他妈的是什么意思？"凯恩问。

"我很感激你正打算做的事情，塞巴斯蒂安。"圣迭戈说，"但我不允许你这么做。"他转向沉默安妮，"我十分钟之后就走。你在这儿看着他，好吗？"

她点点头。

"再见,塞巴斯蒂安。"圣迭戈说。

他步入走廊,门关上了。

"你知道他去了就是送死,对不对?"凯恩苦涩地说。

她目不交睫地看着他,"圣迭戈无法被杀死。"

"圣迭戈的组织里应当再多几个现实主义者,少几个盲目迷信者。"他站起来,"如果你让我过去,我还能阻止他。"

"待在原地不要动。"她警告说。

"你这是让他直接去送死!"凯恩大吼,"为什么?"

"因为这是他的决定,而我服从他。"

"他为什么要他妈的这么做?!"凯恩说,依旧感到困惑不解。

"为了拯救这里每一个人的性命。"她回答,"如果天使想要杀了他,就肯定能杀了他,无论他在哪儿。"

"我们可以加强戒备。"

"就一晚上?"沉默安妮说着摇了摇头,悲伤地笑了。

"我们可以给他设个陷阱。"他绝望地盯着那扇门,"我们现在就可以做。"

"骰子已经掷出了。"

"这是借口。"凯恩回答。

她看着他,"他将我从绝望中拯救出来,并赋予我的生命以新的意义。我爱他,比你深得多。如果我都能让他去做他必须去做的事情,那么你也可以。"

凯恩听见圣迭戈的车子发动,顺着农场细长弯曲的小路开走了。

"他走了。"他说,感觉全身的力气都被抽走了,"而你等于帮了要杀他的人。"

"我告诉过你了:圣迭戈不会死。"

"你最好记得将这句话刻在他的墓碑上！"

"你为什么如此愤怒？"她问，从心底里感到好奇，"你不过才认识他两天而已。"

"我用了我的一生来寻找他。"凯恩苦涩地说，"现在，真是感谢你，我失去他了。"

她微笑起来，"对于你的这个答案，他应该会满意的。"

"可惜他听不到这句话了。"

接下来的五分钟里，他们一直沉默地对峙着。凯恩瞪着她，徒劳感和焦躁不安变得越来越强烈。沉默安妮带着一种盲从的坚定守着他。

突然，走廊里传来了脚步声，他们听见了雅辛多的声音。

"你在里面吗，安妮？"

沉默安妮扭头朝门那边看去。就在这一瞬间，凯恩扑过来，将她的手枪打飞到墙上。她伸手要去拿枪，但是他动作更快，一把抓住她，将她粗暴地丢到了床上。

"出什么事情了？"雅辛多一边问，一边拍门。

凯恩捡起那把音波枪，关闭电源后丢进了衣橱里。然后，他拿起自己的两把枪，往口袋里塞满弹药，其间目光一直没有离开安妮。最后他走向门，下令其打开，他看见自己面前只有雅辛多一个人，脸上挂着道道泪痕。

"我要去镇子。"凯恩宣布。

"我知道。"雅辛多说着朝前走了一步，凯恩看见他手上握着一把寒光闪闪的刀子。

"别想阻止我。"凯恩凶狠地低吼道。

"我从没那么想过。"

"那就让我过去。"

"首先我不得不做一件事。"雅辛多说着,继续朝他逼近。

27

有人说他是个罪人,

有人说他是个圣人,

有人发誓说他比熊更凶狠,

但无论他们说什么,都别信以为真!

黑俄耳甫斯之所以写下这节关于圣迭戈的诗,只是因为他感觉诗中的主角有一种超越外表的内涵。

他不知道自己的预感是多么准确。

威廉神父和流浪汉出现在门口时,薇秋·麦肯齐已经坐在酒馆里了。传教士冷冷地向她表示了问候,然后坐到了他的老位置上,叫月涟为他准备早饭。与此同时,流浪汉走过去,坐在薇秋旁边。

"早上好,我的爱。"他说,"我知道我们命中注定将再次相逢。"

"对于你来说,现在还是一天之中很早的时候,不是吗?"她回答着,将她的三百六十度全息摄影仪放在桌子上,并且检查了她的话筒。

"我一直都很好奇中午之前的世界究竟是什么样的。"他带着微笑说。

"哪一个世界?"她嘲讽地问。

"任何世界。"

"我猜差不多都一样。"薇秋说。

"这里的阳光要更慵懒点儿。"他回答着眨了眨眼睛，"你的旅伴呢？"

"他会来的。"她向他保证。

"好吧，我想就算他缺席也不妨碍我们谈一点儿小生意。"流浪汉说。

"我跟你没有什么好谈的。"薇秋说，将麦克风插进了摄影仪的凹槽里。

"我们**有**一个关于如何处置艺术品的协议。"流浪汉坚持道。

"那个协议只在凯恩杀掉圣迭戈的情况下生效。"薇秋回答，"如果你还没有听说的话，我可以告诉你，凯恩已经是圣迭戈的人了。"

"那么就在天使面前说我几句好话。"

她看着他，"流浪汉，对于你，我想不出一句好话来。"

"我们不要把时间浪费在恶语相向上。"流浪汉说，"不管是你还是天使，都不知道如何处置那些艺术品，但我知道。你们需要我。"

"我才不在乎什么艺术品呢。"她说，"我能得到我想要的。"

"你真这么以为？"流浪汉说着，似乎被逗乐了。

"天使想要赏金，我想要故事，我们的兴趣并不冲突。"

"啊，薇秋，"他叹了一口气说，"我希望你跟你自以为的一样聪明。"

"你这是什么意思？"

"难道你真的以为他会让你活下去？"流浪汉问。

"为什么不呢？"

"因为迪米崔·索寇悬赏了十万信用币要你那漂亮的小脑袋。"

"天使已经让他解除这个悬赏了。"她说。

他摇了摇头，"天使让他不要再四处宣传了。这两者之间是有区别的。"

"那他为什么还没有杀掉我呢？"她反问。

"因为他需要你把圣迭戈引到这里来。一旦他杀了圣迭戈，他就再也不需要你做什么了——除非你能够说服他，让他相信你和我处理这些艺术品能给他带来一大笔财富。"

"你和我？"她怀疑地重复了一遍，"你怎么突然变得如此慷慨？"

"因为他认识你，而我的名声却被那些嫉妒我成功的小气鬼给抹黑了。"他朝前凑了凑，"我会给你百分之十的提成。"

"百分之十？"她尖声大笑起来，"你的慷慨大方简直是没有界限啊。"

他耸耸肩，"好吧——百分之十五。你还有你的故事呢。"

"别做梦了。"

"你正在犯一个很大的错误。"流浪汉说。

"不知道为什么，虽然天使很可怕，但是我认为他比你更值得信任。"

"这里将是你的葬身之地。"他回答，"想想我说的话。"他冲月涟打了个手势，她此时正端着一个巨型盘子从厨房里出来，盘子上放着威廉神父的早餐，"有空的时候给我来杯咖啡，亲爱的。"

"马上就来，先生。"她回答。

"咖啡？"薇秋说着咧嘴笑了。

"他们说咖啡能让瞳孔收缩。"流浪汉说，"我非常愿意冒险试试。"

"咖啡能让精神稳定。"

"随便你怎么想。"他耸耸肩，突然发现威廉神父正双手合十，低头不动，"我从没见你这么做过。"他说。

"我随时都在祈祷。"威廉神父说。

"但是不会在吃饭前，你不会那样。"流浪汉说，"通常你只会埋头大吃，就像要打破吃饭速度纪录一样。”

“也许他很紧张。”薇秋猜测。

威廉神父严肃地瞪着她，“我在为天使的灵魂祈祷。我已经计划好今天早上就把他送到撒旦的监狱里去。”

“如果你计划跟他作对的话，最好在你的主面前为自己说几句好话。”薇秋说。

“我从来不向主提出个人请求。”威廉神父说，继续盯着她，“我想接下来我最好为你祈祷一下。你做了非常邪恶的事情，薇秋·麦肯齐。”

“你难道要为此责怪**我**？”她充满防备地说，“在昨天之前我甚至都没有听说过避风港。天使完全没有借助我的力量就找到了这里。”

“但你却说服圣迭戈来见他。”

“我所做的不过是传了一条口信。”她回答，“见鬼，我告诉了他最好别来。”

“我还是会为你祈祷的。”

“既然你还在祈祷，”流浪汉说，“也许你能为我说点儿好话，以防万一。”

“这对你不会有什么帮助的。”威廉神父回答。

月涟端着流浪汉的咖啡回来了，这时，威廉神父刚为薇秋念完一段简短的祷告，然后就比平常更为狼吞虎咽地吃起了早饭。

月涟将盘子放在吧台后面，犹豫不决地走近威廉神父。

“抱歉，先生。”她不太确定地问。

“怎么了，我的孩子？”

“我知道这与我毫不相关，但我无法控制自己偷听你们的谈话，我只是想知道那是不是真的？”

“关于流浪汉要下地狱的事情？”威廉神父回答，“毫无疑问。”

"不。"她说,"我不是这个意思。"她顿了顿,焦躁不安地拽着她的围裙,"他今天要来这里,是真的吗?"

"我希望不是。"威廉神父说。

她又问了其他一些事情,然后摇着头跑回厨房去了。于是,威廉神父又开始集中精神扫荡盘子里的一大堆食物。

薇秋忙碌地检查了一遍装备,流浪汉则小口啜着咖啡,试图将那当成是一杯赛格尼安干邑白兰地。

然后门打开了,身裹一件黑外套的天使走进了酒馆。他苍白的眼睛扫视了一遍房间,没有错过任何细节。

"你早到了几分钟。"薇秋说。

他没有回答,而是选择一张靠在没有窗户的墙边桌子走了过去,如同猫一样优雅而灵敏。他的目光一直没有离开威廉神父。走到桌边后,他拉出一张椅子坐下。

"从举止来看,我猜你就是天使?"流浪汉热情地说。

"是的。"

"很好。他们叫我快活的流浪汉。我有一笔互惠互利的生意愿意跟你合作。"

"稍后再说。"天使回答。

"对你来说那可能意味着一大笔钱。"流浪汉继续劝说。

"我说了稍后再说。"

流浪汉看着天使那冰冷得没有生机的眼睛,"好吧。"他飞快地边说边站了起来,让他的双手保持在可以被看见的地方,"我想我最好到街对面去放松一下。我们稍后再谈。"

流浪汉飞快地跑出门去,天使根本就没在他身上浪费丝毫的注意力。他一直目不转睛地盯着威廉神父。

"我不会让你杀他的。"传教士说,一边回视他一边继续吃。

"我只是来跟他谈谈的。"天使回答。

"我不相信你。"

天使耸耸肩，"随便你相信什么，但是不要做蠢事。"

威廉神父继续瞪着他，这时月涟走出厨房，朝着天使走去。

"可以为你效劳吗，先生？"她问。

天使摇摇头，甚至没有将目光从威廉神父身上移开。

"他随时都可能来。"薇秋说。

"凯恩会跟他一起来吗？"天使问。

"不。"她紧张地顿了一下，"我得问你一个问题。"

"问吧。"

"迪米崔·索寇依旧在派人追杀我？"

"没有。"

"你确定？"

"谁告诉你他还在追杀你？"天使问。

"我只是好奇。"

"是流浪汉。"天使说。

"他说的是真的吗？"

"他说过真话吗？"

"该死！"薇秋大叫，愤怒吞噬了恐惧，"我要一个答案！"

他微微朝她偏了偏头，但依旧保持着威廉神父在自己的视野之中，"我已经回答了你的问题。如果你一开始就不相信我的话，现在也不会相信。"

他们在沉默中静坐了一分钟。威廉神父吃光了早餐的最后一些碎屑，摘下围在脖子上的餐巾，擦了擦嘴，然后将餐巾扔在了桌面上。

"我已经警告过你了。"传教士恶狠狠地咆哮。

"你不需要死。"天使说，"你没有被悬赏通缉。"

"主是我的牧者,我必一无所缺[①]!"威廉神父吟诵着站了起来,激光枪枪柄在酒馆的人造光源下闪闪发亮。

月涟的眼睛因为恐惧而大睁,突然,她朝着天使迈出一步。

"你不能杀威廉神父!"她尖声叫起来,"他是上帝的仆人!"

"这是他的选择。"天使平静地回答,他的目光一直没有离开传教士的双手。

"后退,孩子!"威廉神父说。

"你不能!"她又叫了一次,朝着天使冲去。

威廉神父伸手取枪,天使的右手却如同魔法般出现了三根金属长刺。在他将它们掷出去的时候,月涟撞在了他的手臂上,但这些长刺依旧准确无误地刺进威廉神父那巨大的身躯中——在他能够抽出手枪之前。伴随着月涟惊讶的低喊,威廉神父倒下了。

天使站起来,用手臂将月涟扫到一侧。她斜身撞到墙上,然后滑到地面上,一动不动了。

"看看她是否还活着。"他命令薇秋,同时穿过房间,在威廉神父身边蹲了下来。一根铁刺深深地扎进了他的胸膛,另外一根穿透了他的右手臂,第三根则插在他脖子的左半边,但是他依旧保持着清醒。

"你很幸运。"天使毫无感情地说着,拔出了威廉神父的手枪,"是那个孩子救了你一命。不要乱动,否则你会失血过多而死。"

"杀了我!"威廉神父发出咆哮,"否则上帝作证,我要追杀你,直到地狱的最底层!"

"愚蠢。"天使咕哝着摇摇头。他搜了搜传教士身上是否有隐藏的武器,小心翼翼地拔出三根铁刺,站起来朝着月涟走去。

"她还有呼吸,"薇秋说,"但她头上有个超大的肿块。"

---

① 出自《圣经·诗篇》第23章第1节。

他动作娴熟地摸了摸她的头和脖子，"她会没事的。"他说。

"威廉神父怎样了？"

"他的体型可真是好得不能再好了。"天使回答，"那些脂肪给了他许多保护。"

"他会活下来吗？"

"也许。"

"我们是不是应该给他俩找个医生？"

"稍后再说。"天使说。

她看着半昏迷的传教士，"他出血出得很厉害。"

"你做你想做的事情。"天使说着，回到了他的椅子上，"我在这儿等圣迭戈。"

她又沉默地看了威廉神父片刻，然后耸耸肩，回去捣鼓她的摄影装备了。

他们一声不响地坐在那里，其间只有威廉神父沉重的呼吸声和偶尔几句咒骂打破静默。然后门再次滑开了，圣迭戈走了进来。

"这里发生了什么？"他问，在威廉神父身边跪了下来。

"你是圣迭戈？"天使问。

"是的。"圣迭戈甚至没有抬起头来。

"你的同伴做了一个不太明智的决定。"

"他还活着？"

"我会比**那个**撒旦的走狗活得更长久！"威廉粗哑地吼着，恢复了意识。

突然，圣迭戈看见了月涟，"你对那个女孩做了什么？"

"她会没事的。"天使指了指他对面的椅子，"坐。"

"等一下。"圣迭戈说，走过去检查了一下月涟。他摸着她头上肿起的部分，"可能是一处骨折。"他转向薇秋，"你叫医生了吗？"

"等有空的时候再说这些。"天使打断他,"我们首先有生意要谈。"

圣迭戈又看了一眼威廉神父,转向天使。

"我希望你保证不杀他们,否则我们就没什么好谈的。"

"如你所愿。"

圣迭戈叹了口气,"好吧。"他说着坐了下来,"我们开始吧。"

"你知道你是整个银河之中人们最想杀掉的人。"天使开始说。

"是的。"

"这是因为你是整个银河之中最成功的罪犯。"他继续说。

"说重点。"圣迭戈说。

"重点很简单:像你一样成功的罪犯一定毫无疑问地囤积了相当大一笔财富。我想知道你是否有兴趣花费其中的一部分来购买你今后的长命百岁?"

"你想要多少?"

"现在你的赏金是两千万信用币。"天使说着,若有所思地想了一下,"我觉得三千万应该能让我放你一马。"

"三千万?"薇秋大叫起来,"我以为你说的是三百万!"

天使露出一个阴森的微笑,"那不过是说说而已。"他说,"这是生意。"他直直地看着圣迭戈的眼睛,"在你离开这张桌子之前付全款。"

圣迭戈冷冷地笑了,"你从来就没有打算谈谈,对不对?"

"我是一个守信用的人。"天使回答,"我说了如果你到这里来,我会给你提一个条件,并且我这么做了。你的回答是?"

"下地狱去吧。"圣迭戈说。

天使以惊人的速度朝前一探,圣迭戈就从椅子上摔了下来,鲜血从他的喉咙里喷涌而出。他在倒地之前就死了。

威廉神父爆发出极为惨烈的吼叫，挣扎着想站起来。事实上，他甚至努力将一条腿撑在了地面上，但他立刻就又捂住自己的胸口倒了下去，沉重地喘着气。

薇秋闭上眼睛，强压住呕吐的冲动。天使站起来走到圣迭戈的尸体边，低头看着那张扭曲的脸。

"好了，你得到了你的故事。"他最后说。

"太可怕了！"她虚弱地说。

他转向她，"死亡总是很可怕的。"

这时，突然响起了一声枪响。

这个瞬间没有人动弹。然后天使的嘴角开始流下一道鲜血，他转身看向门口，身子轻微地摇晃着。

"愚蠢！"凯恩轻声说，"你以为圣迭戈那么容易就会被杀掉？"

他又开了一枪，天使跪倒在地。

威廉神父非常费力地用手肘撑起上半身。

"你这个可怜的傻蛋！"他嘲弄地大笑起来，"你杀错人啦！"

凯恩缓慢地走进了房间。

天使的脸上混杂着迷惑与痛苦。他试图说话，却咳出了一大口血，然后他终于挤出了一句话："那么谁是圣迭戈？"

凯恩举起右手，露出那个依旧在朝外渗血的"S"形伤疤。

"现在**我**是。"他说。

"可怜的罪人！"威廉神父宣布，"每个人都知道圣迭戈不会死！"他发出一阵惊天动地的大笑，直到晕过去时都还笑个不停。

天使伸出手，想从外套里抽出音波武器，然后就听见第三声枪响。他像是被大锤击中一般朝后飞去，躺着不动了。

凯恩转向薇秋，"去找个医生。"他命令道。

她跳起来，开始将摄像机朝手袋里塞。

"放那儿别动。"凯恩说。

"别做梦了。"她瞪着他，"我可是冒着生命危险才拍下里面的内容。"

"你回来的时候它还会在那儿的。"

"那我为什么不能拿走它？"

"因为我想确定你还会回来。我们还有事情要谈。"

她看了看摄像机，又看了看凯恩，"你保证你不会动它？"

"除非有人因为你站在这里争论不休而死掉。"他回答，"如果发生这种事，我发誓会将它砸成碎片的。"

她看起来似乎很想争论，但还是转过身出了门。凯恩粗略地检查了一下地上的四个人，两个还活着，两个已经死了。然后他走到吧台边，给自己倒了一杯，等待着。

薇秋在两分钟之后独自回来了，她的脸因为奔跑而涨得通红。

"外面聚集了很多人。"她说。

"医生呢？"凯恩问。

"我告诉他需要许多帮手。"她回答，"他在召集自己的助手，还要找一辆能将所有人都送去医院的车子。"

"他什么时候来？"

"我不知道。大概五分钟，我想。"

"在这儿等着。"他说着出门来到外面，看到自己面前大约有二十个围观者。

"出了些麻烦事。"他说，"但现在一切都在控制之中。很快会有医疗队赶来。我想你们最好能回自己家里去。"

没有人动。

凯恩举起他的右手，向在场的每一个人展示了手背上的伤疤。

"请回去吧。"他说。

他们看着他的手，然后一个接一个地，人们开始散开。一个男人一直逗留到其他人都离开后才走上前来，询问是否有他能帮忙的事情。凯恩摇摇头，感谢了他，然后让他也离开了。

"难以置信。"当他回到酒馆后，薇秋说，"这场戏要演到什么时候？"

"什么戏？"他问。

"你假装是圣迭戈的戏。"

他面无表情地看着她，"我没有假装。"

"那赏金呢？"她问。

"我猜价格会再度提高。"他回答，"天使是为民主联邦工作的。"

她迎上他的目光，好像领悟到什么一样，惊讶地问："你是认真的，对不对？"

他沉默地点点头。

"那我的故事呢？"她问。

"什么故事？"

"我录下了天使杀掉圣迭戈的一幕。"

他摇了摇头，"**我**是圣迭戈。你录下了一个赏金猎人杀掉一个冒牌圣迭戈的一幕。"

"我们可以让观众自己判断真假。"

凯恩耸耸肩，"真遗憾。"他轻声说。

"什么？"她满腹狐疑地问。

"你的故事就此完结了。"

她好奇地看着他。

"你永远都得不到你的采访了。"他补充道。

"哦？"

"本来你是可以得知一些事情的。"他继续说。

"足够写一本书？"她别有用意地问。

"谁知道呢？"

"我得好好想想。"薇秋说。

门开了，医生在三个助手的簇拥下走进了酒馆。

"没有太长时间给你想。"凯恩告诉她。

医疗队将威廉神父和月涟搬上两副铺着气垫的担架，医生朝凯恩走来。

"我稍后再来处理另外两个人。"医生说，"但现在我们得抓紧时间才能救威廉神父一命。"

凯恩点点头，"你只要回来处理这具尸体就可以了。"他说着，指了指天使，"另外一具我会带回家去。"

医生低头看看圣迭戈，又看看凯恩，点了点头。

凯恩一直等到酒馆里只剩下自己和薇秋之后，才再度开口。

"我最好将车子开过来，把他搬进去。"他说完，走到门口时又转身看着她，"我需要你在我离开之前作出决定。"

他回过身，发现"快活的流浪汉"正站在自己面前。

"我看见所有人都离开了，所以我觉得这应该是个出现的好时机。"他带着微笑说，"我很高兴看见你依旧活着。"

他的目光穿过凯恩，看着了地上的两具尸体。

"哦，真是见鬼！"他咕哝，"两个人！"他扭头看向凯恩，"我想我看见有人搬了两具尸体出去。"

"那是威廉神父和月涟。"凯恩说，"他们还活着。"

"我很高兴听到这样的消息。我心里其实暗暗喜欢那个肥胖的老家伙呢。"他搓了搓手，"好啦，看看这里——三个火枪手的胜利！谁会想到我们真能做到？"

"你想要什么？"凯恩问。

"你这是什么意思？我想要什么？"流浪汉笑起来，"你得到了赏金，薇秋得到了故事——我想要艺术品。"

"我们没有这种协议。"凯恩说。

流浪汉皱起了眉头，"你在说什么呀，歌鸟？"

"我的名字不叫歌鸟。"

"好吧，塞巴斯蒂安。"

"也不是塞巴斯蒂安。"

"行，那你**想**要别人怎么称呼你？"

"圣迭戈。"

流浪汉发自内心地大笑起来，"没想到你把自己的身份藏得**那么深**。"

"我是什么身份跟你无关。"

"好吧。"流浪汉说，"我们跑题跑得太远了。我们达成了协议。艺术品都是我的！"

"你和一个已经不存在的人达成了协议。"凯恩说。

"听我说！"流浪汉说，"我不知道你究竟在玩什么两面三刀的游戏，但这是没用的。你得到了赏金，我要艺术品。"

"你想要什么我都没有兴趣。"

"你以为只因为你杀了他，你就可以占有所有东西？"流浪汉质问，"游戏不是这样玩儿的，塞巴斯蒂安！"

"他的名字是圣迭戈。"薇秋说。

"连你也……"他说着扭头看她。

"我是他的传记作者。"她带着洋洋得意的微笑说，"谁会比我更了解圣迭戈呢？"

流浪汉再度转向凯恩，"我不知道你们两个究竟在玩儿什么花招，但是你们不会那么容易就摆脱我的。我跟你们一样，为了达成现在的成果付出了努力,我要求得到能补偿我时间和精力的东西。"

"一些外星艺术品?"凯恩问道。

"当然是外星艺术品!你他妈的究竟以为我在说些什么?"

"好吧。"凯恩说,"你会得到一些东西。"

他走向圣迭戈的尸体,单膝跪下,从他手指上摘下了一个金戒指。

"拿去。"凯恩说,"现在滚。"

流浪汉看着那枚戒指,然后狠狠地砸在墙上。

"我会告诉别人我知道的事情。"他威胁道。

"随便你做什么都可以。"凯恩说。

"我不是在吓唬你,塞巴斯蒂安。我会告诉他们他死了。"

"然后下个月或者明年,另外一艘太空军护航队将遭到抢劫,然后每个人都知道圣迭戈还活着。"凯恩平静地回答。

流浪汉瞪着凯恩,"这事没完!"他赌咒说。

"我知道。"凯恩说,"有一件事我得提醒你。"

"什么事?"

"我是被悬赏捉拿的罪犯,而且赏金丰厚,而你知道我住在避风港上。如果有赏金猎人能找到这里,我就只能猜测是你告诉了他们在哪儿可以找到我。"他冷冷地笑道,"到时候我无法保证你还能继续活下去。"

"我怎么可能管住每一个寻找圣迭戈的赏金猎人?"流浪汉恼怒地质问。

"你是个聪明人。"凯恩说,"你会有办法的。"

流浪汉似乎很想抗议,但他只是叹了一口气,转向薇秋。

"你真的打算继续这场骗局?"他问。

"什么骗局?"她一脸无辜地问。

"妙极了。"他咕哝道，"要知道，"他若有所思地补充道，"我突然意识到你已经花掉了你大部分的预付金。你最多只能保个本，不可能有利润。"

"你有什么建议吗？"

他带着焕然一新的自信微笑起来，"像你这样的著名艺术评论家，想要发财有成百上千的办法。"

"我们可以稍后再谈。"她说，似乎被勾起了兴趣。

"我会再在旅店里待几天。不知——不知圣迭戈是否同意？"

"两天。"凯恩说。

"如果没有其他话题的话，我想我最好现在离开。"他说着走出了门，"我渴望同诚实的人建立合作关系。"

"我想没人有这样的意愿。"凯恩说。

流浪汉呵呵笑着离开了酒馆。

"我一直在担心你会不会杀了他。"薇秋说。

"凯恩也许会，圣迭戈则会找到一个利用他的办法。"

"但他可以告诉民主联邦太空军，在哪儿可以找到你。"

"他不会的。"凯恩自信地说，走出了门，"如果太空军杀了我，我的所有财产都会被没收，包括那些艺术品。"

凯恩用了五分钟时间将圣迭戈的尸体搬上车，然后他和薇秋开车行驶了五十英里，抵达了农场。

雅辛多正在等他。薇秋留在房子里，两个男人将圣迭戈搬到了山谷。那天早上，第三座坟墓已经掘好。

"他喜欢这个地方。"他们在坟墓里填满土后，雅辛多说着，环顾四周，"这里**很美**，不是吗？"

凯恩点点头。

雅辛多若有所思地低头看着那个没有墓碑的坟墓，"他是他们中最好的一个。”

“他也曾经是个赏金猎人吗？”凯恩问。

雅辛多摇摇头，“二十年前，他作为殖民者来到这里，修建了大麦粒酒馆。”

“他之前的那一个呢？”

“一位研究外星语言的教授。”

“也是个象棋棋手？”凯恩问。

雅辛多露出了微笑，“非常好的棋手。”

凯恩走到一棵生了瘤疤的树的树荫下，“等你埋葬我时，我希望被埋在这里。”他说。

雅辛多站起来，直直地看着凯恩的眼睛，“圣迭戈不会死。”他坚定地说。

“我知道。但是当你埋葬我的时候，记得我的要求。”

“我会的。”雅辛多保证道。

凯恩走回三座坟墓那里。

“你先回房子去吧。”他说，“我一会儿就来。”

雅辛多点点头，走开了。凯恩低下头，注视着那三个土堆。他几乎在这里沉默地矗立了近半个小时，然后深深地叹一口气，回到了房子里。

薇秋在门廊上等他，手里拿着摄像机。

“你准备好了吗？”她急切地问。

“给我一分钟。我有事情要先跟雅辛多说。”他转向她，“对了，我有一个条件。”

“什么？”

“你不能拍我脸部的全息像。你只能用昨天那个我从你那儿拿走的小摄像机，并且只能对准我的手。”他顿了顿，“这是我的基本条件。你是否同意？"

"当然。"她轻松地回答，"也许我能变成你非常好的传记作者呢。"

"很高兴我们能相互理解。"

他找到了雅辛多，要求得到一份关于温斯顿·羌嘉组织近况的报告。

"我们还没有从他们那里得到任何回复。"雅辛多说。

"民主联邦依旧冻结着博泰的资金？"

雅辛多点了点头。

"那么我想我得去拜访一下羌嘉的同伙了。"凯恩冷冷地说，"将他们的坐标上传到我飞船的导航电脑里。我明天就出发。"

"是的，圣迭戈。"

他回到门廊边，"好吧。"他说，"我们开始吧。"

"我们先谈谈你们的革命运动吧。"薇秋说着，将摄像机对准了他右手手背，"你们在反抗谁？"

"革命行动？"他迷惑不解地重复了一遍，"我不知道什么革命行动。"她刚要张嘴抗议，他就接着说，"但是我可以告诉你关于银蓝上我抢劫并杀掉了的那十七个男女的故事。"

她咧开嘴笑起来，启动了话筒，然后他一直聊到了晚上，向她讲述银河之中最臭名昭著的罪犯的血腥往事。

尾 声

有人说他年过一百，
有人说他更加高寿，
有人说他永生不朽，
这无法无天的领袖！

这是黑俄耳甫斯写下的最后一节诗。

在写完这些诗句后不久，他降落在圣托里贝塔星系的第四行星上。这是一个美丽的世界，是一个如同田园般的仙境：翠绿的田野，清凉的小溪，古老高大的树木。当他迈出飞船的那一瞬间，他就决定作为这里唯一的居民度过余生。

他将这颗行星命名为欧狄律刻。

当然，就算没有黑俄耳甫斯，生与死也在内疆继续上演着。

杰罗尼莫·詹崔、贫穷的约瑞克和乔纳森·斯坦在一年之内都死了——一个是老死的，一个是嚼了太多的阿凡奈拉种子，还有一个是因为犯下了太多还没有被法律定义的罪行。

海藻玫瑰依旧是个孤独而痛苦的女人，每天晚上都诅咒塞巴斯蒂安·凯恩没有履行对她的承诺。碎颅者默奇森曾一度失去"内疆中非正式重量级自由搏击冠军"的称号，但后来又失而复得，最终在他的头颅再也无法承受一击时选择了退休。

和平使者麦克多伽抓捕了昆汀·西塞罗和卡梅拉·斯巴克斯，然后前往银河更核心的地带搜索圣迭戈。迪米崔·索寇在洛丁十一上担任了两年大使，在他觉得自己已经敛聚了足够的政治人脉后辞职，举家迁往德鲁洛斯八号。在那里，他从小官员做起，最后在政府中赢得了要职。

威廉神父的伤口恢复得很慢。他在医院里躺了整整六个月，并朝所有不肯在他的体重减半之前将他放出医院的医生投掷了上帝的怒火。从他走出医院的那天开始，他就带着复仇心理重新暴饮暴食，但是他的体力却再也恢复不了了。最后他在避风港上定居，成为这颗行星上唯一的教堂里的牧师。

至于流浪汉，他和薇秋·麦肯齐进行了短暂合作。当他们再次谈崩之后，他回到秋麒麟上，开始坐下来写回忆录。他的热情很快就消退了，但他从没完全放弃过回忆录的写作。没过多久，他就雇佣了一批新人马，重新用他的独特方式收集艺术品。

薇秋当初离开民主联邦时默默无闻，再回来时却已声名远扬。她对圣迭戈的一系列采访让她获得了三个大奖，而她关于这个臭名昭著的强盗的传记则让她赚得盆满钵满。每过几年，她就会返回内疆获取关于罪犯之王的新素材，并且从来没有失败过。她喝了太多酒，睡了太多男人，花了太多钱，并且乐在其中。

凯恩继承了圣迭戈的事业，并为此奋斗了九年，将那些通过非法贸易网络累积的财富花在救贫济困上。他只在确定能赢的时候才选择战斗，并且将圣迭戈的神话在整个内疆传得更广。

他总觉得当末日来临时，自己一定会死于和平使者麦克多伽之手。但事实上却是一音乔尼最终找到了他，而这才是乔尼第九次杀人。当时凯恩正坐在门廊上，平静地眺望着起伏的玉米田和小麦田。事情发生的时候，他甚至都不知道是什么击中了自己。他们在一音乔尼逃到离自己的飞船不到半英里的地方时追上并杀掉了他。

那天下午，小山谷的水池边出现了第四座没有墓碑的坟墓——在长瘤疤的树下面，如同凯恩要求的那样。那天晚上，月涟从镇上一直走到这里。

一个瘦高的男人站在门廊前看着她。男人有一双悲伤的眼睛，黑色的头发之间有一道醒目的白条。

"怎么了？"他说。

"我来见圣迭戈。"

"为什么？"他问。

"我这辈子一直都是女招待。"她回答，"威廉神父说是时候做些别的了。"她紧张地顿了顿，"他说也许圣迭戈能帮助我。"

"有可能。"

"我在哪儿可以找到他？"月涟问。

"来吧，孩子。"他温柔地说，向她伸出包着绷带的手，"我就是圣迭戈。"